dtv

Schweigen über Deutschland? Ja, bitte! möchte man rufen, wenn man an rechte Negerschläger und linke Holocaust-Anbeter denkt, an Harald Schmidts Schwulenwitze, an Ulrike Meinhofs stetig wachsende Popularität oder bloß an die alltägliche Rempelei in der U-Bahn und all die notorische Unhöflichkeit in unserem Land. Deutschland ist nicht nur für seine Nachbarn, sondern auch für viele seiner eigenen Bürger eine einzige Peinlichkeit – besonders seit 1990, seit es von den Alliierten in die politische und kulturelle Unabhängigkeit entlassen wurde. Deshalb muß man einem Kritiker dankbar sein, der diesem Land beharrlich den Spiegel vorhält. Maxim Biller, der leidenschaftliche Kosmopolit, der vor keiner Polemik zurückschreckt, zeigt im ›Deutschbuch‹, daß Kritik immer aus Zuneigung und Anteilnahme erwächst. Seine Stories, Reportagen und Kolumnen, die von unseren kleinen und großen Dummheiten der vergangenen Dekade handeln, erzählen zugleich die Geschichte ihres Autors, der als Zehnjähriger nach Deutschland gekommen ist und hier seitdem heimisch zu werden versucht. Seine Geschichte ist die Geschichte einer schwierigen Liebe, aber einer mit Happy-End.

Maxim Biller, geboren 1960 in Prag, lebt seit 1970 in Deutschland. Er ist Schriftsteller und Journalist. Mit der 1991 herausgegebenen Sammlung ›Die Tempojahre‹ gelang ihm eine rasante Chronik der 80er Jahre. Von Maxim Biller sind außerdem die Erzählbände ›Wenn ich einmal reich und tot bin‹ (1990), ›Land der Väter und Verräter‹ (1994) und ›Harlem Holocaust‹ (1998) erschienen. Zuletzt veröffentlichte er den Roman ›Die Tochter‹ (2000). Er wurde mit dem Tukan-Preis der Stadt München (1994), dem Preis des Europäischen Feuilletons (1996), dem Otto-Stoessl-Preis (1996) und dem Theodor-Wolff-Preis (1999) ausgezeichnet.

Maxim Biller

Deutschbuch

Deutscher Taschenbuch Verlag

Originalausgabe
Juni 2001

www.dtv.de
Umschlagkonzept: Balk & Brumshagen
Umschlagbild: © Maxim Biller
Satz: Fotosatz Reinhard Amann, Aichstetten
Gesetzt aus der Stempel Garamond 10/12' (QuarkXPress)
Druck und Bindung: C. H. Beck'sche Buchdruckerei,
Nördlingen
Gedruckt auf säurefreiem, chlorfrei gebleichtem Papier
Printed in Germany · ISBN 3-423-12886-0

Inhalt

Vorwort 9

Schuld und Sühne in Havelberg 11
Heiliger Holocaust 27
Martin Walser: Wer glättet seine Falten? 30
Land der Verklemmten 34
Wenn ich einmal blau wär' 37
Nächstes Jahr in Tel Aviv 41
Jizchak Rabin: Ein sehr deutscher Held 53
Kauft nicht bei Goethe! 57
Liebe in Zeiten der Inline-Skates 60
Bärbel Schäfer: Total oral 63
Roger Willemsen: Brillemsen 66
Benjamin Lebert: Meine Schuld 69
Diedrich Diederichsen: Guten Morgen, Poptrottel! 74
Schweigen über Deutschland 77
Verpißt euch! 86
Goodbye, Columbus 89
Robert Schindel: Wo geht es hier bitte in die
Vergangenheit? 94
Marcel Reich-Ranicki: Geliebter Lügner 102
Gabriel Laub: Der Emigrant 105
Triumph des Brüllens 107
O Pannenbaum! 110
Deutscher wider Willen 113
Generation HJ 134
Derrick: Die Welt ist krank, peng pang 137
Harald Schmidt: Gründlicher als Gründgens 141
Der Müll, das Volk und die Politik 145

Gottfjord Bernward Marusske: Und nach ihm der Zeitgeist ... 148
Teures Vaterland ... 153
Berlin: Kakophonie einer Großstadt ... 156
Grüßt Hamburg von mir, wenn Ihr es seht! ... 159
München: Reden ist leben ... 163
Stadt ohne Schatten ... 167
Helmut Dietl: Lieben Sie Rossini? ... 170
Zum Totlachen ... 173
Ich will Kunst! ... 176
Kommando Ulrike Meinhof ... 179
Herr Kafka vom Dimitrovplatz ... 182
Schöne Tage in Europa ... 192
Ignatz Bubis: Kein großer Deutscher ... 196
Ernst Jünger: Ein Meister aus Deutschland ... 201
Unschuld mit Grünspan ... 223
Aleksandar Tišma: Der Vater allen Schreibens ... 229
Geschichte schreiben ... 235
Meine herbste Zeit ... 242
Henryk M. Broder: Das lachende Menetekel ... 245
Wolf Biermann: Das war nicht mein Leben ... 257
Joschka Fischer: Zwei Fäuste für eine Karriere ... 261
Willy Brandt: Herbert Frahm, ganz zahm ... 263
Gerhard Schröder: Der Herzkanzler ... 267
Dan Diner: Die Heimat des Mehrwerts ... 270
David Vogel: Wo Menschen sind, kann es kein Paradies geben ... 278
Drei Partien Scheschbesch ... 291
Das Biller-Prinzip ... 298
Wie Teddy Terror von Hillel Haß eine Belehrung bekam 301
Die Schwierigkeiten beim Sagen der Wahrheit ... 307
Kleine Autobiographie ... 331

Dank ... 335

»Sie sind ja nicht böse, diese Christenmenschen, aber sie täuschen sich.«

Albert Cohen,
›Die Schöne des Herrn‹

Für Jossi, Rony & Christian

Vorwort

Dieses Buch ist wie jedes andere. Es handelt davon, wie sein Autor die Welt sieht, ob sie ihm gefällt, wie sie ist, oder ob er sie ändern möchte. Der Autor bin ich, und die Welt, in der dieses Buch spielt, ist Deutschland.

Während ich die Geschichten und Kolumnen für dieses Buch schrieb, veränderte sich Deutschland. Den Deutschen ist das nicht wirklich aufgefallen, aber wir, die wir nicht hier geboren sind und trotzdem hier leben, spüren diese Veränderungen sehr genau. Von diesen Veränderungen handelt dieses Buch.

Woran merkt man, wenn alles um einen herum anders wird? Man fühlt sich anders. Und man denkt über andere Dinge nach. So habe ich eines Tages gemerkt, daß ich fast nur noch über Deutschland schrieb. Wenn mich eine Zeitung anrief und der Redakteur sagte, ich solle etwas für sie schreiben, sagte ich sofort: Wollt ihr was über die schlechten Manieren der Deutschen? Wollt ihr was über das neue Berlin? Wollt ihr was über Ernst Jünger? Sie haben jedesmal ja gesagt, weil sie für solche Themen praktisch keinen mehr hatten.

Ich schreibe gern über Deutschland und die Deutschen. Manchmal habe ich Recht mit dem, was ich zu sagen habe, manchmal nicht, und so mache ich dann immer weiter. Ich weiß nicht, ob mir das gefällt, und oft wünsche ich mir, daß mir zu alldem nichts mehr einfällt. Denn wenn mir zu Deutschland nichts mehr einfällt, ist es endlich so, wie ich es haben will. Daß ich nicht der einzige bin, der sich darüber freuen würde, das will ich hoffen.

Schuld und Sühne in Havelberg

Es war im sechsten Jahr der Wiedervereinigung. Ich lief zum ersten Mal in meinem Leben durch eine ostdeutsche Stadt, eine Stadt, von der ich noch nie vorher etwas gehört hatte, und die Abendsonne fiel so schön schräg auf den staubigen Bürgersteig vor mir, daß ich ständig in meinen eigenen Schatten trat. Das Licht der Sonne brach sich in meinen Augenwinkeln, und in der Luft vermischten sich Dutzende von Gerüchen, ich roch gemähtes Gras, warmes Brot, verbranntes Benzin und süßen Lindenblütenstaub.

Ich war von der wasserumspülten Stadtinsel mit ihren schmalen, alten Häusern, die wie eine Bande rührseliger Teenager aneinanderlehnten, über die Holzbrücke zur Domtreppe marschiert, ich hatte die Fliegenschwärme über dem glänzenden, dunklen Fluß gesehen und junge Männer mit nassen, frischgewaschenen Haaren, die zu ihren Freitagsrendezvous unterwegs waren. Gleich hinter dem Dom, in der Oberstadt, begann dann die einzige Plattenbausiedlung dieser ostdeutschen Stadt, von der ich noch nie vorher etwas gehört hatte, und auch hier war alles ganz anders, als ich es mir vorgestellt habe, keine Videotheken und Billigboutiquen, keine Imbißstuben mit lächerlichen Genitiv-Apostroph-Namen und herumlungernden, todesverachtenden Neonazis, statt dessen überall nur diese schräg fallende Feierabendsonne, Stimmengemurmel, Lachen, das Klirren halbleerer Bierflaschen und das Geräusch eines Balls, der irgendwo gegen eine Mauer geschlagen wurde.

Ich bin, dachte ich erleichtert und enttäuscht zugleich, ja ganz falsch hier, ich habe mir – als ich vor ein paar Wochen wie Doktor Dolittle mit dem Finger in die Landkarte stach und Havelberg in der Mark Brandenburg traf – für meine

Suche nach der harten und echten Ex-DDR-Realität den falschesten aller falschen Orte ausgesucht. Aber dann fiel mir der Mann ein, mit dem ich mich gerade noch unterhalten hatte, und ich dachte, so verkehrt kannst du hier gar nicht sein.

Er war sehr freundlich gewesen, aber ich hatte ihm trotzdem vom ersten Moment an mißtraut. Er hatte mir von seiner schwersten Zeit erzählt, von den Wochen und Monaten im Herbst 1985, als er und seine Frau die Nächte durchgeweint hatten und ihre Verwirrung noch größer war als vier Jahre später, in den Tagen des totalen Zusammenbruchs ihres fürsorglichen, allgegenwärtigen Vaterstaats. So schlimm war es gewesen, daß die Frau ihn am Ende zwang, das Jagdgewehr, an dem er wie ein Kind hing, abzugeben, damit er es ja nicht, statt auf einen Hasen, plötzlich gegen sich selbst richtete. »Kluge Helga«, sagte Günter Walther leise und sah sie an dabei. »Kluge Frau. Wie oft habe ich mir damals vorgestellt, ich gehe in den Wald und komme einfach nicht zurück.«

Und was sagte ich in diesem so schönen, ernsten Augenblick? Gar nichts – ich sah ihn einfach nur vor mir, diesen schweren, ungelenken Mann, ich sah ihn auf einem tiefen, schmalen Waldweg, von regenfeuchten Ästen beschirmt, er hat seine geliebte Flinte geschultert und marschiert schnell, aber ohne Hast, er wird immer kleiner, bis man ihn kaum noch erkennt, und kurz darauf knallt der Schuß. Komisch, das alles habe ich mir haargenau vorgestellt, während Günter Walther in seinem Kleingärtnergarten am schönsten Hang Havelbergs mir von sich erzählte, als wären wir die ältesten Freunde der Welt, doch geglaubt habe ich ihm trotzdem kein Wort.

Einem Exoberleutnant der Staatssicherheit sollte man nämlich nie etwas glauben, auch nicht, wenn er einem noch so überzeugend erzählt, wie das gewesen war, damals, als er sich im guten Glauben an das Gute im Sozialismus über den

Stasi-Chef aus Magdeburg beschwerte, weil der im Jagdgebiet Schollene für sich ein Haus bauen ließ mit Pornokino und Schießstand, wo er mit seiner Clique jede Menge Spaß auf Kosten der Werktätigen hatte, und wenn ihm das nicht reichte, ließ er sich im Jeep durch die Wälder chauffieren und schoß wie ein betrunkener Kosak auf jedes Tier, das ihm vor die Flinte kam. Das aber hatte Oberleutnant Günter Walther an ihm am meisten gestört, denn es war gegen jede Vorschrift und jede Waidmannsehre gewesen, und kaum hatte er es gemeldet, war er seine Arbeit bei der Firma für immer los.

Na und, dachte ich, dann ist er eben bei der Stasi rausgeflogen, dann hat er sich deshalb fast umgebracht – dann hat er nunmal für seine dämliche, sozialistische Untertanentreue ein bißchen bezahlt. Aber warum erzählte er mir das alles? Nur weil ich ihn danach gefragt hatte? Warum erzählte mir überhaupt jeder in Havelberg, den ich länger als eine halbe Sekunde angesehen hatte, ohne Punkt und Komma seine ganze Biographie? War ich die lebende Kaderakte? War ich der ewige Führungsoffizier?

Ich hatte ihnen allen, um sie zum Sprechen zu bringen, immer wieder dasselbe gesagt. Ich hatte mit der sonorsten, weiblichsten, mütterlichsten Stimme, die ich zustande brachte, erklärt, ich hätte genug von den Verdächtigungen und Belauerungen, mit denen die Deutschen des Westens und Ostens seit Jahren gegeneinander anhaßten, wobei ich ihnen natürlich verschwieg, daß ich selbst gar kein Deutscher bin und mich die deutsche Sache weniger in einem praktischen, wiederaufbaumäßigen Sinn interessierte als vielmehr in einem ethnologisch-literarischen, und statt dessen habe ich den Havelbergern gesagt, ich sei niemals zuvor in Ostdeutschland gewesen und wolle darum, am Beispiel einer zufällig ausgesuchten Stadt, herausfinden, wie es denn wirklich sei östlich des innerdeutschen Zeitmeridians. Vielleicht haben sie mir das sogar geglaubt, so wie ich selbst einen kurzen Augenblick nicht an der Ehrlichkeit meiner Worte zweifelte, vielleicht aber hat es einen ganz anderen Grund für ihre scheinbar übertriebene, naive Anhänglichkeit und Mitteilsamkeit gegeben – vielleicht wollten sie mich einfach nur nach allen Regeln der wendehalsmäßigen Verstellkunst hereinlegen, um von mir die Absolution für ihre stalinistischen Täter- und Mitläufer- und Blauäugigensünden zu kriegen, von mir, dem Stellvertreter des übermächtigen und fiesenmiesen Westens, der so zufällig wie ein Sandkorn in ihre vergessene Stadt an einer vergessenen Biegung der Havel geweht wurde und auf den sie in Wahrheit sehnsüchtig gewartet hatten.

Nehmen wir nur Alex Schmahl, den Chef der in Havelberg erscheinenden Lokalausgabe der ›Volksstimme‹. Auf ihn stieß ich, weil ich dachte, ein Lokaljournalist sei ein besonders nützlicher Schlüssel, wenn man die geheimen und nicht ganz so geheimen Türen einer Kleinstadt öffnen möchte – was sich in seinem Fall insofern als richtig erwies, als daß ausgerechnet er selbst der Protagonist einer Lokalaffäre war, die sich um Geld und Wahrheit, alte Kommunisten und neue Kapitalisten drehte, dabei aber in all ihrer Krähwinkelhaftigkeit etwas so nervtötend Langweiliges besaß, daß ich mir noch dreimal überlegen muß, ob ich auch nur ein einziges Wort mehr über sie verlieren will. Dieser Alex Schmahl jedenfalls, der auch schon vor der Wende auf demselben Redakteursstuhl gesessen hatte wie heute, nur daß damals die Moralistenpartei SED sein Arbeitgeber gewesen war und nicht ein eher moralfreier Hamburger Großverlag, kannte genauso wie Oberleutnant Walther in Sachen Zutraulichkeit keine Gnade.

Ich hatte bereits von München aus mit ihm telefoniert, um ihm meinen Besuch anzukündigen, kurz darauf läutete das Telefon wieder, und es knackte eins-a-ostblockmäßig im Hörer. So begann eine Serie von Telefonaten, in denen mir Alex Schmahl immer wieder von der ihn auffressenden Affäre berichtete, deren Details ich bis zum Schluß nicht wirklich durchschaut habe. Auch in Havelberg redeten wir immer weiter davon, ich stellte Fragen, Schmahl antwortete, ich stellte dieselben Fragen noch mal, und Schmahl gab mir dieselben Antworten. Doch sosehr ihm daran lag, daß ich begriff, worum es bei der Sache ging, denn sie konnte ihn seinen Job kosten, sosehr er hoffte, ich könnte mit meiner Reportage einen wahrheitsstiftenden Wirbel entfachen, der ihn retten würde – sosehr sich also der arme, nette, kalkulierende Alex Schmahl von mir ganz praktische Hilfe erwartete, um so viel mehr sah er in mir vor allem eine Mischung aus seelischem Demokratiebeistand und ganz persönlichem, nachrevolutionärem Großinquisitor.

Ja, Großinquisitor, davon bin ich fest überzeugt. Warum sonst hat er wohl gezittert, als ich ihm endlich die Frage stellte, die er die ganze Zeit so erwartungsvoll herbeigefürchtet hatte? Und warum gab seine Stimme in jenem Moment nach? Wir fuhren in seinem neuen Mazda durch eine von diesen schattigen ostdeutschen Pappelalleen, wir waren gerade in Friedrichswalde gewesen, wo in einem riesigen Waldgebiet die Nazis in einer Munitionsfabrik ein Nebenlager von Sachsenhausen betrieben hatten, mit allem Drum und Dran, mit Zwangsarbeit und Erschießungen, mit Havelbergern, die dort arbeiteten und ins SS-Offizierskasino zum Tanzen gingen, und halbtoten Kazettnik-Skeletten, die nach dem Krieg durch die Gegend wankten, und wo später die Grenztruppen der NVA an Grenzattrappen die Erlegung von Republikflüchtlingen übten.

Alex Schmahl zitterte also und sagte, er sei nicht bei der Stasi gewesen. Ich blickte in sein weiches, kluges Vierzigjährigen-Gesicht, das längst zu alt war für eine FDJ-Uniform, aber trotzdem sah ich ihn jetzt für eine Sekunde darin, und dann korrigierte er sich schnell und sagte, er habe zwar mit achtzehn beim MfS eine Bereitschaftserklärung unterschrieben, aber daraus sei nichts geworden. Warum nicht, habe ich gefragt, worauf er mir von einem alten DDR-Film erzählte, in dem ostdeutsche Agenten eine Menge aufregender Szenen hatten, von denen die meisten auch noch im Ausland spielten. Davon habe er jahrelang geträumt, sagte er, aber als er dann während seiner Militärzeit drei Jahre lang die Magdeburger Stasi-Zentrale bewachen mußte, hatte er schnell kapiert, daß DDR-Agenten in der Regel zu Hause in ihren staubigen Büros saßen, statt um den Globus zu fliegen. Später – hier zitterte seine Stimme wieder – habe man versucht, ihn zumindest als Inoffiziellen Mitarbeiter anzuwerben, als Inlandsspion sozusagen, aber er hätte abgelehnt.

Habe ich Alex Schmahl geglaubt? Seine eigene Frau offenbar tat es. Sie war, bei aller Freundlichkeit, mir gegenüber anfangs mißtrauischer gewesen als er, während sie mich durch den großen, lichten Havelberger Dom führte. Gleichzeitig aber flirtete sie, glaube ich, so ganz leicht und ehefrauenmäßig mit mir, weshalb schon bald die Dämme ihrer selbstauferlegten Vorsicht brachen. Zuerst redeten wir über ihr Leben, über ihr Studium in der Sowjetunion, im aufregenden, bunten, fernen Samarkand, wo sie eine derart gute Zeit gehabt hatte, daß sie daraufhin sofort in die Partei eingetreten war, wir redeten über ihre Eltern, die ebenfalls Genossen gewesen waren und sich ihr Leben lang stolz dem Westfernsehen verweigert hatten, und natürlich redeten wir auch über die systemimmanenten Systemzweifel, die Sabine Schmahl ab und zu gekommen waren, so wie das eine Mal zum Beispiel, als einer ihrer besten Freunde, dem die evangelische Kirche seine SED gewesen war, wegen einer Nichtigkeit ins Gefängnis kam und dort halb totgeprügelt wurde. Stimmt alles nicht, habe ihr Mann Alex zu der Geschichte damals gesagt, von der er, als Mitglied der Havelberger SED-Kreisleitung, schließlich doch irgendwie hätte wissen müssen, und das habe sie beruhigt.

»Na gut, ich war naiv«, sagte Sabine Schmahl ehrlich, ohne damit besonders originell zu sein, und origineller war dieses ernste Lachen einer verheirateten Frau, das sie hinterherschickte, der tiefe Blick und der darauffolgende Satz: »Ich hasse die Leute, die sagen, wir wären mißbraucht worden!« Und dann sagte sie: »Daß früher so viel gelogen wurde, habe ich einfach nicht gewußt. Heute merke ich es bei jedem!«

»Bei Ihrem Mann auch?« entgegnete ich.

»Wieso?« sagte sie, so mißtrauisch wie zu Beginn unserer Begegnung. »Lügt er?«

»Ich weiß es nicht.«

»Was wollen Sie eigentlich? Soll ich Ihnen erzählen, daß er fürs MfS gearbeitet hat?«

Ich betrachtete schweigend das hohe, strahlende Kirchenfenster aus rotem, gelbem und blauem Glas, vor dem wir standen.

»Sie sind also auch nicht besser als die andern«, sagte sie enttäuscht, und dann führte sie mich aus dem Dom hinaus ins Prignitzmuseum und später noch in die Domkapitelbibliothek.

Kluge, schöne, starke Frau Schmahl! Sie ließ sich von mir nicht so blind und ergeben aus der Reserve locken wie jeder andere Havelberger, und sie erwartete auch nicht von mir, daß ich sie von ihren stalinistischen Sünden freisprach, und vielleicht habe ich deshalb an keinem ihrer Worte wirklich gezweifelt. Apropos Sünden und freisprechen und so. Wie schrieb ihr Mann Alex Schmahl am 24. Oktober 1989 in seiner ›Volksstimme‹ anläßlich einer Parteiversammlung, als Honecker bereits abgesetzt war, halb Ostdeutschland in westdeutschen Botschaften hockte und Demonstrationen plötzlich genauso salonfähig geworden waren wie Datschenausflüge? »Seine innere Bewegung schlecht verbergend, machte Kreisleitungsmitglied Alex Schmahl seinem Unmut Luft und forderte ein grundsätzlich neues Herangehen an die politischen Aufgaben im Sinne der eingeleiteten Wende.« Und was sagte er zu mir, als wir vom KZ Friedrichswalde nach Havelberg zurückfuhren und seine Hände und Stimme so zitterten? »Ich habe es gewagt, als die meisten andern in der Partei noch schwiegen. Und ich habe mich damit bei einer Sitzung furchtbar in die Nesseln gesetzt. Wenn du willst, zeige ich dir den Artikel, den ich damals darüber geschrieben habe.«

Ich habe Alex Schmahls verspätete Heldentat nicht honoriert, sosehr er es sich gewünscht hatte. Ich habe, nachdem ich seinen Artikel gelesen hatte, zu ihm nicht gesagt, ich verstehe dich, denn ich weiß selbst nicht, wie ich mich an eurer Stelle verhalten hätte. Und ich habe auch nicht anerkennend erklärt, es sei für einen wie ihn, der in seinem Leben nichts anderes gekannt habe als das totalisierende, heuchlerische Weltbild der SED, eine fast übermenschliche Leistung gewesen, schließlich doch noch zu begreifen, daß es eine Welt jenseits dieses Weltbildes gebe. Ich habe ihm nicht den ganzen Mitläufer-Scheiß gegeben, mit dem man sich im Deutschen-Deutschland nach jeder historischen Katastrophe so gern gegenseitig tröstet und zugleich prophylaktisch der Pflicht enthebt, bei der nächsten Diktatur Mut haben zu müssen. Nein, ich, sein fliegender Beichtvater und ganz persönlicher Großinquisitor, habe ihm nicht laut und demonstrativ verziehen – aber wirklich böse bin ich auch nicht geworden. Schließlich wußte ich, daß die öde, fade, zähe Havelberger Lokalposse, die ihn noch möglicherweise seinen Job kosten würde, nur deshalb zur Affäre geworden war, weil er, der alte SED-Parteisoldat, sich plötzlich in ein Sturmgewehr der Demokratie verwandelt hatte, irgendwie streberhaft war, aber immerhin.

Halt. Wie wäre es an dieser Stelle mit einem kleinen Exkurs? Wie wäre es, wenn wir uns für einen Moment, ohne Havelberg zu verlassen, vom ostdeutschen Schuld-und-Sühne-Kosmos abwendeten und in eine scheinbar ganz andere Welt eintauchten? Wie wäre es mit einem Blick in Dr. Rosens verworrenes, jüdisches Leben? Dieser Dr. Rosen, früher Chirurg am Havelberger Krankenhaus und später zum örtlichen Hygienearzt degradiert, erwartete mich vor seiner Elfzimmervilla in der Pestalozzistraße – nur ein paar Meter von Oberleutnant Walthers Gartenlaube entfernt – wie ein Herr aus einer anderen Zeit. Er stand da, an den Zaun gelehnt, die Hände in den Hosentaschen vergraben, den herausfordernden Blick von seiner Dieter-Borsche-Goldrandbrille kaum verdeckt. Ich wußte sofort, daß wir uns streiten würden, und ich freute mich darauf.

Daß es bei unserem Streit um Dr. Rosens Vorhaut gehen würde, habe ich in dem Moment natürlich noch nicht ahnen können, und eigentlich ging es dabei auch mehr um seine assimilierte jüdische Mutter, die ihn und seinen Bruder nicht beschneiden ließ – was dennoch nichts daran geändert hat, daß er in seinem Leben wegen der Mutter immer wieder mächtig in Schwierigkeiten geriet. Ich bekam das alles ganz schnell heraus: Kaum war die obligatorische Vorher-Nachher-DDR-Problematik abgehandelt, fragte ich Dr. Rosen, wie jüdisch er sich fühlte. Schließlich hatte jeder, von dem ich wissen wollte, ob es in Havelberg überhaupt noch Juden gab, da doch die meisten von ihnen in der Kristallnacht aus ihren Fenstern geflogen waren oder kurz darauf durch die Kamine diverser KZs – schließlich hatte jeder erklärt, der Herr Doktor, der sei doch einer. Das aber hörte der Herr Doktor gar nicht gern, und so richtig wütend wurde er, als ich ihn direkt nach seinen Eltern fragte. »Mein Vater war Deutscher!« sagte er böse, und nachdem ich erwidert hatte: »Aber Ihre Mutter doch nicht«, begann er mich wild zu beschimpfen, er sagte etwas von »Ausgrenzung« und »Diskriminierung«, und mein Einwand, ich hätte das, wenn überhaupt, eher als Ausgrenzung und Diskriminierung der Deutschen gemeint, erreichte ihn nicht.

Kaum hatte er sich wieder beruhigt, begann er, so offen und zutraulich, wie es sich für einen richtigen Havelberger gehörte, von seinem Leben zu sprechen, er erzählte von der schrecklichen Nazizeit und den herrlichen Jahren davor, als seine Familie in jenem großbürgerlichen Berliner Glück schwelgen konnte, von dem er – betrachtete man seine Kleidung, seine Gesten, seine mit Antiquitäten vollgestellte Villa – offenbar bis heute noch zehrte. Daß Himmlers Leute, fuhr er fort, später seiner Familie nicht wirklich etwas anhaben konnten, hatte zum einen daran gelegen, daß sein nichtjüdischer Vater sich von seiner jüdischen Mutter nicht scheiden ließ. Zum anderen hing es damit zusammen, daß Dr. Rosen und sein Bruder nicht beschnitten waren, so daß sie gegen Ende des Krieges, statt deportiert zu werden, lediglich für die Organisation Todt schuften mußten. 1943 hatte ihnen ein Berliner Amtsarzt die rettende Bescheinigung darüber ausgestellt, daß ihre Vorhäute sich noch immer exakt dort befanden, wo der Christengott und der Deutschenführer sie sich wünschten, und genau diese Bescheinigung hat Dr. Rosen im Jahre 1970 wieder ausgegraben und an die SED-Bezirksleitung in Magdeburg geschickt, um der Partei zu beweisen, daß er kein Jude sei, weshalb »Ausgrenzung« und »Diskriminierung« mit ihm den Falschen trafen, ja, ihn, den Mann, der 1952 freiwillig aus West-Berlin nach Ostdeutschland gegangen war, um hier gemeinsam mit den siegreichen Antifaschisten den Sozialismus aufzubauen. Was vorher geschehen war? Sein Konkurrent am Kreiskrankenhaus, der wie er den Chefposten wollte, bezichtigte Dr. Rosen zionistischer Tendenzen, was im DDR-Jargon ein Euphemismus für den Satz war: »Die dreckigen Juden machen sich wieder breit!« Einem solchen Argument konnte sich natürlich auch nicht die Magdeburger Bezirksleitung verschließen, so daß Dr. Rosen aus der Partei flog und auch aus dem Krankenhaus, um von da an als Hygienearzt die stinkenden Küchen der Havelberger HO-Gaststätten zu inspizieren. Daß er es dennoch schaffte, sich eine ganz unsozialistische Prunkvilla zu erwirtschaften, finde ich darum mehr als gerecht.

Warum ich das alles überhaupt erzähle? Weil ich eine Schwäche habe für absurde jüdische Selbstverleugnungsdramen. Vor allem aber, weil ich finde, daß das verworrene Leben des Dr. Rosen uns mehr über die Lügen, Hoffnungen und Gemeinheiten der vergangenen DDR erzählt als zehn Wolf-Biermann-Stasi-Arien und hundert Bärbel-Bohley-Weinkrämpfe zusammen. Womit wir zwar nicht wirklich wieder bei Alex Schmahls Lokalaffäre wären, aber irgendwie doch. Denn natürlich war er, so wie Dr. Rosen, ebenfalls eine typisch ostdeutsche tragische Figur: Ein Mensch, der so ernst an das Gute im Sozialismus-Stalinismus geglaubt hatte, daß er, kaum davon enttäuscht, sofort auf das Gute im Kapitalismus-Demokratismus setzen mußte. Das meine ich absolut nicht ironisch. Denn sosehr ich mich weigere nachzuvollziehen, wie man sich als erwachsener Mann jahre- und jahrzehntelang von der SED wie ein Kind an der Nase herumführen lassen konnte, sosehr bewundere ich den verzweifelten Mut desselben Mannes, mit dem dieser, nachdem er ohne eigenes Zutun von den alten Herrschern befreit worden war, beschloß, die neuen Mächtigen so zu jagen, wie er es mit den gestürzten hätte auch schon tun sollen.

Aber vielleicht hat Alex Schmahl ja am Anfang gar nicht gewußt, wie mächtig die neuen Mächtigen sein würden, diese frisch emporgekommenen Gründungsrausch-Unternehmer von Havelberg, denen er seit Jahren in seinen Artikeln immer wieder ihre kleinen und großen Betrügereien vorwarf, die natürlich genauso in jeder westdeutschen Kleinstadt vorkommen, nur daß dort die Lokalredakteure wissen, für Aufdeckungsgeschichten und Moralappelle sind der ›Spiegel‹ und die ›Süddeutsche‹ zuständig, wir hier nur für die Weinfeste und Geburtstagsgrüße. Das aber hat Alex Schmahl ganz bestimmt nicht gewußt, in seinem ungebrochenen Ursozialismus und begeisterten Konvertiten-Demokratismus, in seiner unendlichen Sehnsucht nach moralischer Absolution legte er sich mit allen und jedem an – mit dem Computerhändler, der bei sich selbst einbrach, Versicherungsgelder kassierte und die Ware sofort wieder in Havelberg in Umlauf brachte, ebenso wie mit dem Müllunternehmer, der einen Auftrag von der Stadt wollte und darum dem Stadtrat unanständige Angebote machte. Als Schmahl dann auch noch in seiner ›Volksstimme‹ die Schlacht gegen eine private Krankentransportfirma eröffnete, die sich offenbar ihre Fahrer vom Arbeitsamt mitfinanzieren ließ und aus Kostengründen Patienten nicht wie Patienten, sondern eher wie Schlachtvieh durch die Gegend chauffiert haben soll, platzte den Havelberger Neokapitalisten endgültig der Kragen, und sie setzten mit Flugblättern, Aufrufen und Unterschriftenlisten eine Absetzungskampagne gegen ihn in Gang, die Greenpeace-Strategen auch nicht besser hingekriegt hätten.

Klingt ein bißchen langweilig, ich weiß, aber das ist es, spart man sich die Details, eigentlich gar nicht. Zum einen deshalb, weil Alex Schmahls Feinde wirklich aufrichtig davon überzeugt waren, daß er mit seinen Artikeln den Aufbau des Kapitalismus in Havelberg verhinderte – das wütende Einklagen von »Linientreue«, die er aus ihrer Sicht in der neuen Zeit vermissen ließ, sagte nämlich eine Menge darüber aus, wie voll die umerzogenen Havelberger Entrepreneurs noch mit der entmenschlichenden, entindividualisierenden Bolschewiken-Scheiße waren. Zum andern fand ich die Schmahl-Affäre deshalb so aufschlußreich, weil der eingebildete, feige, herrenmenschelnde Westen in ihr ebenfalls eine Rolle spielte – und zwar in der karikaturhaften Person von Manfred Durak, einem Mann mit, ich schwöre es, auberginefarbenem Sat-1-Jackett und lustiger Brille, an dem mich nicht seine Kleidung störte und auch nicht, daß er aus Kaiserslautern stammte, sondern allein die Art und Weise, wie er die Lügenwelt Ostdeutschlands mit der Lügenwelt Westdeutschlands vereinte.

Als Schmahls Vorgesetzter mit Sitz im nahe gelegenen Wittenberge verfolgte Freibeuter Durak mit immer größerem Argwohn dessen ablaßträchtige Sozialkämpfe, und sowenig er mit seinem Redaktions-Don-Quixote selbst darüber redete, um so mehr besprach er mit jedem anderen dieses ihn so bedrückende Thema. Daß er sich bei mir über Schmahl beschwerte, kaum daß wir zwei Minuten miteinander geredet hatten, verbuchte ich noch auf das Konto eines falsch verstandenen Wessi-Korpsgeistes. Weniger nett fand ich, daß

Durak, wie ich schnell herausfand, seit Wochen schon durch das hysterisierte Havelberg tigerte, von einem Kleinkapitalisten zum anderen, um ihnen allen zu versprechen, der Exgenosse Schmahl würde ihnen bald keine Probleme mehr machen, so daß sie dann wieder in der ›Volksstimme‹ ihre aus Protest zurückgezogenen Anzeigen schalten könnten. Der Tag X rückte immer näher heran, Durak wollte eine letzte klärende Gerichtssitzung abwarten, bei der endgültig über den Lizenzentzug für die Krankentransportfirma entschieden werden sollte, und über Havelberg lag eine Stille wie über Dodge City kurz vor der großen Schießerei.

Am Tag meiner Abreise war noch immer keine Entscheidung gefallen. Ich hatte Alex Schmahl, wen sonst, gebeten, mich zum Zug zu bringen, ins zehn Kilometer entfernte Glöwen, und unterwegs überlegte ich, ob ich ihm nicht vielleicht doch erzählen sollte, was ich über die Pläne seines Chefs wußte. Doch als wir uns in Glöwen am Bahnsteig verabschiedeten, sagte ich einfach nur »danke« und »viel Glück« zu ihm, ich stieg in den Waggon ein und setzte mich in mein Abteil. Im nächsten Moment sprang ich aber wieder hoch, ich lief zur Wagentür und rief ihm hinterher.

»Hör mal, Alex«, sagte ich, als er wieder vor mir stand, »ich habe noch etwas vergessen ...«

Er sah mich so freundschaftlich an, als ob nun endlich der große Moment der Vergebung gekommen wäre.

»Also, ich wollte ...« Ich machte eine Pause, und dann sagte ich schnell: »Ich wollte dich bitten, mich gleich anzurufen, wenn es bei dir etwas Neues gibt.«

»Ja, klar, det mach' ich«, sagte er in seinem weichen, märkischen Dialekt, der mir in diesem Augenblick zum ersten Mal auffiel. »Du kriegst Bescheid.«

Während der Fahrt versuchte ich zu lesen, aber nach einer Weile legte ich die Zeitung wieder weg. Ich blickte aus dem Fenster und sah in die beruhigende, viel zu ernste Landschaft der Mark Brandenburg hinaus, die mir wahrscheinlich nie mehr aus dem Kopf gehen würde mit ihren zarten Hügeln und schnurgeraden Kanälen, mit ihren dunklen Sümpfen und sonnenbeschienenen Blättern und diesem Himmel, der so niedrig war, daß man unter ihm manchmal Platzangst bekam. Die Orte, durch die wir fuhren, hießen Bredow und Rathenow, Wustermark und Paulinenaue, und während ich ihre Namen auf den alten Bahnhofsschildern las, versuchte ich mir vorzustellen, was für Menschen dort wohnten und ob sie wohl glücklicher waren als die traurigen Bewohner von Havelberg.

Was war los mit mir? Hatte ich auf einmal Mitleid bekommen? Nein, ich glaube nicht. Ich hatte bloß auf dem Weg nach Berlin plötzlich etwas kapiert, was ich in Havelberg selbst nie hätte begreifen können. Kaum konnte ich nämlich – froh, endlich wegzukommen – damit aufhören, den Havelbergern ihre Verlogenheit, ihre Ängstlichkeit nachzuweisen, kaum spielte es keine Rolle mehr für mich, sie könnten in mir ihren Wendemessias sehen, der sie von all ihren bolschewistischen Sünden freisprechen sollte, kaum war ich nicht mehr gezwungen, im Namen der Recherche selbst zu lügen und mich zu verstellen, sah ich sofort klar. Und während also im Zugfenster die Mark Brandenburg an mir vorbeirauschte, kapierte ich, daß die einzige legitime Frage, die man an einen Ostdeutschen richten darf und die ich Idiot keinem einzigen Havelberger gestellt hatte, lautet: Weißt du überhaupt, wie du geworden bist, was du jetzt bist? Denn nur so kann man Leuten wie ihnen helfen, ihre eigenen Fehler und Schwächen genauso zu durchschauen wie die Tricks ihrer früheren Herren. Und nur so kann man ihnen helfen, endlich freie Menschen zu werden.

Aber wer will den Ostdeutschen schon helfen. Ich wollte es nicht, als ich nach Havelberg fuhr – und auch nicht, als ich es verließ. Ich war einfach nur neugierig gewesen auf sie, die noch immer sehr unerfahrenen neuen Bewohner des neu-alten Deutschlands, ich wollte sie einmal ganz aus der Nähe dabei beobachten, wie sie sich mit ihrem Gewissen abquälen, wie sie von früher und von heute sprechen und vielleicht auch von der kommenden Zeit. Schade nur, daß ich niemandem diese eine Frage gestellt hatte, dachte ich, und ich schloß, kurz vor Berlin, müde die Augen.

So sah ich zum letzten Mal Havelberg in diesem warmen dunklen Sommerabendlicht. Ich sah die lange Treppe, die zum Dom hinaufführte, ich sah die Stadtinsel und ihre dunklen Dächer unter mir, und dann saß ich wieder in Günter Walthers Gartenlaube, und wir aßen die Spargelkartoffelsuppe, die seine Frau uns gemacht hatte, ich spazierte ängstlich mit Alex Schmahl durch das munitionsverseuchte KZ Friedrichswalde, ich stand mit Sabine Schmahl in der Domkapitelbibliothek, wo wir uns über eine alte, brüchige Chronik der Mark Brandenburg beugten, ich stritt mich mit Dr. Rosen und starrte beim Abendessen im »Ratskeller« Manfred Durak in den Teller, fasziniert davon, wie er das Gemüse ständig hin und her schob und ordnete wie einer, der eine ziemlich böse Mutter gehabt haben muß. Und dann fielen mir auch noch die andern ein, mit denen ich in Havelberg gesprochen hatte, ich dachte an den Bürgermeister Poloski, der schon zu DDR-Zeiten hier regiert hatte und der mir stolz seine Heuchlertheorie unterbreitete, es sei doch prima gewesen, daß es in der DDR so viele Wendehälse gegeben hätte, sonst wäre die Revolution viel blutiger verlaufen, und ich dachte an den Maler und früheren Havelberger Heimatmuseumschef Kurt Henschel, der offenbar eine ganz eigene Lügenmethode besaß, mit dem moralischen Druck von Diktaturen fertig zu werden. Er hatte sich im Krieg – nachdem er das Warschauer Getto gesehen hatte und die Vernichtung der galizischen Juden – verrückt gestellt, um aus der Verbrecher-Wehrmacht herauszukommen, und nachdem er zwölf harte, absurde, zermürbende Monate in den Bodelschwinghschen Anstalten in Bielefeld verbracht hatte, durfte er nach Havelberg zurück, und das erste Bild, das er hier malte, zeigte ihn selbst als jungen Mann mit wildem Schnurrbart und wildem Blick und trug den Titel ›Und traurig dann vom Traurigsein der anderen‹. Es war ein sehr schönes Bild, ein schöneres hat er nie mehr gemalt, und während Kurt Henschel es mir zeigte, sagte er: »Ich habe mich verrückt gestellt, ja. Aber verrückt mußte man doch auch sein, um die Raserei der Nazis zu überstehen.« Worauf ich voller Spannung sagte: »Später, in der DDR, muß es ganz ähnlich gewesen sein, nicht wahr?« Aber da rief uns auch schon seine Frau zum Tee, und so bekam ich auf diese Frage keine Antwort mehr.

Trotzdem, dachte ich nun, während der Zug im Spandauer Bahnhof einfuhr. Trotzdem war es gut, in Havelberg gewesen zu sein, ich werde meinen Freunden in Prag, in New York, in Tel Aviv davon erzählen, als hätte ich eine Expedition in den Himalaja gemacht. Jedem Deutschen aber, der den Osten Deutschlands noch immer nicht kennt, werde ich sagen: Dort mußt du hin! Nicht, weil du jenseits der alten Grenze die Zukunft deines Landes findest, sondern seine Vergangenheit. Aber beeil dich, solange man sie noch sehen kann, solange die Gespräche mit den Menschen, die dort leben, noch voll von ihr sind. Denn das Spurenverwischen geht in deinem geschichtslosen Land immer sehr schnell, und plötzlich ist alles so, als wäre vorher nie etwas anderes gewesen!

Kaum hatte ich das gedacht, war meine Reise auch schon zu Ende. Das wäre also erledigt, sagte ich erleichtert zu mir selbst, und als ich am Spandauer Bahnhof ins Taxi zum Flughafen stieg, war Havelberg nur noch ein Schatten in meiner Erinnerung, so wie ein Film, den ich vor langer Zeit gesehen hatte, und im Flugzeug nach München dann hatte ich die Tage, die nun hinter mir lagen, völlig vergessen. Erst eine Woche später erinnerte ich mich zum ersten Mal wieder an diese vergessene Stadt an einer vergessenen Biegung eines fernen kleinen Flusses. Das Telefon läutete, und Alex Schmahl war dran. »Ich muß mir einen neuen Job suchen«, sagte er. »Kannst du mir helfen?«

Heiliger Holocaust

Komische, undurchschaubare Deutsche: Zuerst bringen sie unter Aufwendung ihres ganzen Talents fast alle Juden um – und dann tut es ihnen auch noch leid. Ich meine, wer hätte es von ihnen wirklich erwartet, daß sie noch ein halbes Jahrhundert nach der überstürzten Schließung von Auschwitz den Tod von ein paar Millionen Leuten, mit denen sie außer einem ziemlich alten Testament kaum etwas verband, so inbrünstig beweinen würden, als hätte man ihren eigenen Eltern etwas angetan? Pol Pot, Enver Pascha und Radovan Karadžić ganz bestimmt nicht. Und ich? Ach, wer fragt mich denn schon …

Ich will trotzdem darüber reden. Genau jetzt, in diesem Moment, an diesem dunklen, nassen, schweren Novembertag, an dem Worte wie »Trauerarbeit«, »Vergangenheitsbewältigung« und »Nie wieder« sich in meinen Kopf drängen, ohne daß ich selbst sie gedacht hätte. Es sind ja auch nicht meine Worte, sie kommen von draußen, aus Leitartikeln und Gedenkreden, aus Fernsehansprachen und Grußadressen, es sind Worte, die ich in meinem Leben inzwischen öfter gehört habe als »danke« und »bitte«, Worte, die jedesmal so ernst und anrührend ausgesprochen werden, daß ich sie – und das ist das Schlimmste an ihnen – auch noch glauben muß.

Richtig: Ich bin genervt. Denn etwas stimmt an dieser endlosen Bewältigungsarie nicht, etwas ist absolut undurchschaubar daran, wenn Deutsche ständig von neuem mit leuchtenden Sekten-Mitglieder-Augen die Kristallnacht zelebrieren, wenn sie mit wirren, heiligen Argumenten für ein Holocaust-Denkmal streiten oder mit flagellantenhaft-offener Brust Goldhagens Peitschenhieb-Thesen entgegennehmen – etwas ist faul, wenn sie sich immer und immer wieder auf diese offene, exhibitionistische Art an etwas berauschen, das jedem anderen Volk dieser Welt so peinlich wäre, daß es alles dafür täte, es vergessen zu machen.

Wollen Sie wissen, was die ganze Sache so zwielichtig macht? Ihr wahres Motiv. Natürlich erklären Deutsche jedesmal, wenn sie zu ihrem Gott Holocaust beten, sie müßten es deshalb tun, damit so etwas kein zweites Mal passiert. Nett gelogen, Land von Mölln, Lübeck und Hoyerswerda! Wenn sie dann aber auch noch erklären, sie, die Jungen, Neuen, Anderen, fühlten sich für die Taten ihrer durchgedrehten Omas und Opas verantwortlich, glaube ich ihnen überhaupt kein Wort. Denn das ist genauso absurd, als wenn heute ein Jude sagen würde, er war vor dreitausend Jahren Sklave in Ägypten.

Ich weiß, das sagt er ja auch, an Pessach, Jahr für Jahr. Er sagt es aber nicht, weil ihm etwas leid tut, sondern weil er so mit der Geschichte seines Volkes verschmelzen kann – und damit auch mit seinem Volk. Sagen Deutsche also in Wahrheit vielleicht aus dem gleichen Grund immer wieder »Ich war Aufseher in Treblinka« oder »Ich habe geschwiegen, als die Familie Levi verschwand«? Ich glaube, ja. Aber sie würden es niemals zugeben. Nur ganz selten rutscht es ihnen heraus, so wie dem immer etwas pathetisch auftretenden Soziologen Ulrich Beck, der schon mal ganz verzückt von »Auschwitz als deutscher Identität« redet, oder dem wesentlich dezenteren ›Zeit‹-Redakteur Gunter Hofmann, der, auf der Suche nach möglichen »nationalen Grundsubstanzen«, herausfindet: »Das Verbindende und Tragfähige muß zuallererst aus einem Verantwortungsgefühl für die eigene Geschichte, zumal auch für die zwischen 33 und 45, erwachsen.«

Das Holocaust-Trauma als Mutter eines endlich gefundenen deutschen Nationalbewußtseins? Was sonst! Was sonst als diese unglaubliche, unerhörte Tat – sowie ein noch nie dagewesener Weltkrieg – schenkte diesem seit Jahrhunderten geographisch, geistig und mental uneinigen, unfertigen

Volk von einem Tag auf den andern den großen nationalen Topos, den Schlüsselbegriff, der alle, egal ob Linke oder Rechte, Bayern oder Friesen, Aufklärer oder Romantiker, mit einer solchen Wucht und Gewalt zusammenband wie kein Goethestück, kein Hambacher Fest, keine Bismarckverordnung vorher. Und darum also lieben die Deutschen den Holocaust so – vor allem die, die immer wieder sagen, daß sie von ihm nichts mehr hören wollen.

Ich, persönlich, kann den Holocaust nicht leiden. Aber an einem solchen dunklen, nassen Novembertag wie heute kann ich die Besessenheit der Deutschen fast verstehen. Sie sollten nur endlich ehrlich zugeben, was sie von den toten Juden wollen – und begreifen, daß eine freundliche, offene Nation nie aus dem Horror entstehen kann, sondern nur aus einem Traum.

Martin Walser: Wer glättet seine Falten?

Wie ein Schriftsteller sieht der neue deutsche Dichterfürst ja nicht gerade aus: In seinem schiefen, bösen Spießbürgergesicht hängt eine große, tropfenförmige Lehrerbrille. Mit seinen gestreiften Leinenhemden und bauchigen Knitterjacketts könnte er unerkannt an jeder deutschen Stadtratssitzung teilnehmen. Und die vielen harten Furchen, die von seiner Stirn bis zu seinem Kinn hinunterlaufen, lassen mich jedesmal, wenn ich in irgendeinem Millionenmagazin sein Foto sehe, an den greisen Kinderhasser in unserem Haus denken, in dessen gallenbitterer Visage inzwischen genauso viele Falten eingebrannt sind, wie er in seinem Leben mit dem Besenstiel gegen die Wände seiner Nachbarwohnungen gedonnert hat.

Kommen Sie mir jetzt bloß nicht damit, das Äußere eines Dichters spiele absolut keine Rolle! Sonst müßte ich Ihnen mit der turmhohen Melancholikerstirn eines Paul Celan kommen, mit Albert Camus' alleswissendem, lässigen Bohemienblick, mit Isaac B. Singers obszönem, blasphemischem Lachen, und dann sähe der neue deutsche Dichterfürst gleich am Anfang dieser kleinen Belehrung schon alt aus. Verstehen Sie mich nicht falsch: Klar schreibt und denkt ein Autor nicht so, wie er aussieht – doch was er schreibt und denkt, kann man nicht nur in seinen Büchern lesen, sondern ebenso in seinem Gesicht. Was also lesen wir im Antlitz des neuen deutschen Dichterfürsten? Natürlich nicht, daß er Martin Walser heißt, daß er vier appetitliche Bildungsbürgertöchter hat oder daß er seit Jahrzehnten in einem vergessenen Ort am Bodensee lebt – und auch nicht, daß er mal ein glühender SPD-Wahlhelfer war, dann ein noch glühenderer Vietnamkrieg-Hasser und hinterher, als DKP-Höfling, eine Zeitlang besonders leicht entflammbare Fackel der Arbeiterbewegung.

Nein, wenn in Walsers stumpf-zornigem Rentnergesicht etwas geschrieben steht, dann ist es natürlich etwas ganz anderes. Dann ist es die wehleidige Selbstgerechtigkeit eines früheren Flakhelfers und späteren Nachkriegsintellektuellen, der es eines Tages nicht mehr aushielt, daß die historische Corporate Identity seines Landes im Vergleich mit der von Luxemburg oder San Marino gewisse moralische Makel aufwies. Nur so kann man erklären, daß er bereits vor der Wiedervereinigung sehnsüchtig jammerte: »Wenn wir Auschwitz bewältigen könnten, könnten wir uns wieder nationalen Aufgaben zuwenden«, um nach geglücktem 89er-Vollzug – mal wieder brennend vor Eifer für eine neue Sache – das Aufkommen des Rechtsradikalismus mit der »Vernachlässigung des Nationalen durch uns alle« willfährig in genau die Richtung hinzudeuteln, in die die volksbewegte Skinhead-Avantgarde ihre Feuerspur gelegt hatte. Daß er bis heute selbst aber nicht wirklich begriffen hat, daß er allein wegen seiner endlosen Armes-Deutschland-Sprüche und Anti-Holocaust-Reden zum neuen deutschen Dichterfürsten wurde und nicht durch seine dicken verschwatzten Romane, kann man ebenfalls irgendwie seinem dumpfen Gesichtsausdruck entnehmen: Es ist der ewig naive, ratlose Martin-Walser-Blick, der uns signalisiert, dieser Mann weiß oft gar nicht, warum er sagt, was er sagt, und auch nicht, weshalb er ist, wie er ist.

Man müßte es ihm vielleicht einfach nur endlich erklären. Man müßte ihm sagen, daß er wie alle deutschen Romantiker die Welt da draußen, die Welt der Politik und des Handelns, blöderweise mit seiner eigenen Innenwelt so sehr verwechselt, daß er von dieser auf jene ständig schließen zu können glaubt. Jemand, der annimmt, er sei »als Schreibender völlig unfrei«, denn »das, was kommt, ist doch nicht rational und denkbar und bestellbar«; jemand, der meint, »wer sich auf den Zeitgeist einläßt, den schwächt er« – so einer, finde ich, ist nicht eben prädestiniert, um über die Wirklichkeit zu schreiben. Walser tut es trotzdem, er tut es, weil er sie haßt und ablehnt und weil er sich von ihr seit jeher fürchterlich unterdrückt fühlt. Die Wirklichkeit, das sind für ihn »linke Betbrüder« und »klimabeherrschende Korrektheitsdesigner«, die ihn »auf der Autoscooter-Bahn des Politjahrmarkts herumschubsen«, die ihn – oder Leute wie Steffen Heitmann oder Philipp Jenninger – mit ihrem »Tugendterror der political correctness« überziehen und die »Fragen des Gewissens zum Medienthema« machen. Und so was kann ein deutscher Romantiker und Ich-Immigrant wie Walser gar nicht vertragen – er, der so stolz darauf ist, daß er früher, in der Nazi-Schule, mit seinen Aufsätzen nach außen die Erwartungen der Lehrer zwar erfüllte, dennoch aber sauber blieb. Wie? Ist doch klar: »Das Gewissen blieb innen.«

Wenn das Gewissen innen bleibt, dann ist draußen natürlich immer der Feind, auch wenn er mal politisch recht haben sollte und Walser nicht, und dieser Feind, übermächtig wie einst Kaiser oder Führer, heißt für ihn nun Aufklärung. »Machtausübung, die sich als Aufklärung versteht« – das kann der Newromancer Walser gar nicht ab, doch statt dumme Linksliberale auseinanderzunehmen und kluge Linksradikale in Grund und Boden zu diskutieren, nimmt er den Kampf, den er führen müßte, gar nicht erst auf. Dort draußen ist es mir zu ungemütlich, denkt er, gegen meine Gegner komme ich sowieso nicht an, und kehrt dann – wie alle Dichter-Romantiker vor ihm, bevor sie sich wieder in sich zurückverkrochen – den Praeceptor Germaniae heraus. Er erklärt den Versailler Vertrag ludendorffmäßig zum »Diktat«, er poltert gegen den »moralischen Zeigefinger des Auslandes«, er hetzt gegen den »Westzusammenhang« der Bonner Republik. Und warum das alles? Weil er sich, wie so viele verklemmte, larmoyante deutsche Intellektuelle, mit Deutschland verwechselt, mit diesem Land, das – davon ist er überzeugt – so wie er auch immer nur Opfer und Objekt fremder Mächte und Interessen gewesen ist und darum, so wie er, endlich zu sich selbst finden sollte. Und wer bei sich ist – alte Romantikerparole –, kann nicht mit den anderen sein, der ist immer irgendwie gegen alle.

Ob Martin Walser diesen verdeckten Mechanismus seiner deutschen Manie durchschaut? Das, wie gesagt, glaube ich nicht, und ich fürchte, er würde ihn, erklärte man ihm alles in Ruhe, auch nicht erkennen. Wenn aber doch, wäre das seine große Chance. Er könnte dann endlich aufhören, ständig über Deutschland und den Holocaust zu reden, und obwohl wir damit unseren neuen Dichterfürsten gleich wieder verlieren würden, gewänne er selbst sehr viel dadurch. Sein Gesichtsausdruck würde sich über Nacht verändern – und aus einem grimmigen Rentner würde vielleicht endlich ein Schriftsteller.

Land der Verklemmten

Sind Sie verklemmt? Kriegen Sie rote Flecken im Gesicht, wenn einer Sie anspricht, den Sie nicht schon seit Kindergartentagen kennen? Ist Party für Sie nur ein anderes Wort für Krieg? Hassen Sie Leute, die im Gegensatz zu Ihnen den Mund nicht zum Schmollen benutzen, sondern zum Reden? Wenn ja, dann sollten Sie jetzt besser nicht weiterlesen – denn wenn ich erst mal mit Ihnen fertig bin, werden Sie sich überhaupt nicht mehr aus dem Haus trauen.

Ich selbst bin natürlich absolut nicht verklemmt. Mein wüstwilder Vater kommt aus Moskau, meine hemmungslose Mutter aus Baku, die vielen schwarzen Haare auf meiner Brust wachsen noch schneller und ungestümer als die Stadtgrenzen von Tel Aviv, und wenn ich jemanden nicht kenne und er neben mir im »Schumann's« sitzt, rede ich, ohne groß zu fragen, so lange auf ihn ein, bis wir entweder Freunde sind oder Feinde – was soll's.

Das ist natürlich nicht wahr. So habe ich es früher gemacht, vor langer, langer Zeit. Damals, als naives Emigrantenkind, dachte ich noch, alle andern denken genauso wie ich – ich dachte, jeder Mensch ist ein Geheimnis, das ich unbedingt lösen muß, ein Abenteuer, das ich mir auf keinen Fall entgehen lassen darf, und außerdem fand ich, allein ist jeder von uns auch so schon oft genug.

Wie dumm von mir: Deutsche sind nämlich sehr gern allein – okay, allein vielleicht nicht, aber auf jeden Fall unter sich. Ja, Deutsche sind immer nur mit denselben Deutschen zusammen, sie verbringen mit denselben Deutschen ihre Süden-macht-auch-nicht-wirklich-locker-Ferien, sie trinken mit denselben Deutschen jeden Sonntagnachmittag diesen rätselhaft dünnen, säuerlichen Ersatzkaffee, sie sprechen mit denselben Deutschen immer und immer wieder ihren redundanten Beziehungsfaschistenscheiß durch, und wenn sich Deutsche in Gegenwart anderer Deutscher – von den Ausländern gar nicht zu reden, hahaha – fürs Kino, die Sauna oder eine kleine Inlineskatetour verabreden, laden sie sie bestimmt nicht ein, mitzukommen, sogar, wenn sie es gern tun würden. Warum? Weil sie Angst haben. Weil sie sich ganz fürchterlich davor fürchten, man würde nein sagen.

Genau: Nur Feiglinge sind verklemmt und darum auch immer unter sich. Nur Feiglinge trauen sich nicht, einen flüchtigen Bekannten in einer Bar an ihren Tisch zu bitten oder mit einem Fremden einfach so zu reden, ohne explizite Lebensfreundschaftsgarantie. Und nur Feiglinge stellen sich ihre Freunde niemals gegenseitig vor, nur Feiglinge melden Tage und Wochen vorher ihren Besuch an, nur Feiglinge prüfen jedes ihrer Worte dreimal, bevor sie es aussprechen, weshalb dann der Großteil ihrer Rede bloß beklemmendes Schweigen ist. Nur Feiglinge schauen einen nie an, weil sie zu sehr damit beschäftigt sind, sich in panischer Sorge um ihre Außenwirkung ständig selbst zu observieren, nur Feiglinge achten ununterbrochen darauf, daß sie nichts Falsches sagen oder tun, nur Feiglinge sehen in einem fremden Menschen immer den Feind, der darauf wartet, sie lächerlich zu machen, zu demütigen.

Womit sie, was Deutschland angeht, natürlich vollkommen recht haben. Denn wo, wenn nicht hier, in diesem Land der heißen Schadenfreude, der kalten Mütter und der stumpfdumpfen Polenwitze, lauert jeder unentwegt auf das Versagen und die Schwäche des anderen? Ich kann es vielleicht noch etwas anders ausdrücken: Wer Angst hat, sich in den Augen seines Gegenübers eine Blöße zu geben, der giert in Wahrheit nach dessen Fehlern, der ist das Opfer seiner eigenen kleinkarierten misanthropischen Projektion, der ist auch nur ein Wolf in einem ziemlich brutalen Rudel. Das

Ganze ist – Widerspruch zwecklos! – ein ziemlich barbarischer Mechanismus, ein echtes Perpetuum mobile, und ob es nun, entwicklungsgeschichtlich betrachtet, von den dämlichen Germanen, den dummen Preußen oder den doofen Nazis in Gang gesetzt wurde, könnte mir vielleicht bei Gelegenheit einer von diesen supergelehrten Oberstudienräten mitteilen, die mich normalerweise immer nur in ihren endlosen Wir-haben-sonst-nichts-zu-tun-Leserbriefen ziemlich ungelehrt beschimpfen.

Manchmal, ich gebe es zu, fühle ich mich auch schon wie ein Deutscher. Ich sitze im »Schumann's« und warte und warte, daß etwas passiert. Das Lokal ist voll, der einzige freie Platz, den es noch gibt, ist an meinem Tisch – doch keiner, der sich zu mir setzen will, ist mir gut genug. »Besetzt«, sage ich jedesmal, ein schiefes, hölzernes Lächeln auf den Lippen, die Augen ängstlich gesenkt. Ich höre meine eigene Stimme, sie hallt wie von ganz weit weg zu mir herüber, die kalten, traurigen Gesichter der Bargäste wirbeln immer schneller um mich herum, und ich denke mal wieder daran, daß ich endlich weggehen sollte aus dem Land der Verklemmten.

Aber das macht mir dann noch mehr Angst als die Vorstellung, hier für immer allein zu sein.

Wenn ich einmal blau wär'

Kennen Sie den? Kommt ein Marsmännchen in eine Bar und bestellt sich ein Bier. Kaum ist die Flasche leer, will es eine neue. Dann noch eine und noch eine. Der Kellner hält es schließlich nicht mehr aus, und beim nächsten Mal sagt er: »Entschuldigen Sie, darf ich Ihnen eine Frage stellen?« »Klar«, sagt das Marsmännchen. »Sind Sie, ähm, vom Mars?« »Aber natürlich.« »Und haben alle bei Ihnen diese grüne, schuppige Haut?« »Ja.« »Und diese langen Antennen auf dem Kopf?« »Ja.« »Und, ähm, trinken bei Ihnen auch alle soviel wie Sie?« »Nein«, sagt das Marsmännchen, »nur die Gojim.«

Für alle Gojim, die jetzt nicht wissen, was ein Goj ist, habe ich einen Rat: Schauen Sie in den Spiegel. Oder gehen Sie in einen Klub oder in eine Bar, betrinken Sie sich ausnahmsweise nicht und sehen Sie dann den anderen dabei zu, wie ihnen langsam die Kleider und Gesichtszüge verrutschen. Es werden lauter Gojim sein – aber einen Juden finden Sie darunter garantiert nicht. Warum? Das erkläre ich Ihnen später. Vorher sollten Sie aber erfahren, daß ich natürlich alles andere als ein Rassist bin, denn ich liebe wirklich alle Menschen, egal ob rot oder weiß, gelb oder braun – nur blau sollten sie nicht gerade sein. Bei solchen Leuten kenne ich nämlich keine Gnade, und mein Haß ist abgrundtief.

Besonders widerwärtig sind betrunkene Angeber in der Phase kurz vor der Bewußtlosigkeit – manische Manager, tyrannische Chefredakteure und größenwahnsinnige Bildhauer. Sie, die sonst beim Reden immer so komisch in sich hineingucken und auf fremde Meinungen ähnlich viel geben wie Commander Robot, werfen sich einem plötzlich im wahrsten Sinne des Wortes an die Brust und im übertragenen vor die Füße, sie werden weinerlich und unterwürfig, sie sagen »Ich bin nichts wert« und »Gib zu, daß du mich nicht magst«, und zum Schluß lassen sie einen auch noch mit ihrer Rechnung sitzen.

Beinah genauso unangenehm können Frauen werden, wenn sie sich – allein oder in konspirativen Zweier- oder Dreiertrupps – systematisch die Leicht- und Schwermatrosen in die Venen jagen. Meistens wollen sie mit ihrem tristen, planmäßigen Gesaufe beweisen, daß auch sie richtige Männer sind, und das gelingt ihnen insofern sehr gut, als daß die ganz richtigen Männer daraufhin einen Riesenbogen um ihren Tisch machen. Fast schon wieder eine Freude sind mir dagegen die größten Dummköpfe und Selbstentlarver unter den Säufern, also all jene, die sich den – quasi immanenten – deutschnationalen Kommandos von General Alkohol nicht zu widersetzen wagen und schon mal, sind sie älter, das Horst-Wessel-Lied anstimmen, sind sie jünger, von der Allmacht des Mossad delirieren.

Am wenigsten, um nun wieder ganz unironisch zu werden, halte ich aber die Typen aus, die bei jedem Whisky und jedem Gimlet, den sie stumm und einsam und stolz in sich hineinschütten, so tun, als würden sie damit die ganze Sinnlosigkeit des menschlichen Daseins hinunterspülen, Pseudo-Existentialisten der affektiertesten Sorte, die in Wahrheit das Problem haben, daß sie erst ab zwei Promille den Mund aufkriegen. Da sie dann aber gar nicht mehr mitbekommen, was aus ihm schließlich herauskommt, bezahlen sie mit dem Kater am nächsten Morgen einen besonders sinnlosen Preis.

Wie kann man, denken Sie jetzt bestimmt, Trinker und Betrunkene überhaupt hassen? Und wie, frage ich sofort zurück, kann man auf jemanden wütend sein, der ohne Alkohol durch die Feste und Dramen seines Lebens spaziert? Gleich werden Sie verstehen, was ich meine: Es ist nämlich jedesmal dasselbe, wenn ich sage, daß ich nicht trinke, ich sage es natürlich nie, ohne gefragt worden zu sein, und wenn es also endlich raus ist, sehen mich Freunde und Feinde so an, als wäre ich bescheuert, und bei jedem Witz und jeder galanten Bemerkung, die ich im Laufe des Abends noch mache, in der einen Hand ein Mineralwasser, in der anderen fünf IQ-130-Blondinen, verwandelt sich die Verwunderung in ihren Blicken in Neid und kurz darauf in Wut. Gegen Mitternacht holen sie schließlich Torquemada, den Großinquisitor, der mir auf einer Streckbank das Geheimnis meiner Nüchternheit entlocken soll, und weil ich es selbst nicht kenne, werde ich gegen Morgengrauen als Ungläubiger verbrannt.

Natürlich nicht. Und natürlich weiß ich genau, woher es kommt, daß ich die Gesellschaft anderer Menschen genießen kann, ohne jeden von ihnen doppelt sehen zu müssen. Vor allem aber weiß ich, wieso ich bei Pech in der Liebe, Horror im Job und Ratlosigkeit im Leben nie auf die Idee käme, Antworten auf meine letzten Fragen dort zu suchen, wo garantiert keine sind, nämlich auf dem leeren Grund ausgetrunkener Wein- und Whiskygläser. Wollen Sie auch wissen, warum? Sicher? Ganz sicher? Na gut. Sie haben es nicht anders gewollt: Weil ich – Trommelwirbel, bitte – eben kein Goj bin.

Jetzt sind Sie sauer! Das müssen Sie aber echt nicht sein. Ich habe doch schon gesagt, daß ich, der antialkoholische Antichrist, alles andere als ein Rassist bin. Juden trinken nun mal wirklich nicht. Juden sind nämlich der Meinung, daß das Leben hier unten stattfindet, auf der Erde, auf dem allerhärtesten Boden der allerhärtesten Tatsachen, und zwar wirklich nur dann, während man lebt. Jedes Problem, das sie haben, müssen sie deshalb hier und jetzt lösen, ganz allein, ohne Gott, ohne die Hoffnung auf eine bessere, leichtere Zeit im Jenseits und darum – im Gegensatz zu den Christen – auch ohne den Glauben an den alles erlösenden, betäubenden und trügerischen Jenseitsersatz im Alkoholrausch.

Klingt ganz gut, was? Klingt wie so ein richtig cooles, pragmatisches, selbstbestimmtes Lebenskonzept, nicht wahr? Ist es irgendwie auch. Aber, um ehrlich zu sein, ab und zu wäre ein kleines Gläschen trotzdem nicht schlecht. Denn ab und zu merken sogar wir Juden, daß das Leben hier unten absolut sinnlos und idiotisch ist – und dann wünschen sogar wir uns einen Gott, der Wasser in Wodka verwandeln kann.

Nächstes Jahr in Tel Aviv

Am Ende der großen Sommerferien war meine ältere Schwester plötzlich nicht mehr da. Während ich in einem Londoner Vorort Englisch lernte, hatte sie ihre Sachen gepackt und war nach Israel ausgewandert. Einen Brief hatte sie mir nicht dagelassen, ihr Zimmer schien unverändert, und nachdem ich meinen Koffer in die Ecke geschoben hatte, setzte ich mich ans Klavier und versuchte, ›Für Elise‹ zu spielen, Jelenas Lieblingsstück, mit dem sie mich, seit ich denken konnte, Tag für Tag gequält hatte. Wie gern hätte ich ihr von England erzählt, von den reichen spanischen Teenagern in meiner Klasse, die viel zu schnell ihr Geld ausgegeben hatten und mir dann vorschlugen, gegen Bezahlung Hundescheiße zu essen, von den Hooligans, denen wir eines Abends nur knapp entkommen waren, und vor allem natürlich von meiner ausgesprochen proletarischen Gastfamilie, die sich jeden Sonntagvormittag im Wohnzimmer versammelte, damit der arbeitslose Vater die beiden Kinder und seine Frau verprügeln konnte, und die Frau war es dann auch, die am Tag meiner Abreise plötzlich vor mir stand, um mir in dieser vorsichtigen, neugierigen Maranenart einen großen, goldenen Davidstern zu zeigen und auf Cockney zu erklären, den hätte sie von ihrer Mutter bekommen, weshalb sie glaube, sie sei *Jewish* so wie ich. Von alldem hätte ich Jelena so gern erzählt, und statt dessen stolperte ich nun von Note zu Note, und dann klappte ich den Klavierdeckel herunter und beschloß, Offizier zu werden in der israelischen Armee.

Meine Schwester hatte es nur sehr kurz in Deutschland ausgehalten. Fünf Jahre, nachdem wir von Prag nach Hamburg emigriert waren, 1975, war sie ein zweites Mal geflohen – diesmal nicht vor russischen Panzern, sondern vor Gesprächen der Sorte »Deutsche fragen, Juden antworten«, wie ich sie bis heute führen muß. »Weshalb wollt ihr euch ständig absondern? Wieso besteht ihr darauf, keine Religionsgemeinschaft zu sein, sondern ein Volk? Und warum verteidigt ihr so verbissen euren Staat?« lautet das ewiggleiche deutsche Bewältigungs-Stakkato, gegen dessen psychologisches Grundmuster Bettnässerei eine hochkomplexe Neurose ist. »Weil wir Sklaven in Ägypten waren, Arschloch«, sage ich dann jedesmal zu meinem verschwitzten Gegenüber. »Und weil du deutsches Geschichtsnichts noch nicht einmal den militärischen Rang deines Hitlersoldatenvaters weißt.«

Ja, genau, das sage ich, aber vorher gebe ich mir zwei, drei Stunden lang Mühe, mit meinen deutschen Freunden und Feinden zu diskutieren. Ich räume Mißverständnisse aus und rücke Jahreszahlen zurecht, ich spreche über Juden plötzlich genauso wie ein Deutscher, technokratisch und distanziert und schulmeisterlich, aber dann wieder packt mich dieser unkontrollierbare Zeloteneifer, und ich versage meinem Wirtsvolk allen Respekt. »Ihr Deutschen«, sage ich, »habt keine Erinnerung. Und dabei seid ihr so sehr von euch eingenommen, von eurem Wohlbefinden, das ihr Gegenwart nennt, daß ihr euch deshalb niemals in einen andern hineinversetzt. Sonst hätte euer Hitler doch damals von Anfang an gewußt, daß die andern stärker sind als die Deutschen – und sonst würdet ihr selbst heute nicht so frech sein, zu denken, daß die Anmaßungen des Nationalsozialismus in jedem Staatsgedanken – aber ganz besonders im israelischen – widergespiegelt sind.«

Und so kommen wir dann also auf Israel zu sprechen. Das heißt – ich rede über Israel und sie, wie immer, nur von ihrem eigenen Problem. Sie sagen Zionismus und meinen die NSDAP, sie sagen Scharon und meinen Eichmann, sie sagen Doktor Baruch Goldstein und meinen Doktor Mengele. Ihr berechtigter Nazi-Komplex ist dabei das eine; das andere ist ihre illegitime, fast archaische deutsche Unwissenheit, die immer nur neblige Selbstentlastungs-Meinungen produziert. Sie wissen nichts, absolut nichts über Israel und das jüdische Leben, aber ihr Drang nach Erlösung von ihrem Auschwitz-Erbmakel ist groß, und so halten sie alle Israelis für schwarzbekleidete, hektische, blutrünstige Kaftanjuden, sie siedeln Israel auf der Gottesdiktaturen-Skala gleich hinter Iran an, und die Möglichkeit eines Friedens im Nahen Osten interessiert sie in Wahrheit genauso brennend wie irgendein afrikanischer Krieg.

Als Jude über Israel sprechen heißt, es zu erklären. Es erklären heißt, es zu verteidigen. Und wer Israel verteidigt, der bleibt das letzte Argument immer schuldig, egal ob er mit dem Wort einen verklemmten deutschen Täterenkel zurechtstutzen möchte oder mit der Uzi den verständlicherweise wütenden Fatah-Kämpfer – denn wie soll man die andern von der Notwendigkeit Israels überzeugen, wenn man nicht einmal selbst, als Jude, so genau weiß, was dieses Land überhaupt ist?

Meine Tante Klara, die ein Jahr lang jeden Morgen Mengele beim Appellstehen in die Augen blickte, wußte auch nicht, was Israel ist, als sie dort kurz nach dem Krieg ankam. Sie war mit dem Schiff von Marseille nach Haifa gereist, sie hatte sich auf ihr neues Leben nicht vorbereitet, sie ließ einfach nur das alte hinter sich, und das einzige, was sie tun konnte, war, sich ganz warm anzuziehen, denn in Birkenau hatte sie gelernt, daß man vor Kälte sterben kann, vor Hitze aber nur verbrennen. So lief sie dann in ihren europäischen Winterkleidern über die Schiffsbrücke an Land, und die Leute lachten sie aus, aber das war noch gar nichts gegen ihre erste Nacht in Palästina, als sie am Stadtrand von Haifa in einer Übergangssiedlung für Neueinwanderer in ihrem Zelt lag und vor Angst zitterte, weil die Schreie, die durch die Nacht hallten, nach Verzweiflung und Tod klangen. Schließlich faßte sie sich ein Herz, sie lief hinaus, und nachdem sie erfahren hatte, daß es nur das Heulen von Schakalen gewesen war, erschrak sie gleich noch ein zweites Mal, sie erschrak vor diesen großen, stummen, hageren Menschen, die draußen reglos im Dunkeln saßen, sie erschrak, weil diese Juden aus dem Jemen, die zweitausend Jahre ohne Verbindung zur Galuth gelebt hatten, ihr fremder waren als die deutschen Bewacher aus dem KZ.

Immer, wenn ich Klara – und ihren Mann Zoli – heute in Holon bei Tel Aviv besuche, bitte ich sie, mir von den Schakalen und Jemeniten zu erzählen – doch beim letzten Mal hat sie mir meine Bitte nicht erfüllt, und statt dessen sprach sie vom Lager, sie sprach darüber, wie sie am Ende in Birkenau so schwach gewesen ist, daß Mengele sie in die Krankenbaracke schickte, von wo sie am nächsten Morgen den Marsch in die Gaskammer antreten sollte. In der Nacht stand auf einmal ihre Schwester Božka neben ihr, sie hatte die Wachen bestochen, und nun schleppte sie Klara in ihren Block zurück. »Hättest du ohne Krieg euer ruthenisches Schtetl jemals verlassen, Klara?« fragte ich. »Wer kann das wissen?« sagte sie. »Wurdest du in Auschwitz Israelin?« fragte ich. »Was für eine merkwürdige Frage«, sagte sie. »Glaubst du, daß die Palästinenser heute leiden sollen, weil wir immer wieder getötet worden sind?« fragte ich. »Vielleicht ja, vielleicht nein«, antwortete sie, und dann schenkte sie mir noch Tee ein und schob das vierte Stück Kuchen auf meinen Teller.

Am gleichen Tag fuhr ich dann zu meiner Cousine Leila und ihrem Mann Ljonja nach Hadera. Auch sie hatten keinerlei Vorstellung von dem Land gehabt, wohin sie vor einigen Jahren aus Aserbaidschan emigrierten. In Baku hatten damals islamtrunkene Aseris wochen- und monatelang Armenier massakriert, und weil Leilas verstorbener Vater Armenier gewesen war, machte sie sich – ängstlich, wütend, naiv – mit ihrer jüdischen Mutter nach Israel auf. Ljonja kam natürlich auch mit, obwohl niemand so genau weiß, ob er Jude ist oder nicht, aber danach fragte bisher keiner, nicht einmal der Oberrabbiner von Israel, und Ljonja versucht nun alles, um ein vorbildlicher israelischer Neustaatsbürger zu sein. Er beschwert sich nicht darüber, daß er Hebräisch ähnlich kompliziert findet wie einen seltenen Delphindialekt, er versagt sich alle russische Heimatmelancholie, er fragt nicht, ob ich ihnen Geld leihen könnte, und daß er noch immer keine richtige, seiner Qualifikation entsprechende Arbeit finden konnte, erwähnt er ebenfalls mit keinem einzigen Wort. In Wahrheit aber sind Leila und Ljonja von ihrer Einwanderung längst vollkommen demoralisiert, sie sind fremd in diesem nervösen, unfreundlichen Land, doch während wir bei ihnen in Hadera an einem reichgedeckten, orientalischen Wir-geben-dem-Gast-alles-Tisch sitzen, tun sie so, als wäre alles okay. Ein paar Monate später nimmt Ljonja einen Job in einem Lagerhaus an, es ist eine sehr schwere, ermattende Arbeit, und vielleicht fegt ihn deshalb eines Tages ein Gehirnschlag zu Boden, vielleicht ist es aber doch die russische Heimatmelancholie, und weil sie aus Geldmangel keine Krankenversicherung haben, geht Ljonja fünf Tage lang nicht zum Doktor, in der Hoffnung, daß in seinem Kopf alles wieder von selbst gut wird.

Warum wollen die Juden in Israel leben? Warum wollen sie, daß es diesen Staat gibt? Und warum muß er ausgerechnet zwischen Kiriat Schmona und Eilat liegen, zwischen Jerusalem und dem Mittelmeer? Weil das unser Land ist – heißt eine häufige Antwort auf diese Frage, eine ganz besonders dumme Antwort, denn man kann nicht nach zweitausend Jahren in eine Gegend kommen, in deren Erde längst andere begraben sind, um auf den fremden Gräbern seine eigenen Städte zu errichten; man kann nicht Kolonisator sein und sagen, hier ist kein Mensch; man kann nicht Hunderttausende Araber vertreiben und erklären, die haben es so gewollt. Aber in Wahrheit glaubt ja ohnehin kein Jude, kein Israeli – außer ein paar gottessüchtigen Westbanksiedlern aus Brooklyn – daran, daß der Nächstes-Jahr-in-Jerusalem-Quatsch, daß die Erinnerung an König Davids Harfespiel oder an Esthers heiße Brüste das große zionistische Abenteuer legitimieren. Die zweite, etwas schlüssigere Entgegnung auf die Warum-Israel-Frage lautet dann schon eher: Es muß ein jüdischer Staat existieren, damit kein Goj mehr einem von uns ein Haar krümmen kann.

Die Chaluzim, die allerersten jüdischen Pioniere, die Ende des 19. Jahrhunderts nach Palästina kamen, gaben aber noch eine ganz andere Antwort. Sie verstanden unter Zionismus mehr als eine bloße Anti-Pogrom-Ideologie: Die Machpela-Höhle war ihnen ihr Kyffhäuser und die Hatikwa ihre Marseillaise, denn sie sind damals genauso wie Deutsche, Tschechen und Franzosen vom Nationalismus besessen gewesen. Oder war etwa einer wie Joseph Baratz, der Mitbegründer des Ur-Kibbuz Degania im Jordantal, nicht von chauvinistischen Hochgefühlen ergriffen, als er über das Wiedersehen der Juden mit Palästina in seiner Autobiographie schrieb: »Während der Zeit unseres Exils war das Land unfruchtbar geworden, und es schien uns, als ob auch wir selbst, als ob unser Geist durch die Trennung von dem Land unfruchtbar geworden wären. Jetzt mußten wir dieser Erde unsere ganze Kraft widmen, dann würde sie uns ein Gegengeschenk machen: Wir würden wieder schöpferisch werden.« Und die Bademodenfirma »Gottex« erschaffen.

Ich will über solche Ex-Gettojuden-Schwärmereien nicht lachen – aber ich muß. Und ein Ex-Gettojude bin ich in Wahrheit natürlich auch, sonst würde mir jetzt nicht plötzlich der Bruder meines Vaters einfallen, mein Onkel Grischa. Eigentlich kenne ich nur die alljüdische Pointe seines alljüdischen Lebens, das im Moskau der 20er Jahre begann. Als junger Mann zog Grischa mit der Roten Armee in den Westen, unterwegs erschoß er wahrscheinlich ein paar deutsche Soldaten-sind-Mörder-Soldaten, und als er dann im befreiten Prag ankam, erinnerte er sich an seinen tschechischen Paß, er wurde einer der ersten Beneš-Diplomaten und ging nach Brasilien, und nachdem die Kommunisten Jan Masaryk aus einem Hradschinfenster warfen, zog Grischa weiter nach Israel. Ich weiß nicht, ob Grischa Zionist war oder einfach nur unter Juden sein wollte – aber was immer es gewesen ist, die finanzielle Not war stärker, und er, den Klara und Zoli bis heute ehrfürchtig als »wahren Diplomaten« und »schönen, willensstarken Mann« titulieren, gab seinen Taxifahrerjob in Tel Aviv wieder auf, er ging zurück nach São Paulo und wurde Millionär. Und wo bleibt die alljüdische Pointe? 1972 kam Grischa wegen eines Geschäfts nach Israel, und gleich am ersten Tag schaute er natürlich in Holon vorbei, er fühlte sich nicht gut, sein Bauch war furchtbar dick und angeschwollen, und ein paar Tage später war er dann tot. So liegt Grischa, wie jeder Jude es möchte, in Israel begraben, und daß damals bei seiner Beerdigung Ariel Sharon, Itzchak Navon und noch ein paar andere israelische Generäle und Politiker anwesend waren, erfüllt die ganze Familie mit Stolz. War Grischa Mossad-Agent gewesen? Hatte er Waffen nach Israel geliefert? Wir werden es nie erfahren – aber zarter, eindrucksvoller als sein Leben endet ein jüdisches Leben nicht.

Lügen, nichts als Lügen. Gefühl, nichts als Gefühl. Will jemand wissen, warum meine Schwester damals wirklich nach Israel ausgereist ist? Ich habe sie neulich noch einmal gefragt. Natürlich gingen ihr die Deutschen auf die Nerven. Und natürlich suchte sie, da Prag so unerreichbar war, einen neuen, einen balbatischen Heimatort. Aber vor allem war da mein Vater, dessen größter Traum es immer schon gewesen ist, nach Israel auszuwandern. Er hatte Jelena vor die Wahl gestellt – zu Hause bleiben oder Alijah machen. New York, Paris oder London, wohin sie als dreiundzwanzigjähriger Twen genausogern hingegangen wäre, hätte er ihr nicht finanziert. So wurde meine Schwester, die von Israel kaum etwas wußte, die sich davon ein schönes, aufregendes Leben erwartete, aber alles andere als die Erfüllung eines moralischen, politischen Ideals, eine Zionistin aus Pragmatismus – was sie von vielen anderen Zionisten kein bißchen unterschied.

Daß Jelena heute nicht mehr in Israel lebt, überrascht mich kaum, mein Vater hätte dort allerdings längst ankommen sollen. Warum er es trotzdem bis jetzt nicht geschafft hat? Vielleicht, weil er keine Lust hat, zum dritten Mal in seinem Leben zu emigrieren. Vielleicht aber auch, weil er – der Israel so gut kennt wie kaum ein anderer – noch immer nicht so recht weiß, was er mit diesem auf Sand, Tränen und Träumen gebauten Land anfangen soll, was es ihm, dem jüdischsten aller Juden, wirklich bedeutet, was es eigentlich ist.

Israel, Vater, das ist der endlose Blick von den Galiläischen Bergen bis tief hinunter zum schwarzen See Genezareth. Es ist der weiche phönizische Wind, der einem ins Gesicht weht, wenn man nachts auf dem Berg Carmel steht und von dort die roten und weißen Lichter in der Bucht von Akko blinken sieht. Es ist dieser grellweiße Bergtag in Zfad, wo nach der Inquisition ein Zentrum jüdischer Gelehrsamkeit entstanden ist und dessen arabische Bewohner im Unabhängigkeitskrieg alle verjagt worden sind. Es ist die Unruhe, die einen befällt, wenn sich ein Araber – den man immer als solchen erkennt – im Sammeltaxi neben einen setzt. Es ist das osteuropäische Restaurant im Zentrum von Tel Aviv, dessen polnische Besitzerin einst in den Werken von IG Farben besser Deutsch gelernt hat, als ein Skinhead aus Dresden oder Celle es jemals sprechen wird. Es sind die von der Hamas erstochenen jüdischen Teenager, Frauen und Soldaten, es sind die Siedler in der Westbank, für deren Amoklauf es weder Verständnis geben kann noch ein einziges Argument. Und es ist die Bombe, die einmal direkt neben uns am Tel Aviver Strand explodierte, es ist der von der Explosion hochgewirbelte Sand, es sind die vier, fünf Sekunden totaler Ratlosigkeit, bevor dann jeder um sein Leben zu rennen beginnt, es ist die Angst meiner Frau, die sagt, daß sie nie wieder baden gehen wird, und es am nächsten Tag dennoch tut, und es ist erst recht die mit Erleichterung aufgenommene Nachricht, daß das Attentat doch nicht aufs Konto jüdischer Terroristen ging.

Israel – das sind fünfzig nervtötende Jahre Massada-Paranoia im Tausch gegen zwei Jahrtausende Paranoia-Exil. Das ist der von Faschismus, Stalinismus und Islam gespeiste Haß der Araber auf die Juden, das sind die Versprechen Nassers, alle Israelis im Meer zu ertränken, das ist Saddam Husseins pathologische Wut. Es ist aber ebenso das mehrmalige Versöhnungsangebot von Anwar-el-Sadat aus den frühen 70er Jahren, das von Golda Meïr bei einer legendären Knesset-Rede so arrogant abgelehnt wurde, daß Sadat beschloß, sich seine Selbstachtung mitsamt der Sinai-Halbinsel nicht während eines Staatsbanketts zurückzuholen, sondern in der Schlacht. Israel – das ist die beinahe rabulistische Frage, ob mit dem Abzug der israelischen Truppen aus den besetzten Gebieten wirklich ein neues Goldenes Zeitalter für den Nahen Osten anbrechen wird oder eben doch nur ein weiteres Kapitel in seiner mörderischen Selbstmördergeschichte. Und Israel ist vor allem, immer und immer wieder, die so fatale Naivität der Gründungsväter dieses Staates, die sich am besten vielleicht an Chaim Arlosoroff demonstrieren läßt, der – obwohl selbst Kolonisator und somit Unterdrücker – ganz sozialistisch glaubte, die Effendis, die Großgrundbesitzer im britischen Mandatspalästina hetzten nur deshalb die Landbevölkerung gegen die jüdischen Siedler auf, weil die unterdrückten Araber, die durch die Anwesenheit der Juden einen Vorgeschmack von Recht und Freiheit bekamen, ihnen selbst gefährlich geworden waren. Und wahrscheinlich, auch das ist Israel, hatte Chaim Arlosoroff obendrein sogar noch recht.

Aber vielleicht ist Israel in Wahrheit doch nur eines: Ein Staat, der die merkwürdigste, unlogischste Entstehungsgeschichte aller modernen Staaten hatte, weil bei seiner Gründung neuzeitlicher Wille und biblischer Mythos eine Verbindung eingingen, wie sie in der geistigen Evolutionsgeschichte der Menschen nicht vorgesehen ist. Einen solchen Staat wie Israel kann es überhaupt nicht geben, er ist ein Mirakel und eine Unmöglichkeit, und so ist dann alles, was in diesem Staat geschieht, ein Mirakel und eine Unmöglichkeit, je nachdem, ob man ihn will oder nicht – er ist eine Phantasmagorie, die eines Tages wieder verschwinden muß. Ob aus arabischem Haß, christlicher Besserwisserei oder deutschem Unterlegenheitsgefühl heraus: Die Ablehnung, das permanente In-Frage-Stellen des jüdischen Staates durch jene, die keine Israelis, keine Juden sind, ist in Wahrheit nichts anderes als der Versuch, ihn zu negieren, ihn – geistig zumindest – abzuschaffen. So geht es Israel heute so, wie es den Juden in der Diaspora immer schon gegangen ist, man will es bekehren, man will es verändern, man will es auflösen, aber es wird niemals so akzeptiert werden, wie es ist. Es bleibt ihm also, in den Augen der andern, jene historische Selbstverständlichkeit versagt, wie sie all den Down-to-earth-Ländern von Frankreich bis Italien, von Deutschland bis Amerika – trotz ihrer eigenen Blut-und-Boden-Genesis – ungefragt gewährt wird. Der erste große Fehler der Juden war, daß sie sich von den Römern einst aus ihrem Land vertreiben ließen, doch der zweite, noch viel größere ist, daß sie zurückgekehrt sind.

Jedesmal, wenn ich mit meinen deutschen Freunden und Feinden zusammensitze, wenn ich versuche, ihnen zu erklären, warum Israel entstehen konnte und mußte und was es überhaupt ist, jedesmal, wenn sie dabei vor Absolutionswut und Ressentiment und Unkenntnis so stumm und deutsch zu schwitzen beginnen, daß ich mich meinen kindlichen Militärphantasien ergebe und zugleich völlig ungerührt denke, daß es Israel in hundert Jahren ja ohnehin nicht mehr geben wird, auf alle Zeiten zerstört und niedergemacht wie eine vergessene Kreuzfahrerkolonie – jedesmal also, wenn ich mich nach guter, alter Galuth-Manier so richtig deplaziert fühle, frage ich mich natürlich auch, woher zum Teufel diese sture, ungebrochene Ablehnung kommt, die das jüdische Volk, der jüdische Staat ganz automatisch von außen erfährt. Und obwohl ich es natürlich weiß, obwohl ich mit der Geschichte des modernen Antisemitismus genauso vertraut bin wie andere mit dem Alphabet, langweilt mich die Antwort auf diese Frage, und statt dessen überlege ich lieber: Warum, eigentlich, sollen die Juden leben – warum muß Israel überhaupt bestehen?

Womöglich, weil ein Mann namens Ascher Ginzberg eben doch recht hatte. Geboren Mitte des neunzehnten Jahrhunderts in der Ukraine, einer chassidischen Familie entstammend, früh Mitglied der Chowewe Zion, bereiste er 1891 das erste Mal Palästina und wurde später unter seinem Pseudonym Achad Ha'am als sehr skeptischer, sehr optimistischer zionistischer Philosoph berühmt. Achad Ha'am hatte nie wirklich geglaubt, daß die Erschaffung eines eigenen Staats die Juden für immer von ihren Problemen befreien würde und die Gojim – banal, aber genial – von den Juden. Doch er fand auch, daß die Juden, Paten und zugleich Opfer der westlichen Zivilisation, sich nicht damit begnügen dürften, einen Staat wie jeden anderen zu begründen, vom Wollen und Wirken anderer, größerer Mächte abhängig. Wie er das gemeint hat, kann ich nicht sagen – sein Grundgedanke aber ist gewesen, sich als Zionist auf jene Propheten der Bibel zu berufen, die wußten, daß eines Tages Wolf und Lamm nebeneinander liegen werden, daß am Ende aller Zeiten Gerechtigkeit herrschen wird. »Dieses Menschheitsideal«, schrieb Achad Ha'am 1897, kurz nach dem ersten Zionistenkongreß, »war und ist für immer ein wesentlicher Teil des nationalen Ideals des jüdischen Volkes, und der Judenstaat wird ihm dann erst Ruhe und Sicherheit verbürgen können, wenn die ewige Gerechtigkeit über Völker und Staaten gebieten wird ...« Was ist Israel? ist deshalb also die falsche Frage, und die richtige lautet: Was soll es sein?

Was soll es sein, Klara und Zoli, Leila und Ljonjna, Vater und Jelena? Ich werde euch danach nächstes Mal fragen, wenn wir uns wiedersehen, wir werden darüber sprechen, ob Achad Ha'am recht hatte, wir werden diskutieren und lachen und streiten, aber um ehrlich zu sein: Ich bin ohnehin davon längst überzeugt. Ich bin es, weil mir plötzlich wieder einfällt, wie ich vor einigen Jahren mit meinem Freund Daniel, dem Bruder meines Schwagers, im Winter nach Jerusalem fuhr. Daniel kannte jemanden in einer Jeschiwa, wir waren zur Purim-Feier eingeladen, und obwohl wir uns in dieser streng orthodoxen Umgebung unsicher fühlten, fiel alle modernistische Benommenheit von uns im selben Moment ab, als die chassidische Kapelle zu spielen begann. Schon bald tanzten wir mit ihnen, mit unseren Leuten, und tranken ihren roten, süßen israelischen Wein, wir erkannten uns viel zu gut in ihnen wieder, und hinterher machten wir einen Spaziergang durch Mea Schearim. Aus den Häusern drang Musik, es wurde gestampft und geklatscht, die Männer in ihren schwarzen Anzügen drehten sich im Kreis, und um sie herum wirbelten die Frauen. Die Nacht war warm, und die Straßen glänzten, weil es kurz vorher geregnet hatte, und als wir um drei Uhr früh in unsere Jeschiwa zurückkamen, waren alle schon schlafen gegangen, nur im großen Saal saß ein Mann allein da, und er spielte auf einer Klarinette einen kitschigen Klezmer-Blues. Wir betrachteten stumm sein weißes Gesicht, seine Pajes, seinen braunen Schtrajml und seinen schweren Bart, und dann fragte mich Daniel, ob ich wissen will, wer das sei, ich nickte, und so erfuhr ich, daß er der Sohn eines großen deutschen Nazis war, der vor ein paar Jahren nach Israel kam, um hier zum Judentum überzutreten – und aus dem schon bald, wie alle in der Jeschiwa erzählten, ein kluger und leidenschaftlicher Rabbiner werden würde.

Wieso darf er das nur, dachte ich wütend, aber im nächsten Moment schämte ich mich auch schon dafür.

Jizchak Rabin: Ein sehr deutscher Held

1995 war kein gutes Jahr für Juden. Zuerst kamen wegen des Auschwitz-Jubiläums wochenlang nur deprimierende KZ-Bilder im Fernsehen, dann kriegte Jerry Seinfeld eine deutsche Synchronstimme verpaßt, die so klang, als wäre er ein hysterischer deutscher Privatradio-Analphabet und nicht der coolste Stand-up-Komiker New Yorks, der Nobelpreis für Literatur ging an einen gottverdammten Iren, und zum Schluß wurde auch noch Jizchak Rabin umgebracht. Daß es ein Jude war, der ihn erschossen hatte, machte die Sache auch nicht gerade lustiger: Mitten in einer jüdischen Stadt, mitten in einem jüdischen Land jagte er ihm drei jüdische Kugeln in seinen jüdischen Körper, und schon hieß es unter Juden, jetzt sei es für alle Zeiten vorbei mit der zweitausend Jahre alten jüdischen Solidaritätsidylle, schon sprachen sie – statt kühl dieses kühl durchgeführte politische Attentat zu analysieren – wehleidig-entsetzt von Frevel, von einer großen Tragödie fürs jüdische Volk, von nie dagewesenem Brudermord.

Daß ich selbst in jenen Tagen immer wieder an den Mann aus einem Tel Aviver Vorort denken mußte, der kurz zuvor bei offenem Fenster seine brüllende Frau seelenruhig wie einen Hammel tranchiert hatte, war natürlich besonders daneben von mir – und etwas weniger daneben war es, daß ich dann noch mal nachlas, wie es gewesen war, als in den 30ern der Sozialist-Zionist Chaim Arlosoroff am Strand von Tel Aviv erschossen wurde, höchstwahrscheinlich von Anhängern der rechten Revisionisten, und wie man später auch zweimal versucht hatte, Ben Gurion zu erledigen. Nachdem die Trauerwoche für Rabin zu Ende war, drehte sich erneut alles in meinem Kopf, und mir fielen die Bilder von diversen blutgetränkten palästinensischen Kinderleichen ein, und ich dachte, es ist doch egal, wer umgebracht wird, und erst recht, von wem.

Ich weiß. Jedes Volk weint am lautesten um seine eigenen Toten, vor allem, wenn sie große, starke Friedenspolitiker gewesen sind. Und ich weiß natürlich auch, warum die Juden, egal ob in Israel oder in der Diaspora, so erschrocken sind, daß ausgerechnet einer von ihnen Jizchak Rabins Leben beendet hat – es war ihr schlechtes Gewissen darüber, daß sie ihn und Peres und die paar wenigen anderen so lange in ihrem Friedenskampf gegen arabische Terroristen und jüdische Fundamentalisten allein ließen. Was ich aber nicht weiß, obwohl ich die Antwort ahne, ist etwas anderes: Warum hat dieses Attentat außer den Juden sonst nur noch die Deutschen so aus der Fassung gebracht? Franzosen und Amerikaner, Russen und Araber fanden es natürlich auch nicht gerade normal, daß ein Israeli beschlossen hatte, seinen Premier mit einer Knarre abzuwählen – doch die Gefühle, die sie zeigten, galten immer nur ihm, nie Jigal Amir und seinen Leuten. Kein deutscher Politiker weinte, als er über Rabins Tod sprach, so wie Bill Clinton es tat, keiner wußte ihm solche zärtlichen Sätze hinterherzuschicken wie König Hussein; dafür aber brach es um so wütender und betroffener aus deutschen Mündern, Computern und Magazinen heraus, wenn die Rede auf das jüdische Reich des Dunklen kam, dem der gute Rabbi Rabin zum Opfer gefallen war. Deutsche Juden, die deutsche Freunde haben, konnten sich plötzlich vor deren Zornesaufwallungen kaum retten. Leute, die sie ewig nicht gesehen hatten, verabredeten sich mit ihnen zum Frühstück, um zwischen Latte macchiato und Pancake wütende Brandreden gegen jüdische Bibelfaschisten zu halten, Gemüsehändler und Zeitungsfrauen, von denen sie noch nie ein politisches Wort gehört hatten, glänzten mit Hintergrundwissen über schreckliche Siedler und fanatische Rabbis, und wer das nicht glaubt, kann sich, so, wie ich es gemacht habe, ja noch einmal durch die deutschen Zeitungen von damals quälen. »Jetzt ist das dunkle Potential im eigenen

Volk nicht mehr zu übersehen«, raunte die ›FAZ‹, wobei man sich kurz fragen mußte, welches eigene Volk die ›Zeitung für Deutschland‹ da eigentlich meinte. Die ›taz‹ zitterte vor den »finsteren Figuren aus der äußersten rechten Ecke des israelischen politischen Spektrums« und ihrer »beängstigenden Ansammlung« in Kirjat Arba. Und im Augstein-Gewitter gestählte ›Spiegel‹-Soldaten, denen sonst auch noch zu so lebensbedrohenden Themen wie Mururoa oder Ecu-Verschwörung ein Schützengrabenwitz einfällt, waren auf einmal furchtbar betroffen vom »rechtsradikalen Sumpf«, in dem Israel angeblich zur Zeit watet, sie erschraken vor einem »Klima, das in vielem an das der Weimarer Republik erinnert«, und mit zitternden Fingern notierten sie über die nächtliche Vereidigung von ein paar versprengten Ejal-Terroristen: »Gruselbilder fast wie aus der deutschen Neonazi-Szene.«

Was war das? Mal wieder das gute alte Aufrechnungsspiel, bei dem es darum ging, den Juden zu zeigen, irgendwie seien auch sie Hitlers Enkel? Vielleicht. Ganz sicher aber war der große dunkle Gefühlsstrudel, in den das Rabin-Attentat so viele Deutsche kurz hineingerissen hat, der Ausdruck von Angst – ja, im Ernst, von echter, tiefempfundener Angst vor den jüdischen Terrormännern von Ejal und Kach. Würden sie, nachdem sie ihrem eigenen Staat einen Werte-Gau beschert hatten, nicht auch noch Deutschland in moralische Depression stürzen? Ganz bestimmt sogar. Schließlich hatte der Brudermörder Jigal Amir durch seine drei Schüsse die einzige große moralische Figur, mit der man sich als guter Nachkriegsdeutscher identifizieren konnte, für immer vernichtet. Nein, ich meine nicht Jizchak Rabin, ich meine – Vorsicht, Metapher! – den guten Juden. Der gute Jude hatte nichts zu tun mit dem schlechten Juden, den man gleichzeitig als imperialistischen Zionisten oder Frankfurter Hausspekulanten gehaßt hat, er war das unschuldige Opfer eines totalitären Terrorregimes, wie man es natürlich selbst genauso geworden wäre, ein moralischer Titan, so wie man selbst es war, ein Engel, der nie die Hand gegen den eigenen Bruder erheben würde. Wenn aber die jüdischen Engel aufeinander schießen, gibt es auch keine deutschen Engel mehr, es gibt nur noch Deutsche, die ganz allein, ohne den bequemen Schutzmantel einer fremden Leidensgeschichte, ihren Weg gehen müssen.

So gesehen hat Jigal Amir am 4. November 1995 nicht nur Jizchak Rabin getötet und wohl auch den guten Juden, sondern vor allem den guten Deutschen. Und so gesehen war es für die ganz normalen Juden doch kein so schlechtes Jahr.

Kauft nicht bei Goethe!

Ich kenne jemanden, der kennt jemanden, der jemanden kennt, der letztes Jahr mit dem Goethe-Institut in Nigeria war. Oder in Sydney. Oder vielleicht auch in Ulan Bator. Was er dort gemacht hat, weiß ich nicht genau, möglich, daß er den Afrikanern etwas über Rapper in Berlin erzählt hat, vielleicht hat er aber mit den Aborigines ein Rote-Grütze-Stück inszeniert, und sollte er in Usbekistan mit seiner Tanzkompanie eine Art WG-Ballett aufgeführt haben, würde es mich auch nicht wundern. Sehr viel jedenfalls hat er nicht mitbekommen auf seiner Reise, es war wahnsinnig heiß oder wahnsinnig kalt, im Hotel gab es Kakerlaken, und wenn er mal rausging, war immer jemand vom Goethe-Institut dabei, um ihn vor Trickdieben und den Heiratsanträgen der eingeborenen Frauen zu schützen.

So richtig mitgekriegt hat er dort unten nur eins: Diese furchtbar schlechte Stimmung unter den netten Goethe-Institut-Leuten. Es soll bei denen jetzt nämlich alles anders werden, haben sie ihm erzählt, die Zentrale in Deutschland hat mal wieder beschlossen, daß man mehr auf echte Kultur setzen will – auf Kultur-Kultur, wie sie es dort unten beleidigt nennen –, auf Schiller und Nietzsche und Beethoven und so. Warum, hat man ihnen nicht wirklich offen gesagt, aber sie haben auch nicht wirklich offen gefragt, sie haben bloß total erschrocken die vielen Interviews mit ihren Chefs in den deutschen Zeitungen gelesen, die ihre Verwandten ihnen aus der Heimat regelmäßig rüberschicken. So haben sie also erfahren, daß im Namen der schönen Kultur und alten Ästhetik Schluß sein soll mit diesen ganzen Depressionsthemen wie Rechtsradikalismus und Umweltverschmutzung, denn die Aufgabe des Goethe-Instituts sei es, in der Welt ein positives

Bild von Deutschland zu zeigen, und das hat sie dann an die Worte von Franz Josef Strauß und Helmut Kohl aus den frühen 80ern erinnert, von denen der eine zwar nicht mehr lebt, der andere aber als Kanzler der Blähheit einfach nicht totzukriegen ist und es offenbar sogar noch aus dem politischen Jenseits heraus schafft, einen Parade-Intellektuellen wie den Generalsekretär des Goethe-Instituts zu seiner sprechenden Puppe zu machen: »Wir müssen auf das größer gewordene Deutschland reagieren, wir müssen mehr Selbstbewußtsein zeigen«, läßt dieser unfeine Feingeist inzwischen regelmäßig verlauten, dessen einziger Nachteil als neonationaler PR-Mann vielleicht der ist, daß er mit seinem melancholisch-trüben Blick und schiefen Verliererkopf eher eine Allegorie für zweihundert Jahre herunterziehenden Romantikterror abgibt als für das fahrig-parvenühafte Wir-sind-wieder-wer-Deutschdeutschland. Besser, sagen die Goethe-Leute in Lagos, Sydney oder Ulan Bator höhnisch, eignet sich da schon ihr überaus präsidialer Präsident, der wie Goethe persönlich aussieht – dafür aber wie ein ganz anderer redet. »Als produktunabhängiges Markenzeichen kann das Goethe-Institut ein Bild von Deutschland vermitteln, dessen positive Ausstrahlung mit der Erwartung des ausgemusterten Qualitätssiegels ›Made in Germany‹ zusammenfällt«, teilt er etwa entre-nous dem ›Manager Magazin‹ in bestem Start-up-Kauderwelsch mit. Bei Franz Josef Strauß, der da offenbar des Präsidenten Lippen sogar noch aus dem ganz echten Jenseits heraus zu bewegen vermochte, klang das früher irgendwie prägnanter, ehrlicher, national-sozialer: »Wer Deutsch lernt, kauft auch deutsch.«

Ja, die Stimmung ist schlecht in Lagos, Sydney und Ulan Bator. Man fühlt sich ganz leer, man fühlt sich wie benutzt und weggeworfen, weil die Chefs mit ein paar hohlen Worten und unleserlichen Unterschriften ruckzuck aus dem fliegenden Gewissen Deutschlands eine nationale PR-Agentur gemacht haben, ohne daß man sich gewehrt hätte. Aber weil man als Angestellter immer am kürzeren Hebel sitzt, muß es eben irgendwie weitergehen, es müssen neue Programme gemacht, es müssen Künstler, Autoren und Filmemacher eingeladen werden, und die waren es auch, an die man neulich, als alle mal wieder über die neue Situation so traurig und wütend waren, kurz hoffnungsvoll gedacht hatte. Es war, so hat man es später dem Bekannten des Bekannten meines Bekannten erzählt, an einem von diesen besonders heißen oder besonders eisigen Tagen dort unten gewesen, man saß zusammen draußen oder drinnen in einem Café, und dann hat einer gesagt, wie toll es wäre, wenn die Künstler und Intellektuellen zu Hause aufstehen und mit einer Stimme sagen würden: »Wir sind doch keine Handlungsreisenden von Merz und Mercedes! Wir sind keine fahrenden Leitkultur-Nationalisten! Ab heute wird das Goethe-Institut boykottiert!« Was für eine tolle Idee, haben die anderen darauf erwidert, das gäbe echt eine Revolution, aber plötzlich hat einer leise gesagt, das tun die doch nie, und dann wurde es, wie immer dort unten, von einer Sekunde auf die andere ganz dunkel, und man ging schnell nach Hause, damit keinem etwas passiert.

Liebe in Zeiten der Inline-Skates

Gestern habe ich von zwei Inline-Skatern geträumt, und Sie können mir glauben, es war kein schöner Traum. Sie fuhren nicht, sie saßen – in einem Café, direkt neben mir. Er hatte kurze, blondgefärbte Graphikerhaare, sie trug eins von diesen engen, phosphoreszierenden T-Shirts, in denen auch noch die bezauberndsten Brüste so spießig und starr aussehen wie die von Doris Day. Sie redeten über Piercing, Darmpilz und die Stefan-Raab-Show, über einen von diesen neuen subversiven Straßenratten-Raves und Biken im Sinai. Sie waren nicht fröhlich und nicht traurig, sie waren so ernst wie alle Menschen, die eins mit sich und ihrer Welt sind, doch plötzlich sagte er, er werde nächste Woche sein Fitneßstudio wechseln, worauf sie aufstand und im kältesten Zickenton erklärte: »Dann trennen wir uns!«

Jetzt sitze ich wieder ganz allein da, an meinem Schreibtisch, ohne das irre ›Fit for Fun‹-Pärchen aus meinem Traum, und ich frage mich, was die beiden eigentlich mit dieser kleinen, betont unwissenschaftlichen Untersuchung zu tun haben, in der es im folgenden darum gehen soll, daß Liebe in so aufregenden Selbstverwirklichungszeiten wie diesen kein Wort mehr ist, das das Gefühl eines Menschen zum anderen bezeichnet, sondern nur zu sich selbst. Ein grauenhaft moralisches Thema, ich weiß, ein echtes Pastoren- und Süssmuth-Thema, und vielleicht habe ich die zwei Freizeitterroristen-Karikaturen ja nur deshalb gebraucht, um mir selbst zu beweisen, daß ich, sogar wenn ich es gut meine, richtig fies sein kann. Vielleicht wollte ich aber auch zeigen, daß die Welt, so wie sie ist, zumindest in meinen Alpträumen nur noch aus einer Bande von egozentrischen Monstern besteht, aus Leuten, die nichts anderes wollen als die permanente und vollkommen zweckfreie Erfüllung jedes einzelnen Wunsches, der ihnen durch ihren leergepumpten Wohlstandskopf schießt, die nur noch Langeweile als existentiellen Feind achten und fürchten und darum immer bloß das machen, was sie wollen – weshalb sie eine Therapiegruppe genauso schnell wechseln können wie ihr Snowboard oder die Liebe ihres Lebens.

Damit das klar ist: Noch nie wurde die Liebe so geliebt wie heute, noch nie wurde über sie so viel geredet, noch nie gab es so viele Single-Shows im Fernsehen, Liebeskomödien im Kino, Beziehungsromane in den Buchhandlungen. Die Liebe ist der Lieblingsfetisch der Freizeitterroristen: Kein Bungeesprung liefert die gleiche Menge Adrenalin wie der erste vertraute Blick in fremde Augen, und natürlich wird man im Büro lieber für diesen tollen neuen Freund gelobt als für ein neues Rückentattoo. Und auch, wenn es dann aus ist, kann man der Liebe einen unbezahlbaren Genuß abgewinnen, man kann allein in seiner verdunkelten Wohnung liegen und wehmütig die Lichter vorbeifahrender Autos an der Decke anstarren oder lange Spaziergänge durch menschenverlassene Parks machen und sich dabei als einsamster Mensch auf der Welt fühlen – als ein Ich eben mit sehr großem I.

Also noch mal: Wer heute liebt, liebt nie den anderen. Wer heute liebt, macht – das weiß ich nicht nur aus Statistiken – fast immer sofort Schluß, wenn es die ersten Probleme gibt. Das könnte mir ziemlich egal sein, denn ich bin natürlich ganz anders, und daß es mich trotzdem beschäftigt, hat – Sie sollten sich jetzt besser setzen – einen politischen Grund. Vielleicht bin ich ja völlig bescheuert, aber ich bin mir sicher, daß der totale und weltumspannende 89er-Sieg des Kapitalismus über den real existierenden Stalinismus (der absurderweise auch das Ende des bislang nur sehr irrealen und trotzdem eine Menge Arschlöcher einschüchternden sozialistischen Traums bedeutete) verdammt viel damit zu tun hat, wie flüchtig und selbstsüchtig die Menschen heute einander lieben. Denn natürlich ist ihr systemimmanenter Konsumismus, der sie zu diesen fanatischen und gehorsamen Spaßungeheuern macht, die das allerneueste Modell der Kapitalismusmaschine braucht, um zu funktionieren – natürlich ist ihr pathologischer Kaufwahn vor allem schuld daran, daß sie einander gegenseitig auch nur noch für Ware halten, für etwas, das man benutzt, damit es einem gutgeht, ohne den Respekt und die Hingabe, die zwischen Leuten herrschen sollten, mit denen zumindest jemand wie ich leben will und kann.

Wer die Liebe genießen möchte, schrieb gerade erst einer in ›Fit for Fun‹, dem Zentralorgan der Freizeitterroristen, der muß frei sein »von Moral, Selbstzweifeln und politisch korrekten Denkfallen«. Ein – wie sollte es bei einem Ideologen auch anders sein – natürlich historischer Irrtum. Warum? Wenn es keine Utopien mehr gibt, stirbt auch die Liebe. Und umgekehrt.

Bärbel Schäfer: Total oral

Nein, bitte nicht, nicht schon wieder: Ich will nicht die Brüste von Bärbel Schäfer sehen! Immer muß ich mir irgendwo die halbnackten, gewaltsam hochgepreßten Wonderbra-Brüste von Bärbel Schäfer angucken! Und ihre Beine, die stämmigen Bauernbeine von Bärbel Schäfer, die zum Sauerkrautstampfen tausendmal besser geeignet sind als zum Tragen von hautengen Leopardenminis, oder ihre ganz, ganz kurzen Girliekleidchen! Und dann auch noch diese dicken, weichen Köchinnenoberarme von Bärbel Schäfer! Arme wie Keulen, wie Nudelhölzer! Arme wie Waffen!

Wer ist Bärbel Schäfer eigentlich? Ich weiß es nicht. Ich weiß nur, daß inzwischen keine von diesen so hektischen, modernen Medienwochen vergeht, in der nicht in irgendeinem Leute-sind-Beute-Magazin oder TV-Zombie-Lifeguide auf mindestens fünf Doppelseiten eine Bärbel-Schäfer-Fotostrecke erschiene, deren hilflos-verrutschte Vamp-Ästhetik und exhibitionistische Aufdringlichkeit mich an die selbstgedrehten Hausfrauen-Strips aus ›Peep!‹ erinnern, und dazu gibt es dann jedesmal auch noch mit dieser sonderbaren Frau ein Interview, in dem die so banale und vollkommen sinnlose Selbstentblößung, die sie auf ihren Deutschland-privat-Bildern praktiziert, sogar noch gesteigert wird. Sie redet eigentlich immer nur über ihren Hund und die Tränen, die sie vergießt, wenn er sich verletzt, und außerdem, verrät sie manchmal, weint sie natürlich im Kino, und daß sie dort eine Tüte Popcorn nach der andern ißt, muß ich nicht extra erwähnen. Ansonsten erzählt sie oft vom »Relaxen mit meinem Freund« und davon, wie gern sie ab und zu »mit einer schönen Flasche Wein vor dem Fernseher« liegt, und selbstverständlich erklärt sie in jedem zweiten Interview, daß sie Tennis spielt und zum Fitneß geht, und eine Familie will sie später auch, was denn sonst.

Zweiter Versuch: Wer ist Bärbel Schäfer? Und warum entkommt man, egal, wohin man schaut, ihren gesammelten körperlichen und geistigen Banalitäten nicht mehr? Ich habe vorhin natürlich gelogen, ich weiß genau, daß sie beim Fernsehen ist. Ich habe sie dort schon ein paarmal gesehen, in einer von diesen Nachmittags-Talkshows, wobei ich bis heute nicht wirklich weiß, ob sie in die Kategorie Gast, Zuschauer, engagierter Betroffener gehört oder vielleicht doch eine Art Moderatorin ist, wofür immerhin spricht, daß sie als einzige die ganze Zeit ein Mikrophon halten darf. Dagegen sprechen die Fragen, die sie den anderen Leuten im Studio stellt, Fragen, die nicht gerade dazu dienen, die Welt vom Kopf auf die Beine zu stellen oder, besser noch, umgekehrt, so wie sie früher, während der prähistorisch-glorreichen Tage von Werner Höfer und Peter von Zahn, im einst so klugen deutschen Fernsehen üblich waren. Es sind eher die ganz einfachen Kantinen-und-Hausflur-Fragen, die – und das meine ich absolut abwertend – auch jedem gewöhnlichen Couchpotato einfallen würden. Sie lauten: »Wie lange darfst du abends in die Disco?«, »Wie ist es als alleinerziehende Mutter?«, »Wann hast du gemerkt, daß du lesbisch bist?«, und wahrscheinlich ist Bärbel Schäfer bloß die allererste Fernsehzuschauerin, die ihre eigene Sendung machen darf.

Ganz bestimmt sogar. Immerhin gibt sie selbst das auch zu, wenn sie sagt: »Für mich ist die Nähe zum Publikum ein Zeichen dafür, daß ich nicht nur als Moderatorin, sondern als Privatperson Bärbel Schäfer an der Diskussion teilnehme«, und was sie als Privatperson alles zu sagen und zu zeigen hat, das habe ich vorhin bereits lang und breit genug ausgewalzt. Vergessen habe ich nur zu erwähnen, daß der gnadenlos leere, uninspirierte Totalexhibitionismus von Bärbel Schäfer, deren Name allein schon nach hundert Jahren Durchschnittlichkeit klingt, wiederum selbst nichts anderes ist als das Produkt von zuviel Fernsehen: In Bärbel Schäfer (Sendung und Moderatorin) spiegelt sich all das, was Bärbel Schäfer (Mensch) und ihre schöne Flasche Wein so alles in den vergangenen Jahren vor der Glotze erlebt und erkannt haben, woraus Bärbel Schäfer (Zuschauerbeauftragte) für sich die folgenden beiden Grundsätze abgeleitet hat: Erstens: »Jeder Exhibitionist braucht seine Voyeure.« Zweitens: »Eine Sendung zu machen, die den eigenen Namen trägt, ist großartig.« Auch eine, in der es um nichts als ein bißchen unreflektierte, eins zu eins abgebildete, neurotisch-belanglose Kleinbürgerscheiße geht?

Wer jetzt glaubt, daß ich Fernsehen hasse, hat natürlich nichts kapiert. Niemand sieht soviel fern wie ich, niemand kommt dabei auf so viele Ideen und Glücksgefühle – und keinen macht es so fertig, daß das Fernsehen wegen solcher wildgewordenen Hausfrauen wie Bärbel Schäfer inzwischen wie das ganz normale leere Leben aussieht und umgekehrt. Fernsehen, das war früher für mich Traum, Vision, Fenster zu einer unbekannten, unerforschten Welt. Heute ist es nur noch so wie die Menschen, die mich nicht interessieren, die ich nicht mag. Daß ich trotzdem nicht abschalten kann, hat nichts zu bedeuten. Wahrscheinlich warte ich einfach nur darauf, daß man endlich einmal auch auf dem Bildschirm die Brüste von Bärbel Schäfer sieht.

(Live. Echt. Zum Greifen nah.)

Roger Willemsen: Brillemsen

Er ist der Fernsehstar aller Fernsehhasser, ein aufrechter Privatgelehrter, der in der Brandung des Banalen steht. Er ist ein Mann der überbordenden akademischen Rede, ein erklärter Freund der Tiefenperspektive und ein um so wütenderer Feind des handelsüblichen TV-Wahnsinns. Er ist also genau das, was man nicht sein darf, wenn man es fernsehmäßig zu etwas bringen will, und daß er trotzdem einer der bekanntesten deutschen Moderatoren werden konnte, scheint der erste Hinweis darauf zu sein, daß mit Roger Willemsen etwas nicht stimmt.

Der nächste Hinweis ist eine Frage, und die lautet: Ist Roger Willemsen, über den es in den Feuilletons heißt, er sei ein »scharfsichtiger homme de lettres« und »viel zu klug fürs Fernsehen«, tatsächlich jener gescheite und kritische Kopf, für den ihn seine gebildeten Anhänger halten? Daß er in seinen gesprochenen und geschriebenen Texten so viel zitiert, wie andere Leute während einer Grippe niesen, weist ihn jedenfalls in dem Sinn als äußerst gewitzten Menschen aus, als daß er sich offenbar lieber auf die Gedanken von Sebastian Brant, Joseph Conrad oder Gilles Deleuze verläßt statt auf die eigenen. Schließlich ist Willemsen selbst, als Schöpfer solch unsterblicher Sätze wie »Politiker genießen die größte Fallhöhe, folglich erleiden sie diese« oder »Fiel die Mauer, so fiel die DDR-Literatur, und zwar in sich zusammen«, nicht wirklich zitierbar.

Hinweise über Hinweise. Womöglich ist der Liebling aller Lehramtsstudentinnen und linksliberalen WDR-Redakteure doch nicht ganz so klug und kritisch, wie sein Verehrertroß denkt. Doch, kritisch auf jeden Fall. Man erkennt es vor allem an der stoischen, bohrenden Art, in der er mit seinen Interviewgästen spricht. So wie einst in seiner ›Premiere‹-Talkshow, als der längst vergessene Björn Engholm seinen längst vergessenen Weichpflaumenrücktritt als die größte moralische Tat seit Brandts Warschauer Kniefall deklarierte. Worauf Willemsen irgendwie schluckte, irgendwie nickte, sich auch noch unwidersprochen anhörte, Engholm habe zu Recht seine schmutzigen Pfeiffer-Infos tagelang verschwiegen, um schließlich, als Engholm über die ›Titanic‹-Fotomontage mit ihm selbst als Badewannen-Barschel zu fluchen begann, einen ersten Widerspruch zu wagen, indem er ihm das wirklich plumpeste, ödeste Gegenargument vor die Füße warf, zu dem ein deutscher Bildungsbürger fähig ist: »Satire darf alles«, zitierte Willemsen kaltentschlossen den heiligen Kurt Tucholsky und schnappte dann wieder nach Luft.

Jetzt mal im Ernst: Natürlich ist Willemsen kritisch. Man merkt es, wenn nicht an seinen Sendungen, so doch an seinen Ansichten. Denn natürlich findet er, daß Politiker per se Lügner sind, natürlich war er irgendwie gegen den Golfkrieg, den er natürlich als eine Art Videospiel ansah, er hält natürlich Karasek für einen Schwätzer und den seligen Johannes Gross für einen Reaktionär, er ist natürlich gegen Pornos, aber irgendwie auch gegen Zensur, und amerikanische TV-Serien findet er natürlich doof und konservativ. Das alles ist wirklich sehr kritisch, dafür allerdings auch ganz schön unoriginell, doch genau das muß es sein, denn als gesellschaftlich anerkannter Intellektueller darf man nicht wirklich anders als die anderen denken, sondern nur sprachlich so tun, als ob. Man muß großes Gewicht auf kleine Gedanken legen und dabei besonders euphemistisch-tautologisch sein.

Was also sagt Willemsen, wenn er erklären will, daß man mit Neonazis kurzen Prozeß machen soll? »Den Mordversuchen an Ausländern gegenüber ist Toleranz zutiefst inhuman, und nur Radikalität, als Absage an die kosmetischen Serviceleistungen von Politikern, kann in dieser Situation noch den Nimbus einer Humanität erhalten, die nicht zum Schnupperpreis zu haben ist.« Was schreibt er, wenn er denkt, der Fernseher sei eine große kleine Lügenkiste? »Je extremer die Bilder, durch die die Tele-Realität der Außenwelt zu Leibe rückt, desto stetiger wächst der Kontinent der fernsehabgewandten Seite der Welt und mit ihm die Nation der unsichtbaren Menschen.« Und was meint er wohl, wenn er ein männliches Körperteil als etwas »lustweh Gekrümmtes« bezeichnet? Den zum olympischen Gruß gereckten Arm jedenfalls nicht.

Okay, okay, Sie wissen natürlich längst, worauf ich hinaus will, Sie haben inzwischen kapiert, was mit Willemsen nicht stimmt: Er ist ein Vortäuscher, ein Trickser, er markiert bloß den progressiven, tiefgründigen, bissigen Intellektuellen, ohne es jedoch zu sein, und genau das ist das Geheimnis seines Erfolgs. Denn die Liebe der Fernsehhasser und Bildungsbürger zu einem IQ-Schwindler wie ihm ist in Wahrheit eine Liebe zu sich selbst. In ihm finden sie die Bestätigung dafür, daß die eigene bornierte, verbildete Dummheit offenbar doch salonfähig und karriereträchtig ist, er ist ihr Idol und Alibi, und am meisten, außer seiner so prächtig geschwollenen Formulierungskunst, die ihn in ihren Augen automatisch als Gelehrten ausweist, schätzen sie seine risikolose Antje-Vollmer-Engagiertheit, die zwar einerseits die große böse Welt der Gegenaufklärung verneint, zum andern aber in ihrer existentiellen Entschlossenheit etwa genauso draufgängerisch ist wie ein deutscher UN-Einsatz.

Nein, Roger Willemsen, der Intellektuellen-Darsteller, ist nicht die Antithese zum handelsüblichen TV-Wahnsinn, sondern dessen Bestätigung. Er ist ein prachtvoller Beweis dafür, daß man es im Fernsehen eben doch nur als Blender zu etwas bringen kann. Wer das allerdings weiß, kann seine Sendungen um so mehr genießen: Satire darf doch schließlich alles. Hahaha.

Benjamin Lebert: Meine Schuld

Ich hätte es nicht tun sollen. Ich hätte mich, als ich vor ein paar Jahren in einer Zeitschrift Auszüge aus seinem Tagebuch las, einfach nur still an seiner Begabung freuen wollen, an seiner dunklen, komischen, altklugen Art, mit der er von seinem seltsamen Teenagerleben erzählte. Ich hätte ihm unbedingt Zeit lassen sollen. Aber nein, ich mußte natürlich den großen Entdecker spielen und alle in meinem Verlag damit verrückt machen, daß es da ein echtes Wunderkind gibt, einen sechzehnjährigen Jung-Salinger, der garantiert längst von der Literatur träumt, so daß man ihn nur noch, bevor andere auf die Idee kommen, ganz schnell um einen Roman anhauen müßte. Und genau das haben sie dann auch getan, und er hat diesen Roman auch geschrieben, und das tut mir nun wirklich sehr leid.

Natürlich ist Benjamin Lebert ein Wunderkind, daran hat sich nichts geändert. Natürlich kann er Dinge, von denen die meisten seiner erwachsenen Schriftstellerkollegen noch nicht einmal träumen, von denen sie gar nicht wissen, daß sie unter den Tasten und hinter den Bildschirmen ihrer Computer verborgen sind. Dieser verdammte kleine Supermann kann die Schwärze eines nächtlichen Himmels so verzweifelt schön und traurig beschreiben, daß man denkt, es hätte noch nie ein anderer vor ihm getan, er weiß, daß Worte nicht immer nur dafür da sind, daß man sie hinschreibt, daß also eine gut gesetzte Pause, eine wie beiläufig entstandene Lücke eine ergreifende Szene überhaupt erst ergreifend macht, und daß er andererseits neben Henry Miller wohl der einzige Autor ist, bei dem so laute, grelle Worte wie »Fotze« oder »ficken« romantisch klingen, sagt ohnehin alles über sein fast unerreichbares poetisches Talent.

Und trotzdem. Und trotzdem hätte sein Roman ›Crazy‹ niemals gedruckt werden dürfen, und bevor ich erkläre, wieso, sollte ich sagen, worum es darin geht. Es ist die Passionsgeschichte eines sehr aufgeregten, sehr niedergeschlagenen Sechzehnjährigen, dessen gerade erst beginnendes Leben bereits ein einziger Trümmerhaufen ist. Da wäre zum einen diese blöde halbseitige Lähmung, die er von Geburt an hat; er kann seinen linken Arm und sein linkes Bein kaum bewegen, sie sind fast taub und dafür aber um so empfindlicher für jede Art von Schmerz, was ja nun auch nicht wirklich ein Trost ist für ihn. Da wären seine scheißmodernen Eltern, die ihn wie verrückt lieben und trotzdem immer nur unglücklich machen, weil sie jedes Gefühl und jede Leidenschaft, die sie haben, egoistisch in ihr ›Cosmopolitan‹-Ehedrama investieren, so daß für ihn nur Kälte und Schweigen übrig bleiben sowie die Abschiebehaft für lästige Jugendliche, Internat genannt. Und schließlich wäre da seine kaputte, verzweifelte, alles bestimmende Sehnsucht nach dem ersten Mal, nach nassen Mädchenmündern, nach weichen Brüsten und warmen Ärschen, eine Sehnsucht, die nichts mit der üblichen Geilheit pubertierender Dauerständer zu tun hat, sondern fast schon quasi-religiös daherkommt: Dieser traurige Junge erhofft sich vom Sex nämlich mehr als Sex, er denkt, wer in einer Frau kommt, kommt auch in den Himmel – oder zumindest hat er hinterher keine irdischen Sorgen mehr.

Ist das der Stoff für einen perfekten Wunderkind-Roman? Leider nicht ganz. Denn auch ein Wunderkind kann immer nur von seinem eigenen Leben erzählen, und weil dieses eigene Leben noch so jung, so frisch, so rätselhaft ist, kann das Wunderkind, bei all seiner schriftstellerischen Virtuosität, nichts anderes tun, als an diesem Leben viel zu nah dranzubleiben, so nah eben wie ein Teenager, der fasziniert, erstaunt und erschrocken immer wieder ganz dicht an den Badezimmerspiegel heranrückt, um sich am Anblick seiner wild wuchernden Akne zu weiden. Konkreter gesagt: Natürlich heißt

Benjamin Leberts ›Crazy‹-Held Benjamin Lebert; und natürlich schlägt sich der echte Benjamin Lebert mit derselben elenden Behinderung herum wie der ausgedachte, natürlich verbrachte er ebenfalls das letzte Jahr in einem Internat, und ich bin mir sicher, daß er uns nichts, aber auch gar nichts von dem, was er dort erlebt, gedacht, gefühlt hat, verschweigt. Das ist oft ein Segen für sein Buch und auch für die deutsche Literatur, die er – Junggenie bleibt eben Junggenie – so um ein paar Bilder und Momente bereichert, die jetzt schon von absolutem Ewigkeitswert sind. Unvergeßlich etwa die Szene, in der sich der ›Crazy‹-Benjamin mit seinen Freunden mitten in der Nacht zum Mädchentrakt des Internats durchschlägt, und das mit dem Durchschlagen meine ich genau so, denn ihre Angst, vom Lehrer erwischt zu werden, die Feuertreppe in zehn Meter Tiefe hinunterzustürzen oder am Ende vor den Mitschülerinnen nicht zu bestehen, befeuert sie mit demselben hysterischen Mut wie Soldaten, die in eine aussichtslose Schlacht ziehen. Einmaliger und unerreichter Höhepunkt des Romans ist aber die Stelle, als »es« endlich soweit ist, als Leberts Benjamin, ohne zu wissen, wie ihm geschieht, auf dem nassen, kalten Boden eines Waschraums von einer frühreifen Mitschülerin regelrecht genommen wird, und obwohl alles echt ist, ihre Brüste, ihr Hintern und das Kondom, das sie ihm überstreift, kann er es lange gar nicht glauben, fast genauso lang, wie das ganze dauert, und dann ist es schon wieder vorbei, und er weiß nur noch: Seine Hoffnung auf ewige Erlösung hat sich nicht erfüllt.

Ja, das alles ist garantiert wahr und auch genauso passiert, und daß der große kleine Benjamin Lebert es uns – beflügelt von seiner jugendlichen Gabe zu staunen und seinem erwachsenen Sinn für die Poesie des Moments – auch genauso erzählt, ist nur gut. Schlecht ist jedoch, daß er ähnlich distanzlos und ungefiltert nicht nur von seinem Leben zu uns spricht, sondern auch darüber räsoniert. Ganz genau: räsoniert. Kein Wort umschreibt besser die endlosen, leserzermürbenden Passagen, in denen Benjamin der Ausgedachte im Namen von Benjamin dem Echten mit seinen Freunden darüber filibustert, warum sie als Teenager so sind, wie sie sind, warum es Gott gibt und ob er es gut findet, was sie tun oder ob es ihn überhaupt interessiert. Es sind Dialoge, in denen unentwegt die Rede ist von dem »Weg des Lebens« und davon, daß die »ganze Jugend ein einziges großes Fadensuchen« ist, aber daß diese Gespräche, die dem Roman immer wieder seitenweise seine Spannung und Schönheit rauben, bei all ihrer sonntagsphilosophischen Plattheit noch etwas anderes signalisieren als pubertäre Larmoyanz und Klugscheißerei, hat fast schon wieder etwas und bringt mich zugleich sehr nah heran an die Antwort auf die Frage, warum ich nun plötzlich gegen die Veröffentlichung von Benjamin Leberts genialischem Erstling bin.

Wieso reden die Jungen in diesem Buch so viel und so manisch über sich selbst? Weil sonst keiner mit ihnen spricht. Weil sie, von ihren Familien vergessen, in der wichtigsten Phase ihres Lebens völlig alleingelassen sind, hinausgeschickt in die kalte Scheinselbständigkeit des Internats, und wenn sie dann, so wie Benjamin, den Eltern zu Beginn des Schuljahres beim Abschied mit ein paar stillen Tränen bedeuten, daß dies hier wirklich nicht das Richtige ist für sie, kriegen sie stumm eine ›Rolling Stones‹-CD zugesteckt mit irgendeinem dämlichen Rockhelden-Durchhaltetext drauf und einen Brief, in dem es kühl heißt: »Lieber Benni, ich weiß, Du machst eine schwierige Zeit durch. Und ich weiß auch, daß Du nun in vielen Dingen auf Dich allein gestellt sein wirst. Aber denk bitte daran, es ist das Beste für Dich, und bleib tapfer! Papa.«

Logisch: Wir alle sind einsam und verlassen in dieser kalten, stummen Welt. Aber unsere Kinder sind es – gerade heute – noch ein bißchen mehr als wir, egal ob sie Hunderte von Kilometern von zu Hause entfernt in einem Internat viel zu früh viel zu klug und tapfer sein müssen oder ob sie gezwungen sind, im Gymnasium um die Ecke oder einem Club ein paar Straßen weiter den starken Mann, das schlaue Girl zu markieren. Das hat natürlich vor allem damit zu tun, daß Leistung und Sex längst nicht nur die zentralen Codeworte der Erwachsenenwelt sind, sie kursieren, gezielt in Umlauf gebracht von dummen Kapitalisten und klugen ›Viva‹-Chefs, inzwischen genauso unter Kindern, sie fürchten sie und sie lieben sie, und sie sind von dem, was sie tatsächlich bedeuten, vollkommen überfordert. Daß aber ihre Eltern, die bereits selbst in dem Jugendwahn der modernen Popkultur groß geworden sind und dabei wiederum nichts anderes gelernt haben, als sich allein um die eigenen Sehnsüchte, Ängste und Liebesgefühle zu kümmern –, daß diese ewigen Egomanen und Berufsjugendlichen ihnen weder helfen wollen noch können, macht die Einsamkeit der Jugend beim überstürzten Erwachsenwerden erst recht zur Hölle.

Ist dies in Wahrheit das verborgene zentrale Thema von Benjamin Leberts Roman? Ja, das ist es, aber es ist natürlich auch das zentrale Thema seines eigenen Lebens, und darum also kann er es literarisch noch gar nicht wirklich bewältigen, er, das allmächtige Junggenie, das unwissende Kind, darum erschlägt er am Ende die vielen schönen, wahrhaftigen Momente seiner Erzählung mit noch viel mehr pseudo-erwachsenem Existentialistengestammel, darum wäre es besser gewesen, er hätte dieses Buch geschrieben, aber nicht veröffentlicht. Besser für ihn als Schriftsteller, klar – aber vor allem besser für ihn als Mensch. Denn der Talkshow- und Titelgeschichten-Wahnsinn, der über ihn, den bestaunenswerten Literatur-Mozart, seit dem Erscheinen von ›Crazy‹ hereingebrochen ist, zeigt ihm wahrscheinlich mehr als alles andere, was er bisher erlebt hat, wie allein er in dieser Welt der egoistischen, profitvergessenen, vergnügungssüchtigen Erwachsenen wirklich ist.

Ich weiß, ich habe damit angefangen. Entschuldige, Benjamin.

Diedrich Diederichsen: Guten Morgen, Poptrottel!

Sind Sie ein Poptrottel? Glauben Sie, so wie einige meiner besten Freunde und klügsten Kollegen, daß Pop nur ein anderes Wort für Subversion und Aufstand ist? Finden Sie etwa auch, daß man den Spießerschweinen von der Gerontofront mit Hiphop und House wesentlich schmerzhaftere Wunden zufügen kann als mit einer scharfen Kalaschnikow? Tragen Sie, trotz Ihres schon fortgeschrittenen Alters, seltsame Old School-Turnschuhe von Puma?

Wenn ja, dann haben Sie zur Zeit bestimmt eine Krise. Dann werden Sie – ich weiß es genau – seit einer Weile das Gefühl nicht mehr los, daß die gute alte Zeit des aufrechten Pop-Rebellentums endgültig vorüber ist und das Reden und Schreiben darüber nur mehr die Abwicklung eines geronnenen Traums. Daß Sie so denken, hat einen allseits erkennbaren Grund: Denn plötzlich dürfen ganz andere Bands als früher im öffentlichen Bewußtsein den punkmäßigen Bürgerschreck-Part spielen, Bands, die sich zwar genauso rebellisch und popfest geben wie sämtliche Jugendhelden vor ihnen auch, aber das genaue Gegenteil der naiv-humanistischen Ideale ihrer Vorgänger propagieren: nämlich nicht mehr und nicht weniger als die nationalsozialistische Revolution.

Aber wieso, Poptrottel, versetzt Sie das derart in Panik? Haben die Skins von Wotan und Störkraft Ihnen vielleicht wirklich etwas voraus? Was Coolness betrifft, sind die doch wohl eher eine Fehlbesetzung: Schließlich denken die Doitschen von hoite spießiger als ihre eigenen Eltern, sie reden genauso zackig wie der Brandenburger Politgeneral Jörg Schönbohm und fühlen sogar noch ein wenig provinzieller als Karl Moik. Sie, Poptrottel, aber sehen in den groovenden Nazis trotzdem die größte Bedrohung für die vermeintlich progressive Jugendbewegung seit Bob Dylans Einführung der E-Gitarre in den Folk. Sie betrachten sie als rechte Dolchstoßer, als räudige Kultur-Untermenschen, als eine illegitime, den ganzen westlichen Teen-Twen-Spaßkosmos diskreditierende Opposition. Und vor allem lassen Sie sich allein durch das Auftauchen der rechtsradikalen Bühnenstürmer derart erschrecken, daß Sie prompt ganz defätistisch zu jammern beginnen, von nun an sei jede Form von Jugendkultur obsolet.

Guten Morgen, Poptrottel: Das war sie vorher doch auch schon. Denn die Geschichte des Pop, also die Geschichte der modernen westlichen Jugendkultur von den Beats bis zu den rockenden Nazi-Skins, ist sowieso immer nur eine große dumme unverschämte Lüge gewesen, die böswillige, kokette Pose weißer Bürgerkinder, die sich – egal ob in der Lower Eastside, in Soho oder in Rostock-Lichtenhagen zu Hause – ihr Rebellentum seit jeher von jenen ausgeliehen haben, denen es im Vergleich zu ihnen wirklich dreckig ging: Bereits die ersten Hipster, also die Patriarchen des Pop wie Ginsberg, Mailer und Kerouac, bewunderten und verklärten die Neger Amerikas als Outcasts mit den superoberscharfen existentiellen Erfahrungen. Und ihre verblasene Beatnik-Methode, sich schwarze Musik, schwarze Sprache und Mode anzueignen, um sich erstens selbst ein bißchen als Ausgestoßene fühlen zu können und zweitens dadurch die eigenen Square-Freunde und Bigott-Eltern zu erschrecken, war für sie ähnlich existenzbedrohend wie für kleine Kinder ein Indianerspiel.

Daran hat sich bis heute natürlich absolut nichts geändert – schwarzes Denken und Fühlen bilden mehr denn je die Projektionsflächen der inzwischen längst weltumspannenden MTV-Jugendkultur. Doch während die Neger-Parias nach wie vor in ihrem Emanzipationskampf eine autarke Subkultur benötigen, suhlen sich weiße Oberschüler und Studenten – deren größte Angst es ist, zum Uni-Abhängen von der ZVS nach Flensburg zwangsverschickt zu werden oder schon um zehn Uhr abends aus dem Jugendheim rauszufliegen – in ihrem eingebildeten Dissidententum.

Hohle, verlogene Jugendkultur. Daß das Ganze früher oder später auffliegen mußte, war klar. Daß aber die Entzauberung des Doofen Pop gerade unter der geistigen Schirmherrschaft von Hitler & Himmler passieren würde, also unter der Psi-Anleitung der größten Spießer, Verbrecher und Reaktionäre, die es je gab, erweist sich aus der popgeschichtlichen Perspektive als ein besonders wahrheitsspendender, tragikomischer Gag. Denn die Bands und Fans der rechtsradikalen Szene beherrschen nicht umsonst sämtliche Jugendkultur-Rituale: Sie sind laut und häßlich und anders, sie machen eine Musik, von der die alten Säcke fast schon reflexhaft sagen, sie sei keinen Pfifferling wert, sie verachten und bekämpfen, ganz im Sinne des Poptums, alle vorherigen Jugendgenerationen, und daß sie, die Rassenfresser, Stil und irgendwie auch Musik von Schwarzen adaptiert haben, nämlich von den englischen Ska-Skins der 60er Jahre, ist in diesem Zusammenhang ein besonders erhellender Witz.

Sind demnach Kahlkopf & Co. vielleicht gar keine echten Nazis? Aber ja, was denn sonst. Zugleich aber sind sie die absolut ultimativen Poptrottel-Karikaturen, also die lächerlich-gräßliche Apotheose des Doofen Pop, der konkretestkonkrete Beweis dafür, was aus einer Idee wird, wenn sie von Anfang an nur Heuchelei und Pose ist. Für Poptrottel natürlich fürchterlich deprimierend. So deprimierend jedenfalls, daß einer von ihnen vor lauter Verzweiflung in seinem angelesenen Soziologendeutsch sogar die folgenden defätistischen Zeilen schrieb: »Es scheint dringend angezeigt, von dem Konzept Jugendkultur zunächst mal Abschied zu nehmen.« Daß das ähnlich bescheuert und biermannmäßig klingt wie der Verrat der westdeutschen Linken am Kommunismus ausgerechnet in den Tagen des Mauerfalls, ist die eine Frage, die dieses unfreiwillig komische Zitat betrifft. Die andere aber lautet: Bleibt Diedrich Diederichsen etwa für immer ein Poptrottel?

Schweigen über Deutschland

Manchmal erinnere ich mich an das Paradies. Manchmal denke ich an die Zeit, als Rainer Werner Fassbinder fürs Fernsehen Familienserien drehte und Jack Londons ›Seewolf‹ in dieser kongenialen deutschen Verfilmung herauskam, deren gleißendblaue Farben und melancholische Musik ich niemals vergessen kann. Fußballspieler hatten damals lange Haare, dichte Koteletten und eine dezidierte politische Meinung. Mädchen trugen die Hosen so eng, daß den Jungs kein einziges Detail ihrer Körpertopographie entging. Kabarettisten waren Popstars und ein paar linke Politiker auch. Und im ›Stern‹ kam gleich nach der Haffner-Kolumne eine zehnseitige Paco-Rabanne-Schau. Verrückte, vergessene Tage! Man gab die Olympischen Spiele im levantinischen München (drei Kreuze hinter Goebbels' Preußenberlin), Jörg Schröder war mit seinem Amerikanisierungsprojekt März-Verlag noch nicht pleite, und die italienische Eßkultur verdrängte fast über Nacht den protestantisch-asketischen Grünkohlmief. Und während Amon Düül ihre ersten englischen Texte machten, nahmen wir im Deutschunterricht die Beatles durch, und Rolf Dieter Brinkmann war auch noch ganz wach und am Leben und mit ihm die Jugend, gierig und durstig nach fremder, populärer Weltenkultur.

Damals, Anfang der 70er, wurde ein neues Deutschland geboren, damals erst schlug die wirkliche Stunde Null. Ein paar Jahre vorher hatte sich die Jugend von Berlin und Frankfurt gegen ihre Eltern erhoben, hatte schreckliche Fragen gestellt und noch schrecklichere Antworten gekriegt, sie hatte gezetert, gezürnt und zwangsbereut, und als sie in ihrem postrevolutionären Kater bemerkte, daß der Haß gegen die Alten in Wahrheit auch gegen sich selbst gerichtet gewesen war, aus

Wut über den gräßlichen Makel der unentschuldbaren Erbschuld, da wandte die 68er Brigade für ein paar Jahre den Blick nach außen und entfernte sich fröhlich vom eigenen Ich.

Das ist ganz wörtlich zu verstehen, nicht metaphysisch und erst recht nicht ironisch. Denn irgendwie müssen die jungen Deutschen der Nachkriegszeit, die aus dem Geschlecht der Massenmörder und ihrer Dulder kamen, gespürt haben, was Sache war: Nazismus war Narzißmus gewesen, die maßlose, perverse Eigenliebe eines furchtsamen Volks, das immer schon viel zuwenig Selbstbewußtsein gehabt hatte, um das andere, das Fremde anzuschauen und zu ertragen – auch ohne es zu verstehen. So haben Hitlers Kriege in Wahrheit nichts anderes bedeutet als den Versuch eines deutschen Kleinbürgers, den Völkern dieser Welt mit Gewalt die deutsche Kleinbürgerei als Lebensstil und Weltanschauung aufzuzwingen, und natürlich hat er die Juden deshalb am meisten von allen gehaßt, weil sie wie niemand sonst auf ihrer Eigenart bestanden, auf ihrer fast monolithisch zu nennenden Identität, auf dieser sinnlichen Mischung aus Weltbürgertum und Verwurzelung, die ironischerweise gerade den intellektuellen, gekünstelten Schollen-Fetischismus der Deutschen seit jeher so aufschlußreich und erhellend konterkariert.

Nein, von Blut und Boden wollte die Jeunesse dorée der jungen Bundesrepublik nichts wissen. Und sie hatte, von ein paar verklemmten Innerlichkeits-Literaten abgesehen, kein Interesse mehr an der altromantischen deutschen Selbstbeschau, an dieser so sinnlosen, sprachlosen Obduktion des Volkskörpers und der nationalen Seele, die immer schon das eingebildete, psychotische Germanentum bedingt hat. Nun sollte endgültig die von den Nazis verhängte kulturelle Selbstisolation beendet werden, deren Fugen trotz Adenauer und Schumacher, trotz Stockhausen und Gruppe 47 noch so verdammt dicht waren, es sollte endlich Schluß sein mit deutscher Paranoia und Psycho-Masturbation. Und so schwärmten sie in die Welt hinaus, die Kinder von 68, in Jesuslatschen wohlgemerkt und nicht in Knobelbechern, sie entdeckten Ibiza, das East Village und die Toskana, Monterey und den Boulevard Saint-Michel, und auch jene, die zu Hause blieben, hatten plötzlich nur noch die Gerüche fremder Städte und Strände in der Nase und die Sätze ausländischer Schriftsteller im Kopf. Sie lasen ›Portnoys Beschwerden‹ und alles von Beckett, sie liebten Pablo Neruda und Gabriel García Márquez, und in ihren Ohren klangen die Lieder von Mikis Theodorakis wider, durchsetzt vom Fado-Blues der portugiesischen Nelkenrevolution.

Was sind das nur für Deutsche gewesen! Die ganze Welt wurde zu ihrem Revier, und nur Deutschland war für sie kein Thema. Sie haben nach den befreienden und gleichzeitig so fragwürdigen Gesetzen einer kollektiven nationalen Amnesie gelebt, sie haben in dieser fast rauschhaften Selbstvergessenheit und Selbstverleugnung ihr Glück gefunden und zugleich die gesamte westdeutsche Nachkriegsgesellschaft mit der daraus erwachsenen Lebenslust und Weltneugier angesteckt. Ihnen allein ist es zu verdanken, daß aus Currywurst-Proletariern Surfbrett-Kosmopoliten wurden und aus grimmigen Privatgelehrten Freunde der französischen Philosophie und Cafémentalität. Sie haben erreicht, daß nach Globke und Kiesinger Lafontaine und Schröder kamen, daß inzwischen auch unsere Kleinbürger von Sexappeal und Stil sprechen und deutsche Züge drinnen nicht mehr graubraun sind, sondern kirchentagslila oder babyblau. Und natürlich wären – man muß schließlich gerecht sein – ohne die Einsichten dieser Generation die schon wieder halb vergessenen 80er Jahre niemals so fröhlich geworden, so unbeschwert und undogmatisch, so prall mit Worten, Melodien und Bildern der westlich-demokratischen Pop-Zivilisation, zusammengehalten von einer streng utilitaristischen Logik, die allein nach der Wahrheit fragte und nie nach einem weltanschaulichen Zweck. Denn wo einst Andy Warhol zum Superstar wurde, gehörte den Klugen und Schönen ganz automatisch der nächste Sieg.

Ach, manchmal erinnere ich mich an das Paradies. Manchmal denke ich tatsächlich an die gute alte Zeit und frage mich gleichzeitig, ob nicht alles bloß Einbildung war, ob ich nicht wie ein Greis die Vergangenheit idealisiere. Ja, das frage ich mich, und ich versuche dabei so ernst und sachlich wie möglich zu bleiben, und am Ende gebe ich mir auch selbst eine Antwort, und die lautet klipp und klar: nein.

Nein, ich verkläre nicht. Denn ich weiß genau, daß am 9. November des verfluchten Jahres 1989 alles ganz anders wurde, an diesem Tag, als im Osten das Tor zu jenem Gefängnis aufging, von dem ich heute immer öfter denke, daß es nicht bloß Terror pur gewesen sei, sondern irgendwie eben doch die verdiente Strafe für Weltkrieg und Holocaust, ein quasi metaphysischer Käfig, in den die deutsche Bestie zum Wohl der Menschheit fast ein halbes Jahrhundert lang eingeschlossen gewesen ist. Wie sonst soll man sich nämlich erklären, daß über Nacht aus der bunten, fröhlichen, kosmopolitischen Bundesrepublik dieser schwermütig preußische Leviathan werden konnte, dieser von Chauvinismus und Demokratiehaß geschüttelte Trauerkloß, dessen Bewohner auf einmal wieder so rüde mit anderen umgehen, wie sie sonst nur zu sich selbst sind, und die vor allem so tun, als hätten sie die vierzig Jahre Pop-und-Hollywood-Umerziehung einfach nicht mitgekriegt.

Ich rede hier, damit das klar ist, nicht von jungen Skinheads und alten Nazis, nicht von Auschwitzlügen-Lüge und Deutsche-Bank-Herrenmenschentum, nicht von Stalingrad-Revisionismus, Peenemünde-Revival oder dieser einen Dresdner Bombennacht-Mahnfeier, die als einzige von allen Lichterketten wohl wirklich nichts anderes war als ein verkappter Fackelzug. Ich rede nicht davon, daß die Bundesbahn neuerdings schon mal für ihre Billigtickets mit dem Slogan »Halber Preis fürs ganze Volk« Werbung macht, eine hochaktuelle Schnapskampagne in dem Satz »Ich bin ein reiner Deutscher!« gipfelt und jede zweite Fernsehmoderatorin mittlerweile so aussieht, als entstamme sie einem von Vidal Sassoon betriebenen Lebensborn. Und vielleicht rede ich nicht einmal darüber, daß es kein Zufall sein kann, mit welchem heiligen Eifer deutsche Politiker in den vier Jugoslawienkriegen gegen die Serben in Stellung gingen – denn wer die Opfer von gestern so inbrünstig-einseitig als die Täter von heute anklagt, für den ist Hitler gewiß nur ein von der Geschichte längst relativierter Bonsai-Milošević.

Natürlich rede ich von all dem, was denn sonst. Aber noch viel schlimmer – weil ursprünglicher, grundsätzlicher – als diese oberflächliche, fast ein wenig linkische Chauvinismusorgie, die außer ein paar versprengten Altlinken kaum mehr jemand zur Kenntnis nimmt, ist etwas anderes: Die allmähliche, aus den tiefen Untiefen des deutschen Gemütsraumes aufsteigende Sehnsucht nach Zucht, Ordnung und Vaterland. Da betreten unter lautem Applaus Botho Strauß, Friedrich Merz oder Klaus Rainer Röhl die Bühne, weil sie ganz offen Liberalismus, Kapitalismus sowie den amerikanisch-westlichen Demokratie-und-Freiheits-Begriff als undeutsch verfluchen und dieser Gesellschaft ein bißchen mehr, wie soll ich sagen, Führung wünschen. Da formiert sich die immer breiter werdende Front gegen die vermeintliche Entartung von Kunst & TV durch zuviel Sex und Gewalt, angeführt von Angela Merkel und jenen Reichskunstwarten vom ›Spiegel‹, die gegenüber Leuten wie Jeff Koons oder Araki dieselbe Kleinbürgerverachtung artikulieren wie Professor Unrat sie gegen die moderne Kunst gehegt haben muß, bevor er mit Lola auf Reisen ging. Und da wird das Dönhoff-Schmidt-Manifest ›Weil das Land sich ändern muß‹ zum Dauer-Bestseller, weil darin zur Zufriedenheit der neuen, der 89er Law-and-order-Deutschen geschrieben steht, das liberale Deutschland von heute sei in Wahrheit eine »Raffgesellschaft«, in der »Gewalt, Korruption und ein egozentrischer Bereicherungstrieb als normal angesehen« würden, weshalb man nun endlich begreifen müsse: »Der Nationalsozialismus hat die konservativen Werte von Heimat, Vaterland, Treue und Opferbereitschaft pervertiert.«

Ist sie das wieder, die deutsche Bestie? Kehrt tatsächlich alles zurück, was längst von der Geschichte zerstört und zerstäubt schien? Verwandelt sich unsere kosmopolitische Republik erneut in einen ordnungsstaatlichen Krähwinkel, in einen amoralischen Schildbürgerstaat? Ist, mit anderen Worten, das Projekt »Zivilisierung Deutschlands« am Ende also doch noch gescheitert?

Woher soll ich das heute schon wissen. Ich weiß nur, wie die große Wende begann, und ich bin mir vollkommen sicher, daß man eines auf keinen Fall tun darf: alles auf die zerfallene DDR schieben, aus deren stalinistischer Asche allein sich jetzt angeblich, wie manche behaupten, ein faschistischer Phönix erhebt. Der Käfig, von dem ich vorhin sprach, ist nämlich keineswegs als ein konkretes, geographisches Gebilde zu begreifen – und der Geist, der in ihn so lange eingeschlossen war, nicht als das absolute, reale, kollektive Gedankengut der Bewohner des ehemaligen Sowjettrabanten.

Klar: Es wäre so einfach, nun von Honeckers Kleinbürgerlichkeit und Mielkes Blockwarttum, von Sascha Andersons Denunziationen und Heiner Müllers Kriegssehnsucht anzufangen. Es wäre so leicht, zu erklären, daß es allein die Seele dieses totalitären deutschen Staates (der übergangslos gleich zwei Diktaturen erleben mußte) sei, die unsere Demokratie langsam vergifte. Es wäre so simpel, zu behaupten, im Osten allein sei der teutonische Teufel los, während im Westen noch immer die Weltbürgerparty tobe – und es wäre vor allem so falsch. Denn die Renaissance einer neualten, meist konservativen und manchmal auch rechtsradikalen deutschen Weltanschauung wurde zuerst in westdeutschen Köpfen erdacht und geboren, in den Köpfen einer einst sehr linken, sehr bürgerlichen Intellektuellenschar, die eines Tages aufwachte und feststellen mußte, daß es ein Thema gab, über das sie noch nie vorher wirklich nachgedacht, publiziert, schwadroniert hat: nämlich über Deutschland – und somit auch über sich selbst.

Das geschah, natürlich, als Osteuropa zu wackeln begann, als der Kreml seine so undurchdachte Revolution von oben initiierte und mit der Demontage des Stalinismus absurderweise auch der Sozialismus als Ersatzreligion für viele an Kraft verlor. Und während also im Osten Deutschlands die Menschen auf der Straße von der Einheit träumten, weil sie einfach nur frei sein wollten und glücklich und reich, während in Halle und Leipzig und Erfurt Nationalismus anfangs wirklich nur der pragmatische Ausdruck für Demokratie und Wohlstand gewesen war, begann im Westen, in Feuilletons, Lektorenzimmern und Universitäten, angesichts des Todes des roten Gottes und einer gewissen postmodernen Leere wieder einmal die große deutsche Selbstgrübelei. Ja, es waren wirklich vor allem jene, die sich seinerzeit, in den Tagen des irdischen Gartens Eden, als reumütige Kinder der Mörder um die Verwestlichung Deutschlands so verdient gemacht hatten, die nun so affektiert und ernst wie ein wilhelminischer Studienrat eine spezifische nationale Identität für sich zu reklamieren begannen, die feige und weltabgewandt zurückkrochen in das eingebildete, provinzielle Deutschen-Ich. Sie sprachen, als hätte es nie die Aufklärung gegeben, von Stärke und Differenz, sie kramten schon bald im romantischen Repertoire von Spengler, Rosenberg und Mohler, sie halluzinierten von dem wohlfeil-dekadenten Kriegsmut Ernst Jüngers und der tyrannischen Entschlußkraft Carl Schmitts, und als dann später die Mauern der Asylantenheime rauchten, taten sie – die Verkünder eines herbeigesehnten neuen *Fin de siècle* – einfach so, als wüßten sie von nichts.

Es ist seit Jahrhunderten dasselbe Spiel: Wer über Deutschland räsoniert, wer es intellektuell bestimmen und somit auch feiern und konstitutieren will, wird jedesmal als Brandstifter und Mörder enden. Denn das Nachdenken und Sprechen über Deutschland ist immer schon ein leeres, aussichtsloses Unterfangen gewesen, ein verzweifelter Versuch, etwas herbeizureden und herbeizuschießen, was man als Deutscher per se gar nicht besitzen kann: die warme, ruhige Liebe zum eigenen Land und zu den eigenen Menschen. Das klingt fast ein wenig absurd – und stimmt trotzdem, denn am Ende ist alles immer nur eine Frage des Herzens, und Wahrheit und Richtigkeit liegen im klaren Gefühl. Die Gefühle der Deutschen aber sind nur selten von mediterranem Feuer oder angelsächsischer Gelassenheit. Sie sind etwas, was man, statt es zu haben, lieber novalismäßig bespricht oder wagnerartig zu Gemüt hochstilisiert. Sie werden unterdrückt, ignoriert, als Kitsch und Pathos verachtet – und zugleich rein abstrakt als etwas Göttliches, Erhabenes begehrt. Das dadurch entstehende Murmeln, Lavieren und Drucksen ist im Alltag von Freunden und Familien schon anstrengend und fürchterlich genug. Bei den wirklich großen Fragen aber führt es wie von selbst zur politischen Katastrophe: Wer nämlich Emotionen als jüdisch-welsches Teufelswerk betrachtet und dabei seit Jahrhunderten nach sowas Großgefühligem wie der nationalen Einheit ringt, wer – bei aller Nabelschau – sich selbst nicht lieben kann und dafür die andern verachtet, sucht allein im Haß gegen diese andern nach seinem Spiegelbild. Das alles hatte einst eine deutsche Generation eingesehen und begriffen, weshalb sie so lange von Deutschland schwieg, aber wenn sie die eigene Geschichte beschrieb und erwähnte, dann meinte sie immer die andern, dann sprach sie einzig und allein von jenen, die einst von den Soldatenvätern ums Leben gebracht worden sind.

Und vielleicht war genau dies der große Fehler, denke ich plötzlich. Vielleicht hätte die deutsche Jugend jener längst vergangenen Paradiestage viel mehr an ihr eigenes Land, an ihre eigene Sprache, an ihre Wälder und Bilder und Städte denken sollen und auch an die große gemeinsame Erinnerung, die jedes Volk – egal, wie kalt, wie warm – natürlich hat. Vielleicht hätte sie gerade damals, als alles Fremde, Andere sie berauschte und faszinierte, nicht ganz so blind und selbstverleugnend in die Welt hinausrennen sollen. Vielleicht hätte sie über die eigene Nation eben doch nachsinnen und reden sollen, denn dann bliebe uns heute die so verlogene, solipsistische und verspannte neudeutsche Metaphysik garantiert erspart. Dann wären, ich weiß es genau, Deutsche nun einfach Deutsche, und wer neu dazukäme, egal ob aus Ostberlin, dem Banat oder Istanbul, eben auch, und überhaupt wäre Deutschland kein Thema, sondern bloß etwas, was man fühlt und weiß. Und ich selbst müßte nie wieder über Deutschland schreiben und richten, und das wäre der größte Spaß, und mein Leben gefiele mir wieder und wäre nicht mehr so voll von Schwermut, Lustlosigkeit und Angst.

Manchmal, wenn ich im Zug durch Deutschland fahre, werde ich wütend und ernst. Ich schaue aus dem Fenster, ich sehe rote Dächer, schwarze Bäume und grüne Täler, ich denke an meine Freunde und die Stadt, in der ich lebe, ich erinnere mich an den Geruch von frischem Brot und kalter Milch und nassem Asphalt. Und dann endlich begreife ich, daß ich Deutschland liebe, obwohl ich es gar nicht will, und mir wird klar, daß ich endlich aufhören kann, davon zu träumen, von hier für immer fortzugehen.

Wer sucht, der findet nicht, und wer nichts erwartet, begehrt als einziger wirklich das Glück.

Verpißt euch!

Hallo, Herr Hitler, hörst du mich? Es war alles umsonst, deine immer ein wenig zu überspannten Reden, dein dilettantischer Krieg, dein dämlicher Holocaust. Deutschland ist so undeutsch, wie es vor deiner Zeit niemals gewesen war, denn Millionen von Ausländern haben es in ein paar lumpigen Jahrzehnten in einen einzigen stinkenden Basar, in eine laute, chaotische, wüste Judenschule verwandelt.

Was, du meinst, das sei überhaupt nicht wahr, und ich soll mich hier bloß nicht so dialektisch-talmudistisch aufspielen? Wahrscheinlich hast du sogar irgendwie recht damit. Wahrscheinlich hat es wirklich nie etwas bedeutet, daß all die Griechen und Kroaten, Albaner und Türken, Marokkaner und Vietnamesen – deren stille Versklavung eine der größten strategischen Leistungen der Deutschen in diesem Jahrhundert war – einst nicht nur ihre Hände zum Arbeiten nach Deutschland gebracht haben, sondern auch ihre Herzen zum Fühlen und ihre Köpfe zum Denken. Und wahrscheinlich hat deshalb auch das neue Leben, das sie sich hier in einem akuten Anfall von echter Sisyphusmanie aufgebaut haben, niemals eine Rolle in dem alten Leben ihrer ewig verklemmten, ewig ängstlichen, ewig berechnenden deutschen Sklavenhalter gespielt. Die Pizza-Döner-Falafel-Grenze, die diese zwischen sich und ihren schwarzgelockt-beschnitten-schlitzäugigen Heloten gezogen haben, ist bis heute undurchdringbarer, als es die Berliner Mauer jemals gewesen ist, ein gastronomisch-folkloristischer Schutzwall, hinter dem die Deutschen – Sirtaki im Ohr, Tarama auf der Oberlippe – aufgeregt-nervös hocken, in der Hoffnung, daß der Ausländer als solcher nicht auf einmal ganz herübergeklettert kommt. Warum sonst meint man wohl in der Sprache von Goethe, Himmler und

Kerner mit dem Wort »Grieche« oder »Türke« inzwischen viel öfter als einen Menschen ein Restaurant?

Ich kann das alles natürlich auch viel direkter und unsachlicher sagen: Das angebliche Einwanderungsland Deutschland haßt jeden einzelnen Ausländer dafür, daß er hier lebt, es erträgt ihn nicht, weil er sich nicht an diesen ganzen barbarischen Wahnsinn zwischen Frank Castorf und schlechten Manieren, Schlager-Grandprix und »Heute gehen wir schön frühstücken« assimilieren kann und will. Wenn sich aber trotzdem immer mehr Deutsche in Deutschland finden, die sagen, man müsse endlich aufhören, sich von den Türken-Tschuschen-Negern zu distanzieren, man müsse akzeptieren, daß sie deutsche Pässe, deutsche Rechte, deutsche Freiheiten kriegen, dann haben in Wahrheit auch sie nur ein Ziel. »Integration bedeutet hineinwachsen in die deutsche Kultur und Gesellschaft«, sagt einer von ihnen, worauf einer von den Türken-Tschuschen-Negern – nämlich ich – denken muß: Das also ist euer neuester Trick, um uns loszuwerden, wenn es schon mit dem Häuseranzünden und Herumgewürge um die Asylgesetze nicht funktioniert hat. Ihr denkt, ihr macht einfach aus uns euch, und wie kalt und egozentrisch und verlogen eure Motive sind, sieht man schon daran, daß die Argumente, die ihr für eure seltsamen Alle-Menschen-werden-Deutsche-Anwandlungen vorbringt, in Wahrheit nur etwas mit euch zu tun haben, aber nicht mit uns: Ihr erklärt etwa, ihr braucht uns als Deutsche, damit wir nicht mehr als Ausländer in Schule, Ausbildung, Beruf so benachteiligt sind, daß wir kaum Arbeit finden und euch so Milliarden Stütze kosten; ihr verkündet, ihr wollt uns zu zufriedenen Bürgern machen, damit wir zufrieden eure Renten bezahlen; ihr flüstert einander zu, daß ihr uns schon längst als potentielle Linkswähler eingeplant habt; und ihr schreit, wie einer von euch es regelmäßig in seiner Sonntagszeitungs-Sonntagskolumne tut, panisch heraus, wenn wir uns nicht so schnell wie möglich naturalisieren lassen, »dann entstehen soziale Konflikte, die selbst mit Polizeigewalt nicht mehr zu lösen sind!«

Vergeßt es. Wir wollen nicht so werden wie ihr – so eisig und kalkulierend und ohne jedes Gefühl für die Gefühle anderer Menschen, denn das ist ein Weg ohne Ziel, der deutsche Sonderweg, wenn man so will. Ja, ihr könnt uns noch so sehr anflehen – die meisten von uns wollen nicht mehr, was sie zu lange forderten: die verdammte deutsche Staatsbürgerschaft. Denn warum, denken wir inzwischen, sollen wir euch die Lügen glauben, die ihr bereits einmal jemandem erzählt habt, ihr wißt schon, damals, den Juden, als ihr zu ihnen sagtet, laßt euch taufen, kämpft für den Kaiser, und so werdet ihr Deutsche ganz wie von selbst – oder auch nicht.

Nein, diesmal muß es genau andersrum laufen. Diesmal werdet ihr so wie wir. Ihr werdet offen und herzlich, einfühlsam und gastfreundlich, aber vor allem wahnsinnig locker und unglaublich souverän. Und erst wenn ihr soweit seid, wenn ihr kapiert habt, daß ab jetzt wir bestimmen, was Leitkultur ist und was nicht, reden wir mit euch noch mal über die Sache mit eurer Staatsangehörigkeit.

Hallo, Herr Hitler, bist du noch da? Was glaubst du, wie lange kann das dauern?

»Tausend Jahre. Tausend Jahre wären okay.«

Goodbye, Columbus

Als ich neulich im ›Jerusalem Report‹ las, in Amerika sei seit einer halben Ewigkeit kein einziger anständiger jüdischer Roman mehr geschrieben worden, wurde ich für einen Moment schrecklich melancholisch, und ich lachte erst wieder, nachdem ich entdeckt hatte, daß die Autorin, die so fundiert und fanatisch diese Meinung vertrat, natürlich eine jüdisch-amerikanische Autorin war. Melancholisch blieb ich aber trotzdem. Ich blieb es, weil die Bücher, die ich seit Jahren so selbstverständlich und selbstvergessen lese, als wären sie keine Bücher, sondern Briefe von Freunden, natürlich von Saul Bellow stammen, von Mordecai Richler und Philip Roth.

Ihre Epoche soll nun also vorbei sein, denn der Konflikt, der für Jahrzehnte der Vater ihrer Geschichten war, ist bis auf weiteres gelöst: Dieser Konflikt von jüdischen Einwandererkindern, die sich auf ihrer Reise zu den Bildungs- und Finanzgipfeln der amerikanischen Gesellschaft immer wieder mit viel Humor und mit genausoviel Schmerz fragen mußten, ob sie noch Juden sind oder bereits Amerikaner, ob ihre Eltern sich in ihnen noch wiedererkennen oder ob ihnen das ohnehin längst egal ist – und ob sie vor allem bereit sind, die jahrtausendealten Erinnerungen und Gefühle ihres Volkes gegen die immerneuen Instant-Träume Amerikas einzutauschen. Für sie also ist die Zeit der Fragen zu Ende, der Aufstieg geschafft, und die Schriftsteller, die heute den Amerikanern vom alleserklärenden Leben am Rand der Gewohnheiten erzählen, von kultureller Selbstaufgabe und sozialer Selbstsucht, sind die Söhne und Töchter von Schwarzen, von Chinesen und Kubanern. Nur wer nicht im Zentrum steht, wird von ihm sprechen können, und die Juden Amerikas sind längst Amerikas Mittelpunkt.

Genauso stand es im ›Jerusalem Report‹ und genauso leuchtete es mir auch ein, und daß die junge Frau, die dies schrieb, bislang selbst noch keinen einzigen Roman zustande gebracht hatte, der so stark, so vielsagend gewesen wäre, daß er mich im fernen Deutschland erreicht hätte – das bestätigte ihre eigene These nur. Aber, um ehrlich zu sein, ich kenne auch sonst keine jungen jüdischen Schriftsteller aus den USA, über die es sich zu sprechen lohnen würde, und wenn es sie doch gibt, dann sind sie bestenfalls die Chronisten einer sehr weißen, sehr neurotischen, sehr konsumistischen Vorortgesellschaft, also einer ziemlich beliebigen Gruppe von Leuten, an denen einzig ihre Nachnamen noch jüdisch sind.

Juden, die schreiben, gibt es, so gesehen, natürlich überall auf der Welt, in Rußland, in Argentinien, in Frankreich. Aber wo sind die jüdischen Schriftsteller? Wo leben, wo arbeiten sie noch? In Deutschland, wo sonst – genau dort also, wo es sie am allerwenigsten geben dürfte, wäre es einst nach dem Willen der Nazis gegangen und würde es heute nach dem Willen der meisten Juden auf der ganzen Welt gehen, denen ein Jude in Deutschland genauso deplaziert vorkommt wie ein Rabbiner im Bordell. Ich meine natürlich ein Pfarrer.

Daß man als Jude in Deutschland nicht leben und schreiben sollte, ist logischerweise gleich der erste und triftigste Grund dafür, warum man ausgerechnet als Jude in Deutschland besonders bewußt jüdisch lebt und schreibt. Doch der dadurch entstehende Rechtfertigungsdruck vor sich selbst und vor allen andern ist nicht der einzige Konflikt, aus dem sich die so kräftige, erinnerungssüchtige und sehr, sehr jüdische Literatur von Autoren wie Barbara Honigmann und Robert Schindel, von Robert Menasse und Doron Rabinovici nahezu zwangsläufig ergibt, der ihre Kreativität herausfordert und antreibt. Da ist noch etwas anderes – da ist eine gesellschaftliche und kulturelle Bewegung im Bewußtsein und Handeln der deutschen und österreichischen Juden, die jener der amerikanischen Juden genau entgegenläuft. Denn bereits am Ende des vergangenen Jahrhunderts, wenn man es ganz genau nimmt, als die ersten und damals noch sehr wenigen Juden zu begreifen begannen, daß es nichts werden würde mit ihrer totalen Anpassung an die Deutschen, setzte die allmähliche, sich anfangs vor allem in zionistischen Kreisen manifestierende Absonderung der Juden von der deutschen Gesellschaft ein. Diese Absonderung wurde jedesmal noch etwas heftiger und eindeutiger, wenn ein weiterer antisemitischer Nackenschlag ein paar mehr von ihnen daran erinnerte, daß Anpassung das falsche Rezept war zum Glücklichsein. Deutlicher als Hitler hat es ihnen dann keiner gesagt, und so ist spätestens seit Birkenau jedem Juden, der in Deutschland lebt, klar, daß er nicht im Zentrum, nicht im Mittelpunkt und schon gar nicht auf einem der Gipfel der deutschen Gesellschaft etwas verloren hat, sondern bestenfalls an ihrem Rand. Daß man von dort aus als Schriftsteller am hellsichtigsten aufs Leben sieht und davon erzählt, habe ich vorhin schon gesagt, und ich wiederhole es nur, damit jeder amerikanisch-jüdische Autor, der diese Zeilen liest, zum ersten Mal in seinem Leben auf uns Juden in Deutschland ein bißchen neidisch wird.

Früher war es genau andersherum. Früher hat einer wie ich die Amerikaner beneidet. Damals, ich war Anfang zwanzig und hatte gerade erst ein paar Erzählungen geschrieben, von denen einige niemals fertig geworden waren, dafür aber alle von Figuren bevölkert wurden, die immer nur die literarisch toten Ideenträger meiner graphomanen Sehnsüchte blieben, weshalb sie mich selbst am allermeisten langweilten – damals fiel mir zum ersten Mal das Buch eines amerikanischen Juden in die Hand. Es war ›Goodbye, Columbus‹ von Philip Roth, und als ich damit fertig war, hatte ich begriffen, daß jeder darüber schreiben muß, was ihm am nächsten ist, damit sich gerade jene, die ihm am fremdesten sind, voller Neugier seinen Geschichten zuwenden.

So also kam ich zu den Juden in meiner Literatur – und vor allem zu der Illusion, daß die Absonderung von den Nichtjuden ausgerechnet dadurch, daß ich sie als Schriftsteller besonders klar und selbstbewußt beschreiben würde, für mich als Menschen sofort alles Stickige und Erstickende verlieren würde. Wie ich darauf kam? Ich schätze, weil in Philip Roths Vorwort zu ›Goodbye, Columbus‹, das er im April 1962 explizit für die deutsche Ausgabe schrieb, auch dieser Satz stand: »Wäre ich 1933 als Jude in Deutschland zur Welt gekommen und bis zum heutigen Tag am Leben geblieben, so würde ich die böswilligen unter meinen Lesern mehr fürchten, als ich es tue; aber ich wurde 1933 in Newark, New Jersey, geboren, und aus der Zuversicht heraus, die ich diesem Umstand verdanke, schrieb ich meine Erzählungen.«

Ich wollte die Zuversicht von Philip Roth haben. Auch ich wollte über meine eigenen Leute so schreiben, wie es mir gefiel, zornig und liebevoll, haßerfüllt und ergeben. Ich wollte nicht mehr der ewige Insasse einer pseudomoralischen Quarantäne sein, die nach dem Krieg in Deutschland von Tätern und Opfern in der seltsamsten Allianz, die es je gegeben hatte, gemeinsam errichtet worden war. Aber ich hatte natürlich etwas verwechselt. Ich hatte nicht daran gedacht, daß ich für mich fälschlicherweise jene Normalität voraussetzte, in die einer wie Philip Roth bereits mehr oder weniger hineingeboren worden war – ein Emigrantenkind und Jude zwar so wie ich, dessen Lebensweg aber nicht, was er selbst genau wußte, vom nahen und ständigen Echo tosender Kriegs- und Mordgeschichten begleitet wurde wie der eines jeden jungen deutschen Juden, sondern eher von der fast naiven Frage, in wie vielen Jahren wohl der erste jüdische Präsident die Vereinigten Staaten regieren wird. Während er sich ganz automatisch immer weiter auf die amerikanische Gesellschaft zubewegen konnte, mußte ich mich von der deutschen Gesellschaft ebenso automatisch entfernen.

Jetzt, natürlich, weiß ich: Mein Irrtum war das beste, was mir hätte passieren können, und nicht viel anders wird es Robert Schindel, Doron Rabinovici oder Barbara Honigmann gegangen sein. Die Freiheit, wirklich ehrlich mit sich selbst umzugehen, haben wir nicht wie die amerikanisch-jüdischen Autoren mit einer schleichenden, stummachenden kulturellen Assimilation bezahlen müssen, nicht mit literarischer Auszehrung. Im Gegenteil sogar: Die Offenheit und Besessenheit, mit der wir, anders als sie, so direkt und aufdringlich wie möglich von Juden und Jüdischem sprechen können und müssen, von jüdischer Gegenwart und deutscher Vergangenheit, beschenkt uns nämlich zum einen ständig mit neuen Ideen und Plots und ist zum andern ein Hinweis darauf, daß der so unglaublich kreative Prozeß der Absonderung der Juden von den Deutschen noch lange nicht abgeschlossen ist – und daß es also ein Land auf diesem Globus gibt, in dem noch eine ganze Weile eine originäre, selbstbestimmte jüdische Literatur entstehen wird. Das andere Land, übrigens, in dem die jüdische Literatur ebenfalls gerade zu Kräften kommt, heißt nicht zufällig Israel, das ja, ähnlich wie Deutschland, auch ein Ort jüdischer Trotzigkeit, Enttäuschung und Eigenheit ist.

Eine Frage noch? Bitte. Warum ich glaube, daß es eine jüdische Literatur überhaupt geben muß? Das ist doch ganz einfach: Weil ich meine Mutter und meinen Vater liebe genauso wie sie sind, und weil ich will, daß die Welt sich an sie auch genauso für immer erinnert.

Robert Schindel: Wo geht es hier bitte in die Vergangenheit?

Die Bücher, an denen wir jahrelang geschrieben hatten, waren in unserem Gepäck, als wir eines Tages dem Ruf der Kultur-SS folgten. Es war das Goethe-Institut gewesen, das uns, fünf jüdische Schriftsteller deutscher Zunge, nach New York abkommandiert hatte, ach was, so ein Unsinn, in Wahrheit hatte man bloß ganz leise und höflich bei uns angefragt, ob wir Lust hätten, an einem Symposium teilzunehmen, bei dem einmal mehr Fragen der deutsch-jüdischen Metaphysik durchgenommen werden sollten, und natürlich hatten wir alle sofort zugesagt. Wir wußten sehr wohl, daß diese Reise das genaue Gegenteil einer Deportation werden würde, wir ahnten, daß die Leute vom Goethe-Institut mit uns ähnlich sorgsam umgehen würden, wie man es sonst mit ägyptischen Mumien, babylonischen Stelen und anderen Zeugnissen vergangener Tage tut, und genauso kam es dann auch: Sie hatten für uns eines der besten Hotels am Central Park reserviert, sie lächelten ständig, wenn sie mit uns sprachen, sie steckten uns, den Nachkommen von Jud Süß und Baron Rothschild, die Kuverts mit unseren ehrlich verdienten Dollar-Honoraren so verstohlen und rücksichtsvoll zu, als handele es sich dabei um Kondome, und außerdem hatten sie für uns bei ihrem gojischen Gott den herrlichsten Indianersommer aller Zeiten bestellt.

Retour bekamen sie, was sie verdienten: Ein bißchen Entwurzelten-Traurigkeit und eine Menge Post-Holocaust-Kitsch. Vor einem Publikum, das neben ein paar schicken New York-Deutschen zum größten Teil aus alten Emigranten bestand und zu einem etwas kleineren aus noch älteren Nazis, verrichteten wir ehrlich und professionell unseren Job und führten einen weiteren Akt aus der jeckischen Schmierenkomödie auf. So gab einer von uns den jungen zornigen Juden, eine zweite machte auf mild und gebildet und religiös, ein dritter war assimiliert und zynisch bis auf die Knochen, eine vierte redete so preußisch und kalt daher wie ein Goj, und dann hatten wir noch einen Dichter aus Wien dabei, der hatte eine große Nase, auf dieser wuchsen Haare, und darunter lag ein großer weicher Mund, aus dem große weiche Wörter kamen. Es war alles so wunderbar wehmütig, so charmant und versöhnlerisch und nur ein ganz klein wenig wienerisch böse, was der mit der Nase zu den Möglichkeiten und Unmöglichkeiten deutsch-jüdischer Koexistenz zu sagen hatte, und darum auch machte er beim Symposium das Rennen und wurde zum Lieblingsjud der sentimentalen aramäisch-teutonischen Bande von der New Yorker Park Avenue.

Als alles vorbei war, als wir am nächsten Tag im »Excelsior« beim Frühstück saßen, hat mir der Dichter aus Wien dann von seinem ersten Roman erzählt. Vier Jahre lang hatte er sich daran abgeschuftet, vier Jahre lang hatte Robert Schindel gedacht, geschrieben und gekämpft und so oft an seinen Sätzen und Ideen herumgefuhrwerkt und gefeilt, bis der Text endgültig er selbst war und er, der Autor, ein ganz anderer. Ob Juden und Deutsche, sagte Robert Schindel zu mir, ob Opferkinder und Täterkinder miteinander glücklich werden könnten, darum ginge es vor allem in seinem Buch, worauf ich, viel zu schnell, erwiderte, dies sei doch im Grunde eine verflucht idiotische Frage. Nein, sagte er, das sähe er anders, und da fuhr ich ihm erneut dazwischen, ich begann ungefragt von mir, von meinem unberührten vierzigjährigen Leben, in dem der Holocaust in der Regel genauso schattenhaft und simuliert vorkomme wie jeder kluge, ergreifende Hollywood-Film. Doch das beeindruckte ihn nicht, er sagte »1944«, er sagte, dies sei das Jahr, in dem er zur Welt gekommen sei, und kurz darauf seien seine Eltern, Juden und Kommunisten und Widerstandskämpfer, von den Nazis aufgespürt und nach Auschwitz deportiert worden, während er, das Baby, von Christen versteckt worden sei. Und genau deshalb, fuhr er fort – aber ich unterbrach ihn, ich sagte, er müsse gar nicht mehr weiterreden, ich hätte kapiert, und da lächelte er und sagte, das treffe sich gut, denn er habe ohnehin nicht mehr viel Zeit, er müsse hoch, in sein Zimmer, um mit seiner Freundin in Deutschland zu telefonieren, und während er das Geld auf den Tisch legte, dachte ich: Ich freß' einen Besen, wenn Schindels Geliebte eine Jüdin ist, einer wie er ist doch dazu verdammt, es mit einer schönen, warmherzigen Gojte zu treiben.

Ich habe bis heute keine Ahnung, wem der Dichter aus Wien sein Herz geschenkt hat, und es geht mich auch gar nichts an. Herausgefunden habe ich aber in der Zwischenzeit, daß Robert Schindel ein wirklich großes Buch geschrieben hat, denn ich habe es endlich gelesen. Es heißt ›Gebürtig‹ und ist das, was früher – lange bevor Handkesche 102-Seiten-Windeier über das Nichts in uns sowie flachbrüstige Poesiealbum-Prosa nach Zoë-Jenny-Art Mode und Kanon wurden – noch als Roman galt: das heterogen-homogene Bild einer Gruppe, ein 180-Grad-Panorama einer Generation, ihrer Hoffnungen, Ängste und der daraus erwachsenden Ideen, ein spannendes Weltbild, ein weiser Schnappschuß, ein Blick zurück und nach vorn. Zudem ist ›Gebürtig‹ die erzählerische Explosion eines Dichters, der beweist, daß Prosa, einfach und unverspannt, noch viel dichter und poetischer sein kann als das artifiziellste, durchkomponierteste Gedicht.

Opferkinder und Täterkinder? Ja, ganz recht. Robert Schindel läßt sie alle, eines nach dem andern, in seinem Buch aufmarschieren. Manche kennen sich bereits, manche begegnen einander erst ganz zum Schluß, sie sitzen gemeinsam im »Zeppelin«, ihrem Wiener Beisel, sie streiten und flirten und lachen. Sie werfen sich mal Antisemitismus, mal Stalinismus, mal Judeozentrismus vor, sie reden über wichtige Dinge und auch über die völlig belanglosen, sie sind blöd, klug, sentimental, und was sie alle – Juden und Nichtjuden – im Verlauf des Romans immer unausweichlicher aufeinanderzutreiben läßt, ist ihre so unterschiedliche Vergangenheits-Konditionierung, die wie ein Monolith in ihre absolut gemeinsame, scheinbar sorglose 90er-Jahre-Gegenwart ragt.

Das ist, natürlich, zum einen höchst symbolisch zu verstehen. Und zum andern – als erzählte Handlung – für den Leser sehr, sehr spannend. Nehmen wir etwa die Geschichte der nichtjüdischen Journalistin Susanne Ressel, deren Vater, ein ehemaliger Spanien- und Widerstandskämpfer, bei einer Bergtour den seit Jahrzehnten gesuchten SS-Verbrecher Anton Egger wiedererkennt, der ihm im KZ Ebensee, hätte ein blöder Zufall es so gewollt, genauso den Schädel eingeschlagen hätte wie Hunderten anderer Häftlinge. Egger wird verhaftet, Karl Ressel – geschockt und verwirrt von der Begegnung – stirbt kurz darauf, und so findet sich Susanne, von einem Tag auf den anderen, in einer Rolle wieder, die ihr zunächst völlig fremd erscheint: Sie selbst macht sich auf, um für den bevorstehenden Prozeß gegen Anton Egger Zeugen zu finden, die den miesen Verwirrungstricks seiner Nazi-Anwälte gewachsen wären. Dabei stößt sie auf den in New York lebenden weltberühmten jüdischen Theaterautor Herrmann Gebirtig, der ebenfalls im KZ Ebensee einsaß und sich geschworen hat, nie mehr in seine verhaßte Heimatstadt Wien zurückzukehren. So wird Susannes Geschichte nun auch zu Gebirtigs Geschichte, sie überredet ihn, zum Prozeß zu kommen, und kaum ist er ein paar Tage in Wien, beschließt er schon, dazubleiben, er will nie mehr fort, er verliebt sich in Susanne, er schläft mit ihr, er beauftragt einen Makler, für ihn eine Wohnung zu suchen, er läßt sich vom Bürgermeister einen Orden verleihen und als großer Sohn der Stadt feiern, er macht seine Aussage im Prozeß. Er ist glücklich und ausgeglichen, er hat das Gefühl, nun erst sei er dem KZ entronnen, aber als Egger freigesprochen wird, nimmt Gebirtig am selben Tag noch das Flugzeug und flieht, diesmal wohl für immer, nach New York. Das Ende einer Liebesgeschichte, und Hitler ist schuld.

Hitler ist auch schuld, daß Emanuel Katz, der Banker und Schriftsteller, in der Jugend von seinen auschwitzerprobten Eltern halb zu Tode gequält wurde mit dem Argument, er dürfe dieses und jenes nicht, denn sie hätten die Hölle überlebt. Und so liegt es wohl ebenfalls an Hitler, daß Katz immer wieder in seinem masochistischen Deutschenwahn großen blonden teutonischen Fickmaschinen verfällt, die ihn zum Schluß jedesmal als dreckigen Juden beschimpfen. Hitler ist des weiteren schuld, daß der Theaterregisseur Peter Adel, Sohn zurückgekehrter Emigranten, seine jüdische Herkunft verbirgt und alles dafür tut, um als Superdeutscher zu erscheinen, was insofern grotesk ist, als ohnehin jeder weiß, daß er beschnitten ist. Hitler ist schuld, daß Konrad Sachs, der Sohn des Generalgouverneurs von Polen und berühmter Kulturjournalist – dem ›Stern‹-Reporter Niklas Frank nachempfunden – beim Gedanken an seine Herkunft fast verrückt wird, eine Herkunft, die er seiner Umwelt, auch seiner eigenen Frau, so lange verschweigt, bis ihn dieses Versteckspiel zu einem schizophrenen Wrack macht. Hitler ist schuld, daß die schöne, magersüchtige Mascha Singer, deren Vater als Kommunist und Jude den Nazis widerstand, an ihrer Nachgeborenen-Neurose beinah krepiert, Hitler ist schuld, daß Nazijäger Lebensart so eine Nervensäge ist, Hitler ist wohl auch daran schuld, daß Hirschfeld, der Poet, so schlechte Gedichte schreibt. Nur in der Liebesgeschichte zwischen Danny Demant, dem jüdischen Lektor und Bohemien, und Christiane Kalteisen, seiner gojischen Geliebten, geht es niemals um Holocaust und Verfolgung, um Erblast, Leben und Tod: Die beiden sind ein naives, beinah utopisches Liebespaar, das sich nicht um die historischen Projektionen in der Biographie des anderen kümmert. Es ist darum kein Zufall, daß Konrad Sachs, der Prinz von Polen, der sich in seiner Nazisohn-Verzweiflung an Demant wendet, gerade von Christiane den Rat bekommt, sich einfach nur zu seiner Geschichte, zu seinem Vater zu bekennen, um sich derart von den Schatten und Gespenstern der Vergangenheit zu befreien.

Aber kann man das überhaupt? Von den Schatten und Gespenstern schon, flüstert Robert Schindel, der allwissende Erzähler, aber bestimmt nicht von dem Gedenken an jenes Allerschlimmste, das jemals geschah, und so ist es die Erinnerung, die allen Figuren seines Romans gemeinsam ist, die Erinnerung an die große Verbrennung, die sie, anders als die meisten *realen* Menschen, nicht verdrängen, sondern im Gegenteil immerzu bewußt mit sich herumschleppen oder sogar, ganz aktiv, als festen Bestandteil ihres gegenwärtigen Lebens, ja, als seine eigentliche Grundlegung ansehen. Wir haben alle, lautet das Leitmotiv von Robert Schindels Roman, mit dem Holocaust und all dem andern Nazischeiß zu tun, und wenn wir, weil zu jung, damals nicht selbst vor Stalingrad lagen oder in Treblinka unsere Leute in den Ofen schoben, dann haben all dies unsere Eltern erlebt und getan, und genau deshalb werden wir uns davon ebensowenig lösen können wie sie, egal ob als Deutsche oder Juden.

Eine fast zu eindeutige Botschaft eigentlich, allzusehr angefüllt mit Weisheit, Anspruch, Moral. Was Schindels Roman gerade dennoch zu einem großen Buch macht, ist, daß er diese Botschaft niemals explizit formuliert, daß er – absolut unprogrammatisch und unprätentiös – in ›Gebürtig‹ einfach nur ein paar Schicksale erzählt, sie mal zusammenführt, mal auseinanderhaut und uns am Ende das Gefühl gibt, wir, die Leser, seien nicht bloß eins mit seinen Figuren, sondern ebenso wie sie Gestalten dieses Romans, Krüppel und Lust-Profiteure des Holocaust, Angehörige der – noch immer! – nazigestörten zweiten, dritten Nachkriegsgeneration.

Ich selbst, übrigens, wurde während einer Dienstreise zur Robert-Schindel-Figur, im Zug von München nach Frankfurt. Kaum hatte ich mich im Abteil verschanzt und das Buch aufgeschlagen, verfiel ich schon in eine ›Gebürtig‹-Trance, ich las und las und rutschte zwischen die Seiten, ich wurde der Freund von Danny Demant und Christiane Kalteisen, ich stritt mich mit Mascha Singer herum und ließ mich von

Hirschfeld als eingebildeter Jude beschimpfen, ich soff mit Lebensart im »Zeppelin«, mein Kopf wurde vom Wein immer schwerer, er sank auf den Tisch, ich hob ihn hoch, ich sah Herrmann Gebirtig mit Susanne Ressel, ich sah ihre Umarmung, ich sah Konrad Frank als Kind über Leichenberge marschieren, ich sah ihn an seinem Schreibtisch, ich sah, wie er den großen Enthüllungsartikel über seinen Vater schrieb, ich sah Emanuel Katz am Sterbebett seiner Mutter, froh, durch ihren Tod wieder ein Stück Auschwitz los zu sein. Ich sah diese ganze fröhliche, diese ganze verzweifelte gojisch-jüdische Bande und mich selbst als Teil davon, und dann – als das Buch fast schon zu Ende war, als mir nur noch fünfzig Seiten blieben – sah ich endlich auch den mit der Nase wieder. Ich sah ihn noch einmal für den Bruchteil einer Sekunde im Goethe-Institut in New York, ich sah Robert Schindel himself seine wehmütige, sentimentale Judenshow abziehen, und da erst begriff ich, wie er es gemeint hatte, als er beim Frühstück im »Excelsior« zu mir sagte, es ginge ihm immer nur um die Frage, ob Juden und Nichtjuden miteinander glücklich sein könnten. Er hatte es, natürlich, verdammt defätistisch gemeint ...

Von München nach Frankfurt fuhr ich, um bei der Eröffnung des wiedergegründeten Jüdischen Verlags dabeizusein, dessen Chef derselbe Mann ist, der Schindels ›Gebürtig‹ verlegt hat: Siegfried Unseld. Die Veranstaltung, megaloman und feierlich, fand im Gemeindezentrum in der Savignystraße statt, alles war so ein bißchen wie in New York, an der Park Avenue, um mich herum saßen Hunderte beflissener Bildungsdeutscher und auch ein paar dialogfreudige Juden, Siegfried Unseld hielt, wie erwartet, eine aalglatte, antiseptische Philosemitenrede, er sprach ganz ergriffen von Scholem und dessen Schabatai-Zwi-Buch, von Rosenzweig und Buber und von der Berliner ›Lebenswelten‹-Ausstellung, er sprach also von jüdischer Vergangenheit und von jüdischem Tod, und nur von sich selbst sprach er nicht, er sprach nicht von seiner eigenen Jugend in Ulm, von seinen drei Jahren als Hitlers Marinesoldat, er sagte einfach kein Wort über das allmächtige Reich der Nationalsozialisten, in dem er – gewiß nicht weniger als jeder andere – mit Schuld beladen, mit Schuld beladen, mit Schuld beladen, groß geworden war, und so bin ich dann wütend aufgesprungen, als er zu Ende geheuchelt hatte, er, der stolze Hauptschriftleiter des wiedergegründeten Jüdischen Verlags, ich bin aufgesprungen und demonstrativ-laut herausgelaufen aus dem Gemeindezentrum an der Savignystraße, und auf dem Weg ins Hotel sagte ich immer wieder zu mir: Es warten noch fünfzig Seiten Schindel auf dich, ruhig Blut also, fünfzig Seiten Wahrheit und Güte und sehr viel Erinnerung.

Marcel Reich-Ranicki: Geliebter Lügner

Düster war die längst vergangene Zeit des Stalinismus. So düster offenbar, daß bis heute nur ihre Kinder und Opfer erkennen können und wollen, was es bedeutete, ihr Kind und Opfer gewesen zu sein. Was es hieß, wegen eines falschen Satzes verhaftet zu werden, was es hieß, mit Menschen zu leben, ohne auch nur einem von ihnen, die Mitglieder der eigenen Familie eingeschlossen, zu trauen und wie ein Hund im Käfig seiner Landesgrenzen gefangen zu sein, zugedröhnt vom tausendfachen Chor irrer, verlogener stalinistischer Parolen. Und was es vor allem hieß, von Parteileuten und Geheimdienstmännern umgeben zu sein, die dieses System von Totalüberwachung, Zermürbung und Menschenzerstörung, gegen das sich Orwells ›1984‹-Welt wie ein fröhlicher Lebensentwurf ausnimmt, im Auftrag und Sinne Stalins begeistert aufrechterhielten.

Warum ich jetzt noch, Jahrzehnte später, darüber spreche? Weil einer der einflußreichsten deutschen Intellektuellen dieser Tage einst für ein paar Jahre selbst einer von diesen Parteileuten und Geheimdienstmännern war und weil ihm das heute niemand, nicht einmal seine wütendsten Gegner, wirklich verübelt. Der einzige, heftige Vorwurf an ihn lautet, er hätte in seiner ganz persönlichen Stasi-Affäre nicht ein paar Wochen lang die Öffentlichkeit anlügen, er hätte einfach nur von Anfang an zugeben sollen, daß er für den polnischen Geheimdienst als Hauptmann gearbeitet hat, denn das sei für jemanden, der Hitler entwischte, kein Problem. Sag danke, Jude, sie schenken dir mal wieder den Holocaust-Jagdschein, und sie wissen auch, warum.

Die Rede ist von Marcel Reich-Ranicki, von wem sonst – von dem Mann, der im Polen der 40er Jahre als Postzensor in fremden Briefen herumgeschnüffelt und für die polnische Staatssicherheit eine Operationsgruppe aufgebaut hat, der Geheimdienstausbilder war und Vizekonsul und später Konsul in London, wo er polnische Emigranten ausspionieren ließ und deren westlich-demokratisches Engagement in Hausmitteilungen als »verbrecherische politische Tätigkeit« beschrieb, und der sogar noch nach seinem Parteirauswurf 1950 als Literaturwissenschaftler Stalins Roboter blieb und seine Artikel und Nachworte bis in die 50er Jahre hinein mit all den irren, verlogenen stalinistischen Losungen zuschiß, die damals jeden intelligenten, integren Menschen um den Verstand brachten. Die Rede ist, in anderen Worten, von jenem Mann, dem man zwar kein einziges konkretes Politverbrechen nachweisen kann, was aber auch gar nicht nötig ist, denn in der längst vergangenen, düsteren Zeit des Stalinismus Parteimitglied und Geheimdienstmann gewesen zu sein, ist für mich Beweis genug.

Und wieso nicht für Reich-Ranickis zahllose Verteidiger? Wieso nicht für Rolf Hochhuth, Martin Walser, Hellmuth Karasek und jede Menge anderer weniger berühmter Kultur-Nomenklaturisten? Wieso nicht einmal für Wolf Biermann, der sogar noch in seinem Zorn über Reich-Ranickis Stolpe-Lügen explizit erklärt hat, er wolle ihn nach wie vor verteidigen? Bestimmt nicht aus Mitleid mit einem Holocaust-Überlebenden, das in Wahrheit nur vorgeschützt ist, sondern weil sie sich allesamt – als ehemalige Linke, die 1989 über den Jordan aller Renegaten gingen – in ihm wiedererkennen wie in keinem anderen. Um das zu begreifen, muß man noch einmal Reich-Ranicki betrachten und sich vergegenwärtigen, daß er in seiner KP- und Geheimdienstzeit, wie er offen zugibt, über die Moskauer Prozesse der 30er Jahre und die großen Säuberungen genau informiert gewesen ist, und es war ihm auch bekannt, daß Stalin fast alle – jüdischen – Spitzenfunktionäre der kleinen polnischen kommunistischen Vorkriegspartei umbringen ließ. Er wußte also von Stalins Untaten, die er als »Kinderkrankheit« ansah, aber es hielt ihn trotzdem nicht davon ab, ein paar Jahre lang, die für ihn selbst vielleicht nur kurz, für die Opfer des Stalinschen Apparats um so länger gewesen waren, Täter mit den Tätern zu sein.

Was das mit jedem großen und kleinen, jungen und alten westdeutschen Ex-Linken zu tun hat? Verdammt viel. Auch diese Leute haben, sehenden Auges, ihre Träume auf den Knochen und Psychosen der Opfer Stalins, Breschnews und Andropows gebaut, auch sie haben, obwohl ihnen insgeheim klar war, daß der Ostblock ein riesiger Gulag war, kalt und egoistisch die Ideale des real-existierenden Sozialismus beschworen. Auch sie haben also auf ihre Art wie Reich-Ranicki Stalinismus mit Kommunismus verwechselt, und der eindeutigste, klarste Beweis dafür ist, daß sie ihren Kommunismus, ihr Linkssein ausgerechnet in dem Moment aufgaben, als das Reich Stalins und seiner Enkel zerbrach. In dem bösen und starken Marcel Reich-Ranicki, den sie in Wahrheit hassen, haben sie jemanden gefunden, der wie kein anderer für ihren großen Lebensirrtum steht, einen Übermächtigen, auf den man zeigen und dabei sagen kann: Er war auch nicht klüger als wir, er hat sich genauso getäuscht, nur zu einer anderen Zeit.

Daß Marcel Reich-Ranicki auf diese Art in kürzester Zeit vom verdammten Literaturpapst zum Gott aller linken Renegaten dieser Republik aufsteigen konnte, ist komisch. Tragisch und folgenreich ist etwas ganz anderes: daß mit der kurzen, wütenden Scheindebatte um seine Geheimdiensttätigkeit das Recht auf den gemeinen, naiven, dummen moralischen Irrtum als politische Kategorie in das öffentliche Denken dieses Landes zurückgekehrt ist. Wir haben uns doch nur geirrt, sagen Biermann und Walser und Hochhuth und Reich-Ranicki, als wäre dadurch alles wieder gut und jeder Stalinismus-Tote lebendig. Und der Applaus, den sie kriegen, ist der Applaus von Millionen ewiger Mitläufer.

Schuld läßt sich erklären, ihr wachsweichen Arschlöcher, aber niemals vergeben. Harte Menschen wie ich irren sich nie.

Gabriel Laub: Der Emigrant

Als wir 1970 nach Deutschland kamen, war er schon da. Er hatte nur zwei Jahre vor uns die Tschechoslowakei verlassen, und nun sprach und schrieb er auf deutsch, so als hätte er sein Leben lang nichts anderes getan, und auch die großen Feste, die er in seiner neuen Hamburger Wohnung gab, waren genauso turbulent und ausgelassen wie einst die in Prag.

Gabriel Laub hatte eben das Emigrieren gelernt, es war nicht das erste Mal, daß er ein Land, eine Sprache wechseln mußte: Als polnischer Jude floh er mit seiner Familie vor den Deutschen nach Lemberg, dann kamen die Russen auf die Idee, daß die Sorte von Leuten wie er im Ural in die Verbannung gehörten, später ging er im bunten, sonnigen Samarkand zur Schule, und kaum war er nach dem Krieg nach Hause zurückgekehrt, mußte er gleich wieder verschwinden, weil eine Menge Polen fanden, daß Hitler sein Geschäft nicht ordentlich zu Ende geführt hatte, und die letzten Juden von Pogrom zu Pogrom jagten. So landete er, dessen Russisch längst so brillant und weich war wie sein Polnisch, in Prag bei seinen Onkeln, er wurde schnell als Journalist und Schriftsteller bekannt, und wahrscheinlich war er trotzdem irgendwie froh, daß er 1968 nach dem Einmarsch der Russen mal wieder damit von vorne beginnen konnte, eine neue Heimat, eine neue Kultur für sich zu erobern. Wer einmal emigriert ist, der wird süchtig danach.

Natürlich muß man über seine Arbeit sprechen, jetzt, da sie ein für allemal zu Ende ist, über seine Aphorismen, über seine satirischen Erzählungen, in denen er sich über das Leben und die Menschen mit der Leichtigkeit eines Mannes lustig machte, der wußte, daß es wahrscheinlich Wichtigeres gibt als das Leben und die Menschen, ohne daß wir je erfahren werden, was es ist. Über all das muß man sprechen, aber das werden noch oft genug andere tun.

Ich will mich jetzt lieber noch ein wenig an ihn erinnern, an sein warmherziges, rundes Gesicht, an sein Lächeln, von dem ich nie wußte, ob es voller Liebe ist oder voller Sarkasmus, an sein mit Büchern vollgestelltes Arbeitszimmer, in dem ich schon als Kind manchmal mit ihm zusammensaß. Meistens kamen wir nie dazu, miteinander zu reden, weil ständig einer von seinen neuen und alten Freunden anrief, und während er sich mit ihnen auf Polnisch, auf Tschechisch, auf Russisch, auf Deutsch unterhielt, beobachtete ich ihn, ich sah ihn an dabei, wie er sich über den Schreibtisch lehnte, wie er mit den Fingern auf der Tastatur seiner alten, schwarzen Remington herumspielte, und ich dachte – das weiß ich aber erst jetzt –, ich will eines Tages genauso werden wie er.

Eigentlich müßten alle Menschen so werden, wie Gabriel Laub es war, immer in Bewegung, immer auf der Suche nach dem Neuen, ohne das Alte zu vergessen. Und eigentlich geht das auch, es geht sogar, wenn man nicht gezwungen ist, alle paar Jahre irgendwo ganz von vorne zu beginnen, man muß es eben nur wollen.

Beerdigt wurde Gabriel Laub, dem nicht mehr als lächerliche 69 Jahre vergönnt waren, an einem kalten, sonnigen Tag – und zwar in Israel, so wie er es sich gewünscht hat. Er wußte natürlich, warum. So wenig er an Gott geglaubt hat, so sehr hat er geahnt: Wenn der Messias kommt, beginnt für ihn mal wieder ein neues Leben – und wenn nicht, dann ist er zumindest für immer zu Hause.

Triumph des Brüllens

Mein Freund David ist ein richtiger Schauspieler. In seinem Gesicht brennen tausend rote Sommersprossen, er hat lange blonde Wimpern, einen großen feuchten Mund und die unglaubliche Gabe, jede Figur, die er spielt, in einen echten Menschen zu verwandeln, in einen Menschen mit eigenen Gefühlen, eigenen Träumen, eigener Erinnerung. Die Zuschauer lieben David – seine Kollegen nicht. Sie sagen, Seele hätte am Theater nichts verloren, sie sagen, er solle weniger psychologisieren, sie sagen, er müsse es so machen wie sie.

Ich weiß genau, wie sie es machen, und David weiß es sowieso. Aber bevor ich sie nun gleich auf seinen Wunsch hin dafür rhetorisch ein bißchen teeren und federn werde, will ich kurz erklären, worum es in dieser Folge meiner beliebten Vorlesungsreihe mit dem Titel ›Haß ist Aufklärung‹ überhaupt geht. Es geht um Theater, um was sonst, es geht um deutsches Theater, und es geht um die vielen Schmerzen und Wunden, die Abend für Abend in unseren Schauspielhäusern Zigtausenden wehrloser Frauen, Männer und Greise von den grausam-gehorsamen Soldaten der deutschen Theaterarmee zugefügt werden. Daß die Opfer dafür auch noch bezahlen, finde ich natürlich ebenfalls irgendwie ziemlich subaltern und soldatenhaft, aber die Täter – das ist bei mir tausendjährige Tradition – interessieren mich doch um einiges mehr.

Ich will die Landser-Metapher wirklich nicht überstrapazieren: Aber haben Sie sich schon mal gefragt, warum der deutsche Theaterschauspieler an sich immer dann, wenn er Gefühle zeigen will, so laut schreien und brüllen und bellen muß wie ein Spieß beim Anblick eines unaufgeräumten Spinds? Haben Sie überlegt, warum er jedesmal – und zwar wirklich jedesmal –, wenn er einen am Boden zerstörten Menschen darstellen möchte, mit derselben hemmungslosen Lust quer über die Bühne kotzt wie ein besoffener Wehrmachtsoffizier? Und begreifen Sie, wieso kaum eine Inszenierung ohne ein herausgerissenes Herz, eine abgetrennte Zunge oder zumindest ein paar bluttriefende Hände auskommt, so als müßten deutsche Schauspieler auf Geheiß ihrer Regisseure nun die Schlachten schlagen, die deutschen Soldaten wegen notorischer Erfolglosigkeit Sie-wissen-schon-seit-wann verboten sind?

Mein Freund David würde jetzt sagen, das käme eben davon, wenn man Kunst ohne Seele und trotzdem Aufmerksamkeit will, da müßte man nun mal ein bißchen drastischer zur Sache gehen, und daß die Enkel von Ludendorff und Noske dabei nicht gerade als Sarah Bernhardt oder Groucho Marx wiedergeboren werden, wäre auch ganz klar. Natürlich hat David recht – und natürlich ist das nicht die ganze Wahrheit. Denn all das unglaubwürdige, dilettantische Gebrüll und Geblute, hinter dem Kleist und Shakespeare und Mamet auf unseren Bühnen wie hinter einer grauen, öden Wolke verschwinden, ist ja auch der hilflose Versuch von Leuten, für die Theater seit Jahrzehnten Politik, Streit, These ist, aber auf keinen Fall Leben, sich doch irgendwie nach dem Leben auszustrecken, denn sogar sie ahnen manchmal seine Poesie.

Ich weiß, es gibt noch mehr als Castorf, Schleef und Schlingensief. Es gibt die Hölle des deutschen Konversationstheaters. Es gibt diese stundenlangen, tödlichen Tschechow- und Pinter-Inszenierungen mit Schauspielern, die wie ferngelenkte Menschmaschinen über die Bühne schlafwandeln, wächsern und starr in ihrer Gestik und Mimik, bei jedem Satz, den sie sagen müssen, darauf programmiert, ihn so unauthentisch, so affektiert, so langweilig auszusprechen, damit man als Zuschauer bloß nicht auf die Idee kommt, zu vergessen, daß man in einem Theater hockt, daß man von dem Scheißsitz Rückenschmerzen hat, daß die kleine alte Frau neben einem nach Schweiß riecht wie ein großer dicker Mann.

Erraten. Wenn ich ins Theater gehe, will ich die Welt vergessen – ich will sie vergessen, um an sie um so präziser erinnert zu werden, genau wie im Kino, im Museum, in der Literatur. Ich will begreifen, warum ich zwar lebe, aber trotzdem sterben werde, ich will kapieren, was einen Menschen zum Menschen macht. Menschen interessieren an unseren Theatern aber niemanden – weder die echten im Saal noch die erfundenen in den Textbüchern. An unseren Theatern – und das ist ihr wahres Problem – geht es allein ums Theater, es geht immer bloß darum, sich als Schauspieler, als Regisseur, als Intendant seiner selbst und damit seines mühevoll erkämpften sozialen Standes als Schauspieler, als Regisseur, als Intendant zu vergewissern, und daß eine solche kleinbürgerliche, karrieristische Haltung automatisch eine völlig seelenlose, kalte, selbstreferentielle und unglaubwürdige Ästhetik gebiert, ist klar. Da kann man noch so zackig herumschreien, noch so gekünstelt vor sich hinschweigen – glauben tut dann einem keiner mehr was.

Letzte Woche, das wollte ich noch schnell erzählen, waren David und ich in Hamburg in ›Antigone‹. »Gräßlich! All diese Schauspieler, denen man ansieht, daß sie spielen«, hat er hinterher wütend gesagt. »Es gibt einen Ort, da wird dir das nie passieren«, erwiderte ich, dann schwieg ich wieder, und wir dachten beide an Hollywood.

O Pannenbaum!

Und ewig regiert das Gemüt: Nichts macht die Deutschen nämlich so fertig wie die schönsten Tage des Jahres, die ihre Tradition bereithält für sie. Weihnachten – genau. Aber warum sollte sich das romantisch-verquälte Volk von Novalis, Ensslin und Derrick auch über so romantisch-banale Dinge freuen wie den Duft von Anisplätzchen, das ungeduldige Aufreißen von Geschenkschachteln und das Reden, Singen und Lachen mit Leuten, die einen einst gezeugt haben? Selbstzerfleischung und eine fast kollektive endogene Festtagsdepression sind da, ethnisch-historisch gesehen, wesentlich konsequenter.

Also beginnen meine deutschen Mitbürger schon im Herbst – irgendwann so zwischen Volkstrauertag und Totensonntag –, ihre Köpfe und Seelen niedriger zu tragen. Sie reden nur noch darüber, daß sie nicht wissen, wie sie den ganzen Streß diesmal überstehen sollen, sie schmieden kurz Fluchtpläne, vorzugsweise mit der Destination Karibik, Australien oder am besten gleich das nächste Sonnensystem, und schleppen sich schließlich so heldenhaft-sinnlos wie die letzten Volkssturmtruppen Samstag für Samstag in die Innenstadt, um jedesmal mit den gleichen vollen Tüten und leeren Augen zurückzukehren – und so geschwächt und gebrochen sie auf mich wirken, wenn sie sich am 23. von mir verabschieden, frage ich mich ernsthaft, ob ich sie nach den Feiertagen überhaupt noch wiedersehen werde. Immerhin ist mir bekannt, daß bei uns die Zahl der Infarkte, Suizide und Einweisungen in psychiatrische Anstalten um Weihnachten herum genauso extrem hinaufgeht wie sonst nur die der in totaler Weihnachtsfeier-Verzweiflung vollzogenen sexuellen Kontakte zwischen Arbeitskollegen, die normalerweise eher ein ziemlich haifischartiges Nahrungsketten-Verhältnis miteinander pflegen.

Besser ein fremder Kollege als die nächsten Verwandten? Na klar. Mir schlauem Kolumnenbengel kann man nämlich nichts vormachen. Ich weiß zu gut, warum für die meisten Deutschen Weihnachten schlimmer ist als, sagen wir, einen weiteren Weltkrieg anzufangen und wieder zu verlieren: weil es ein Fest der Familie ist, der deutschen Familie. Jeder, der sagt, er hasse Weihnachten, weil sich dabei der Kapitalismus so egoistisch und selbstreferentiell feiert, weshalb man sich statt Krawatten lieber irgendwelche NGO-Spendenquittungen schenken sollte, oder weil er es aus theologischer Sicht vollkommen banalisiert findet, lügt. Ja, er lügt, denn er, dem der Sozialismus, die Dritte Welt und Jesus Christus den Rest der Zeit auch schon komplett egal sind, erträgt Weihnachten in Wahrheit deshalb nicht, weil es der einzige Moment des Jahres ist, an dem er denen, die ihn gezeugt haben, über Gans und Rotkohl hinweg wirklich in die Augen sehen muß. Was er dort sieht, ist in der Regel nicht schön. Er sieht menschliche Kälte, preußische Härte und längst Mainstream gewordene 68er-Selbstsucht. Und da es die Augen sind von Menschen, die ihn nicht nur gezeugt, sondern auch geprägt haben, sehen diese Augen in seinen Augen auch nichts anderes. Daß ein solcher Krieg der toten Gefühle einen ziemlich fertigmacht, kann ich als Sohn einer selbstlosen, warmherzigen orientalischen Mutter natürlich verstehen.

Eins verstehe ich aber trotzdem nicht: Was war zuerst da? Die eisig-unpersönlichen deutschen Familienverhältnisse? Die allgemeine deutsche Weihnachtspsychose? Das schwere deutsche Gemüt? Am Ende spielt das ohnehin keine Rolle. Oder wie man mir sagt, daß man auf jiddisch sagt: Auf ein totes Pferd scheißen immer die meisten Fliegen.

Ich kenne eine deutsche Familie, bei der ist alles anders. Wochenlang freuen sich alle auf den Heiligen Abend, zwei Tage vorher dürfen die Kinder nicht mehr ins Wohnzimmer, in dem die Mutter immer wieder etwas zu tun hat, und jedesmal, wenn sie herauskommt, sagt sie, sie hätte dort schon die Engel und das Christkind gesehen. Dann endlich ist es soweit, ein Glöckchen klingelt, der Vater öffnet die Tür, und bevor die Kinder hereindürfen zu dem großen, leuchtenden, strahlenden Baum und den Geschenken, liest man die Weihnachtsgeschichte und singt und sagt Gedichte auf, und die Backen der Kinder sind vor Aufregung ganz rot.

So schön und ergreifend, habe ich gehört, soll Weihnachten bei dieser Familie sein. Ich habe es, wie gesagt, nur gehört, denn eingeladen haben sie mich noch nie. Warum, weiß ich nicht. Vielleicht, weil sie sich für irgendwas schämen. Vielleicht aber auch, weil ich so ein verdammt schlauer Kolumnenbengel bin.

Deutscher wider Willen

I.

Ein Deutscher wollte ich nie werden. Warum? Vielleicht, weil die ersten Deutschen, die ich sah, Wehrmachtsuniformen trugen. Sie sagten ständig »Scheiße« und »Hände hoch!«, preschten bei Tag und bei Nacht auf ihren Panzern durch die Ukraine und schossen immer nur auf Zivilisten. Das war, damit wir uns nicht mißverstehen, im Frühling 1970, ich war damals zehn Jahre alt, ich lag mit meinem armenischen Großvater in Moskau in seinem Bett, wir aßen riesige Brote mit einer zentimeterdicken Schicht Schokoladenbutter und tranken dazu den heißen Kakao, den Großvater jedesmal eine halbe Ewigkeit lang anrührte, damit er so märchenhaft süß und mild schmeckte, wie ich ihn heute zumindest in der Erinnerung habe. Und während ich also in der Linken den Becher hielt, in der Rechten das Butterbrot, starrte ich auf den Fernsehschirm, und der sowjetische Kriegsfilm, den Großvater und ich uns an jenem Vormittag ansahen, war spannender als jede Eishockey-Übertragung. Ich weiß noch genau, wie erleichtert ich war, daß die Schlacht zwischen der Roten Armee und den Nazis, die aufgrund ihrer Niedertracht so unbezwingbar schienen, schließlich doch noch mit der Niederlage der Deutschen endete, denn damit hatte ich wirklich nicht mehr gerechnet.

So waren die ersten Deutschen, die ich sah, gar keine echten Deutschen. Sie wurden von russischen Schauspielern dargestellt, und die waren möglicherweise in der einen oder anderen Szene zu gut drauf, gaben den kriegerischen Teutonen vielleicht zu holzschnittartig, zu brutal und zu zähnefletschend, zu xenophob und allzu kühl-narzißtisch. Aber so falsch lagen sie auch wieder nicht: Europa verfiel einst schließlich nicht deshalb in Agonie, weil es an allen Fronten mit zu vielen schlechten deutschen Witzen traktiert worden wäre. Mit den Zähnen zu fletschen, eisig kalt und furchteinflößend zu sein, Scheiße zu sagen und beiläufig Menschen zu erschießen, gehört, finde ich, zu einem nazistischen Welteroberungskrieg irgendwie schon dazu. Die Deutschen müssen sich eben daran gewöhnen, daß das Bild, welches die Welt sich von ihnen macht, niemand anders als sie selbst einst geschaffen haben.

Deutscher wollte ich also niemals werden, und es vergingen nach jenem Moskauer Vormittag im Frühling 1970 noch viele Jahre, bis ich wirklich begriff warum – bis ich kapierte, daß meine Abneigung gegen Bayern, Schwaben und Niedersachsen, gegen Hessen und Mecklenburger und Hamburger nicht allein damit zusammenhängt, daß sie in Kriegsfilmen und Comicstrips, in Musicals und teilweise selbst in der Weltliteratur regelmäßig so mies abschneiden. Meine Abneigung hat mit Dingen und Geschehnissen zu tun, die nur mittelbar und zugleich doch ganz konkret mein eigenes, mein ganz persönliches kleines, sinnloses, unwichtiges und trotzdem alles Leid und alles Glück dieser Erde enthaltendes Leben berühren. Oder, um endlich auf den Punkt zu kommen: Willkommen im Holocaust-Land!

Nehmen wir etwa meinen armenischen Großvater. Er war der einzige Goj in unserer Familie – aber auch so hatte es für ihn gereicht, um wegen der Deutschen eine Menge Scherereien zu haben. Als säbelschwingender Kavallerist kämpfte er, der Mann einer Jüdin, der Vater einer Jüdin, drei endlose Jahre lang gegen Hitlers Generäle, Offiziere und Landser, er ritt auf seinem Pferd beinah donquichottisch anmutende Attacken gegen die nationalsozialistischen Tötungs-Androiden und war so gesehen von dem Vernichtungs- und Eroberungs- und Weltredigierungs-Wahnsinn der Deutschen ebenso betroffen wie jeder Jude in der Familie. Die Juden in meiner Familie aber hatten von Haus aus eine Menge Spaß mit den

Deutschen gehabt, die offensichtlich nur deshalb imstande gewesen waren, die halbe Welt in Brand zu setzen, weil ein Haufen asozialer, frustrierter Erste-Weltkriegs-Soldaten ein paar clevere, chauvinistische, savonarolahaft-mystische Ideen entwickelt hatte und dafür auch noch, im Jahre 1933 gleich zweimal, gewählt wurde.

Man muß sich das vorstellen: Bloß weil Leute wie Hitler oder Goebbels im bürgerlichen Leben ebensowenig Halt fanden wie bei der Boheme Anerkennung, landeten Verwandte von mir nackt im Massengrab von Babi Jar. Andere, vor allem die Jüngeren, wurden mit dem Kopf gegen Wände geworfen und wie Frösche zerdrückt, einige brannten auch, sie brannten und brannten und brannten, und dann gab es welche, die Glück hatten, die wurden, so wie die engste Familie meines Vaters und meiner Mutter, von den Sowjets in den Ural evakuiert, und natürlich haben auch ein paar als Partisanen oder Soldaten ihr Leben gelassen, ganz ehrenhaft und ganz sinnlos beschissen. Das alles geschah also nur, weil ein paar zukurzgekommene Deutsche eines Tages begriffen hatten, daß die Deutschen insgesamt, als ein kulturell-historischer Komplex sozusagen, einen vollkommen manischen Hang zum Selbstmitleid haben – dem Selbstmitleid angeblich immer und ewig Zukurzkommender, das sich im Aufbegehren gegen den Versailler Vertrag ebenso manifestieren kann wie im materialistischen Ossi-Querulantentum, ein Selbstmitleid, das hysterisch und aufgesetzt-existentiell genug ist, um sich jederzeit von neuem in einen prächtigen, blutigen, Geschichte werdenden Amoklauf verwandeln zu können.

Es ist, um es noch präziser zu sagen, das Selbstmitleid von Leuten, die zu einem Volk gehören, das sich seit je her als ein Großvolk verstanden hat, als eine Groß-Macht, die aus ihrer Sicht jedoch niemals ihre vermeintlich legitimen Hegemonialansprüche in Politik, Geostrategie und Kultur ausleben durfte – also das komplette Gegenteil einer gehetzten Minderheit, wie es etwa die Armenier oder Kurden sind, oder einer zurückgesetzten Volksgruppe innerhalb eines riesigen Gebildes, wie es die Tschechen oder Slowaken in der k. u. k. Monarchie waren.

Und so was prägt: Die Doktrin des Staates ebenso wie das Denken jedes einzelnen Individuums, das in ihm lebt, arbeitet, gehorcht. So was prägt, es macht arrogant und stumpf, gedankenlos und dadurch immer wieder sehr, sehr böse. Der feine, großmächtige Pinkel nämlich wird von Haus aus mieser und fieser und egotistischer sein als der arme, geschundene Kerl, der froh ist, daß er einmal richtig etwas zum Essen und Anziehen bekommt. Der feine Pinkel könnte für das, was er in seiner Großmannssucht begehrt, betrügen und töten und sich dennoch unumschränkt im Recht fühlen. Der arme Kerl dagegen würde dafür sterben – und wenn er jemals gegen jemanden andern die Hand erhebt, dann zunächst nur aus Verzweiflung heraus, nie aus Anmaßung.

Das große, miese, fiese, egotistische Friedrich-und-Bismarck-Reich hat den deutschen Zukurzgekommenen-Wahn erst richtig hochgezüchtet, die Legende von der angeblich ständig von Zerfall und Zerstörung bedrohten Mittelmacht verfestigte sich gerade in jener Zeit, und wenn heute bei einer Fußball-WM die deutsche Mannschaft gegen Marokko, Mauretanien oder Monaco 0:1 zurückliegt, dann hat dies deshalb auf die deutsche Nation denselben deprimierenden Effekt wie Napoleons Feldzüge oder die Niederlage in der Normandie.

Man sieht sich als Deutscher eben von vornherein im Nachteil, und das verleiht diesem Volk zum einen eine Menge wirtschaftlicher und militärischer Energie. Zugleich erwächst daraus jene Unsicherheit und mangelnde Souveränität im Umgang mit Menschen, die irgendwie anders und dadurch zunächst nicht durchschaubar sind – der welsche Feuilletonist, der destruktive Saujude, der schmutzige Zigeuner heißen nur deshalb so und werden diesem sprachlichen Duktus entsprechend angesehen und behandelt, weil der unsichere, selbstbezogene, neidische Deutsche ständig in der Angst lebt, von diesen Leuten aufs Kreuz gelegt und um seinen eigenen Vorteil gebracht zu werden. Dieser Deutsche, der vom Leben nur das absolute Maximum erwartet, fühlt sich deshalb auch wie ein verwöhntes Kind immer und immer wieder zurückgesetzt, er kann einfach nicht verzichten, er kann nicht verlieren, er kann nicht geduldig und bescheiden sein: als Rüstungs-Millionär ebensowenig wie als Chemie-Facharbeiter, als Filmemacher oder General ebensowenig wie als ostdeutscher Arbeitsloser, als Peymann ebensowenig wie als Helmut Markwort, als Frey, als Mahler, als Hitler.

Ach ja, Hitler: Das, was er Nationalsozialismus nannte, war in Wahrheit nichts anderes als Reklame für sich selbst und somit eine astreine Karrieristen-Ideologie. Um es endlich zu etwas zu bringen, verband er schlichterhand sein Schicksal mit dem Schicksal des genauso wie er wehleidig empfindenden deutschen Volkes, er versprach – ich sage es hier prosaischer und unmystischer als er – den im Weltkrieg, in den frühen 20ern und frühen 30ern gebeutelten Deutschen Wohlstand, Besitztum und Macht. So ist die bei tiefgefrorenen ›Welt‹-Jungredakteuren und gewendeten 68er-Greisen beliebte Selbstentlastungsthese, Kommunismus sei dasselbe Böse wie Faschismus, deshalb natürlich auch falsch. Denn im Kommunismus nimmt sich der *Mensch* vor, sich die Welt, das Leben, das Schicksal, untertan zu machen – im Faschismus aber allein der deutsche Neidbürger.

Faschismus als spießiger, konsumistischer Egotrip also? Ganz genau. Faschismus war – und ist – einfach nur die modernistischere, archaischere und vor allem blutigere Form des 50er-Jahre-Wirtschaftswunders, vermischt mit dem durch die Aufklärung aufgebrachten ideengeschichtlichen Running Gag, der Mensch könne alles, was er nur will. So ist denn auch der Rechtsradikalismus von heute nichts anderes, und wenn man sich die aktuelle Nazi-Personnage ansieht, erblickt man das gleiche Panoptikum. Es ist schon wieder diese Melange aus Arbeitslosen und Analphabeten, aus frustrierten höheren Söhnen, aus sich selbst verleugnenden Homosexuellen und aufgeregten alten Männern, und es gibt nur einen einzigen Weg, mit ihnen aufzuräumen: Statt ihnen ganze Jugendhäuser mitsamt Personal zu überlassen, statt nach jedem neuen Pogrom, das sie veranstalten, für ihre soziale Randlage Verständnis zu zeigen und immer weiter in ihrem Sinne das Grundgesetz ändern zu wollen, statt ihnen also ständig nachzugeben, muß man sie jagen, verhaften und gesellschaftlich ächten, muß man noch gnadenloser mit ihnen umspringen als seinerzeit mit der RAF. Denn im Gegensatz zu echten – egal ob sozialistischen oder rein pragmatischen anti-diktatorischen – Befreiungs-Ideologien ist Faschismus verbietbar. Ihm geht jede Art von Brüder-zur-Sonne-zur-Freiheit-Eigendynamik ab, das Verbot stärkt ihn deshalb auch nicht, sondern schwächt ihn, der Faschist-Karrierist, der merkt, daß er als Fähnleinführer nicht reüssieren kann, macht am Ende doch noch den vom Arbeitsamt finanzierten Computer-Lehrgang oder wandert, wenn er es nicht anders begreift, lebenslang ins Kittchen; und wenn irgend jemand – egal ob als wachsweicher Sozi, als tumber Christdemokrat, als naiver Grüner – mal wieder behauptet, man müsse mit den Rechten, statt sie zu stigmatisieren, zusammenarbeiten, um sie so systemimmanent und damit harmlos zu machen, dann muß er wissen, daß dieser Vorschlag genauso bourgeois-feige ist wie das Münchener Abkommen.

Die Demokratien haben schon einmal gedacht – weil ihnen alles andere zu mühsam war und zu unelegant-undemokratisch –, sie könnten mit den Rechtsradikalen verhandeln. Sie haben so lange verhandelt, bis alles anders war und dann zu spät. Aber vielleicht haben sie auch einfach nicht begriffen, was ich längst weiß: daß das Raffinierteste am Faschismus – eben weil er eine rein machiavellistische und an Macht und sozialem Aufstieg orientierte Karriere-Rezeptur ist –, daß das Raffinierteste am Faschismus ist, daß er sich nach dem Dominoprinzip einzelne gesellschaftliche Gruppen zur Ausschaltung und Vernichtung aussucht, so daß man immer – aus nachvollziehbarer Feigheit heraus – sagen kann, mich selbst trifft es ja nicht, ich muß bloß die schlechte Zeit überwintern. Und eines Tages ist der demokratische Staat ein SS-Staat geworden, und unsere Schnapsnasen und Hausmeister von einst laufen in Marschalls-Uniformen und Gala-Fracks herum, sie geben Befehle, erschießen Menschen und regieren die Welt. Glaubt denn irgend jemand tatsächlich, die konservativen, weltkriegserprobten deutschen Juden haben in den 30ern allen Ernstes gedacht, sie würden eines Tages über den Feldern von Polen kleine, zarte Rauchpirouetten drehen, um sich schließlich in nichts aufzulösen? Womit ich, natürlich, wieder im Holocaust-Land angelangt wäre.

2.

Bloß kein Mitleid, ja keine Betroffenheits-Duselei! Ich mußte keine Pirouetten drehen und war auch sonst nicht in Gefahr. Als Zehnjähriger bin ich aus Prag nach Deutschland gekommen, zwölf Jahre später tauschte ich meinen sowjetischen Reisepaß gegen einen deutschen. Ich habe in diesem Land Abitur gemacht, ich habe hier Haschisch geraucht und Sex gehabt, ich habe tausendzweihundert ›NDR-Talkshows‹ gesehen und seit 1970 jede ›Tatort‹-Folge, ich war Gladbach-Fan und Bayern-Hasser. Ich kenne jedes Lokal von Hamburg, München, Berlin und Frankfurt, das in den letzten zwanzig Jahren halbwegs *avantgarde* war, ich habe an einer deutschen Universität studiert und über niemand anders als Thomas Mann meine Magisterarbeit geschrieben, und manchmal, wenn ich gerade obenauf bin oder besonders verzweifelt, fällt mir ein, daß ich besser Deutsch spreche als die meisten Deutschen. Kein Majdanek und kein Auschwitz haben mich also daran gehindert, in diesem Land immer alles mitzumachen, was man mitmachen konnte, ich habe dasselbe trostlose 70er-

Hippie-Leben geführt wie alle andern, ich war in den 80ern genauso high wie meine Freunde von der Alles-ist-möglich-Fakultät, ich bin durch die 90er durchgerauscht wie durch einen schlechten Martin-Walser-Traum. Ich bin aus jedem Urlaub nach Deutschland zurückgekehrt und nicht nach Tel Aviv, Paris oder in die Lower East Side, und als ich vor ein paar Jahren eine kleine Tour durch die in Polen gelegenen deutschen KZs mitmachte, sehnte ich mich schon bald nach meinen geliebten Frankfurter Hochhäusern und Freßgassen-Cafés zurück.

Aber Deutscher wollte ich dennoch niemals werden, und mit Holocaust hatte das in Wahrheit nur mittelbar etwas zu tun. Ein Satz, der alles bisher Gesagte annulliert und jeden meiner *deutschen* Leser postwendend erlöst? Natürlich nicht. Denn es muß, was diesen Punkt betrifft, unbedingt gesagt werden, daß es für mich eine eher abstrakte Angelegenheit ist, mit dem Holocaust im Herzen zu leben. Nie würde ich mir anmaßen, mich mit den Stigmata derer, die durch die Hölle kamen, schmücken zu wollen. Den Holocaust zu denken, ihn nicht zu vergessen, ist für mich vielmehr ein archaischer Dienst, es ist Atavismus, es ist das Gefühl, zu einem Volk zu gehören, das es so lange gibt auf dieser Welt wie kaum ein anderes und das es trotzdem immer wieder versteht, Ideen für die Zukunft zu liefern. Und manchmal denke ich deshalb auch, daß, wenn die letzten Juden sterben, auch die Menschheit aufhören wird zu existieren, und so metaphysisch sich das Ganze anhört, so metaphysisch ist es wohl. Aber wie es halt mit den Letzten Dingen immer so ist: Das Sinnmachende, Sinngebende, Sinnentleerende an ihnen wird einem selbst nur in sehr wenigen, kostbaren und deshalb um so ergreifenderen Momenten bewußt. Doch in der Regel führt man ein ganz gewöhnliches tragikomisches Menschenlemmingleben, das zu neunundneunzig Prozent aus Routine besteht und zu einem einzigen – höchstens! – aus Metaphysik.

Das Menschenlemmingleben als Emigrantenkind also und

nicht als Holocaust-Überlebender: In Deutschland wurde ich als eine Art Staatsgast empfangen, ich war ein Held im Kampf gegen den Weltkommunismus gewesen, ich – der Zehnjährige – war ein Märtyrer des Prager Frühlings, die Galionsfigur einer westlich-kapitalistischen Gegenrevolution. So jedenfalls sah man es offenbar auf dem Hamburger Gymnasium, wo man mich, den Edelausländer, den Nicht-Türken, den Nicht-Tamilen, in den ersten beiden Jahren, ohne daß ich ein Wort Deutsch gesprochen hätte, mit den allerbesten Noten durchschleuste. Das Mitgefühl ließ aber bald nach, es wich dem Mißtrauen einem Jugendlichen gegenüber, der offenbar anders war und dies auch gar nicht ändern konnte.

Aber was heißt denn hier, bitte, schon anders: Ich war laut, frech und umtriebig, ich hörte im Unterricht nie zu und wußte trotzdem meistens die beinahe richtige Antwort. Sind Juden so? Ausländer? Marsmännchen? Ich war in keiner Clique, ich war eher der Klassen-Idiot als der Klassen-Clown, meine Freunde waren immer auch meine Feinde und nutzten jede Gelegenheit, um sich auf die Gegenseite zu schlagen. Und wenn ich dann wieder einmal zum Direktor mußte, sagte der, ich trüge eine gewisse Verantwortung und solle mich schleunigst bessern, denn mein schlechtes Verhalten werfe ein falsches Licht auf all die andern. Auf welche andern? Auf die Juden? Die Marsmännchen?

Dies alles sind, trotzdem ich mich richtig zu erinnern bemühe, natürlich Projektionen von heute aus, und wenn ich schon beim Projizieren bin, dann will ich nicht vergessen, noch schnell meinen Klassenlehrer von damals zu erwähnen. Er gab bei uns Latein, Deutsch, Geschichte und Sozialkunde, er hatte immer eine stark gerötete Gesichtshaut, eine feste Stimme und weiße Alterskrümel in den Mundwinkeln. Er war ein waschechter Kriegsveteran, jawohl, irgendeiner hatte ihm seinerzeit den rechten Arm abgeschossen, und ab und zu holte Doktor Schöne im Unterricht den Stummel aus dem Hemd heraus, drehte dieses nackte, sinnlose Stück Knochen und Haut ein paarmal hin und her und sagte, dies sei seine persönliche Art, die Kampfkraft der Roten Horde zu kommentieren. Das hatte natürlich Klasse und war zugleich, soweit ich mich erinnern kann, meine einzige konkrete Begegnung mit einem echten, bekennenden Kriegs-Deutschen. Aber die Friedens-Deutschen – und darauf will ich die ganze Zeit hinaus – reichten mir auch schon.

Natürlich hatte ich in meinem Leben das eine oder andere antisemitische Erlebnis, es gab schon mal Leute, die mir sagten, im Ofen sei ich am besten aufgehoben, oder mir erklärten, es sei bei mir absolut was dran an der typisch jüdischen Hast und Verschlagenheit. So was legte ich – je älter ich wurde – immer lässiger im Fach der Realsatire ab und beendete trotzdem mit jedem der Sonntags-›Stürmer‹ sofort jeglichen Kontakt. Gelebten Antisemitismus, wenn ich so sagen darf, habe ich nie wirklich als Drama, als Erdbeben empfunden, und natürlich würde ich anders reden, wenn es hier nicht um das seichte, feige westdeutsche Judenbenörgeln des alleruntersten, allerverbotensten kollektiven Nachkriegs-Unterbewußtseins ginge, mal als Antizionismus kaschiert, mal als Stefan-George-Bewunderung oder als das schüchterne Kritisieren der angeblich so mächtigen jüdischen Lobby in Amerika. Ich würde anders reden respektive längst über alle Berge sein, hätte ich persönlich es mit Vespasian und Titus zu tun gekriegt, mit Bogdan Chmelnizkij oder den Horden von Rostock. Der zumeist außerordentlich zurückhaltend und verschämt vorgetragene Konversations-BRD-Antisemitismus aber, der mir – seit ich erwachsen bin – ab und zu unterkam, machte mir niemals Angst und erfüllte immer nur eine Aufgabe: Er erinnerte mich daran, daß ich offenbar anders bin, denn wenn ich nicht anders wäre, würde man mich wohl kaum der Andersartigkeit zeihen und mir vermeintlich typisch jüdische Eigenschaften anhängen.

Und sie melden sich immer wieder, die seinerzeit von mir kaum registrierten Gespenster meiner Schulzeit. Sie umflattern mich während eines Streits über Israels Politik in einer traumhaft schönen Berlin-Mitte-Bar ebenso still und allgegenwärtig wie in den Wochen und Monaten der Wehrmachtsausstellungshysterie, sie wehen mir aus einem hilflosmißgünstigen ›Zeit‹-Verriß meines ersten Erzählbandes entgegen, ich sehe sie in den Blicken derer, denen ich in Gesprächen und Diskussionen überlegen bin, und unvergeßlich-literarisch ist mir jener One-night-stand-Moment, als dieses wildfremde Mädchen, das ich schon halb ausgezogen hatte, plötzlich, aus heiterem Himmel heraus und ohne vorher auch nur einen Blick auf meine so appetitlich beschnittene Erektion geworfen zu haben, als sie also fragte: »Stimmt es eigentlich, daß die galizischen Juden die schlimmsten sind?«

3.

Warum, Adonai, bin ich anders? Weil ich nicht Deutscher sein will?

Ich, der andere, schaue in den Spiegel, aber ich sehe nur mich selbst, und so schaue ich die Deutschen an, um etwas zu begreifen, und natürlich betrachte ich nicht irgendwelche abstrakten, längst historisierten Wesen der Nazizeit, sondern Menschen von heute, Menschen, mit denen ich lebe und arbeite. Ich speichere also meinen inneren Computer mit allen Erlebnissen, Gesprächen, Erfahrungen, Beobachtungen, die ich in den vergangenen dreißig Jahren in diesem Land hatte, ich mache mir meinen Modell-Deutschen, ich leiste mir den Luxus der wahrheitsspendenden Generalisierung und – kriege das Kotzen.

Ich kotze vor allem aus einem Grund: Immer wieder stellt sich mir nämlich die angeblich so gemütvolle, die angeblich so romantische und passionsfähige deutsche Seele aus der systembildenden Produktion von Novalis, Richard Wagner und Christian Kracht als ein totes, flaches, abstraktes Gebilde dar, als ewig waberndes Ich-Ding, das – larmoyant, wehleidig eben – einen Sinn für sich selbst hat, aber nie für die Außenwelt, für die Welt der anderen Menschen. Situationen, in denen sich mir diese Art von Kaltschnäuzigkeit eröffnet, erlebe ich oft, und es ist eine Kaltschnäuzigkeit, die manchmal furchtbar intellektualisierend daherkommt, manchmal aber fast unschuldig instinktiv.

Einmal etwa, nachts, sehr spät nachts, saß ich allein in München im »Tabacco«, die Bedienungen wirkten längst genauso betrunken wie ihre Gäste, Leute liefen ungehindert hinaus, ohne zu zahlen, auf dem Boden lagen Scherben herum, und auf den Tischen glänzten die Barlichter in Lachen von verschüttetem Wein und Bier. Es war so eine richtig anarchische, wüste Sperrstundenstimmung, und der junge Mann, den ich kurz vorher kennengelernt hatte, sah mit seinen 1,90, mit den kurzen blonden Haaren und den ebenen, fast zu ebenen Gesichtszügen genauso aus wie ein SS-Mann. Er war natürlich keiner, er war alles andere als das, ich ordnete ihn sofort – seiner Geisteshaltung und Aussprache entsprechend – dem westdeutschen Kleinstadt-Universitäten-Posthippietum zu, und als er von der längeren Asienreise zu sprechen begann, von der er gerade zurückgekehrt war, wußte ich sofort, daß ich recht hatte. Also gut, dachte ich, reden wir.

Daß er vor einem Jahr urplötzlich beschlossen hatte, seinen armseligen Studentenbesitz zu verkaufen, um ostwärts zu ziehen, erschien mir zwar banal, aber trotzdem – zumindest um diese Uhrzeit – nicht uninteressant. Daß ihm dann, gleich in der allerersten Nacht in Bangkok, sein ganzes Geld von einer Nutte geklaut wurde, fand ich amüsant. Und unterhaltsam war auch, wie er am darauffolgenden Morgen, als er hungrig, elend und einsam in einem Café saß, von einem älteren Deutschen angesprochen wurde, der seit Jahrzehnten in Thailand wohnte und ihm sofort Arbeit und einen Platz zum Wohnen anbot. Das war jedenfalls deshalb schon irgendwie witzig, weil dieser Deutsche ein mächtiger Unterweltler war, Herr über Hunderte von Prostituierten, über Dutzende von Puffs. Zu Besuch beim Paten von Bangkok – es gibt langweiligere, abgedroschenere Bargeschichten.

Gar nicht lustig kam mir dann aber der Rest dieser Geschichte vor, die mein »Tabacco«-Bekannter mir so unschuldig-unbeteiligt referierte, als habe er die letzten Monate in einem Pfadfinderlager verbracht. Pfadfinderlager ist gut. Es war eher eine Art KZ gewesen, wo er sich einen langen, warmen, schwülen asiatischen Sommer lang aufhielt – aber nicht, wenn ich bei dem Bild bleiben darf, in den Baracken, nicht bei den Öfen, sondern mehr so im Offiziers-Casino, im schönen und geräumigen Haus des Aufsehers und natürlich auch im Lager-Bordell.

Ja, ganz klar: Der Pate von Bangkok war nicht bloß ein alter Nazi gewesen, der nach dem Krieg aus Deutschland abgehauen war. Der Pate von Bangkok, das bekam mein Hippiefreund schnell mit, hatte einst höchstpersönlich in Polen, in den Lagern, die Judenverbrennung überwacht. Doch das störte den Jungen nicht. Der Alte hatte ihn sofort in sein Herz geschlossen, er gab ihm Wärme und Mädchen und Geld, er sah in ihm den Sohn, den er sich sein Leben lang gewünscht hatte, und irgendwann holte er seine alten Dokumente und Auszeichnungen heraus, er stellte den Filmprojektor auf und ließ alte Wochenschauen laufen, und er schien seine Taten von damals insofern zu bereuen, als daß sie in Gestalt einer ständig drohenden Strafverfolgung seine gehetzte Seele verfinsterten. Die Seele des Studenten jedoch verfinsterte überhaupt nichts. Als ich ihn als Kollaborateur zu beschimpfen begann, als ich sagte, er habe keine Ehre im Leib, er hätte doch sofort Simon Wiesenthal verständigen sollen, sah er mich besonders verständnislos an, er sagte, der Alte sei gut zu ihm gewesen, und mit den andern Sachen habe er selbst, als 1965 Geborener, nichts zu tun, er könne das alles aus der Distanz heraus gar nicht beurteilen. Im übrigen scheine es ihm so, daß der Alte damals all diesen Unsinn getrieben habe, weil ihn, den gutmütigen Kerl, die Frauen immer nur schlecht behandelt hätten. Und dann stand er auf, mein Hippiefreund, der bestimmt grün wählt, gesund ißt und während des Kosovokriegs gegen die Nato demonstriert hat, er stand auf und ging hinaus, ohne zu zahlen, und Hunderte matter Barlichter spiegelten sich hinter ihm in Gläsern, Gesichtern und Alkohollachen, und dann gingen sie plötzlich aus, und es war Sperrstunde.

In jener Nacht begriff ich – endlich – alles. Das heißt, zunächst dachte ich nach. Ich fragte mich, wieso der Hippie gegen seinen KZ-Gönner nichts unternommen hatte, obwohl er selbst bestimmt kein NSDAP-Anhänger war. Und ich antwortete mir, es muß wohl daran liegen, daß er aus andern historischen Verhältnissen kommt als du selbst, daß er eine andere biographische Herkunft hat, weshalb er bei dem Namen Blondie an einen Popstar denkt, du aber an den Hund von Hitler.

War das schon alles? War das der einzige Unterschied? Ich dachte weiter nach, mir kamen so blöde, leere, verbrauchte Worte wie »Täter« und »Opfer«, »Täterkinder« und »Opferkinder« in den Sinn, ich dachte, es sei doch ganz logisch, daß einer wie ich ein komplett anderes, geschärfteres Verhältnis zu einem KZ-Aufseher hat als so ein naiver, harmloser Peacenik. Doch das war mir nicht Erklärung genug. Dann aber fiel mir zu seiner Rechtfertigung und zur Rechtfertigung seiner Leute ein, daß es noch nie in der Menschengeschichte eine Nation gegeben hat, die so lange, so ausdauernd, so konsequent Tränen über den Gräbern eines Volkes vergossen hat, das von ihr beinah ausgerottet worden wäre.

Falsch. Die Deutschen haben wegen der toten Juden keine einzige Träne vergossen. Sie haben wissenschaftliche Arbeiten über sie geschrieben, sie haben sie in Lexika und Archiven geordnet, katalogisiert und abgelegt, sie haben die Wochen der Brüderlichkeit genauso kalt und generalstabsmäßig abgewickelt wie die Expo oder den Polenfeldzug, und jeder, der es jemals wagte, dem Nachdenken über den Holocaust das Mystifizierende, Abstrahierende und somit auch das Hermetisierende zu nehmen, jeder, der die Schoa als ein Menschendrama mit Menschen darstellte, jeder, der Gefühl einklagte bei der Betrachtung des angeblich Unbegreiflichen, der wurde als Feind der Großen Lehre von der Vergangenheitsbewältigung ausgemacht und aus dem Klub dieser Hegelianer der Holocaustologie exkommuniziert. Heute noch denke ich mit Lachen und mit Würgen an den Aufstand, den diese Nichtswisser veranstalteten, als in den 70ern zum ersten Mal die US-Serie ›Holocaust‹ im Fernsehen lief, die mehr jungen Leuten die Augen über das Dritte Reich öffnete als all die streng wissenschaftlichen Traktate und Referate der deutschen Nachkriegszeit. Zu emotional, schrien sie damals allen Ernstes, und es war natürlich als Vorwurf gemeint. Zu emotional? Was denn sonst, ihr Arschlöcher, was sonst?!

In jener Nacht im »Tabacco« begriff ich also im Verlauf einer vielleicht nicht allzu stringenten Assoziationskette, daß die Deutschen das genaue Gegenteil von dem sind, als was sie seit zweihundert Jahren von den Romantikern, von den Wagnerianern, von Thomas Mann, von Sieburg und Fest, von Augstein und Kiefer und den Erfindern der Love Parade stilisiert werden: Nix Leidenschaft, nix Gemüt – sie kämpfen sich in Wahrheit ohne jede Empfindung durchs Leben, sie absolvieren das Schicksal wie eine Trainingseinheit, sie laufen wie vorprogrammierte, funktionstüchtige Zombies durch die Welt, und kommt ihnen ein Programm unter, das sie nicht kennen, kommt das Signal »Fehlfunktion«; darum auch sind sie absolut außerstande, andere zu verstehen, egal ob sie in deren Land einmarschieren oder es ein halbes Jahrhundert später mit ›Stern‹, Günther Jauch und ZDF vor einer drohenden Hungerkatastrophe retten.

Nein – so wollte, so würde ich selbst hoffentlich niemals sein, dachte ich, aber dann begann ich, meine Freunde und

Bekannten durchzugehen. Ich fand natürlich jede Menge Ausnahmen und noch mehr Bestätigungen für mein so niederträchtiges, so aufhellendes Herumpauschalisieren, ich war berauscht wegen meiner Einsichten, und schlechtes Gewissen machten sie mir natürlich auch, und als ich schon selbst beschämt auf »Fehlfunktion« drücken wollte, hielt ich inne.

Denn eines verbindet wirklich alle Menschen in diesem Land: Es ist diese vollkommene Geschichtslosigkeit, die ihnen allen eigen ist und die sie wohl deshalb in meinen Augen so kalt, so flach, so leer macht. Keiner – aber wirklich keiner – meiner deutschen Freunde erzählt jemals etwas über seine Familie, keiner spricht darüber, wo seine Wurzeln sind, welche Tragödien, welche Komödien seine eigene Familie zur allereigensten, allerbesondersten Familie der Welt gemacht haben. Die Menschen, die mir in Restaurants und Bars und Wohnzimmern gegenübersitzen, sind absolut eindimensionale Wesen, die über das Heute plappern, über BSE, Hannibal Lecter und Kinderkriegen, über Designermöbel, Big Brother und das neue vietnamesische Lokal bei ihnen um die Ecke. Das Gestern aber interessiert sie offenbar nicht, sie verstehen sich nicht als Teil einer Kette, sie begreifen sich nicht als Fackelträger einer langen, auf faszinierende Weise in die Vergangenheit zurückreichenden Tradition, und wer jetzt entgegnet, dies sei auch verdammt schwer angesichts der ganzen peinlichen Nazisache, dem antworte ich, daß das vielleicht tatsächlich irgendwie richtig ist – und trotzdem kein Grund, auf eine eigene Identität zu verzichten. Denn wer keine eigene Identität hat, wird anderen eine solche eben auch nicht zugestehen.

Geschichte ist in Deutschland immer nur Metternich, Bismarck und Hitler, es ist der Westfälische Friede, der Siebenjährige Krieg, der Prager Fenstersturz. Geschichte steht in Deutschland immer nur in den Geschichtsbüchern, sie ist aber niemals ein realer Bestandteil der Gegenwart. Menschen erzählen sich Geschichte nicht, sie kippen sie in den Orkus ihres schlechten Nachkriegsgewissens, oder, viel häufiger noch, sie wird Opfer ihrer Zivilisationsdeutschen-Oberflächlichkeit. Es ist verdammt noch mal kein Zufall, daß die wenigen deutschen Künstler, die in den letzten Jahrzehnten nachhaltig Weltruhm errangen, egal ob Böll oder Grass oder Fassbinder, insofern untypisch deutsch waren, als daß sie die Geschichte ihres Volkes in die Geschichten von kleinen, normalen Menschen aufteilten und so überhaupt erst lebendig machten.

Das magische Wort heißt also Identität, nationale Identität, und damit hat dieses Land, natürlich, eine Menge Probleme. Denn daß die Sache mit dem Nationalismus in Deutschland von Anbeginn schiefging, muß man niemandem lang erzählen. Der Nationalismus, der überall anderswo zunächst eine soziale Emanzipationsbewegung gegen Adel und Kirche war, das Solidarisierungsmodell der vielen kleinen, machtlosen Menschen gegen die wenigen Überprivilegierten – der Nationalismus wurde in Deutschland von Anbeginn von den Herrschenden als imperiales Instrument mißbraucht: Er entstand nicht als revolutionäre Aufregung, sondern als Reaktion auf die französische Besatzung. Die erste nationale Hysterie erlebten die deutschen Staaten 1813, als es darum ging, die Franzosen zu vertreiben. Das war nicht Sozialismus, Armen- und Entrechteten-Befreiung – es war einfach nur ein brutaler, gemeiner Zurückeroberungskrieg von ein paar Aristokraten, die – um die Masse der Fron-Soldaten für sich zu mobilisieren – allen versprachen: Wir sind ein Team.

Wir sind ein Team – so hieß es auch 1870/71, so hieß es auf den Schlachtfeldern von Verdun und im Tausendjährigen Reich. Es war, immer und immer wieder, ein hinterhältiger Karrieristen-Trick, es war eine große, fiese Chef-Lüge, eine Lüge, welcher der kleine, wehleidige, herumkommandierte Deutsche jedesmal von neuem willfährig und unüberlegt aufsaß.

Kein Wunder also, daß jene, die nach Weltkrieg und Holocaust im guten, aufregenden 68er-Taumel mit ihren Mitläufer-, Schweiger- und Täter-Eltern abrechneten und damit einen moralischen Standard für diese Republik setzten, der ebenso meinungs- und tatbildend ist wie sonst nur die bundesrepublikanische Verfassung – kein Wunder, daß die umsichtigen, die nachdenklichen, die nicht-egoistischen Deutschen so allergisch auf Worte wie »Nationalismus« und »Patriotismus« reagieren. In ihrem Fahrwasser schwimmt längst fast das ganze deutsche Volk mit, ein Volk, das nichts von Pflicht und Aufopferung fürs Vaterland wissen will.

Richtig so. Und falsch. Denn man darf natürlich den Reichsparteitag nicht mit dem Bundestag verwechseln, Stoiber nicht mit Hitler, die Wiedervereinigung nicht mit dem Anschluß Österreichs. Jeder, der dies tut, jeder, der heute allen Ernstes Zuckungen und Krämpfe kriegt, wenn man ihm sagt, er solle gefälligst aufhören, das inzwischen so hohl und stumpfsinnig gewordene anti-deutsche Mantra der 68er herunterzubeten, ist in erster Linie ein Dummkopf, ein Heuchler, ein Nicht-Denker, dem es in Wahrheit darum geht, in Ruhe sein selbstsüchtiges, wehleidiges Luxusdeutschen-Leben zu führen, ein Leben zwischen Stehitaliener und Ferienhaus in Südfrankreich ebenso wie zwischen Ballermann und H & M. Gerade so einer muß aber endlich begreifen, daß ein demokratischer Staat, in dem er lebt, von ihm auf Dauer ein Kollektiv-Bewußtsein einfordern wird, damit er überhaupt funktionieren kann – ein Kollektiv-Bewußtsein im Sinne eines JFK natürlich, nicht eines Goebbels oder Rosenberg, ein Kollektiv-Bewußtsein, das sich nicht nach nationaler Herkunft oder Hautfarbe definiert, sondern allein nach dem Wohnort. So bedeutet, in einem modernen Sinn, nationales Selbstverständnis nichts anderes als Verantwortungsgefühl für die Gesellschaft, die man ernährt und von der man aber auch selbst ernährt wird, und das meine ich sozial ebenso wie politisch oder kulturell. Es ist wie beim Fußball: Wenn zu viele mit nichts oder nur sich selbst beschäftigt sind, geht die ganze Mannschaft baden.

Das Vakuum, das die so tüchtige, so kühle deutsche Vergangenheitsbewältigung hinterlassen hat, können wir schließen, wenn wir nur wollen. Und das müssen wir auch, und zwar sehr schnell, denn sonst werden sich tatsächlich – weil niemand ihnen Einhalt gebietet – andere hineindrängen: wirre Greise, verwirrte Kindsköpfe, Verlierer und Verlorene, die nur darauf warten, ihre persönlichen, allerprivatesten Niederlagen in einen Sieg über eine seit fünfzig Jahren halbwegs anständig funktionierende Republik umzumünzen. Wenn die es schaffen, uns unser kleines liberal-demokratisches Paradies zu entreißen, dann ist tatsächlich bald wieder das Wort »deutsch« nur noch ein Synonym für rechtsradikal und anmaßend, fremdenfeindlich und imperial, und wir alle, fast alle jedenfalls, sind wieder einmal nur noch Fremde im eigenen Land.

4.

Habe ich gerade »wir« gesagt? Ja, natürlich. Es ist nämlich verdammt kraftraubend und es macht nur selten wirklich Spaß, am Rande zu stehen und ein kommentierender, siebengescheiter Außenseiter zu sein. Dazuzugehören ist, so gesehen, auch nicht übel, eben Teil einer großen, coolen, lustigen Gang zu sein.

Wenn die Deutschen also eines Tages keine größenwahnsinnigen Wehleidigkeiten mehr kennen, wenn sie sich nicht mehr als ewig Zukurzgekommene empfinden, wenn sie aufhören, mißtrauisch gegenüber allem Fremden und Andern zu sein und nachlässig-feig gegenüber den Faschisten-Karrieristen in ihrer Mitte, wenn sie Gefühle als Schlüssel zu jeder Art von Metaphysik entdecken, wenn sie Egoismus nicht für Gemüt ausgeben, wenn sie beginnen, einen Sinn für ihre eigene, kleine, persönliche Menschen-Geschichte zu entwickeln genauso wie für den großen Plan – und wenn sie vor allem endlich laut und überzeugt erklären, dies hier sei ihr Land und sie würden es sich nicht noch einmal von ein paar frustrierten chauvinistischen Pogrombrüdern kaputtmachen lassen, dann, ja, dann würde auch ich gerne ein Deutscher sein.

So eine Art Deutscher jedenfalls.

Ein Rückzieher, ich weiß. Aber ich mache ihn nicht etwa deshalb, weil ich jetzt wieder an Majdanek oder Treblinka denken müßte, an den Adoptivsohn des Paten von Bangkok oder an das Mädchen, das, statt mit mir zu schlafen, über die galizischen Juden sprach. Ich mache diesen Rückzieher, weil mir nun noch einmal mein armenischer Großvater in den Sinn kommt.

Ich habe Großvater nämlich sehr geliebt. Er war ein großer, schöner Mann gewesen, mit seiner Glatze sah er wie Pablo Picasso aus oder wie Henry Miller, und deshalb hatte er bei den Frauen auch genausoviel Erfolg wie sie. Er war ein Spieler und Soldat, ein Hypochonder und ein halbwegs anständiger Mensch, wir verbrachten immer sehr viel Zeit miteinander, er unterrichtete mich im Schach- und Backgammon-Spiel, er bastelte für mich Schiffe und Autos, er schenkte mir russische Briefmarken mit Lenin und Gagarin drauf, er zeigte mir mit dem Fernrohr den Mond und den Mars, und da er, ein Freund des Schachweltmeisters Petrossjan, gegen diesen einmal tatsächlich eine Partie gewonnen hatte und mir, seinem Enkel und Schüler, wiederum kurz darauf unterlag, verdanke ich Großvater, daß ich heute sagen kann, ich hätte – im indirekten Vergleich jedenfalls – einmal im Leben einen echten Schachweltmeister geschlagen.

Ich habe Großvater seit jenem Moskauer Frühling 1970, als wir zusammen im Bett lagen, Schokoladenbutterbrote aßen und uns im Fernsehen sowjetische Kriegsfilme anguckten, nicht mehr wiedergesehen. Bald darauf sind meine Eltern mit meiner Schwester und mir in den Westen geflohen, wir haben unsere Heimat verlassen, um uns in Deutschland einzurichten. Großvater, der in Moskau geblieben war, hatte nichts mehr gewünscht und ersehnt, als uns einmal in Hamburg zu besuchen. Er stellte Anträge, lief bei den Behörden herum, er hoffte und fluchte, und bevor er etwas erreichen konnte, starb er.

Kurz vorher hatte er mir – ich glaube, zu meinem elften oder zwölften Geburtstag – einen Brief geschrieben. Ich weiß nicht mehr genau, was drin stand, ich weiß nur, daß meine Eltern damals im Gegensatz zu mir, dem Kind, von seinem Brief sehr beeindruckt waren.

Ich schätze, Großvater wünschte mir alles Gute für mein Leben, und es werden bestimmt sehr warme Worte gewesen sein, die er gefunden hat, Worte, mit denen er vielleicht ausdrückte, daß alles Gute, was er selbst erlebte, auch mir widerfahren, das Schlechte jedoch von mir abgewendet werden soll. Aber vielleicht stand ja noch etwas ganz anderes, in Großvaters Brief, vielleicht stand dort auch etwas darüber, wie man als Anderer unter Andern man selbst bleiben kann und trotzdem glücklich wird.

Manchmal, Großvater, denke ich an dich, und ich denke auch, wir hätten niemals in die Fremde ziehen sollen.

Generation HJ

Habe ich jemals meinen Onkel Dima erwähnt? Als Teenager liebte er den Kommunismus noch mehr als seine russische Heimat und war trotzdem mutig genug, Stalin wegen seiner Judenparanoia offen einen Hurensohn zu nennen. Dafür flog er mit siebzehn aus der Partei, er flog von der Universität und war wohl der jüngste Ostblock-Dissident aller Zeiten. Mein Onkel eben. Naja, nicht ganz. Versuchen Sie mal, mit ihm über McDonald's, Disneyland oder den Broadway zu reden. Der Antiamerikanismus, der dann in ihm hochkommt, ist so heftig, daß er Senator McCarthy zum Leben wiedererwecken könnte. Und jetzt noch mal für die etwas Langsameren unter Ihnen: Was einem Menschen in seiner Jugend eingeflößt wird, kommt auf seine alten Tage hundertpro aus ihm wieder raus.

Schnitt. Wir befinden uns im Deutschland von heute. Und wir fragen uns: Ist Martin Walser ein widerliches deutsches Schlußstrich-Arschloch? Hat er in seiner legendären Friedenspreisrede von 1998, die wegen ihrer ganz unpoetischen Ehrlichkeit als einziges seiner Werke überleben wird, dazu aufgerufen, Auschwitz aus der deutschen Geschichte zu verbannen? Natürlich nicht. Denn wenn es jemanden in diesem Land gibt, den die Schoa bis heute so richtig schön fix und fertig macht, dann ist es der Einstein vom Bodensee. Das meine ich selbstverständlich ironisch, das mit dem Einstein. Daß Walser kein besonders intelligenter Mensch ist, merkt man schon daran, daß er wochenlang an einer Rede gebrütet hat, die hinterher kaum einer so verstand, wie sie gemeint war: Als das Flehen eines Holocaust-Süchtigen, ihm seine Sucht zu lassen, als die Klage eines toitschen Gedenkpuritaners gegen all die verlogenen philosemitischen Phrasendreher und oberflächlichen jüdischen Ritualisierer, deren erhobene Zeigefinger ihn, den romantischen Trotzkopf, ständig daran hindern, ganz selbstbestimmt und tief und dunkel und deutsch eines ganz selbstbestimmten und tiefen und dunklen und deutschen Jahrtausendverbrechens zu gedenken. Wenn es einen Norman-Finkelstein-Preis für anständige Holocaust-Nachbearbeitung gäbe – Walser hätte ihn längst gekriegt.

Es sind aber nicht nur Martin Walsers intellektuelle Schwächen und pubertär-nebelhafte Pseudoliteratensprache, die seine Position in der Tote-Juden-Frage so verschwiemelt-verschwommen erscheinen lassen. Wie jeder Deutsche der Generation HJ ist er eine Kreatur Hitlers, ob er will oder nicht, er wurde als wehrloser Jugendlicher in den wichtigsten, weichsten Jahren seines Lebens von der übermächtigen Nazipropaganda geprägt und programmiert, weshalb für ihn exakt dasselbe gilt wie für Onkel Dima: einmal gehirngewaschen, immer gehirngewaschen. Nur so ist zu erklären, daß einer wie Walser, der sein Schriftstellerleben lang so verzweifelt mit der deutschen Erbschuld ringt, in seinem lutherhaften Paulskirchen-Zornausbruch für ein besseres, reineres Gedenken wie in Trance und gegen seinen Willen Neonazivokabeln wie »Moralkeule« oder »Instrumentalisierung« benutzt hat, oder daß er den ewigen Nervensägenjuden Ignatz Bubis, Ehre seinem Angedenken, der ihm als einziger nicht Beifall klatschte, danach auch noch anschnauzte, ihm könne man in Sachen Vergangenheitsbewältigung nicht einmal als Holocaust-Überlebender etwas vormachen. Denn: »Herr Bubis, ich war in diesem Feld beschäftigt, da waren Sie noch mit ganz anderen Dingen beschäftigt.« Mit Schwarzmarktgeschäften? Mit Immobilienhandel? Mit dem Trinken von deutschem Blut?

Martin Walser ist nicht allein. Praktisch alle, die sein ambivalentes Gedenk-Gestammel von Anfang an richtig verstanden hatten und sich darum sofort in der sogenannten Walser-Bubis-Debatte auf seine Seite stellten, gehörten naturgemäß wie er zur Generation HJ. Rudolf Augstein etwa, der schon mal nürnbergmäßig Lea Rosh zur »Vierteljüdin« erklärte oder seine Erinnerungen an die Nazizeit unter der Überschrift ›Ich habe es nicht gewußt‹ in dem selten dämlichen, selbstverräterischen Satz gipfeln ließ: »Gegen Kriegsende kam ich als Offiziersanwärter nach Theresienstadt und konnte mit eigenen Augen feststellen, daß es noch Juden gab.« Klaus von Dohnanyi, der jedesmal, wenn er sich über Ignatz Bubis' wasserdichte Jeschiwe-Logik aufregte, ihm gegenüber in einen Befehlston zurückfiel, in dem üblicherweise Getto-Kommandanten mit unbotmäßigen Judenräten reden, und der sich darum traute, Bubis in neutestamentarischem Zorn entgegenzuschleudern: »Es geht beim Gedenken nicht um einen Vorgang vergleichbar mit der Eintreibung von Mietrückständen!« Oder Erich Loest, der zumindest so ehrlich war, zu seinen fanatischen Endsieg- und Haß-Einsätzen als Hitler-Werwolf zu stehen.

Ich könnte noch eine Menge anderer Namen von Männern nennen, die wie Martin Walser seit fünfzig Jahren in echter deutscher Wertarbeit öffentlich Vergangenheitsbewältigung betreiben und aus denen es trotzdem, vor allem im Alter, oft so unkontrolliert braun rauskommt, wie es in sie einst reingegangen ist. Ich könnte aber auch sagen, wie krank ich es immer schon fand, daß die Deutschen – angeleitet von ebendiesen Männern – seit 50 Jahren das tun, was noch nie ein anderes Volk getan hat, wie seltsam es mir also vorkommt, daß sie, statt vom eigenen Verbrechen zu schweigen, ununterbrochen davon reden, fast so, als wären sie stolz darauf, und daß ich endlich verstehe, warum: Die Generation HJ kommt eben nicht aus ohne ihre Ur-Feindbilder – und das sind vor allem natürlich die toten Juden. Sie hat sich an sie gewöhnt in Hitlerreden und ›Stürmer‹-Covern, und sie holt sie sich heute eben im öffentlichen Diskurs.

Schnitt. Mehr habe ich zu diesem Thema ab sofort nicht mehr zu sagen. Ich übergebe an die Kinder und Enkel der Generation HJ.

Derrick: Die Welt ist krank, peng pang

Ich saß mal wieder ohne Job in meinem Büro und sah einer fetten Fliege dabei zu, wie sie zum zehnten Mal gegen die Fensterscheibe prallte, als die Tür aufging und ein kleiner Deutscher mit Glatze und Schlägerblick hereinmarschiert kam. »Ich heiße Peter Strohm«, knurrte er. »Ich habe einen Auftrag für Sie.« »Ich bin nicht billig«, sagte ich. »Das ist gut, denn die Sache wird nicht einfach.« »Was muß ich tun?« »Finden Sie heraus, warum kein deutscher Fernsehschnüffler so beliebt ist wie dieser verfluchte Stefan Derrick!« »Ich bin Detektiv«, sagte ich, »kein Kolumnist.« »Ihre Methoden sind mir egal«, knurrte er noch mal, und als ich aufwachte, waren die 1000 Dollar, die er mir als Vorschuß in die Hand gedrückt hatte, natürlich verschwunden.

Der Fall interessierte mich trotzdem, aus reiner Liebhaberei. Denn wenn es darum geht, deutsche Fragen so zu stellen, daß sie nur noch teutonische Antworten ergeben, mache ich es notfalls umsonst, und gerade die Derrickfrage ist in Wahrheit eine derart deutsche Frage, daß es ein Wunder ist, wieso ich in meinem Talmudismus-Sadismus nicht viel früher auf sie gekommen bin. Glauben Sie jetzt aber bloß nicht, Sie seien neuerdings genauso neurotisch-schlau wie ich und wüßten, worauf ich hinauswill. Ich rede hier nicht davon, daß Oberinspektor Stefan Derrick nun schon seit fast dreißig zeitlosen Jahren mit dem Tempo und Temperament eines Einwohnermeldeamtsbeamten seine Fälle löst, die meistens ähnlich rätselhaft sind wie die Sache mit den Zahlen, die man dort zieht, damit man weiß, wann man dran ist. Ich rede nicht darüber, daß genau diese Fernsehen gewordene Ereignislosigkeit der willkommene Spiegel ist, in dem Millionen Gemütsdeutscher zu ihrer Beruhigung und Beunruhigung ihr eigenes ereignisloses Leben erblicken, angereichert um Leichen, die in der Regel genauso antiseptisch aussehen – und wohl auch riechen – wie Gemütsdeutschenwohnungen nach dem Frühjahrsputz. Und ich rede nicht von zwanghaft-akkurat zugebundenen Inspektoren-Mänteln, falschen Krawatten, plumpen BMWs, häßlichen Schauspielerinnen, düster-spießigen Polizistenbüros und dadaistisch eingerichteten Parvenüvillen, die uns in jeder ›Derrick‹-Folge signalisieren sollen, hier ist Krautland, hier ist alles ein bißchen geschmackloser, trister, widerlicher als überall anderswo, und wir sind stolz darauf.

Aber wovon rede ich dann? Schon eher davon, daß jedesmal, wenn ein paar alte ›Derrick‹-Folgen ans mongolische oder bulgarische Schulfernsehen verkauft werden, zwischen Maas und Spree ein Jubel ausbricht, als wäre gerade Stalingrad gefallen – und daß der Mann, der ›Derrick‹ erfunden hat und dafür die Drehbücher schreibt, dann sofort erklärt, die Serie habe diesen weltweiten Erfolg, weil sie nicht so »auf Effekt getrimmt« sei wie die bösen Yankee-Krimis und sein Oberinspektor mit deutschen Tugenden wie »Korrektheit« und »Zuverlässigkeit« glänze. »In manchen Ländern geht er als Heilsfigur durch die Lande«, sagt der frühere Nazifunktionär Herbert Reinecker im früheren Nazideutsch, in dem er einst, als Chefredakteur von HJ-Zeitschriften und Verfasser stürmermäßiger Totschlag-Jugendliteratur, über »freche, schmutzige Kaftanjuden«, die »Gewalt der Rasse« und den »unerschütterlichen Glauben an den Führer« reflektierte.

Aber ist es denn schlimm, wenn man ein Nazi war? Wir Talmudisten-Sadisten finden, irgendwie schon, und noch weniger gern sehen wir es, wenn solche Leute ein halbes Jahrhundert danach, kaum fällt der antifaschistische Schutzwall, plötzlich wieder ihre populären Fernsehstoffe mit etwas vollpumpen, das nach der schlechten alten Zeit riecht und schmeckt, aber für etwas ganz anderes ausgegeben wird. Das war natürlich nicht von Anfang an so, das begann tatsächlich erst kurz nach der Wiedervereinigung, und zwar in dieser einen unvergeßlichen Folge, in der den Oberinspektor Derrick bei der Jagd nach einem Profikiller eine solche Wut über das immer frecher werdende Böse packte, daß er, der sonst so korrekte Gemütsdeutsche, plötzlich mit rollenden Baldur-von-Schirach-Augen und heiserer Heydrich-Stimme dem entgeisterten Polizeipräsidenten einen anti-apokalyptischen Apokalyptiker-Monolog entgegenschleuderte, der in dem Satz gipfelte: »In was für einer Welt leben wir, Herr Präsident?« Die Antwort bekam die Volksgemeinschaft an den Fernsehgeräten dann von dem Killer, der laut Reineckers Trivial-Drehbuch auch noch als Kleinkunst-Chansonnier die Menschen zu quälen hatte. »Die Welt ist krank«, sang er, »peng, pang.« Seitdem kann man sich keinen ›Derrick‹ mehr vorstellen, in dem nicht eine der Figuren wütend darüber zu sein hätte, wie schlecht, unvollkommen und verloren die Menschen sind, und wenn sie nicht als Mörder dem Ende der Welt entgegenwanken, dann als Umweltzerstörer. So etwa sieht es der Physiker Dr. Kostiz, der, ohne eine dramaturgische Funktion zu haben, durch eine ganze Folge geistert und vor Jugendlichen seine flammenden Welterrettungsreden hält, da sie die einzigen seien, die wüßten, wie man aus diesem totalen Totalelend wieder herauskäme. »Ihr steht vor einer Aufgabe, wie sie noch keiner Jugend gestellt wurde«, heydricht und schiracht auch er. Und: »Die Zukunft ist ein Kampfplatz!«

Ist alles wieder so, wie es bereits einmal, Anfang der 30er Jahre, in Herbert Reineckers Leben gewesen war? Als das »Elend der Zeit«, als Arbeitslosigkeit und die »Ungerechtigkeiten des Versailler Vertrags« ihn als jungen Mann zu Tode betrübten und erst sein Eintritt in die Hitlerjugend, die Machtergreifung und seine Hoffnung auf das nationale Wiedererstarken seines gedemütigten Landes ihm »Erlösung« und »Zuversicht« brachten? Fühlt er sich, statt von Weltjudentum und Komintern, nun vom organisierten Verbrechen und vom Ozonloch genauso existentiell bedroht, so daß dieselbe romantische Allzeit-bereit-Depression wie einst in ihm aufsteigt und wieder nach den großen, den deutschen Lösungen verlangt? Hat er deshalb noch rechtzeitig seinen armen, lahmen ›Derrick‹ in ein modernes TV-›Mein Kampf‹ verwandelt? »Es war doch nicht schlecht, was wir wollten«, schreibt der renommierteste deutsche Fernsehautor heute über seine Zeit als einer der ranghöchsten HJ-Führer im Dritten Reich. »Man bekam wieder ein Gefühl dafür, daß man nicht ganz verloren war.«

Neulich hatte ich wieder diesen Privatdetektiv-Traum. Peter Strohm war natürlich auch da. »Und«, knurrte er mich an, »haben Sie etwas herausgefunden?« »Fragen Sie bloß nicht!« fuhr ich ihn wütend an, und da erst bemerkte ich, daß ich längst wach war.

Harald Schmidt: Gründlicher als Gründgens

Gestern habe ich im Fernsehen ein Stück Scheiße gesehen. Es war hellbraun und schon so eingetrocknet, daß es kaum noch stank. Der Mann, auf dessen Moderatorentisch es lag, hatte es geschenkt bekommen – von einem seiner Gäste, als Fingerzeig. Wenn du so weitermachst, Harald Schmidt, wollte der Gast ihm wohl damit bedeuten, endest du eines Tages wie dieses ausgedörrte Häufchen und man wird ganz ungerührt und ohne Angst vor einer Beleidigungsklage über dich sagen können, schaut mal, auf dem Bildschirm, das Stück Scheiße dort! Ob der deutsche Letterman-Fake, der in überraschenden Situationen eher über die Schlagfertigkeit eines Rudolf Scharping verfügt als über die des Letterman-Originals, den Wink verstanden hat? Entgegnet hat er darauf jedenfalls nichts. Er hat nur eine angewiderte Miene verzogen, aber das kann auch daran gelegen haben, daß der Gast mit der Scheiße Rosa von Praunheim war. Und Schwule kann Letterjunge Schmidt einfach nicht leiden. Irgendwie verständlich bei einem, der seine Jugend in der schwäbischen Ministrantenszene verlor.

Habe ich gerade Letterjunge Schmidt gesagt? Nehme ich natürlich sofort wieder zurück. Jemandem wortspielmäßig mit der Nazikeule eins draufzugeben, bloß weil er so verdächtig oft über das angebliche Welttuntentum herzieht und auch sonst schon mal seine versteckte Homophilie in ebenso versteckte homophobe Bemerkungen kleidet von der Sorte »Supergirlie Gauweiler« oder »Auch wenn Joop sich den Schwanz nach hinten binden würde, wäre er kein Lagerfeld« – so einen in die Nähe von HJ und SS zu rücken, ist einfach nicht fair. Außerdem wäre er assoziationstechnisch sowieso viel besser in der Nähe der heißen Höschen der Röhm-SA aufgehoben. Okay, okay, ich hör' ja schon auf damit.

Sollen wir jetzt lieber ein bißchen über Humor sprechen? Sollen wir kurz diskutieren, ob das, was Deutschlands derzeit hysterischster Privat-TV-Leibeigener Nacht für Nacht aus seinem schmallippigen Altjungfernmund herausbellt, komisch ist? Werden wir wohl müssen – obwohl ich überhaupt keine Lust habe, meine Zeit mit dem Zitieren von Witzen zu vergeuden, die für jeden, der den weisen Nihilismus von Monty Python kennt oder die zersetzenden Menschenfreundlichkeiten eines Mel Brooks, mit Humor genausoviel zu tun haben wie Lynchjustiz mit einer gelungenen Late-Night-Show.

Lynchjustiz ist vielleicht das falsche Wort. Sadismus im Schulhofformat – das trifft es besser. »Ich liebe es, Leute zu demütigen«, sagt Herr Schmidt und erzählt unter grölendem Gelächter seiner täglich retardierenden Studio-Claque von dem dicken Jungen, der sich im Spiegel nicht sehen kann, »weil ihm die Speckfalten immer in die Augen rutschen«, er erklärt, Stevie Wonder habe Ray Charles verklagt, weil der bei ihm abgeguckt hätte, und da er schon mal dabei ist, es Behinderten so richtig zu geben, kriegen hinterher gleich noch die Rollstuhlfahrer einen rhetorischen Peitschenhieb über ihre leblosen, lebensunwerten Beine serviert. Warum eigentlich? »Gemein zu sein ist eine Form von Präzision«, lautet ein weiteres Schmidt-Kredo, mit dem er sehr schnell zum Popstar aller mehr oder weniger gebildeten Schlechtmenschen hierzulande geworden ist. Wen das überrascht, der sollte nicht vergessen, daß die Deutschen sich schon immer zu Arschlöchern hingezogen fühlten, und das Blöde ist nur, daß so ungefähr jede öffentliche Person, ein schnauzbärtiger Diktator mit Schilddrüsenüberfunktion eingeschlossen, ein Arschloch sein darf – nur ein Komiker nicht. Der muß, im Gegenteil, besser und klüger sein als alle andern, er muß soviel über dieses elende Leben hier unten wissen, daß er darüber, statt zu weinen, nur noch lachen kann.

Aber vielleicht ist Harald Schmidt ja gar kein Komiker –

vielleicht macht er gar nicht Witze, sondern Politik. »Wußten Sie, daß in Amerika 37 Prozent der Bevölkerung stehlen – der Rest sind Weiße«, lautet ein Höhepunkt seines Redneck-Schaffens. Ein weiterer, etwas dezenterer, geht so: »Erst wenn ein Mann wie Niki Pilic Ringelnatz-Lesungen gibt, ist ›multikulturell‹ verwirklicht.« Und etwas direkter wird er, wenn er erklärt: »Bonner Polizisten sollen, um sich an Ausländer und ihre Sitten zu gewöhnen, bei ihnen wohnen. Klappt es nicht, will man es wieder andersherum versuchen: daß ausländische Mitbürger in Polizeizellen übernachten, um sie« – Toben und Johlen seines wie immer saalschutzmäßig aufgelegten Publikums – »an gutes Benehmen ...« Tosender Applaus, ekliger Jazzrock-Tusch und vielsagender Gag-Abbruch.

Ist Harald Schmidt etwa ein Botho Strauß des neuen Medien-Lumpenproletariats? Dieselben Anhänger hat er jedenfalls. Die neonazeske ›Junge Freiheit‹ zerfließt vor Freude über seine Witzeschlacht gegen bürgerliche »Betroffenheit und PC«, über sein rußlandfeldzugmäßig unerschrockenes Angreifen scheißliberaler »Tabuthemen«, während das neoneoliberale ›Focus‹, in dem allwöchentlich Schmidts fad-schlampig zusammengeschmierte Kolumne erscheint, von ihm in regelmäßigen Abständen »Minderheitenkalauer« einfordert, um ihn nach erfolgter Planerfüllung entsprechend ekstatisch dafür zu loben. »Geschont wird keiner«, schreibt etwa ein derart beglückter ›Focus‹-Propagandaredakteur mit zitternden Fingern, »sei er Studienrat, Asylbewerber, Formel-1-Pilot oder Rollstuhlfahrer ...« Und was sagt Herr Schmidt selbst dazu? »Wenn sich das Klischee anbietet, daß Polen klauen, wird es von mir sofort bedient.« Und: »Ich bin ein knallhart kalkuliertes Kunstprodukt.« Naja, um ehrlich zu sein, nach einem richtigen Anzug-Skinhead und Neoneo klingt das nicht. Klingt irgendwie mehr so nach Gustav-Gründgens-Syndrom: Mitmachen, um mitmachen zu können, Hauptsache Ruhm, Geld und Zeitgeist sind dem Kleinbürger-Mephisto immer ganz nah.

Und jetzt? Jetzt wissen Sie über Herrn Schmidt fast genausoviel wie am Anfang dieser harten, aber gerechten Moraltirade. Ist er ein aufrechter Rechter? Oder ein linker Linker, der glaubt, daß in diesem Jahrzehnt bei den Rechten der meiste Applaus zu holen ist? Ist er ein feiger Provinzspießer, der nur das sagt, was andere auch denken? Oder ist er einfach nur ein böser deutscher Junge? Keine Ahnung. Aber wissen Sie was? Wir fangen einfach noch mal ganz von vorne an. Einverstanden? Also gut: Gestern, im Fernsehen, habe ich ein Stück Scheiße gesehen ...

Der Müll, das Volk und die Politik

Sagt, kennt ihr das Land der Mülltrenner? Kennt ihr das Land, wo auf jedem Fahrrad eine menschliche Kanonenkugel sitzt, wo schon Kinder Weißglas und Braunglas auseinanderhalten müssen und Fernsehmoderatoren immer dann, wenn sie die Worte »Ozon« oder »BSE« aussprechen, das Gesicht so schmerzhaft verziehen, als hätte ihnen gerade eine sowjetische Granate die Beine weggerissen? Kennt ihr dieses Land, in dem es keine Unterschiede zwischen den politischen Parteien mehr gibt, weil sie alle gleichermaßen den Egozentrismus ihres vereinten und entpolitisierten Volkes vor allem dadurch zu befriedigen trachten, daß sie den Umweltschutz, also die Reinhaltung des nationalen Biotops (des Volkswohnzimmers sozusagen), als einzigen inhaltlichen Punkt auf ihre Agenda setzen? Kennt ihr das Land, wo keine Auseinandersetzung zwischen Links und Rechts mehr stattfindet, weil alle seine Bewohner entweder schon reich und sorgenlos sind oder es sehr, sehr bald sein werden, weshalb sie triumphierend das angebliche Ende der Ideologien bejubeln, ohne sich einzugestehen, daß im seltsam unhistorischen 89er-Jahr nur die linken Dogmen entmachtet worden sind, die rechten dagegen seitdem in dem konsumistischen, national-sozialen Ökologismus der überparteilichen Volk-Front ihre nicht enden wollende Auferstehung feiern?

Wenn ihr dieses Land kennt, dann wißt ihr auch, daß es zur Zeit von einer schrecklichen Gefahr bedroht wird, die all sein spießiges, gedankenloses Fahrradfahrerglück zu zerstören sucht: von der politischen Korrektheit. Was das überhaupt ist? Nun ja, zum einen etwas, das es im Land der Mülltrenner eigentlich gar nicht gibt. Zum andern ein Ausdruck, der schon vor einer halben Ewigkeit in den USA in den Köpfen der dortigen Bessergestellten und Schlechtermeinenden eine ähnlich eindrucksvolle Wirkung erzielt hat wie seinerzeit der Abwurf von zwei Atombomben auf die japanischen Faschisten. Aufgebracht von Vertretern ethnischer Gruppen und von feministischen und homosexuellen Aktivisten, ist die politische Korrektheit nichts weiter als die in einen Begriff gekleidete Forderung, doch verdammt nochmal die Welt nicht immer nur aus der Perspektive der gesunden, wohlhabenden, männlichen Weißen zu betrachten.

Die amerikanischen Erfinder der PC, der *political correctness*, hatten keine Minister und Generäle hinter sich – nur die Macht des Wortes und das schlechte Gewissen der Privilegierten. Darum konnten sie eine Zeitlang an Universitäten und in den Medien wirken und wüten und den Mainstream in die Defensive drücken. Sie konnten ganz vernünftig sagen, man solle aufhören, so zu tun, als beginne die Geschichte der indianischen, afrikanischen, chinesischen Nordamerikaner mit der Landung der »Mayflower« – aber auch ganz unvernünftig dafür sorgen, daß Professoren, die im Unterricht Stücke des »weißen Kulturimperialisten« Shakespeare den sozrealistischen Schriften einer guatemaltekischen Bäuerin vorzogen, psychisch unter scientologymäßigen Druck gerieten. Sie konnten ganz vernünftig dafür eintreten, daß Frauen in Vorstellungsgesprächen bei gleicher Qualifikation ihren männlichen Konkurrenten vorgezogen wurden – aber auch ganz unvernünftig verlangen, ein Junge, der mit einem Mädchen schlafen will, solle vor jedem Kuß um Erlaubnis fragen. Sie konnten Kropotkin sein und Lenin, und als die PC-Revolution eines Tages vorbei war, hatte man wieder einmal dem einen oder andern im Namen des Guten Unrecht angetan, doch die Allgemeinheit war trotzdem ein bißchen besser und sensibler geworden.

Wollen auch die Mülltrenner besser und sensibler sein? Die meisten haben darüber noch gar nicht nachgedacht, zu ihnen ist die Kunde von der guten Kraft der politischen Korrektheit bislang nicht vorgedrungen. Verhindert haben das jene, die

die PC-Revolution eigentlich entfachen könnten: die Gebildeten und Wortgewandten unter ihnen. Nicht, daß sie das Thema verschweigen – im Gegenteil, ihre Bargespräche und Zeitungsartikel sind voll von PC, sie warnen vor deren »inquisitorischen Zügen« und einer drohenden »Tugenddiktatur«, sie tragen Anti-PC-T-Shirts und sagen zu jedem Roman, jedem Film, den sie in ihren konsumistischen Köpfen nicht einordnen können, mit derselben Floskelhaftigkeit, er sei PC, wie sie einst alles Widersprüchliche »faschistisch« fanden. Das einzig Gute an ihrer nahezu existentiellen Wut gegenüber PC ist, daß sie manchmal offenbart, wie nötig sie deren Zucht haben: Da will sich dann einer von ihnen, der sich in einem scheißliberalen Wochenblatt seitenlang an PC abarbeitet, das Recht nicht nehmen lassen, das »tuntige Benehmen eines bestimmten Mitbürgers« abstoßend zu finden, während sein Kollege von einem rührend altmodischen Hamburger Nachrichtenmagazin vor den drohenden Folgen von PC in besonders verräterischem Rassisten-Esperanto warnt: »Jeder Ethno-Clan schürft nach seinem Kyffhäuser«, braunglast er herum, »es lebe der Zirkus Multikulti, der Balkan.«

Woher kommt die Wut der Mülltrenner-Intellektuellen auf PC? Nervt es sie, daß ausgerechnet die verhaßten Amerikaner, dem angeblichen Konkurs des Sozialismus zum Trotz, weiterhin an linken Strategien arbeiten? Wollen sie die Emanzipationsbestrebungen ihrer eigenen ethnischen Minderheiten, der Serben, Türken, Juden, so von vornherein abtöten? Sind sie verstört, weil ihre ökologistische Biedermeieridylle von der wiedererwachenden Aufklärung durchgelüftet zu werden droht? All dies – und noch viel mehr. Sonst würde doch der wütendste, verächtlichste Vorwurf an PC im Land der Mülltrenner nicht wie folgt lauten: »Sie ist zudem durch und durch moralisch!«

Der Haß, mit dem dieser Satz geschrieben wurde, wird am ersten Tag der Revolution mit noch mehr Haß bestraft werden. Auge um Auge, Zahn um Zahn. Moral um Unmoral.

Gottfjord Bernward Marusske:
Und nach ihm der Zeitgeist

Er hieß Gottfjord Bernward Marusske, aber in der Redaktion nannten ihn alle nur Gott. Das war zwar gemein, Spaß machte es trotzdem. Was war das bloß für ein Gelächter gewesen, als Marusske im Herbst 1977, einen Tag nach Mogadischu, mit einer modischen GSG-9-Kurzhaarfrisur in die Redaktion kam, worauf ihm die Schlußredakteurin Tugendwizt vor dem Raucherzimmer den Weg verstellte und dabei mit ihrer Tschekistinnenstimme laut über den Gang brüllte: »Hey, Leute, Gott hat sich die Haare abgeschnitten! Gott hat die Hosen voll!« Noch einige Jahre vorher hatte Marusske seine androgyne Gaston-Salvatore-Matte im Verlagsgebäude am Stachus so stolz herumgetragen wie ein Hahn seinen roten Kamm, weshalb jeder, der ihn sah, unwillkürlich die Lippen spitzte, einen kurzen Pfiff ausstieß und sagte: »Wow, Gott, du bist ja ein Kämpfer von beinah revolutionärer Schönheit!« Ende der 80er, als Marusske sich viel zu spät einen kanariengelben Fiat Spitfire angeschafft hatte, wurde es in der Redaktion zum Volkssport Nummer eins, nach Feierabend dazubleiben, sich bei Timmermann im Ressortleiterzimmer mit einem Piccolo ans Panoramafenster zu stellen, darauf zu warten, bis Marusske mit seinem Sportwagen nach zehn vergeblichen Versuchen endlich mit einem riesigen Satz auf die Sonnenstraße fegte, um dann, noch bevor die entgegenkommenden Autos ihm ausweichen konnten, einander zuzuprosten und im Chor auszurufen: »Gott ist unsterblich!«

Nein, Mitleid hatte mit Marusske keiner: Schließlich hatte sein Vater, das wußte im Haus jeder, seinerzeit mit Globke die Nürnberger Gesetze so wasserdicht durchkommentiert, daß am Ende wahrscheinlich selbst Hitler froh gewesen ist, gerade noch als reinrassig durch das selbstgeknüpfte Netz schlüpfen zu können. Aber auch nach dem Krieg machte Marusske senior seinen Weg: Er wurde Staatssekretär im Justizministerium, er gewöhnte sich seinen knarrigen Berliner Dialekt ab, um sich statt dessen Adenauers lässigen Kölner Zungenschlag anzutrainieren, er kaufte eine Villa in Bonn, heiratete eine Sudetendeutsche, zeugte Marusske junior und schickte ihn – wohl weil es keine SS-Ordensburgen mehr gab – auf die Jesuitenschule in Bad Godesberg. Bei den Jesuiten lernte Marusske dann zum einen, daß es für den menschlichen Opportunismus eine Menge Euphemismen gibt, die unter anderem »Wissenschaftlichkeit«, »Diskursfreude« oder »Dialektik« heißen. Zum anderen entwickelte er offenbar genau dort, unter der Anleitung der Männer Jesu, sein rätselhaft konventionelles, immer vom Zeitgeist diktiertes Verhältnis zu Frauen.

Ach, Marusske und die Frauen! Ganz am Anfang, als er noch Volontär war und die DKP wählte, schien es so, als könne er nur im Vollrausch sowas wie sexuelle Initiative entwickeln. Vor allem bei unseren Weihnachtsfeiern, wenn aus der Kantine auf Kosten der Chefredaktion hektoliterweise der Punsch angerollt kam, ließ er alle Schranken fallen – um dann aber nicht etwa die Pose eines virilen, selbstbewußten Liebhabers einzunehmen, sondern eher die eines leninistischen Politkommissars. An die Redakteurinnen traute er sich natürlich nicht heran, Marusske junior war als Sohn von Marusske senior ein preußischer Hierarchie-Fetischist, und so war es jedesmal unsere Sekretariatsassistentin, die er zunächst wegen ihrer DDR-Verwandten, die zu siebt im Kofferraum eines Škoda von Halle nach Castrop-Rauxel umgesiedelt waren, zu einer lauten Selbstkritik zwang, bevor er ihr, nun wieder der alte Jesuitenschüler, lallend erlaubte, sich bei ihm auf französisch die Absolution zu holen, ja, die Absolution. Worauf sie ihn wie einen Kriegsverletzten schulterte, zur Toilette schleppte, seinen Hosenschlitz öffnete und bei dem Anblick, der sich ihr bot, enttäuscht den Mund wieder schloß.

Eines Tages – Gott Marusske war inzwischen Kinokritiker geworden – verliebte er sich ausgerechnet in die Tugendwizt. Man war ja in unseren Kreisen damals gewissermaßen en bloc links, aber die Schlußredakteurin übertraf uns alle. Marusske, von dem sie spätestens seit seiner Schleyer-Solidaritäts-Aktion nichts mehr wissen wollte, spielte bei ihr nun alles aus, was ihm sein Vater an masochistischen Unterwerfungsgesten und die Männer Jesu an philosophisch begründbaren Opportunismusreflexen beigebracht hatten: Er trat ihretwegen dem RAF-Hungerstreikkomitee bei, er ließ sich an der Startbahn West verprügeln, er verbrachte jedes Wochenende frierend in dem Hüttendorf von Wackersdorf, und am Ende nahm er sogar die Geißel der gesunden Ernährung auf sich, um sich auf diese Weise in Windeseile zu einem blassen, hypertrophierenden, von Durchfällen geplagten Klappergestell zu verwandeln. Als all dies trotzdem nichts nützte, griff Marusske zum äußersten: Er besorgte sich Frauenliteratur. Verena Stefans ›Häutungen‹ und ein Buch über sanfte Geburt lagen nun demonstrativ auf seinem Schreibtisch, an der Wand hing ein Hexen-Fest-Poster der Münchner Romanisten-Fakultät, Marusske trug nur noch weiche, weite Pullover und Hosen, er ließ sein Haar wieder wachsen und betonte die Lider mit schwarzem Kajal. Doch auch nachdem er dazu übergegangen war, während der Konferenzen zu stricken, blieben ihm Herz und Schritt der Schlußredakteurin verschlossen, und eine Wende trat erst ein, als Marusske das erste Mal die Tugendwizt unaufgefordert – damals noch mit seinem R 16 – von der Frauengruppe im »Atzinger« abholte, um sie nach Hause nach Harlaching zu chauffieren.

Es folgte nun, wie unser Literaturkritiker Gumpferding Blau es später genannt hatte, Marusskes Venus-im-Pelz-Phase: Er kaufte für die Tugendwizt ein, er machte sauber bei ihr, er tippte das Manuskript ihres Romans ›Die Dildomaschine‹ ab und erledigte auch jede Menge anderer, meist nur im Knien zu verrichtender Sklavendienste für sie, und die Erfüllung seines Sehnens fand er an jenem Samstagnachmittag, als die Tugendwizt es zu einem einmaligen sexuellen Kontakt zwischen ihnen beiden kommen ließ. Marusske sollte ihr ein Kind machen, das sie später selbstverständlich allein aufziehen wollte, und als er dann aber viel zu früh kam und schon gar nicht dort, wo er sollte, flüsterte sie leise: »Gott sei Dank ...«

Das alles ist schon sehr lange her und nur noch Geschichte. Die Tugendwizt ist inzwischen PR-Chefin bei »L'Oréal«, Marusske dagegen hat – nach einem kurzen Intermezzo als ›Tempo‹-Kolumnist und Texter bei Springer & Jacobi – am 9. November 1989, noch in der Nacht des Mauerfalls, mit seinem untrügerischen Jesuitengespür den neuen Zeitgeist aufgegriffen. Seitdem also schreibt er – anfangs noch von seiner Suite im Ostberliner Interhotel aus – wieder für uns, und seine Texte sprühen vor gerechtem Zorn und funkelnder Analyse, vor allem, wenn es darum geht, mit den Lebenslügen der ewig jammernden Ostdeutschen aufzuräumen. Marusske war der erste gewesen, der den Untergang des Sozialismus in seiner ganzen zerstörerischen Tragweite auch für uns Westdeutsche begriff, und so sind seine Reportagen über Gysi, Stasi und die Stadtschloß-Debatte, seine Anderson-Vernichtung, seine Biermann-Hymne sowie der witzige Pre-mortem-Nachruf auf Erich Honecker längst zu Klassikern geworden, zu *den* großen Bewältigungsstücken der westdeutschen Linken. Wohl deshalb lacht heute in der Redaktion über Marusske niemand mehr, in Konferenzen verliest Timmermann jedesmal mit derselben ernsten, ergriffenen Stimme Marusskes Themen wie das Evangelium, bei Blattkritiken werden die Marusske-Stücke besonders von den Kollegen aus dem Politikressort gelobt, und wenn die unerfahrene neue Schlußredakteurin Müllerlein Syntax- oder Idiomatikfehler in seinen Texten ausbessern will, kriegt sie von Timmermann jedesmal denselben Satz zu hören: »Gott redigiert man nicht.«

Ach ja, bevor ich es vergesse: Marusske und die Frauen, vorerst der letzte Teil. Als ich ihn letzten Herbst in seiner Maisonette-Wohnung am Kollwitzplatz besuchte, habe ich sie alle gesehen. An jeder Hand hat er jetzt fünf, es sind kluge Schauspielerinnen und intelligente Fernsehansagerinnen dabei, schöne Schriftstellerinnen und attraktive Journalistinnen. Sie alle wissen voneinander, Marusske vertreibt sich manchmal sogar mit allen gleichzeitig die Zeit, und obwohl ich anfangs skeptisch war, gefiel mir das dann plötzlich doch: Ihre demütige, komplexgeladene Ossi-Art, die einem Mann sofort das Gefühl gibt, wieder ein Mann zu sein. Marusske läßt sich von ihnen bedienen, bekochen, bezärteln, sie lesen ihm jeden Wunsch von den Lippen ab, sie ziehen sich für ihn sexy an und reden mit ihm über Kultur, und in politischen Fragen sind sie sowieso seiner Meinung.

Es ist wirklich herrlich: Marusske lebt, wenn ich mir nun selbst dieses kleine Wortspiel erlauben darf, wie Gott in der Berliner Republik: Er ist selbstbewußt und männlich, er strotzt vor Kraft, und nur ein einziges Mal während meines Besuchs war er für einen kurzen Moment der alte. Das war, als sein Vater anrief, der inzwischen wieder am Wannsee wohnt. Marusske stand stramm, das Telefon in der Rechten, die Linke auf der Brust, er hörte zu, und dann sagte er leise: »Jawohl, Vater, keine Frage: Nächstes Jahr wird endlich geheiratet... Vielen Dank, Vater... Nein, wo denken Sie hin, Vater! Natürlich nur eine Deutsche.«

Teures Vaterland

Glaubt denn wirklich noch jemand das Märchen vom Anschluß? Glaubt einer tatsächlich, der Westen Deutschlands habe den Osten skrupellos okkupiert? Wenn ja, dann hat er offenbar längst vergessen, daß in der alten Bundesrepublik niemand die Vereinigung wirklich gewollt hat. Und dann will er sich erst recht nicht mehr daran erinnern, daß es der Mob von Leipzig und Dresden war, der nicht bei den eigenen Herrschern seine ökonomischen Forderungen einklagte, sondern bei uns – indem er sich des demagogischsten politischen Vehikels überhaupt bediente: der Vaterlandswut. Denn die Revolutionäre von 1989 schrien zwar nationalistische Parolen, aber in Wirklichkeit wollten sie nur unser Geld.

Genau davon haben sie inzwischen einen hübschen Batzen abbekommen, und wenn wir an die Billionen denken, die wir noch eine halbe Ewigkeit lang in die Ex-DDR pumpen werden, dann fragen wir uns, wer hier eigentlich wen kolonisiert. Vielleicht macht ja jemandem der Gedanke Spaß, daß er bis an sein Lebensende für Honeckers frühere Knechte und Sklaven mitverdienen muß. Vielleicht aber wäre es auch uns, den größten Konsumegoisten vor dem Herrn, eine Ehre, zu teilen, wenn wir nur wüßten, warum – und vor allem, mit wem.

Es ist aber nicht leicht, für ein Volk bluten zu müssen, das in seinem Wohlstandsopportunismus mal mehrheitlich CDU wählt, mal messianische Hoffnungen auf die SPD setzt, zugleich jedoch der Meinung ist, im Sozialismus hätte es auch Gutes gegeben, Kinderkrippen etwa oder problemlose Abtreibung. Denn wer so denkt, der ist unsereins verdammt unsympathisch und fremd, der erinnert uns zu sehr an jene anderen Deutschen, die – lauter glühende Antifaschisten – heute noch von Hitlers Autobahnen schwärmen. Woraus automatisch folgt, daß es uns erst recht anwidert, für ein Volk zu bezahlen, das – nachdem es zuerst zwölf Jahre den Nazis freie Hand ließ und danach weitere 40 Jahre den Stalinisten – schon wieder nichts gegen die Monster in seiner Mitte tut, insofern es nämlich einfach nur wegschaut oder sogar manchmal dankbar ist, wenn seine neurotischen Glatzenkinder Ausländer hetzen und töten.

Vor allem aber geht es uns auf die Nerven, daß der Konsum-Nationalismus, den der Mob von Leipzig und Dresden einst ausrief, nun tatsächlich immer konkreter Gestalt annimmt. Warum, fragen wir, sollen wir, vom bösen Staat dirigiert, für 16 Millionen wildfremde Menschen Opfer bringen? Was ist, fragen wir, mit den Sonderabgaben für die Reisbauern Thailands, für die Armen von Togo, für die Gamines von Bogotá? Wo, fragen wir, bleibt die Dritte Welt, und zugleich wissen wir, daß dies eine kindische Frage ist, denn die Fertigen und Kaputten dieser Erde verbindet so einiges mit uns, aber bestimmt nicht das eine, einzig entscheidende: *dasselbe Blut.*

Ja, dasselbe germanisch-teutonische Blut, und wer jetzt entgegnet, darum gehe es doch gar nicht, sondern allein um die Tatsache, daß eine Gruppe von Menschen zwischen Rhein und Oder ein gemeinsames politisches Gebilde bewohne und daß dieses halt funktionieren müsse, zum Wohle jedes einzelnen, überall gleich – wer all dies also entgegnet, der vergißt, daß dieses Gebilde einzig und allein auf der Basis des anachronistisch-wagnermäßigen Mythos vom gemeinsamen Blut, sprich: von derselben nationalen Herkunft zustande kam. Geld für die Ostzone als humanitäre Hilfe? Ach was. Das Volk schenkt dem toten Führer einen neuen Staat.

Aber wissen Sie was? Es wird mit unserer Ostlandhilfe auch ein anderes, ganz praktisches Problem geben: Denn all die Billionen, die wir in die ewige Ex-DDR stecken, nützen ohnehin nichts, heute nicht, in zehn Jahren nicht und auch nicht in hundert. Warum? Weil die Ostdeutschen, an den stalinistischen Dirigismus gewöhnt, nun also bereitwillig von unserer Fürsorge profitieren, von unserem sauer verdienten Geld, und während die anderen osteuropäischen Völker aus eigener Kraft für sich ein leistungsfähiges System erschaffen, verwandeln sich die von uns unmündig gehaltenen Ostdeutschen zusehends in die verwöhnten, lebensuntüchtigen Kinder steinreicher Eltern, die immer nur fordern, aber nie geben. Die haben wir für immer und ewig am Hals, wissen Sie das?!

Und wissen Sie noch was? Ich habe Sie reingelegt. Ich habe das alles nicht so gemeint. Ich habe Sie nur an meinen fingierten linksliberalen Stammtisch gelockt, ich habe mit ein paar Chauvinismus-Halbwahrheiten und Konsumismus-Unterstellungen, mit der gespielten Sorge um die Dritte Welt und einer wie immer prima funktionierenden Nazi-Menetekelei herumhantiert, um Sie einmal im Leben auf meine Seite zu ziehen. Denn in Wahrheit sind Sie doch ein pseudolinker Redneck, ein angegrünter Fascho-Yuppie, ein gottverdammter, verheuchelter Bastard. Sie sind der geizigste Mensch der Welt, und da kommt Ihnen jede noch so polemische Ausrede für Ihren Geiz gerade recht. Die Dritte Welt interessiert Sie ebensowenig wie ein toter Mosambikaner in Dresden, und ganz besonders ist Ihnen die Wut und Hilflosigkeit von Leuten egal, die immer nur Mangel und Unterdrückung und die eigene Feigheit erlebt haben, und die mit unserer Hilfe endlich alles besser machen wollen.

Sie werden aber trotzdem zahlen, Sie vegetarisches Stehitaliener-Arschloch! Sie haben gar keine andere Wahl. Denn der *gute* Staat wird Sie schon zwingen. Sie werden zahlen – und zwar so lange, bis es eines Tages bei uns genau 16 Millionen mehr von Ihrer verlogenen Sorte gibt.

Berlin: Kakophonie einer Großstadt

Streichen Sie die Jahre '89 und '90 aus Ihrem inneren Kalender, vergessen Sie den Fall der Mauer und die Wiedervereinigung! Das alles ist längst Geschichte und verdammt vorüber, denn die nächste deutsche Teilung vollzieht sich bereits. Es ist die Teilung zwischen Berlin und Restdeutschland, also zwischen all denen, die eines Tages, wie von der Tarantel gestochen, beschlossen haben, an der Spree ein neues Babylon zu erschaffen, und jenen, denen ihr eigenes Residenzstadtidyll von Köln, Hamburg und München vollauf genügt und die über die hysterischen Berlin-Aficionados, die Berlinados, gelangweilt die Nase rümpfen.

Berlinados? Nun ja, ich meine natürlich diese lärmenden, blökenden Aufsteigertypen und Raffer und Blender, diese modernen Goldgräber, Entrepreneurs und sensationshungrigen Lebenskünstler, diese Mobiltelefon-Posierer und Privat-TV-Talkmaster, diese schleimscheißenden Immobilienhaie und Manager-Blutegel, diese total tollen ›Tagesspiegel‹-Blattmacher und türenbemalenden »Tacheles«-Dilettanten, diese Love Parade-Messiase und Start-up-Irren, diese Luden, Pseudobohemiens, Betrüger, Politiker, Dada-Dichter, Ballaballa-Musiker und Blabla-Schreiber, diese ganze laute, widerliche, obskure, neureiche, dummschwätzende »Cibo Matto«-Bande, kurzum – genau die Leute, die man, neben einem verzweifelten Armenheer, immer zum Erschaffen einer wahren und wahrhaftigen Großstadt braucht.

Denn eine Großstadt ist natürlich das genaue Gegenteil von dem, was sich der durchschnittliche Metropolenschwafler und Sieben-Tage-New-York-Tourist darunter so vorstellt. Sie hat nichts mit seinem ethnisch korrekten Der-kleine-Grieche-um-die-Ecke-Kitsch zu tun und kaum etwas mit schick renovierten Altbauten, mit subventionierter Staats-Kleinkunst, mit straff organisierten Flohmärkten. Großstadt ist eben nicht unsere von einer gnadenlosen Dauerkonjunktur hochgezüchtete, kurortmäßige Schwabinger und Eppendorfer Neighbourhood-Idylle. Großstadt ist nichts, wo man sich wohl fühlt, wenn man dort leben muß, es ist nichts, was man mag.

Großstadt ist einfach nur widerlich. Es ist die Zusammenkunft menschlichen Abschaums auf höchstem Niveau und die größtmögliche Konzentration von Armut. Es ist Genau-das-haben-Wollen, was der andere hat. Es ist Besser-sein-Wollen. Es ist Hysterie und Geierei und der permanente Nervenzusammenbruch. Es ist Chaos, Elend und Ungerechtigkeit, es ist Belügen, Betrügen und Benutzen, es ist soziales Gefälle und unkontrollierbares urbanes Wachstum, es ist, wenn man es konsequent macht, menschlicher und baulicher Wildwuchs, es ist die absolute Hölle und das reinste 19. Jahrhundert. Es ist etwas, das es seit der Industrialisierung und der Gründerzeit in dieser Radikalität in Europa nicht mehr gegeben hat. Und genau deshalb also ist das neue Berlin mit seinen aufgedrehten, unsympathischen Goldgräber-Westlern und den stetig aus den neuen Bundesländern zuwandernden modernen Lumpenproletariern ein absoluter Anachronismus, ein faszinierender Zeitmaschinen-Fehler und somit eine echte, große, geile, riesige Chance.

Eine Chance, die ich trotzdem nicht haben will. Und alle meine Freunde wollen sie – soweit ich weiß – auch nicht.

Natürlich wissen wir, daß der Berlin-Aufbruch für den Beginn einer neuen mitteleuropäischen Epoche steht, die vielleicht verdammt herrlich werden wird, vielleicht aber traditionsgemäß auch blutig endet. Natürlich wissen wir, daß der massenmäßige Konsum-, Erlebnis-, Bereicherungs-Marsch auf Berlin vorerst so etwas wie das Ende aller Avantgarden bedeutet – denn nun haben nicht mehr wir überfeinerten und eierköpfigen höheren Eintausend das Sagen, jetzt machen von Babylon-Berlin aus erstmal die Spießer und Geldschweine und Parvenüs die Musik. Und natürlich macht uns die Berlin-Hysterie ganz schön nervös, natürlich fürchten wir bei jedem Berlin-Artikel, den wir lesen, bei jedem Berlin-Film, den wir sehen, bei jedem Berlin-Gespräch, das wir aufschnappen, daß wir etwas Großes, Historisches, Erotisches verpassen werden.

Und trotzdem werden wir nicht nach Berlin gehen und mitmachen. Wir bleiben lieber in unserer ruhigen, stillen Provinzbar sitzen und trinken unseren New-York-Simulations-Whisky und fühlen uns sehr fein und bodenständig und irgendwie patrizisch und überfeinert dekadent.

Wir haben uns nämlich mit der neuen deutschen Teilung längst abgefunden. Wir wissen – und es ist uns trotzdem egal –, daß wir, die frühere Elite, nun zu den Lahmen, Satten und Selbstzufriedenen der neuen, der dritten Republik gehören, während in Berlin die Post abgeht und dort die vulgären und angeberhaften Großstadtrüpel ohne uns eine neue Epoche auf den Weg bringen.

So sitzen wir da, lächeln verloren und unterhalten uns über dieses und jenes – und genießen auf Hanno-Buddenbrook-Art die altmodische Ruhe und unseren gesellschaftlichen Verfall. Und wenn wir vielleicht mal ein paar von unseren herrlichen Untergangstagen übrig haben, dann fahren wir nach Berlin, ins Getöse, und schauen dort den Dummköpfen dabei zu, wie sie sich abstrampeln, wie sie sich die Nerven ruinieren, wie sie sich im Schweiße ihres Angesichts eine Großstadt zusammenbasteln – also genau die Sorte Ort, wo man in hundert Jahren gemütlich in einem flauschigen Fußgängerzonen-Café sitzen wird, um Zeitung zu lesen und vom aufregenden Puls der Metropolen zu schwärmen.

Grüßt Hamburg von mir, wenn Ihr es seht!

Habt ihr schon mal von der Stadt gehört, die nur in den Köpfen ihrer Bewohner existiert? Kennt Ihr das ferne Hamburg, wo man Horst Janssen für einen weltberühmten Maler hält, Volker Hage für einen Literaturkritiker und die Alsterarkaden für den schönsten Teil Venedigs? Wo Hans Scheibner als Satiriker gilt, Lotto King Karl als Komiker und lautes, herzliches Lachen als ein mieser Südländertrick? Wo man allen Ernstes meint, der FC St. Pauli spiele Fußball, die ›Absoluten Beginner‹ machten Hiphop und Klaus von Dohnanyi habe sowas wie sozialdemokratische Ideale? Wo die Menschen felsenfest davon überzeugt sind, Blankenese biete mehr Lebensqualität als der erste Wiener Bezirk, die Reeperbahn mehr Härte als die Slums von L. A. und Eppendorf mehr Spaß als Berlin Mitte?

Sagt, habt Ihr wirklich schon mal von dieser virtuellen Stadt gehört? Ja, natürlich – aber so wie ich hattet Ihr die Sache bis jetzt nicht betrachtet. Ihr habt Euch immer nur über die kalten Fischköpfe aufgeregt, über ihre faden Parties und ihre verstockte, hilflose Naturmenschen-Scheuheit, wenn es darum geht, in Gesellschaft jemanden Fremden vorzustellen. Ihr habt Euch über die als Arroganz getarnte Unhöflichkeit der Hanseaten lustig gemacht, und natürlich fandet Ihr die Hamburger Art, ein Leben lang nur den Freunden aus Kindergartentagen zu vertrauen, irrsinnig komisch, und vielleicht habt Ihr Euch manchmal sogar gefragt, ob eine Hamburgerin zu vögeln ein ähnlicher Genuß ist wie etwa ganz allmählich im Polarmeer zu versinken. Aber daß Hamburg die Kapitale der Angeber ist, die deutsche Hauptstadt der Selbstüberschätzung und Fehlprojektion – darauf seid Ihr, Freunde und Feinde aller Großstadt-Debatten, noch nie gekommen. Warum auch, schließlich bin ich hier derjenige, der fürs Denken zuständig ist.

Denken also. Es beginnt meist mit einem kühnen, axiomatischen Blick in die Geschichte, in einen urban-soziokulturellen Raum – den Hamburg aber überhaupt nicht besitzt. Wer in Frankfurt, in München oder in Berlin durch die Straßen geht, der kann sich vor Vergangenheit gar nicht retten, der weiß genau, wo einst was geschah: Hier also hatte Adorno im Kaffeehaus gesessen, da Thomas Mann seine Spaziergänge gemacht, dort wollte Ludwig I. mit einer Prachtstraße angeben, und da hinten, um die Ecke, plante Lenin die Große Revolution. In Hamburg dagegen von Geschichtshelden und Kulturheroen keine Spur. In Hamburg entstanden noch nie große Romane, hier wurde keine Weltpolitik gemacht. Durchschnitt zieht eben Durchschnitt an, und so wurde Hamburg die Stadt von Udo Lindenberg und des rororo-Rocklexikons. Kommt mir jetzt bloß nicht mit Heine, der hier einmal angeblich eine Tasse Tee getrunken hat! Das war doch wohl eher in Düsseldorf.

Ohne Genies kein berauschender, das eigene Leben und Wirken determinierender Hauch von Geschichte? Ganz klar. Und erst recht nicht ohne aberwitzig-geile, narzißtische Herrschafts-Architektur. Denn bis in die 30er Jahre des 20. Jahrhunderts hinein waren die ordnungsversessenen Hamburger Spießbürger darum bemüht, jede Spur von Vergangenheit, von Identität aus dem Bild ihrer Stadt zu tilgen. Das begann lange vor dem ihnen so zupaß kommenden Brand von 1842, als sie den Dom und sämtliche Kirchen und Klöster abrissen, und später dann schleiften sie auch noch jedes Haus, jedes Viertel, das daran erinnerte, daß es hier einst sowas wie Mittelalter, Dreck und Cholera gab. Kein Wunder, daß Hamburg heute wie ein Gründerzeit-Disneyland wirkt, wie ein seelenloses, antiseptisches Häuserensemble, so schön und tot wie eine moderne archäologische Ausgrabungsstätte.

Kann man sich in einer solchen Stadt wohlfühlen? Natürlich nicht. Aber man kann so tun, als ob. Man muß sich nur im Kopf selbst eine bessere zurechtdenken, eine, mit der man dann schon irgendwie fertig wird. Man muß eben glauben, man sei besser drauf als alle Pariser, es läge mehr Sex in der Luft als in Rom, man habe besseres Wetter als Neapel und die bedeutenderen Künstler als New York. Wer keine eigene Identität hat, wird sich eben eine erfinden. Große Theaterkunst? Cooler Reeperbahn-Underground? Die besten Talkshows? Ach was, alles erstunken und erlogen und herbeiphantasiert – wie man das eben in der Hauptstadt der Einbildung so macht.

Epilog. Worin es darum geht, wie absurd es ist, daß dieses hinterwäldlerische, kulturlose, geschichtslose Hamburg Deutschlands Medienstadt Nummer eins ist. Wie verdammt verrückt es ist, daß in der Hochburg der Simulation in Millionenauflagen Journalismus gemacht wird, also etwas, das wie nichts anderes auf einen klaren Blick und *Realität* angewiesen ist – weshalb ich es dann schon wieder lustig und aufschlußreich finde, daß jeder unserer Kommentatoren, Reporter und Chefredakteure das Hamburger Als-Ob-Spiel aufs konsequenteste beherrscht, was sich insofern problemlos belegen läßt, als daß Stefan Aust etwa am liebsten eine Mischung aus Berija und Rudolf Augstein wäre, Hermann Gremliza Anton Kuh, Johannes B. Kerner Fernsehmoderator, Hellmuth Karasek Billy Wilder und Willi Winkler wiederum Karasek. Auch kann ich nicht verschweigen, wie komisch es mir vorkommt, daß in einer Stadt, in der Wolf Biermann als Dichter Ansehen genießt und wo das spektakulärste Theater-Ereignis der letzten hundert Jahre darin bestand, daß Gustav Gründgens hier einst um ein Haar Klaus Mann flachgelegt hätte, die wichtigsten Feuilletonredaktionen des Landes beheimatet sind. Und endgültig zum Brüllen finde ich die Luxusgeilheit und Drei-Sterne-Lokal-Lebensattitüde hiesiger Redakteure, die tatsächlich annehmen, Geld, unauffällige Ideen und noch unauffälligere englische Sakkos wären die Grundvoraussetzung für die Aufnahme in die Blankeneser Pfeffersack-Gesellschaft, was erstens obendrein stimmt und zweitens einen verheerenden Einfluß auf ihre Prosa hat: Anders läßt sich gar nicht ihre fade Soll-und-Haben-Rhetorik erklären, dieses Einerseits und Andererseits in jedem politischen Kommentar, dieses tödliche Rezensenten-Herumdifferenzieren, dieser ganze belanglose Muzak-Schreibstil, der genauso aufregend und erhellend für die Betrachtung der Wirklichkeit ist wie meine Kontoauszüge. Aber so ist das eben – wenn man nicht man selbst sein will, lügt sich's wie von selbst.

Die Wahrheit tut ganz schön weh, Hamburg, was? Oder willst du jetzt auch noch so tun, als wüßtest du nicht, was echte Schmerzen sind?

München: Reden ist leben

Es gibt eine Gegend auf dieser Welt, die gibt es gar nicht – Mitteleuropa. Auch damals, vor dem letzten großen Krieg, als in Wien und Brünn, München und Budapest zur selben Zeit dieselben Bücher erschienen, dieselben Bilder gehaßt und geliebt wurden und dieselben jüdischen Witze die Runde machten, auch damals, in den Tagen von Torberg und Rilke und Horváth, existierte ein Ort dieses Namens nicht wirklich. Es gab ihn nur in den Köpfen der Leute, die ihn bewohnten, er war eine Idee, ein Zustand, ein Gefühl. Ein richtig gutes Gefühl: Du kommst, sagen wir, aus Ruthenien, du lebst in Prag und träumst von Palästina, du stirbst für Heines Gags, aber auch Hölderlins Weltschmerzwahn läßt dich nicht kalt. Du nimmst nichts ernst und willst genau deshalb immer alles wissen, und darüber redest du den ganzen Tag und die halbe Nacht mit deinen Freunden und Feinden. Und weil ihr euch nie einigen könnt, ist euer Leben nie langweilig, ihr selbst seid nicht langweilig, und die Städte und Cafés, zwischen denen ihr hin und her zieht, auch nicht.

Es gibt einen Ort auf der Welt, in dem dieses Mitteleuropa noch existiert – München. Ich hatte das selbst fast vergessen, weil ich so lange hier lebe, ich hatte vergessen, wie ich eines Tages mit zwanzig Jahren hier ankam, aus Hamburg, einer unfreundlichen, bedeutungslosen Stadt im Norden, deren Bewohner soviel Angst vor dem eigenen Leben haben, daß sie erst recht einen Bogen um das Leben anderer Leute machen. Das ist natürlich nicht gerade die feine mitteleuropäische Art, und wenn man so wie ich die frühe Kindheit in Prag verbracht hat, in Vinohrady, ein paar Blocks über Nationalmuseum und Wenzelsplatz, erscheint einem Hamburg, wohin wir 1970 emigrierten, mit seinen leblosen, sich für nichts und niemanden interessierenden Menschen wie eine windumwehte, mit Möwenkot bedeckte Nekropolis.

Und nun war ich also in München. Ich kam irgendwann im Sommer 1980 an, ich lief die Leopoldstraße herunter, ohne zu wissen, was die Leopoldstraße war, ich versuchte lange, in einem der vielen überfüllten Cafés einen Platz zu finden, und schließlich setzte ich mich ins »Adria« und schrieb in mein Notizbuch, das ich seitdem nie wieder in den Händen gehalten habe, ein paar pubertäre Notizbuchnotizen hinein. Dann ging ich in den Englischen Garten, ohne zu wissen, was der Englische Garten war, und dort, am Chinesischen Turm, von dem ich ebenfalls vorher nie etwas gehört hatte, war es auf einmal wieder da, das gute mitteleuropäische Gefühl, das ich fast schon vergessen hatte: Hunderte von Menschen saßen zusammen und redeten, sie redeten und redeten und redeten, ja, und zwischendrin aßen sie und tranken, und dann redeten sie wieder, und manche lachten sogar, und die Luft war warm, und in der Luft war Staub, und die Blasmusikkapelle hoch über ihren Köpfen spielte Duke Ellington, das schwöre ich, genauso wie bei uns in Prag, im Riegepark, wo es auch so eine Kapelle gegeben hat – die spielte auch jeden Sonntag ›In a Sentimental Mood‹, aber das schwöre ich nicht.

Es ist – gerade bei Orten, die es nicht wirklich gibt – natürlich alles immer nur eine Frage der Geographie. Wobei keiner auf den Gedanken kommen sollte, München für die nördlichste Stadt Italiens zu halten. Vielleicht stehen bei uns einige Gebäude herum, wie man sie auch in Florenz sehen kann oder in Rom, vielleicht gibt es hier ein paar Espressobars mehr als anderswo, aber das heißt noch lange nicht, daß die Münchner Männer ihre Frauen so heftig lieben und betrügen wie die Neapolitaner, oder daß man in München der Meinung wäre, Arbeit sei eine deutsche Erfindung.

Nein, ihr Pasta-Gecken und Grappa-Schwenker, München liegt nicht in der Emilia-Romagna und auch nicht am

Tyrrhenischen Meer! München liegt nirgendwo sonst als in Mitteleuropa, und so ist München auch keine ewig fröhliche, leichte Stadt. Hier kann man schon mal Depressionen bekommen, hier kann man die Tage und mit ihnen das ganze Leben in allerdunkelsten Farben betrachten, und hier kann man auch sehr gut arbeiten. Vor allem aber kann man über die anderen hier so viel erfahren wie nirgendwo sonst in einer deutschen Metropole.

Seit mehr als hundert Jahren ist München voll mit Einwanderern und Immigranten und Zugereisten – mit galizischen Juden, russischen Konterrevolutionären, österreichischen Faschisten, ukrainischen Benderisten, ungarischen Freiheitskämpfern und tschechischen Opportunisten. Es gibt amerikanische Jazz-Verrückte, türkische Hiphopper, bosnische Kriegsflüchtlinge und natürlich auch eine Menge Deutscher, für die Deutschland dort, wo sie groß wurden, zu sehr Deutschland war und zu wenig irgendwas anderes. Seit mehr als hundert Jahren reden diese Leute nun schon miteinander, sie nehmen sich selbst nicht ernst und schon gar nicht die anderen, und genau darum hören sie sich gegenseitig so aufmerksam zu, sie reden und reden, und dazwischen essen und trinken sie, und dann reden sie wieder, und wenn sie nicht lachen, drückt ihnen ein bißchen Weltschmerz die Brust zu, aber nur bis zum nächsten Witz. Sie reden über den Ersten Zionistenkongreß, die Zweite Internationale und den Dritten Weltkrieg, über Kahr, Kundera und Koons, über die Schönheit Sarajevos und die häßlichen grauen Boulevards von Lwow, und manchmal reden sie nur über ihre Verdauung oder die Bayern und die Champions League. Und wir reden immer mit, wir sind so wie sie und sie sind wie wir und ganz München ist ein einziges großes Kaffeehaus.

Ich hatte, wie gesagt, fast schon vergessen, warum ich München liebe. Ich hatte es vergessen, weil ich so lange nicht mehr daran gedacht hatte, und gedacht hatte ich nicht mehr daran wegen – Berlin. Alle sind sie verrückt mit Berlin, und ich war es eine Weile auch, und jetzt bin ich es nicht mehr, denn ich war endlich dort. Es war wirklich seltsam und sehr, sehr unangenehm. Auch Berlin ist voll mit Fremden und Zuwanderern, auch in Berlin begegnen sich Ost und West – doch in Berlin redet keiner mit keinem, höchstens, man will dem anderen etwas befehlen oder ihn beleidigen.

Ist denn wirklich alles immer nur eine Frage der Geographie? fragte ich mich später im Flugzeug nach Hause. Die Antwort kam mir, als wir schon zur Landung in München ansetzten: Ich schaute aus dem Fenster, sah nichts, außer einer dichten, weißgrauen Wolkenwand, und dachte, wie schlecht für Berlin, daß es mitten im deutschen Deutschland liegt, und wie gut für München, daß es eigentlich gar nicht existiert.

Stadt ohne Schatten

Schräg gegenüber vom Deutschen Museum, zwischen Isar und Muffathalle, gibt es einen kleinen rechteckigen Platz mit ein paar steinernen Bänken und einem großen, grauen, traurigen Brunnen in der Mitte – das glaube ich jedenfalls, denn ich habe diesen Platz, obwohl ich schon so lange in München lebe, letzte Woche das allererste Mal überhaupt gesehen, und eigentlich habe ich ihn auch gar nicht gesehen, er wischte, während ich mit dem Fahrrad vorbeifuhr, für einen Moment durch meine Augenwinkel, und dann war er gleich wieder weg, für immer verschwunden, so, als hätte es ihn nie gegeben.

Ich war oben in Haidhausen gewesen, so wie fast jeden zweiten oder dritten Abend, bei Zelda und ihrer Mutter, und jetzt wollte ich, auf dem Weg nach Hause, im »Schumann's« nachsehen, ob jemand da war, den ich kannte. Ich gehe ins »Schumann's«, seit es aufgemacht hat, ich war dort schon am Eröffnungsabend gewesen, im Winter 1982, und ich weiß noch genau, daß ich damals im hinteren Raum an einem der beiden runden Tische saß, ich weiß auch, wie das Licht gewesen war – dieses gedämpfte, braune Licht, das sie nachts immer noch etwas dunkler drehen, so daß man zuerst denkt, man sieht gleich gar nichts mehr –, ich weiß, wie die Getränke in den Gläsern matt gefunkelt haben, ich weiß, daß ich bis zum Schluß geblieben bin, bis halb vier, vier, und das einzige, woran ich mich absolut nicht erinnern kann, sind die Leute, mit denen ich diesen Abend verbracht hatte.

Ich war jetzt fast schon am Isartor, ich rollte, ohne zu treten, auf dem Rad die Zweibrückenstraße herunter, die mich mit ihren dunklen niedrigen Bäumen immer an eine Straße in Bologna erinnert, durch die ich einmal durchgefahren bin, und plötzlich kam es mir so vor, als ob ich in einer Stadt lebte, in der die Menschen und ihre Geschichten so schnell verlorengehen, wie ihre Fassaden renoviert, ihre Straßen ausgebessert, ihre Schaufenser umdekoriert werden. Wen hatte ich in all den Jahren nicht alles vergessen, so, als hätte er nie existiert! Patrick zum Beispiel, den klugen, ängstlichen, eingebildeten Patrick, den König der Schwabinger Jeunesse dorée, den ich das letzte Mal vor fünf, sechs Jahren im »Venezia« getroffen habe, als er schon so aussah, als koste ihn jeder Atemzug und jeder Gedanke unendliche Überwindung. Oder John, den alten, bösen ungarischen Emigranten, der immer nur trank und spielte und spielte und trank, und den sie, weil er nie Geld hatte, bis zu seinem Tod ein paar Jahre lang im »Schumann's« umsonst essen und nachts auf einer der Bänke schlafen ließen. Oder Hans Lamm, den Präsidenten der Jüdischen Gemeinde, dessen große Bildung und noch größere Vorliebe für unverbrauchte junge Männer den meisten Münchener Juden der Nachkriegszeit peinlicher waren als die Tatsache, daß sie mitten unter ihren Mördern lebten, und den ich in seinen letzten Jahren in seiner riesigen, verwahrlosten Altbauwohnung in der Widenmayerstraße einmal besucht hatte, weil ich Material für einen Artikel über Franz Schönhuber brauchte. Kurz darauf bekam ich eine Postkarte von ihm, auf der er mir in Sütterlin schrieb, er wolle mit mir im Englischen Garten spazierengehen, und das war mir so unangenehm gewesen, daß ich die Nachricht von seinem Tod ein paar Monate später ziemlich erleichtert aufnahm.

Weg, sie sind einfach weg, dachte ich, während ich an dem Taxistand beim Isartor in den Altstadtring abbog, und so gern ich auch begriffen hätte, warum ich seit meiner letzten Begegnung mit Patrick, John und Hans Lamm nie mehr an einen von ihnen gedacht hatte, ich kam einfach nicht drauf. Es fing leicht an zu regnen, und ich hielt das Gesicht in den warmen Sommerwind, der schon gar nicht mehr so warm war wie vor ein paar Minuten noch, als ich in der Lothringerstraße losgefahren war. Heute abend hatte Zelda soviel gelacht wie lange nicht mehr, sie lachte, wenn ich den kleinen gelben Goofy-Ball mit voller Wucht gegen den Boden schleuderte, sie lachte, wenn ich sie anlachte, sie lachte, während ich ihr von der Tür aus ein letztes Mal zuwinkte.

Als ich beim »Schumann's« ankam, gingen die Gäste, die draußen auf der Terrasse gesessen hatten, gerade wegen des Regens hinein. Ich stieg gar nicht erst von meinem Fahrrad ab, ich sah ihnen kurz dabei zu, wie sie sich alle gleichzeitig in die Tür zwängten, und dann fuhr ich weiter. Ich fuhr durch den Regen, die lange, laute Ludwigstraße hinauf, und als ich am Siegestor vorbeikam, das seit ein paar Tagen wieder ohne Gerüst dastand und ganz weiß und neu in die Nacht hineinstrahlte, dachte ich, wenn ich nicht weggehe von hier, werde auch ich eines Tages für immer vergessen sein.

Helmut Dietl: Lieben Sie Rossini?

Die verlogensten deutschen Gedichte werden zur Zeit in München geschrieben. Mal reimen sie sich, mal nicht, aber immer kommen in ihnen harte Männer vor und wilde Frauen und so viele eingebildete Leidenschaften, wie ich noch Haare auf dem Kopf habe. Der Dichter, der sich diese Gedichte ausdenkt, wohnt in derselben Straße wie ich, und ein paar Häuser weiter steht auch das »Romagna Antica«. Sie wissen schon: Das ist das Restaurant, von dem ganz Deutschland seit Jahren schon denkt, dort würden ein paar harte Männer und wilde Frauen Nacht für Nacht, trunken vor Liebe, Kunst und Alkohol, eine lebensgeile, selbstzerstörerische Fin-de-siècle-Party nach der andern geben. Hm – und ich bin Maxim Semjonowitsch Billerow, der verschollene Zarensohn.

Gerechtigkeit für den Dichter: Er selbst ist an dieser allerneuesten, allerheißesten Schwabinger Bohemelüge am wenigsten schuld, schon eher ein guter Bekannter von ihm, ein in Schwabing weltberühmter Regisseur und – wie sollte es anders sein – noch viel größerer Lügner. Er hat, wogegen erst mal nichts einzuwenden ist, einen Film über das »Romagna Antica« gedreht, in dem er selbst, kaum verschlüsselt, genauso vorkommt wie alle seine besten Freunde und Feinde. Und auch der Dichter tritt darin natürlich auf, was man schon daran erkennt, daß der Schauspieler, der ihn spielt, ständig seine heuchlerischen Erzschmerzpoeme rezitieren muß, von denen mir das mit der Lust im Absoluten und den Dämonen, die bluten, kult- und trashmäßig mit Abstand am besten gefällt.

Kurzer, ernster Einschub: Ich weiß, ich weiß. Wenn Wirklichkeit zur Kunst wird, ist das noch lange keine Lüge, es ist sogar der einzig mögliche Schritt, den man als Künstler zur Wahrheit hin machen kann. Allerdings sollte man dann – erster Kreativgrundsatz aller verschollenen Zarensöhne – sich und seine Welt so beschreiben, wie sie wirklich ist, nicht, wie man sie gern hätte, man sollte sich dabei also auf keinen Fall schöner, wichtiger, größer machen, als man ist – und auch nicht tragischer. Ausgerechnet das aber, Ende des Einschubs, hat Schwabings weltberühmter Regisseur in seinem Restaurantfilm gemacht, der nicht zufällig den mächtig lamettahaften Titel ›Rossini‹ trägt. Der Regisseur, der sonst selbst auch immer meint, nicht Wirklichkeit interessiere ihn, sondern Wahrheit, wirft hier lauter Dichter und Denker, Machos und Filmproduzenten auf die Leinwand, die zumindest ein nicht ganz so weltberühmter Schwabinger wie ich ihm deshalb nicht glaubt, weil sie – offenbar genauso wie er – gar nicht mehr wissen, woher sie eigentlich kommen und wie sie überhaupt in diese schäbig-schicke Welt der viel zu kleinen italienischen Vorspeisen und viel zu großen Freundschaftsbekundungen hineingeraten sind. Sie alle sind Parvenüs, und daß sie das vergessen haben, macht sie so besonders parvenühaft, unehrlich und absolut unkomisch, sie verstellen sich immer nur, sie faken und shaken moshammerhaft durch die Gegend, egal ob sie Champagner ordern oder Filmverträge aushandeln, egal ob sie unter Schreibhemmungen leiden oder an der Welt überhaupt, und die Gefühle, die sie haben, sind so echt wie die Worte »Liebe« und »Leidenschaft« in den Poesiealbum-Versen meines dichtenden Nachbarn.

Wie er es geschafft habe, sich aus ärmsten Laimer Verhältnissen hochzufilmen, wurde Schwabings weltberühmter Regisseur vor sehr vielen Jahren einmal gefragt. »Mein Motiv war nie nur der Wunsch, reich zu sein, ich wollte vor allem auch bekannt sein!« hat er damals geantwortet – als er es noch wußte. Ja, als er es noch wußte, wußten es seine Filmfiguren auch, sie hießen Tscharli, Monaco Franze und Baby Schimmerlos, jeden Schritt nach oben bezahlten sie mit einem Sturz nach unten, sie waren stolz, aber nicht eingebildet, sie waren Egoisten, aber keine Arschlöcher, sie waren ehrliche Lügner und komische Tragiker, und in ihrem Blick auf die Wirklichkeit, gegen die sie nie ankamen, war deshalb so viel Wahrheit und Klugheit und Liebe, weil der Mann, der sie erfand und auf den Fernsehbildschirm zauberte, diese Wirklichkeit genau so fühlte und sah. Und weil er von Schwabing damals nur träumte, es aber noch nicht besaß.

Ist Helmut Dietl also für immer verloren? Vielleicht. Vielleicht aber auch nicht. Vielleicht muß er einfach nur seine Freunde wechseln, sein Stammlokal und die Stadt, in der er lebt. Denn wer weggeht, träumt. Und wer träumt – zweiter Kreativgrundsatz für verschollene Zarensöhne, der dem ersten nur scheinbar widerspricht –, wer träumt, kann soviel lügen, wie er möchte – denn ihm glaubt man sofort.

Zum Totlachen

Guten Morgen, meine Damen und Herren Bildungsbürger, ich begrüße Sie zu einer weiteren Folge meiner ethnologischen Vorlesungsreihe mit dem langen, aber unvergeßlichen Titel ›Die überforderten Deutschen oder Warum muß dieser unrasierte hübsche Kerl mit dem melancholischen Orientalenblick immer nur auf uns rumhacken?‹ Heute werden wir erörtern, wieso die meistens eher geduckt und verschämt durchs Leben taumelnden Angehörigen des bereits erwähnten Volkes in Sachen Humor so wenig Spaß verstehen und deshalb beim Witzereißen ständig jemandem den Tod an den Hals wünschen, was zugleich irgendwie eine Menge Mut erfordert und vielleicht aber nicht, und das wird später ebenfalls zu besprechen sein sowie die Frage, warum Tod auch dann bei Deutschen ein Argument ist, wenn sie es verdammt ernst meinen, Stichwort: O bitte, nicht schon wieder!

Wahrscheinlich haben Sie noch gar nicht richtig verstanden, wovon ich hier eigentlich rede. Ich rede davon, Herrschaften, daß die weltberühmte deutsche Todessehnsucht in Wahrheit kein selbstloser, romantischer Wunsch ist, dieses schwerste aller schweren Leben so schnell wie möglich wieder beenden zu dürfen, sondern viel mehr mit der egoistischen Hoffnung zu tun hat, die anderen, die man als Deutscher immer automatisch für das eigene Leiden verantwortlich macht, sollten doch besser einen Abgang machen. Das ist, wie gesagt, oft einfach nur lustig gemeint, so lustig es eben ist, sich in kleiner, intimer Germanenrunde die verschiedensten Tötungsarten für verhaßte Boygroups, Rudolf Scharping oder Verona Feldbusch auszudenken, und was Otto Normalcherusker kann, beherrschen die Häuptlinge, die sich regelmäßig zum Medien-Thing versammeln, schon lange. Nehmen wir die Satire-Kampfschrift ›Titanic‹, die Hauptopferstätte des heiteren deutschen Todeskults: Sie richtet schon mal eine ganze Comicserie ein, die ›Lynchjusitz des Monats‹ heißt, und da müssen sie dann dran glauben, all die wichtigen und weniger wichtigen Feinde, die deutsche Humorterroristen so haben, von Fahrradfahrern über Hundebesitzer bis zu Ulrich Wickert oder Sven Väth. Sie werden, Bild für Bild, genüßlich massakriert, gerädert oder in die Luft gesprengt, und manchmal umweht auch ein Hauch von Euthanasie die Vernichtungsträume der ›Titanic‹-Todespriester, so wie im Fall des zeit seines Lebens so unverschämt zivilisierten, höflichen Pianisten Michel Petrucciani, der einst diesseits des Limes von Roger Willemsen eingeführt wurde, dessen Name ja auch nicht ganz unwelsch klingt. »Offenbar«, hörte man es aus der ›Titanic‹-Redaktion über die beiden rülpsen und raunen, »ist Willemsens Freundschaft zu dem kleinen glasknochenkranken Musiker eine äußerst zerbrechliche Angelegenheit.« In dem Zusammenhang stellt sich natürlich die Frage, wie groß wohl die Freude unter den Germanen-Titanen war, als Petrucciani kurz darauf starb.

Wer jetzt sagt, ›Titanic‹ sei die totale Ausnahme, dem sage ich, daß er offenbar sonst nie richtig zuhört, wenn in Deutschland die Leute öffentlich übereinander herziehen. »Der Vorschlag kursiert schon lange: Witwen von Künstlern sollte man verbrennen, sofort!« fällt unserem theatralischsten Theaterkritiker C. Bernd Sucher zu den Erbinnen-Launen der letzten Ehefrau von Heiner Müller ein. Joseph von Westphalen, der unzynischste Zyniker zwischen Stonehenge und Walhalla, weiß sich gegen Marcel Reich-Ranickis Kritikerstalinisten-Manieren nicht anders zu helfen, als davon zu träumen, »den alten Schlächter bei Gelegenheit zwanglos zu erwürgen«. Und Frank »Ich bin die ewige deutsche Jugend« Castorf erklärt über den von ihm verachteten Claus Peymann: »Sechzig Jahre signalisieren ein gewisses biologisches Ende. Ich hoffe, daß er zumindest das Ende seiner Intendanz erlebt.«

Ist das alles noch lustig? Ist das schon ernst? Und spielt das überhaupt eine Rolle? Daß Selbstsicherheit nicht gerade zu den primärsten der sekundären deutschen Tugenden gehört, habe ich ja bereits in einer anderen meiner so beliebten Haß- und Moralvorlesungen herausgearbeitet, und darum könnte ich nun gleich mit der Erklärung fortfahren, daß die Anwort auf die Frage, warum Totschlagargumente so beliebt in der deutschen Rhetorik sind, genau damit zusammenhängt: Wer nicht souverän genug ist, sich Menschen, die eine andere Meinung, einen anderen Weltentwurf vertreten, zu stellen, wer nicht den Mut hat, ganz ehrlich und undeutsch mit ihnen zu ringen und ganz jüdisch-jesuitisch zu diskutieren, der wird sie eben vernichten, ausradieren, töten wollen, und ob er das lachend tut oder mit beseelt-grimmiger Weltverbesserungsmiene, ist dann auch schon egal. Oder finden Sie es etwa besonders entspannt und cool, wenn der notorische Wortalkoholiker Wiglaf Droste vorschlägt, zur Ausschaltung des Ausweisungsfetischisten und Spendenschiebers Manfred Kanther »einen Profi mit der Lösung des Problems zu beauftragen«, oder wenn die Pop-Savonarolas vom Oberschüler-Musikmagazin ›Spex‹ ihre Leser fragen: »Wer muß nach der Kulturrevolution erschossen werden?«

Ich glaube, es wird langsam Zeit, Paul Celan zu zitieren, Sie wissen schon, die Sache mit dem Tod, der ein Meister aus Deutschland ist. Schließlich finde ich, daß auch Schoa und Weltkrieg II eine Menge mit der deutschen Germanen-Art zu tun hatten zu diskutieren.

Vielen Dank für Ihre Aufmerksamkeit.

Ich will Kunst!

Wenn ich auch noch ein einziges Mal höre, die deutschen Intellektuellen würden immer nur schweigen-schweigen-schweigen, höre ich auf der Stelle beleidigt damit auf, ständig unaufgefordert dazwischen zu reden und alles besser zu wissen. Vorher aber werde ich jedem, der es hören will oder auch nicht, erklären, daß die deutschen Intellektuellen in Wahrheit noch nie so verquatscht waren wie heute und daß natürlich nur ich ganz anders bin. Was, Sie glauben mir nicht? Die Feuilletons sind doch ständig voll mit wilden Debatten und wütenden Auseinandersetzungen, mit langen Suaden und kurzen Beleidigungen, es wird angegriffen und verteidigt, triumphiert und gejammert, und wenn Sie das Schweigen nennen, dann will ich nicht wissen, was Sie unter Reden verstehen.

Hören Sie doch mal genauer hin: Da werden regelmäßig halb vergessene ostdeutschen Schriftsteller als Stasi-Würstchen entlarvt und von ehemaligen DKP-KBW-Würstchen ans Kreuz der gemeinsamen Linksnazischuld geschlagen. Da fallen Befürworter und Gegner des Holocaust-Mahnmals mit einer solchen Wut übereinander her, daß man denkt, sie möchten sich – weil es in Deutschland keine Juden mehr gibt – zumindest gegenseitig in die Grube fahren lassen. Da wird der fremde serbische Tschetnik von Peter Handke zum Superstar erklärt, der eigene arme Landser aber von Jan Philipp Reemtsma wegen ein paar toter Partisanen niedergemacht. Da wird Saddam Hussein von Hans Magnus Enzensberger mit Hitler verglichen und Enzensberger dafür von allen anderen mit sich selbst, als er noch jünger war und seiner Zeit tatsächlich immer einen Schluckauf voraus. Da wird mit wilder Inbrunst diskutiert, ob es besser ist, sich wie Stephan

Hermlin seine Kriegerbiographie zurechtzudichten oder doch wie Ernst Jünger ein echter, ehrlicher Soldat und Franzosenkiller gewesen zu sein. Da brennt die ›FAZ‹ – aus Mangel an originären Gesellschaftsneurotiker-Themen – das längst wieder verglühte Feuerwerk einer künstlich anpolitisierten Zukunftsdebatte ab. Und es vergeht kein Monat, in dem nicht eine Intelligenzbestie von der Schlag- und Stilfertigkeit einer Cora Stephan respektive eines Peter Schneider zur Rettung irgendeiner südmecklenburgischen PEN-Untergruppe aufruft oder, lieber noch, zum Einsatz deutscher Soldaten für den totalen Weltfrieden.

Überzeugt? Natürlich – und natürlich auch schwindlig argumentiert. Denn jetzt, da Sie gerade zufrieden denken, so stumm sind die deutschen Intellektuellen offenbar gar nicht, ganz im Gegenteil sogar, sage ich Ihnen: Sie sind es doch. Denn das große laute deutsche Feuilletongerede ist in Wahrheit eine verdammt leise, kaum hörbare Angelegenheit, eine Art Fischkonzert von Fischen für Fische, und was die Menschen hoch oben, über dem Wasser, interessiert, davon haben sie längst keine Ahnung mehr, davon schweigen sie in der Tat.

Es ist – die Kunst. Ja, ganz recht, die Kunst. Sie spielt schon seit Jahren und Jahrzehnten bei den großen und kleinen Feuilletonmassakern absolut keine Rolle. Sie kommt als Gegenstand einer lauten, lärmenden, leidenschaftlichen Auseinandersetzung niemals vor, sie liefert bestenfalls einen willkommenen Hintergrund für eine Debatte, die immer politisch ist und es auch zu sein hat – so wie etwa die lächerliche, längst vergessene Schlacht um Günter Grass' letzten Roman, als es weder seinen tollwütigen Feinden noch seinen blindwütigen Verteidigern darum ging, ob er ein gutes oder ein schlechtes Buch geschrieben hat, sondern nur, wie er zur Wiedervereinigung steht.

Einen Moment: Natürlich hat das Verschwinden der Kunst und der ästhetischen Fragen aus der Welt des Feuilletons nicht allein damit zu tun, daß es in den 60ern eine Generation von

Intellektuellen gegeben hat, für die Politik und Theorie alles war, Kunst und Leben aber nichts, und die bis heute, egal ob inzwischen rechts geworden oder nach wie vor irgendwie links, immer weiter ihre alte Masche durchzieht. Fast noch entscheidender ist etwas anderes: Daß nämlich auch die, die allein schon deshalb über die Kunst zu sprechen haben, weil sie Geld dafür kriegen, also die Kritiker, es auf eine Weise tun, als würden sie von ihr schweigen. Statt sich so klug wie einst Moritz Heimann, so kämpferisch wie Frieda Grafe, so komisch wie Friedrich Torberg neuer Bücher, Filme, Stücke anzunehmen, statt mit Herz und Mut zu loben und zu vernichten, statt im Auftrag ihrer Leser das Leben und die Leidenschaft, die in den großen Werken verborgen sind, aus ihnen hervorzuholen und gleichzeitig die kleinen, leeren, unnützen Kunstprodukte ganz schnell ganz klein zu machen – statt also die Kunst zu ehren und zu feiern, betonieren sie sie mit ihrer nervtötenden akademischen Unentschiedenheit, mit ihrer kalten, toten Bürokratensprache, mit ihrem Alles-wird-kontrolliert-Wahnsinn immer weiter zu und lassen sie so allmählich nicht nur aus den Feuilletons verschwinden, sondern auch aus dem öffentlichen Bewußtsein.

Mich, wenn ich das hier so ganz unfeuilletonistisch sagen darf, interessiert das öffentliche Bewußtsein natürlich einen Dreck. Aber die Kunst, die interessiert mich um so mehr. Denn wenn die Kunst geht, geht auch das Leben. Wenn die Kunst geht, bleibt nur noch das große Feuilletongerede. Wenn die Kunst geht, dann wird es wirklich still im Land.

Kommando Ulrike Meinhof

Wohnen Sie in der Ulrike-Meinhof-Straße? Nein? Dann kann es nicht mehr lange dauern. Vielleicht wird es zunächst aber auch das Ulrike-Meinhof-Gymnasium sein, auf das Sie Ihre Kinder schicken müssen. Oder Sie halten schon bald einen Vortrag bei der Ulrike-Meinhof-Stiftung der XY-Partei. Halt, jetzt weiß ich: Zuallererst gibt es den Ulrike-Meinhof-Kolumnisten-Preis für Sie!

Ach, Sie sind gar nicht Kolumnist? Egal. Ich selbst jedenfalls würde einen solchen Preis nie annehmen. Dabei bin ich sogar einer, zumindest bin ich lange Zeit einer gewesen, ein richtiger, echter Kolumnist, und exakt deshalb hasse ich Ulrike Meinhof, quasi von Kollege zu Kollegin, auch mit jeder Taste meines Computers und jeder Windung meines Gehirns. Noch mehr als sie hasse ich es aber, daß ihr Tod sie Jahr für Jahr immer lebendiger macht, ich hasse diesen ständig anschwellenden, verdruckst-bürgerlichen Lobgesang geiler Pastoren-Böcke und dummer Grünen-Puten, klammheimlicher Linker, kopfamputierter Herzliberaler und kampftrunkener Anarchorechter auf diese kalte Frau mit dem warmen Augenaufschlag, der eines Tages, wenn es so weitergeht, tatsächlich noch in einem Haufen Straßen- und Schulumbenennungen gipfeln wird.

Sie sind alle verrückt nach ihr – und sie glauben auch, sie wüßten warum. Da lobt ein ›Zeit‹-Edelreservist ihre »seltene Begabung, sich rühren zu lassen«, eine republiknotorische Profipazifistin erklärt sie zum Synonym »für alles, was man empört gegen bestehende Verhältnisse sagen kann«, ein besonders tragikomisch gescheiterter SPD-Kanzlerkandidat wäre bereit, »über ihre Reformgedanken heute noch zu diskutieren«, und eine Frankfurter Zeitung, hinter der inzwischen immer weniger eindeutig denkende Köpfe stecken, sieht in ihr »das Gute, das in einer Welt wie dieser untergehen muß«. Von den zerfetzten, zerstückelten, zu Tode traumatisierten Menschen, die Ulrike Meinhofs Taten und Texten zum Opfer gefallen sind, ist dabei, fast komplizenhaft, nie die Rede, wenn aber doch, dann nur in einem sehr trockenen, unbeteiligten Eichmann-Deutsch, und natürlich ist diese eisige Teilnahmslosigkeit von keinem andern inspiriert als von der neuen deutschen Polit-Madonna selbst, die über die Leute, die sie und ihre RAF-Freunde bei ihrem neurotischen Amoklauf erschossen, sagte: »Wir haben nicht das Problem, daß das Menschen sind.«

Wie konnte gerade ein solches bolschewistisches Terrormonster wie sie zum moralischen Vorbild einer intellektuellen Elite werden, die außer dem Besuch eines Tarantino-Terrorfilms oder dem Genuß von rohem Fisch beim allerneuesten Japaner der Stadt schon lange nichts mehr riskiert? Weil erstens dieser Elite die Menschen, die im Namen einer angeblich besseren Moral weggebombt wurden, heute genauso egal sind wie damals der wildgewordenen Meinhoferin. Und weil es hier, zweitens, zunächst ohnehin um etwas anderes, banaleres als Politik und Moral geht – es geht um Ulrike Meinhofs Ausbruch aus ihrem sagenhaft prototypischen, scheißlangweiligen Leben als Bildungsbürgerkind, Elbschleiche und Hamburger Schickeria-Kolumnistin in ein Leben der Tat, des Abenteuers, des existentiellen Terrors, es geht darum, daß all die sesselfurzenden Spitzweg-Intellektuellen, mit denen dieses Land seit der Romantik gestraft ist, es ihr, ohne sich dessen wirklich bewußt zu sein, am liebsten nachmachen würden, damit sich in ihrem Leben einmal mehr bewegt als ihre Kreditkarte in den Bankautomaten oder ihre Beine zum Klo.

So einfach ist es – und zugleich viel komplizierter. Denn natürlich wurde Ulrike Meinhof von demselben Erlebnishunger-Wahn in ihren Tat-Wahn getrieben, sie hat zuerst aber das Abenteuer in ihrem Kopf und in ihren Kolumnen gesucht, sie hat deshalb ihre Feinde – Springer, Strauß, Notstandsgesetze – zu diesen übermächtigen, allesbedrohenden, superfaschistischen Dämonen hochneurotisiert, weil sie nur so richtig gut drauf kam. Und erst als ihr das nicht reichte, als die Theoriedosis schon zu schwach war für ihr schwärmerisches, romantisches Herz, steckte sie sich eine Pistole hinter den Gürtel und erklärte: »Praxis ist: bewaffneter Kampf.« Was muß das nur für ein Rausch gewesen sein, nun endlich gegen die Ungeheuer ihrer Alpträume im richtigen Leben kämpfen zu können!

Sind Politik und Moral in Deutschland am Ende also nichts anderes als ein Indianerspiel für Erwachsene? Was die Intellektuellen angeht, glaube ich schon. Und darum glaube ich auch, daß die große Zeit der toten Meinhof noch gar nicht richtig begonnen hat.

Nein, ich weiß es sogar ganz genau.

Herr Kafka vom Dimitrovplatz

Damals waren alle Menschen Schatten. Durch die Straßen Prags liefen erschöpfte Männer in grauen Mänteln und grauen Hüten, und die Gesichter der Frauen an ihrer Seite waren starr und durchsichtig. Man konnte nicht hören, ob sie miteinander sprachen, man hörte nur von überallher das Dröhnen von Parolen und dazwischen das Knirschen der alten Straßenbahnen, wie sie sich nach Pankrác und Vinohrady hochkämpften. Im Radio und in den Zeitungen wurden Tag für Tag die Feinde des Systems vorgeführt. Sie warteten auf ihren Prozeß oder hatten ihn gerade hinter sich. Ihre Ehefrauen erklärten öffentlich, die Männer, die sie geliebt hatten, wären konterrevolutionäre Monster, ihre Kinder forderten die Todesstrafe für sie. In den Kinos errang derweil jeden Abend von neuem die Rote Armee einen Sieg über Hitler. In den Museen und Galerien schwebte Stalin auf einer Wolke durch die Geschichte, er lächelte und verteilte an junge Arbeiter und Bauern weiße Nelken. Und die Cafés und Passagen der Innenstadt waren plötzlich wie ausgestorben, keiner hatte noch Zeit, hier herumzusitzen und zu plaudern, weil nun alle damit beschäftigt waren, eine neue Gesellschaft aufzubauen.

Nur einer nicht. Nur ein einziger Mann scherte sich einen Teufel um die von den Kommunisten versprochene Befreiung der Massen, die in Wahrheit noch mehr Unterdrückung bedeutete. Er saß von morgens bis abends in seiner winzigen Einzimmerwohnung am Dimitrovplatz, ganz oben, im fünften Stock eines hellen, gedrungenen 50er-Jahre-Mietshauses, mit Blick auf das schwarz-silberne Band der Moldau, und er malte auf jedes Stück Papier, Karton und Pappe, das er in die Hände bekam. Er malte nicht die unwirklich schöne Moldau vor seinem Fenster, nicht die grünen Bäume an ihrem Ufer und den weißen Himmel über ihr. Er malte die wirkliche Welt da draußen, er malte gespenstisch leere Straßenschluchten, er malte Menschen, die nur noch als Schemen und Schatten über die Häuserwände huschten, er malte kleine, hektische Maschinchen und Roboter, in die sich die Schatten an den Wänden beim Errichten der neuen Gesellschaft schon bald verwandeln würden. Und die strahlenden, melancholisch-fröhlichen Farben, in die er diese Welt der Menschenmaschinen tauchte, waren die einzig angemessene Antwort auf den so grellen wie verlogenen Realoptimismus seiner Zeit.

Keiner kannte den Maler Jaroslav Kafka – aber das war ihm völlig egal. Er hatte nie wirklich zu etwas dazugehört, er hatte schon immer auf die Gesellschaft der andern verzichten müssen, und das fing wahrscheinlich an jenem Tag an, als er auf einem dieser stinkenden, blutüberströmten Schlachtfelder des Ersten Weltkriegs mit einem toten Soldaten seine eigene zerrissene Uniform tauschte. Weil er vergessen hatte, seine Marke mitzunehmen, bekamen seine Eltern kurz darauf einen ernsten, schwarzumrandeten Brief, und so blieb Jaroslav Kafka bis zum Kriegsende in den Herzen aller, die ihn kannten, toter als tot. Als er dann, nach über zwei Jahren, wiederauferstand, war es zu spät – wer einmal die Normalität, was immer das ist, verlassen hat, wird nie mehr zu ihr zurückkehren können, und was hier vielleicht ein bißchen zu mystisch und pubertär klingt, hat auch einen realen Hintergrund: Die Kunstgewerbeschule, der Traum seines halben Kinderlebens, auf der Kafka vor dem Krieg von den erfahrensten und berühmtesten Professoren des Landes unterrichtet wurde, nahm ihn nicht wieder auf, Andere, Jüngere, Rücksichtslosere hatten seinen Platz eingenommen. So flog Jaroslav Kafka für immer aus dem System, und vielleicht hat er da schon geahnt, daß jeder, der das System bezwingen und es am Ende doch noch in die hellen Museumshallen und dunklen Kunsthistoriker-Hirne schaffen will, nur eine einzige Chance hat – er selbst zu bleiben.

Aber Jaroslav Kafka hatte ohnehin nie eine andere Wahl gehabt: Für ihn, der von nun an fast drei Jahrzehnte lang als kleiner, vergessener Regierungsbeamter sein Geld verdienen und sich so tagsüber selbst ein wenig in eine Menschenmaschine verwandeln mußte, war die Sehnsucht nach Freiheit keine bloße Boheme-Pose, sondern echte Notwendigkeit. Und die Sehnsucht wuchs. Zunächst bemerkte er es kaum, das Leben war wie es war und nicht allzu beengt. Er nahm ein bißchen Privatunterricht bei nicht mehr ganz so berühmten Professoren; er zeichnete und grübelte eher ziellos vor sich hin; er mietete für eine kurze Weile ein Atelier in der Schwedischen Straße in Smíchov, gleich neben dem Jugendfreund František Tichý, der später mit seinen durchscheinenden, vibrierenden Zirkusbildern mindestens so viel Aufsehen erregen sollte wie mit seinem lebens- und kleinbürgerverachtenden Alkoholismus; er ging in Ausstellungen und in Konzerte; er las die wichtigen und richtigen Kunstzeitschriften. Es waren die goldenen, aufregenden Tage der ersten tschechischen Republik damals, als Prag genauso schönheitsversessen war wie Paris und so unruhig wie New York – und als ein kleiner Schreiber aus dem Landwirtschaftsministerium, der das Leben immer nur von Bildern umstellt sah, die er selbst noch nicht kannte, zumindest außerhalb der Bürozeiten das Gefühl haben konnte, Herr über seine eigenen Phantasien und Sichtweisen zu sein.

Wie lange? Wie lange konnte einer wie Kafka, der nie einer Künstlervereinigung angehört oder ein Gruppenmanifest unterzeichnet hatte und dessen einzige direkte Auseinandersetzung mit einem anderen Maler im endgültigen Zerwürfnis mit Tichý wegen dessen Sauferei bestand, wie lange konnte ein Einzelgänger wie er er selbst bleiben? Theoretisch immer. Und wann würde er anfangen, sich aktiv und bewußt nach der Freiheit auszustrecken, die ihm zu Beginn seines Erwachsenenlebens eher beiläufig zugefallen war? Wenn – ganz praktisch – jemand käme, der ihn seiner so privaten wie universalen Unabhängigkeit berauben würde – also zuerst die Nazis, die 1939 die Tschechoslowakei besetzten und in ein einziges riesiges Gefängnis verwandelten, und nach ihnen dann, 1948, fast übergangslos die Kommunisten mit ihrem Schattenreich.

Wirklich seltsam: Ausgerechnet, als es kaum noch Luft zum Atmen gab, wollte Jaroslav Kafka soviel davon wie noch nie. Ausgerechnet unter dem Druck der beiden Diktaturen wurde der Fünfzigjährige, der bis dahin von der Kunst eher nur träumte, zum wirklichen Maler. Denn das war genau das Richtige für ihn – übergeordnete staatliche Terrorsysteme, zu denen er nicht dazugehören konnte und wollte, mit einem Menschen- und Zukunftsbild, das weder mit Menschen noch mit Zukunft etwas zu tun hatte. Und daß die Nazis und die Kommunisten die gesamte klassische Moderne zum Teufelswerk erklärten, daß sie den Prozeß der totalen Individualisierung und Selbstentfesselung der Kunst rückgängig machen und die Künstler in fremdbestimmte Auftragsarbeiter und Abbildungssklaven zurückverwandeln wollten, entfachte erst recht in ihm diesen typisch tschechischen, ironisch-anarchischen Trotz, verlieh ihm urplötzlich die Inspiration und Kraft, auf die er so lange gewartet hatte.

Schon während der deutschen Okkupation, als das geistige und künstlerische Leben des Landes fast aufgehört hatte zu existieren, als alle Hochschulen zu waren und junge Maler mit den Meisterwerken der Avantgarde nur in der Privatvilla des Sammlers und Kunsthistorikers Vincenc Kramář Bekanntschaft schließen konnten, gerade in diesen so trostlosen Tagen und Monaten öffnet sich also für Kafka eine lange verschlossene Tür, durch die nun seine flüchtigen Menschenschatten und stummen Paare das erste Mal in die höhnisch bunte Realität seiner Skizzenblöcke und Leinwände hinaustreten: Steif und unbeweglich schweben sie in einem von allen Seelen und Gedanken verlassenen städtischen Raum, der so flach und dicht zusammengedrängt wirkt und dann wieder so endlos tief, daß man förmlich die Platzangst der Menschen spürt, die in jener Zeit gefangen sind, ebenso wie ihre Sehnsucht nach Weite und Freiheit.

Wie isoliert und vom echten Leben abgeschnitten ist der von der Ideologie umzingelte Einzelne? So lautet das Leitmotiv von Kafkas Arbeit in diesen Jahren, und als nach einem kurzen republikanischen Anything-goes-Intermezzo die Kommunisten die Macht übernehmen, kann er zunächst genau so weitermachen wie bisher. Aber nicht lange. Denn das neue System ist offenbar hartnäckiger als das vorherige. Es hat einen umfassenderen Anspruch und darum auch einen noch größeren Hunger nach totaler Kontrolle, es frißt sich in rasendem Tempo durch alle Institutionen und Losungen und Küchengespräche der Zeit und versiegelt gleichzeitig luft- und gedankendicht die Grenzen zum freiheitsversessen kapitalistischen Westen. Da kann es schon bald einem Trotzkopf wie Kafka nicht mehr genügen, sich seine eigenen Klage- und Witzbilder zu machen von dieser neuen toten Welt der Prolentyrannen, die nur deshalb jede Form von Individualität bekämpfen, weil sie selbst so wenig davon besitzen, und die immer nur von der Klassengesellschaft reden, damit es ihnen ganz allein klasse geht. Da muß sich dieser Mann, der seit der lächerlichen Affäre um seinen falschen Totenschein wirklich genug hat vom Tod und auch sonst von jeder tödlichen Normalität, eine eigene Welt erschaffen, eine lebendige, transparente, explosive Welt voller seltsamer Wendungen und überraschender Perspektiven.

So also kam Jaroslav Kafka ein halbes Jahrhundert zu spät zum Kubismus. Natürlich hat dabei auch seine Bekanntschaft mit Vincenc Kramář eine Rolle gespielt, dem tschechischen Gottvater dieses Stils aller Stile, der einst dem Großgaleristen Henry Kahnweiler die noch nicht ganz trockenen Picassos und Braques und Deraines aus den Händen riß, und der mit seiner epochalen Kubisten-Sammlung und seinen nicht ganz so epochalen Kubismus-Schriften mehrere tschechische Künstlergenerationen auf den Weg brachte. Kramář als unbestechlicher, freundlicher, sturer Idealist bereits in der Vorkriegszeit eine lebende Legende, war wahrscheinlich der einzige Angehörige des längst doppelt und dreifach verrotteten Kunstapparats, den der eigenbrötlerische Prinzipienreiter Kafka gern kennengelernt hätte, und als es dann wirklich dazu kam, erschien es ihm fast wie ein Wunder. Das heißt, eigentlich mußte das Wunder ganze acht Jahre warten: Als sie sich 1949, während der Sommerferien, im idyllischen, traurigen Pelešany zufällig kennenlernten, wußten beide nicht, wer der andere war. Erst hinterher entdeckte Kramář Kafkas Bilder, die dort bei gemeinsamen Bekannten hingen, und er war so überrascht und fast geschockt von diesem Fund, daß er Kafka sofort treffen wollte, doch der war inzwischen abgereist. Kurz darauf wurde Kafka so krank, daß er zweieinhalb Jahre lang das Haus nicht verlassen durfte, zweieinhalb Jahre, in denen seine Frau jede Minute dachte, gleich würde es aus sein mit ihm, und als er – wieder einmal – von den Toten zurückkehrte, dauerte es noch eine ganze Weile, bis er die Kraft hatte, nicht nur zu malen, sondern auch endlich Vincenc Kramář den so lange herbeigesehnten Besuch in seiner berühmten Villa in Dejvice abzustatten.

Man wird nie genau sagen können, ob Jaroslav Kafka an dem Tag, an dem er gehört hatte, der große Kubismus-Kramář sei beim Anblick seiner Arbeiten beinahe in Ohnmacht gefallen, plötzlich begriffen hatte, sein Weg hinaus aus der Stumpfheit der realstalinistischen Zombiewelt müsse ihn direkt in die kristallin-klaren, lebendigen Tagtraum-Sphären des Kubismus führen. Wahrscheinlich ist es. Denn es fällt natürlich auf, daß Kafka Anfang der 50er Jahre ruckartig den Blick von seiner falschen Außenwelt und ihrem wahren Innenleben abwendet und sich statt dessen eine eigene Welt zusammenzubauen beginnt. Es ist eine Welt, in der nur noch der Maler allein das Thema ist, im übertragenen und oft auch im sprichwörtlichen Sinne, es ist eine Welt der noch leiser als leise detonierenden Still-Leben und sich selbst zugewandten

Schielaugen-Gesichter, der fast unhöflich zurückgenommenen Atelierfarben und formverliebten Zweidimensionalität, eine klare, freie, unberührbare Welt, in der das Bild nur das Bild ist, purer Selbstzweck und immun gegen jede verfluchte inhaltliche Forderung und jeden gottverdammten gesellschaftlichen Auftrag. Es ist, kurzum, nichts anderes als Kubismus, ein sinnlicher, eigentümlicher, ironischer Kubismus, den der von der westlichen Zivilisation und ihrer durchkapitalisierten Avantgarde-Versnobtheit hoffnungslos abgeschnittene Nachzügler Kafka für sich ganz allein noch einmal neu erfindet.

Ich glaube, man nennt so etwas innere Emigration – jedenfalls trug ihn die Reise, die Kafka nun antrat, weit hinaus aus der rauhen, anti-intellektuellen Proletarier-Gegenwart, in der er gefangen war. Sie führte ihn zurück in die ersten Jahrzehnte des Jahrhunderts, als junge Pariser, Prager und Madrilenen, die auf die unfehlbare Komposition eines Bildes, Gedankens, Romans so viel Wert legten wie auf ihre Umgangsformen und Kleider, die zivilisierte Zerschlagung des Bestehenden nach Kubisten-Art als die aufregendste Sache seit der Himmelfahrt eines eben verstorbenen Gottes ansahen. In dieser längst vergangenen Zeit der vollkommenen individuellen Selbstverwirklichung richtete sich Jaroslav Kafka ab jetzt also ein, als Künstler, aber auch als Mensch. Da konnte es ihm dann egal sein, daß draußen, in den Künstlerverbänden und Parteikommissionen, immer nur von der gesellschaftlichen Verpflichtung der Kunst die Rede war. Er sagte über seine opportunistischen Kollegen ohne Wut: »Wenn sie so arbeiten können, dann sollen sie es ruhig, ich habe keine Nerven dafür.« Er lehnte das überraschende, hinterhältige Ausstellungs-Angebot der renommierten Mánes-Galerie, das an eindeutige sozrealistische Bedingungen geknüpft war, mit den entspannten Worten ab: »Für Realismus habe ich einen Fotoapparat.« Er erklärte immer wieder stoisch: »Malen, nicht quatschen!« Und daß sich für seine Parallelwelt-Bilder außer seiner Frau, ein, zwei engen Freunden und dem eine halbe Ewigkeit lang so unerreichbaren Vincenc Kramář keiner interessierte, war ihm erst recht egal. Seine Wohnung hing doch voll mit ihnen, sie lagen im Bettkasten, sie stapelten sich in der Speisekammer, und wenn er zur Kur fuhr, nahm er auf jeden Fall ein paar von seinen geliebten Bildchen mit. Er malte für sich, für niemanden andern, es war ihm gleich, wie die Menschen seiner Zeit dachten, über sich und über ihn, über die Kunst und die Politik, denn er wußte, daß es ohnehin immerzu dasselbe war. Die Uniformität ihrer Gedanken spiegelte sich ja sogar in ihrer armseligen Kleidung wider, so daß er regelrecht gezwungen war, wie kein anderer in diesen häßlichen Proletentagen auf sein Äußeres zu achten: Seine Schuhe waren stets blitzblank geputzt, er hatte lange, schön gewellte Künstlerhaare und trug seidigweiche Hals- und Kopftücher, und obwohl er, seit seiner Erkrankung ein bettelarmer Frührentner, kaum Geld hatte, sparte er zwei, drei Jahre für einen Mantel – den er sich dann natürlich maßschneidern ließ.

Die schöne, lichte, anachronistische Welt, in der Jaroslav Kafka lebte, ging im März 1973, drei Monate vor seinem Tod, unter. Er legte, mitten in der Arbeit an einem Aquarell, Pinsel und Block zur Seite und sagte zu seiner Frau: »Ich bin fertig, ich habe zu Ende gemalt.« Das war, als sich nach dem kurzen, stürmischen Prager Frühling mal wieder ein Totenschleier über das Land gesenkt hatte, unter dem so viele Hoffnungen begraben wurden, und vielleicht war sogar eine von Jaroslav Kafka dabei – endlich aus der halb erzwungenen, halb selbstgewählten Isolation seines Lebensmuseums herauskommen und vor eine neue, offenere, klügere Generation treten zu können. So aber starb er, ohne zu seinen Lebzeiten auch nur eine einzige Ausstellung gemacht zu haben, er starb nicht einmal als Vergessener, sondern als völlig Unbekannter, und es mußten tausend große Dinge passieren und noch mehr winzige Zufälle zusammenkommen, daß über zwanzig Jahre später im Keller der besten Prager Galerie – ausgerechnet in der Bethlehemstraße – seine geliebten Bildchen das allererste Mal das Licht der Öffentlichkeit erblickten und er ein drittes Mal von den Toten wiederauferstand. Wie es dazu kam, ist eine ganz andere Geschichte.

Ich weiß nicht, ob Jaroslav Kafka ein großer Maler war oder sogar ein sehr großer oder vielleicht nur ein richtiger Künstler. Ich weiß nicht, ob er tatsächlich das Recht hatte, sich in einem Stil und einer Epoche zu verlieren, als längst andere Stile und Epochen unter den Begabtesten der Begabten ihre neuesten Opfer forderten. Und ich bin nicht sicher, ob es klug ist, in seinen Arbeiten verkrampft nach den Formen und Ideen anderer, berühmterer Maler wie Picasso, Modigliani oder Filla zu suchen, weil doch zwei Künstler, die an derselben Stelle losmarschieren, ohnehin immer woanders ankommen.

Nur eines weiß ich genau: Als ich das erste Mal Jaroslav Kafkas Bilder sah, wurde ich verrückt vor Freude und Glück, und das war ein so tiefes, befreiendes Gefühl, daß es mich seitdem nicht mehr verlassen hat. Ich kann auch sagen, warum: Seine ernsten, gelassenen, bis ins Irreale stilisierten Mannfrau-Gesichter, hinter denen das so überirdisch schwere Gewicht dieser Welt in ein paar styroporleichte, pastellfarbene, geometrische Formen und Spielzeugklötzchen zerfällt, sein unangestrengter, von jeder ideologischen Streberverbissenheit freier Strich und sein direkter, erhellender, sorgloser Humor – dies und noch viel mehr bedeutet dem Betrachter seiner Bilder, er möge doch bitte das Gefängnis Leben, das wir am Ende alle bewohnen, egal ob da oben ein Stalin, ein Hitler oder ein Bush junior sitzt, nicht ganz so ernst nehmen oder zumindest durch die Ritzen seiner albernen Mauern lässig lachend hindurchgucken. Es ist also genau die Freiheit, die Jaroslav Kafka ein Leben lang zufiel oder die er sich selber nahm, diese vollkommene, uneingeschränkte Freiheit eines Mannes, gegen den ein ganzes System vollkommen machtlos war, die seine Zeichnungen, Aquarelle, Gouachen bis heute atmen und verströmen – eine Freiheit, nach der sich in Wahrheit jeder von uns sehnt, und wenn nicht im richtigen Leben, dann zumindest in der wirklichen Kunst. So gesehen hat der einsame, glückliche Spätkubist vom Prager Dimitrovplatz doch nicht für sich allein gemalt, und wenn er es nicht gewußt hat, gehofft hat er es bestimmt.

Als Jaroslav Kafka – nachdem er acht Jahre lang geduldig darauf gewartet hatte – im September 1957 endlich Vincenc Kramář in Dejvice besuchen konnte, war der inzwischen selbst ein alter, kranker Mann geworden. Von da an sahen sie sich, weil für mehr Treffen ihre Kräfte nicht reichten, ein-, zweimal im Jahr, Kafka brachte Kramář ab und zu ein paar Arbeiten mit, über die sie sprachen, aber meistens redeten sie über andere Dinge, über das idyllische, traurige Pelešany, wo sie sich kennengelernt hatten, über Musik und über ihre Krankheiten. Zum Schluß wanderte Kafka jedesmal wieder langsam die vollgehängten Wände von Kramářs Bibliothek und Arbeitszimmer ab, und immer, wenn er bei František Tichýs ›Paganini‹ ankam, der hier zwischen all den Picassos und Fillas hing, sagte er kein einziges Wort, und er schwieg auch, als Kramář eines Tages zu ihm sagte, vor ein paar Monaten sei Henry Kahnweiler aus Paris bei ihm gewesen, er hätte ihm Kafka gern vorgestellt, habe ihn aber nicht erreicht. Kurz darauf, im sommerlichen warmen November 1961, starb Vincenc Kramář, und nun war Jaroslav Kafka also wieder allein. Allein in einer dunklen, engen Welt der menschlichen Schatten, die immer nur darauf warten, daß jemand anders kommt, der wieder das Licht anmacht.

Schöne Tage in Europa

Die beiden Mädchen lagen, in bunte Indianerdecken eingewickelt, vor der Auslage eines Zeitschriftengeschäfts. Sie lagen auf dem eisigen Boden der Bahnhofshalle, jedes den Kopf auf einen Rucksack gebettet, und ihre Gesichter waren im Schlaf so arglos und hell, daß der alte Herr aus Chicago bei ihrem Anblick zuerst fast erschrak. Er blieb stehen und sah sie neugierig an. Sie wissen noch überhaupt nichts, dachte er, sie sind nicht einmal schön, aber ihre Ahnungslosigkeit kommt einem trotzdem vor wie ein Wunder. Er selbst hatte, wegen der Zeitverschiebung, in der letzten Nacht kaum ein Auge zugetan, doch es war alles andere als Neid, was sein Interesse auf diese Kinder lenkte. Als er endlich weiterging, spürte er, wie aufgeregt er war.

Er durchquerte den Bahnhof, wanderte langsam vom Ost- zum Westflügel, kehrte um, wiederholte das Ganze noch dreimal, doch genau in dem Moment, als er endlich beschlossen hatte, zu Brenda ins Hotel zurückzukehren, um vielleicht doch noch etwas zu schlafen, entdeckte er, hoch oben, die große Anzeigetafel. Und jetzt erst begriff er, daß er – nach mehr als fünfzig Jahren – wieder in Europa war. Er konnte von hier aus, vom Münchener Hauptbahnhof, in fünf Stunden in Straßburg sein, er konnte in einem halben Tag nach Udine, Triest oder Genf fahren, und wenn er jetzt in einen der Züge mit östlicher Bestimmung steigen würde, wäre er über Nacht in Warschau, in Lemberg, in Prag. Er stand da, den Hals nach hinten verrenkt, und las – immer rauf und runter – die Namen all dieser Orte, die er längst vergessen hatte. Er rechnete die Abfahrts- und Ankunftszeiten durch und machte die verrücktesten Reisepläne, wie ein Junge, der im Hafen den abfahrenden Schiffen hinterherschaut. Dann aber wischte er ungeduldig mit der rechten Hand durch die Luft und setzte seinen kleinen, schweren Körper in Bewegung. Bloß weg hier, dachte er, bloß keine idiotischen Alte-Welt-Sentimentalitäten.

Der alte Herr aus Chicago hieß Harry Markish. Er war letzten Monat siebzig geworden, er hatte einen dichten, schwarzen Haarkranz, schmale Augen mit einem grünlichen Schimmer, und man sah ihm sein Alter ebensowenig an wie seine Geschichte. Harry hatte in der Jugend einige unangenehme Dinge mitmachen müssen, Dinge, über die er beharrlich schwieg. Er war damals, in den 30er Jahren, noch Deutscher gewesen, mit der gleichen Inbrunst, mit der er später Amerikaner wurde. Doch Harry war ein fröhlicher Mensch, er liebte die weiche Luft des Michigansees und die Winter von Chicago, er liebte das Teppichgeschäft am Loop, in dem er von morgens bis abends, sechs Tage die Woche, stand, und er liebte natürlich auch seine Frau, die er ab und zu, aber immer nur mit Prostituierten, betrog. Er zog nachts viel herum und war jederzeit in der Lage, am Kartentisch auf einen Schlag die Geschäftsgewinne einer ganzen Woche zu verspielen. Er nahm alles sehr leicht, gerade die Erinnerung, und so war er – nachdem Brenda den an ihn adressierten Brief aus Deutschland ungefragt geöffnet hatte – sofort bereit gewesen, sich von ihrer Begeisterung anstecken zu lassen und diese Einladung des Münchener Bürgermeisters anzunehmen, der einmal im Jahr eine Gruppe alter Emigranten durch die frühere Heimat herumführen ließ. Bei einer solchen Reise, dachte Harry ohne Argwohn, konnte man nur gewinnen, man machte sich, auf fremde Kosten, ein paar schöne Tage in Europa.

Harry drehte die allerletzte Runde. Ein langer Gepäckwagen überholte ihn. Er trat zur Seite und stand plötzlich inmitten einer übermüdeten italienischen Schulklasse. Harry machte wieder einige Schritte. Er hörte die undeutliche Stimme der Stationsansage, dann sah er auf die Uhr. Es war immer noch sehr früh, kurz vor sieben. Er sollte jetzt wirklich ins Hotel, er mußte doch ausgeruht sein, denn sie hatten, gleich vom ersten Tag an, viel zu tun, da war diese Stadtbesichtigung, das Mittagessen im Gemeinderestaurant und abends der Empfang im Jüdischen Museum. Als er wieder aufblickte, bemerkte er die beiden Mädchen. Sie waren inzwischen wach, und während die eine bei den Decken und Rucksäcken stand und sich mit zähen, selbstvergessenen Teenager-Bewegungen die langen blonden Haare kämmte, lief die andere, einen Waschbeutel unterm Arm, zu den öffentlichen Toiletten. Ich sollte ihr hinterhergehen, schoß es Harry durch den Kopf. Er lachte leise vor sich hin. Ich sollte mich in einer Kabine einschließen und ihr von dort beim Waschen oder – viel besser noch! – beim Pinkeln zusehen. Verrückter alter Kopf, sagte er zu sich selbst, zieh bloß Leine! Doch dann machte er sich, statt ins Hotel zu gehen, auf den Weg in die Bahnhofs-Cafeteria.

Harry hatte sich nicht verrechnet. Er bestellte gerade den zweiten Tee, als die beiden auftauchten. Sie strichen minutenlang um die Glasfächer mit den Sandwiches, Salaten und Joghurts herum, kauften dann aber doch nur zusammen einen Kaffee und zwei Laugenhörnchen. Von der Kasse aus gingen sie geradewegs zu Harrys Tisch und setzten sich dazu, ohne zu fragen.

Sie hießen Ann und Friedereike, sie kamen aus Dänemark, und Harry fing mit ihnen sofort ein Gespräch an. »Warum eßt ihr nicht etwas Anständiges?« sagte er. Sie sahen ihn herzlich, aber vollkommen verständnislos an »Ihr könnt davon wirklich satt werden?« »Nein«, sagte Friedereike. Es war die mit den langen Haaren. »Wir sind abgebrannt«, sagte die andere. Sie war auch blond, ihr Haar hatte aber einen feinen, bräunlichen Stich. »Und jetzt?« »Heute abend geht unser Zug nach Kopenhagen.« Sie lachten sich verschwörerisch an, und Harry dachte daran, wie gut es wäre, mit ihnen zu schlafen. Dann sagte er etwas, was er gar nicht sagen wollte. »Ich heiße Harry Markish, und ich bin vierzig Jahre zu alt für euch.« Friedereike hörte auf zu lachen, aber Ann sagte: »Sie könnten uns ein Frühstück spendieren, Harry.« »Natürlich«, sagte er.

Als Ann mit dem randvollen Tablett zurückkam, wollte sie Harry zuerst das Wechselgeld zurückgeben, doch dann hielt sie inne. »Den Rest könnte ich eigentlich behalten«, sagte sie. »Ich verstehe nicht...« »Wir wollten gestern noch nach Dachau fahren, aber es hat für die Fahrkarten nicht mehr gereicht.« »Und was habe ich damit zu tun?« »Sie sind doch bestimmt Jude, Harry.« Der alte Herr aus Chicago schluckte. »Wissen Sie, was unser König während des Kriegs für Ihre Leute getan hat?« sagte Ann. »Ja.« »Wir wollen Sie nicht bestehlen, Harry, wir wollen nur unser Wissen bereichern.« »Fahren Sie doch mit!« rief Friedereike aus. »Meine Frau ...« »Ach, Ihre Frau also.« »Ich könnte ihr höchstens sagen, daß ich ...« Er brach mitten im Satz ab. Er mußte aufhören zu reden, er mußte wieder denken. »Was wollt ihr beiden blonden Ungeheuer denn in Dachau?« stieß er aus. Und da merkte er plötzlich, wie die Erinnerung wiederkam. Schnell, in riesigen Bildern und sehr bunten, fast stechenden Farben. »Behaltet das Geld«, sagte er dann. »Ihr habt völlig recht, behaltet es nur.«

Er sprang auf und rannte ins Hotel. Nachdem er leise die Tür aufgeschlossen hatte, zog er im Badezimmer wieder den Pyjama an. Für einen Augenblick, für zwei, drei Sekunden, sah er sich im Spiegel sein Gesicht an. Dann ging er auf Zehenspitzen durchs Zimmer und kletterte vorsichtig zu Brenda unter die Decke.

Ignatz Bubis: Kein großer Deutscher

Als Ignatz Bubis starb, begannen die Deutschen mal wieder zu lügen. Sie logen sich selbst und den andern das Blaue vom Himmel herunter, um mit ihrer Enttäuschung besser fertig zu werden, wie schon so oft. Niederlage im Ersten Weltkrieg? »Wir hätten nur ein bißchen weiterkämpfen sollen!« Der deutsche Fußball am Ende? »Schmeißt doch endlich die Ausländer raus aus der Bundesliga!« Ignatz Bubis für immer und ewig unerreichbar in der staubigen Erde von Tel Aviv? »Er war ein großer Deutscher.«

Ignatz Bubis ist natürlich kein großer Deutscher gewesen. Ignatz Bubis war ein ganz normaler Jude, der den Holocaust überlebt hatte und hinterher in Deutschland hängengeblieben war. Das war einfach so, es ist so passiert, und es hatte keine tiefere Bedeutung. Er hat hier jahrzehntelang gelebt und gearbeitet und dabei erfolgreich ignoriert, mit wem er es, wann immer er sein Haus verließ, zu tun hatte. Die Deutschen, die er draußen traf, waren entweder alte Nazis oder keine, und sie ließen ihn, den Juden, entweder aus Feigheit in Ruhe oder aus Taktgefühl. Dann aber kamen die 70er-Jahre-Linken. Sie sagten und skandierten und brüllten, er sei ein jüdischer Spekulant, und sofort wußte Ignatz Bubis wieder, wo er war. Aber weil es nun zu spät war, nochmal wegzugehen und irgendwo neu anzufangen, und weil er außerdem ein sehr empfindsamer und zugleich sehr zupackender Mann war, faßte Bubis einen Plan: Er beschloß, ab jetzt alle echten und eingebildeten Antisemiten zu jagen und zu bekämpfen, bis sie schwiegen, als gäbe es sie nicht; und später hatte er auch noch die Idee, den Deutschen zu sagen, er sei nicht wirklich Jude, er sei deutscher Staatsbürger jüdischen Glaubens, einer wie sie eben, der nur dreimal im Jahr in eine andere Kirche geht. Wenn es dann eines Tages wirklich keine offenen und versteckten Rechten mehr gäbe in Deutschland und auch keine richtigen Juden, muß Ignatz Bubis lange gedacht haben, wird es doch okay gewesen sein, daß ich hierher gekommen bin. Damals, nur so, ohne darüber nachzudenken.

Was immer also ein großer Deutscher sein könnte – Ignatz Bubis nach seinem Tod dazu machen zu wollen, ist fast schon eine Gemeinheit. Trotzdem haben fast alle deutschen Politiker und Leitartikler, kaum hatte er seine zerrissene Seele ausgehaucht, genau das getan in ihren so eilfertigen wie selbstgefälligen Nachrufen auf ihn. Alles gedankenlose Sonntagsredner? Natürlich nicht. Sie wußten in jenen dunklen, heißen Augusttagen des Jahres '99 besser als sonst, was sie sagten. Sie, die sonst nie einem berühmten Toten nachrufen, er sei ein großer Deutscher gewesen, wie bedeutend er ihnen als Politiker, Bischof oder Schriftsteller erscheint, haben sich das ausgerechnet bei einem Juden getraut. Bei einem Juden, dem kurz vor seinem Ende noch klar geworden war, daß all die Wochen und Jahre und Gesten der Brüderlichkeit umsonst waren, weil man als Jude immer nur Jude bleibt in den Augen der andern, außer man löst sich komplett im Wirtsvolk auf oder in Rauch – und der das dann, nur ein wenig zarter formuliert, den Deutschen laut und deutlich in einem finalen Abschieds-Interview entgegengeschleudert hat. Wobei er ihnen noch mal extra die Zunge rausgestreckt hat, indem er erklärte, als sicheres Zuhause für die Ewigkeit habe er sich ein Grab in Israel ausgesucht.

Und trotzdem hat unsere Politiker und Leitartikler sein letztes Wort nicht interessiert. Sie haben es so grob und absichtsvoll mißachtet, als wäre er bei seinem historischen ›Stern‹-Interview nur hysterisch gewesen und nicht ganz zurechnungsfähig, als hätte er, angeblich bedrückt von seiner Kindheit, auf eine eigene Lebensbilanz kein Recht gehabt. Sie sagten: »Man darf dem Toten ruhig widersprechen.« Sie skandierten: »Er hat viel bewirkt.« Sie brüllten: »In Bubis verliert unser Land einen Mann, der sich sein ganzes Leben dafür eingesetzt hat, daß die Schatten der deutschen Geschichte sich nicht in die Zukunft verlängern. Er war nicht nur deutscher Staatsbürger, sondern in diesem Sinn deutscher Patriot.« Genau. Und verlangte drei Bundeswehr-Auslandseinsätze im Monat, die Rückkehr des Kaisers sowie mindestens einen Sitz für Deutschland im Weltsicherheitsrat.

Warum durfte der – eben noch – berühmteste Jude des Landes plötzlich kein Jude mehr sein? Wer das wissen will, muß zuerst begreifen, wofür Ignatz Bubis jahrelang von den deutschen Staatsbürgern christlichen Glaubens angebetet wurde. Natürlich gefiel es ihnen, daß er, als er nach dem Fall der Mauer noch an eine zweite und endgültige Umerziehung Deutschlands glaubte, im Ausland ähnlich argumentlos für die Wiedervereinigung Reklame machte wie Brandt, Merkel und Kohl. Klar fanden sie es großartig, wie er während der ersten Welle der Ausländerpogrome Anfang der 90er die Deutschen vor den rabulistischen ›New-York-Times‹-Weltverbesserern als gute Demokraten verteidigte, denen eben auch mal ein bißchen was daneben gehen kann. Und selbstverständlich waren sie davon begeistert, daß er, der Präsident des Zentralrats, Judentum zum bloßen Glauben reduzierte, denn das gab ihnen die Hoffnung, die jüdische Nation existiere, wie ihnen einst versprochen worden war, vielleicht wirklich nicht mehr.

So liebten und verehrten die meisten Deutschen Ignatz Bubis aus diesem einen einzigen Grund: Er war in ihren Augen kein zorniger, rachsüchtiger Moraljude. Er war nicht die seit jeher gefürchtete Fiktion eines jeden anständigen Antisemiten und unanständigen Philosemiten, so wie etwa Heinz Galinski, vor ihm eine halbe Ewigkeit lang Zentralratschef. »Ignatz Bubis«, steht im ›Munzinger‹, dem wichtigsten biographischen Nachschlagewerk Deutschlands, »wurde als Mann des Ausgleichs bekannt, der das Gespräch auch mit Andersdenkenden suchte und nicht auf jede Provokation mit jener berechenbaren Reizbarkeit reagierte, die seinem Vorgänger nachgesagt wurde.« Nein, vor so einem Holocaust-Juden mußte man als schuldbewußte deutsche Trauerarbeiter-Nervensäge wirklich keine Angst haben, der würde einem schon nicht Moses' Gesetzestafeln über den Kopf hauen oder mit diesem blutrünstigen alttestamentarischen Auge-um-Auge-Quatsch kommen. Der würde die Kirche im Dorf lassen, die Synagoge im Getto, den Holocaust in der Vergangenheit. Der würde einem sogar eines Tages die alten Geschichten verzeihen. Und wenn schon nicht verzeihen, erlösen könnte er einen mit seiner weichen, versöhnlichen, fast schon christenmäßigen Art von der Erbschuld auf jeden Fall.

Ignatz Bubis wußte, was die Deutschen von ihm erwarteten. »Die meisten wollen von mir ihren Seelenfrieden geliefert bekommen«, hatte er im Dezember '98, in Frankfurt, in der menschenleeren ›FAZ‹-Redaktion zu Martin Walser gesagt. Es war dieser Martin Walser, dessen eiskaltes, egozentrisches Paulskirchen-Plädoyer für ein selbstbestimmtes deutsches Holocaustgedenken kurz vorher Ignatz Bubis gezeigt hatte, daß es eben doch ein ziemlicher Blödsinn gewesen war, über fünfzig Jahre lang Seite an Seite mit den selbstvergessenen Mördern und ihren selbstbezogenen Kindern zu leben – und auch noch zu glauben, das ewige Holocaustgerede der Nachkriegsdeutschen habe irgendwas mit ihm und seinem Leben zu tun. Sie wollten immer nur ihr Mördervolk-Stigma loswerden, wurde ihm klar, und die unerfüllten Träume der Toten und die Alpträume der Überlebenden waren ihnen völlig egal. Darum auch konnte ihm der oberste deutsche Trauerpriester Walser bei ihrem so lächerlichen wie gespenstischen ›FAZ‹-Treffen im Ernst vorwerfen, Bubis habe sich erst viel später mit dem Holocaust auseinandergesetzt als er. Und darum konnte Walser ihn, als Bubis sagte, er hätte sonst die ersten Jahre danach gar nicht leben können, im Ernst anblaffen: »Und ich mußte, um weiterleben zu können, mich damit beschäftigen.«

Mit dem Holocaust kam ein Fluch über die Deutschen – und nicht über die Juden. Denn der Holocaust ist ein verdammt großer schwarzer Schatten, der sie bis in die Ewigkeit auf Schritt und Tritt verfolgen wird, so wie Schatten es nun mal an sich haben. Solange dieser Schatten da sein wird, werden sie zumindest aber wissen, daß sie noch leben, so wie Martin Walser – und sie werden natürlich trotzdem immer wieder versuchen, ihn abzuschütteln. Ignatz Bubis, hatten sie lange gedacht, könnte ihnen helfen dabei. Er, der konziliante Jude, der sogar mit Nazis sprach und irgendwie kein richtiger Jude mehr sein wollte, schien bereit zu sein, ihr Holocaust-Christus zu werden, ihr Erlöser von der historischen Schuld. Leider hatte Ignatz Bubis im letzten Moment doch noch beschlossen, wieder Jude zu werden und den Erlöserjob anderen zu überlassen. Daß die Deutschen das bis ans Ende aller Erbschuldtage nicht werden wahrhaben wollen, kann man verstehen. Und auch, daß sie rückwirkend erst recht aus ihm einen Deutschen machen wollen. Einen großen Deutschen. Denn es waren doch immer die großen Deutschen, die Deutschland von seinen Qualen erlöst haben. Oder auch nicht.

Ernst Jünger: Ein Meister aus Deutschland

Als die Kugel seine Stirn durchfuhr, irgendwo in den Steinbrüchen von Carrara, wirbelte der schmale, lange Kopf des Jungen durch die Luft und schlug erst ein paar Sekunden später federnd gegen den matten italienischen Marmor. Der Junge hatte Hitler verachtet – und nun war er also für ihn gefallen, er hatte auf die Nazis geschimpft und Reden gegen sie geschwungen, und weil ihnen das nicht entgangen war, hatten sie ihn kurz zuvor ins Gefängnis gesteckt. Sie machten ihm den Prozeß und gaben ihm ein paar Jahre. Und das war schlimm, ja, aber so richtig unangenehm wurde es erst, weil einer, der es gut mit ihm meinte, sich so ungeschickt für ihn im Stab des Großadmirals Dönitz einsetzte, worauf sie den Jungen gehen ließen, unter der Bedingung, daß er sich freiwillig meldet zu diesem dämlichen Himmelfahrtskommando. So starb er, kaum daß er gelebt hatte, und sein Name war Ernst Jünger, und der Mann, der ihm den tödlichen Bärendienst erwiesen hatte, hieß genauso wie er und war ein berühmter Schriftsteller und außerdem sein Vater.

Das alles natürlich wußte ich, als ich fünfzig Jahre später an einem warmen, verhangenen Sonntag im Januar 1994 auf dem Wilflinger Friedhof vor seinem Grab stand. Aber ich traute dennoch für einen kurzen Moment meinen Augen nicht, ich las immer und immer wieder den Namen »Ernst Jünger« auf dem weißen Gedenkstein und daneben die Jahreszahl »1944«. Die Luft auf diesem Friedhof roch nach verbranntem Holz, nach Farbe und Schweinestall, und ich dachte, in Ordnung, das war's, wenn einer tot ist, dann kann man mit ihm sowieso nicht sprechen, und darum gehe ich jetzt wieder hinunter ins Dorf, wo im Gasthaus »Zum Löwen« meine noch unausgepackte Tasche steht und der Rucksack mit den ganzen

Jünger-Büchern, ich setze mich ins Auto und verschwinde aus Wilflingen so schnell wie kein Reisender vor mir.

Ich bin dann trotzdem geblieben, was sonst. Ich bin geblieben, obwohl ich diesen stummen Ort von der ersten Sekunde an gehaßt habe, diese 360-Menschen-Westernstadt mit ihren akkurat asphaltierten Wegen, den weiß verputzten, gesichtslosen Bauernhäusern und der noch ein bißchen gesichtsloser, noch ein bißchen weißer renovierten Kirche sowie dem heruntergekommenen Stauffenberg-Schloß in der Dorfmitte. Ich bin geblieben, obwohl mich in dieser Einöde, solange ich da war, das Gefühl nicht mehr verließ, jede Erinnerung an alles Ungereimte, Ungeordnete, Städtische los zu sein, und das lag vielleicht daran, daß ich mich hier in einem der schwärzesten Epizentren unserer Provinz befand, im berüchtigten Landkreis Biberach, genau an der Schnittstelle zwischen der dunklen Schwäbischen Alb und dem melancholischen Donautal. Aber vielleicht hatte es auch einfach nur damit zu tun, daß man in Wilflingen nie jemanden auf der Straße sah, daß es dort keinen einzigen Supermarkt oder Bäcker gab, geschweige denn einen gottverdammten Kiosk, an dem ich eine vernünftige Zeitung gekriegt hätte.

Ich bin also geblieben, jawohl, weil ich hier einen Job hatte und weil ich außerdem natürlich nicht blöd bin und einen toten Sohn von seinem quicklebendigen Vater sehr wohl unterscheiden kann – und davon abgesehen wollte ich mit dem damals 99jährigen Methusalem von Schriftsteller ohnehin kein einziges Wort wechseln, denn was er zu sagen hatte, wußte ich genau. Ich kannte Jüngers Tagebücher aus den beiden Weltkriegen, worin das Schlachten eines gegnerischen Soldaten als etwas ähnlich Naturgegebenes beschrieben wird wie das Schreien einer Möwe, und mir war auch sonst alles über seine schicksalsergebene Todesverliebtheit bekannt, die er in der Blutorgie der Somme-Schlacht genauso lüstern zelebriert hat wie in den bösen Tagen, als die Nachricht vom Ende seines Jungen für ihn noch ganz frisch gewesen war. Ich hatte

Jüngers nationalrevolutionäre Schriften studiert, mit denen er den Deutschen dreier Generationen den Appetit auf die bürgerliche Freiheit zu vertreiben versucht hatte und sich selbst seine im wahrsten Sinne des Wortes angeborene wilhelminische Helotenangst vor den demokratischen Idealen des Westens. Ich war mit seiner pathologischen Leidenschaft für Pflanzen und Käfer ebenso vertraut wie mit seiner Sehnsucht nach Ordnung, Naturidylle und der technischen Unberührtheit des 19. Jahrhunderts – jedenfalls so, wie er es sich vorgestellt hatte. Und natürlich hatte ich mich auch mit seiner angeblich ablehnenden Haltung in der Nazizeit befaßt, die in Wahrheit alles andere als ablehnend gewesen ist und einfach nur das unausgesprochene Ressentiment eines hochnäsigen preußischen Salonherrenmenschen gegen die lauten und vulgären NSDAP-Straßenfaschisten.

Ja, ich wußte über Ernst Jünger den Älteren bestens Bescheid, als ich an diesem viel zu warmen Wintertag, mitten in den tiefsten dumpfdeutschen 90ern, vor dem Grab seines Sohnes stand. Ich wußte über seinen Kriegstick Bescheid, über seine eskapistische Naturliebe und seinen gespreizten Anti-Demokratismus, und genau darum wußte ich auch, weshalb ein deutscher Privatgelehrten-Blockwart wie er, dessen darwinistische Gedankenwelt ähnlich inspiriert und revolutionär war wie der Stadtplan seines schwäbischen Kuhdorfs, im Deutschland des vierten Wiedervereinigungsjahres bei Lesern und Kritikern, unbekannten Dancefloor-Intellektuellen und berühmten Politikern eine derartige Explosion an Popularität erleben konnte, die mit seinem literarischen Stil nichts zu tun hatte, mit seiner politischen Ästhetik aber alles.

Das heißt, so genau wußte ich es auch wieder nicht, und aus diesem Grund war ich auf sein schwäbisches Kuhdorf neugierig gewesen, auf Ernst Jüngers Werkstatt, wenn man so will, denn ich dachte, hier könnte ich deutsche Geschichte und Gegenwart und Zukunft mitsamt Jüngers tatkräftiger Teilhabe daran wie unter einem Mikroskop betrachten; hier, wo er seit vier Jahrzehnten lebte, könnte ich, indem ich den Dorfbewohnern in die Gesichter und aufs Maul schaute, endlich einen klaren Blick auf den Ursprung seines Denkens und Wirkens werfen, von keiner verschwiemelt-apologetischen ›FAZ‹-Hymne verstellt und schon gar nicht von seinem eigenen, alles umnebelnden Dichterfürstengestus.

So ungefähr hatte ich mir das vorgestellt, und da saß ich nun also gleich an meinem ersten Nachmittag im Haus von Franz Wechsler, dem früheren Dorfbürgermeister, und während wir uns anschrien und über so bescheuerte Worte wie Zucht und Ordnung stritten, baute seine Frau am anderen Ende des Wohnzimmers stumm den Weihnachtsbaum und die Krippe ab. Ich war direkt vom Friedhof zu Wechslers gegangen, vorbei an Jüngers Haus, zu dessen Fenstern ich unter keinen Umständen hinaufblicken wollte, ich hatte die Kieselsteine auf dem Weg vor mir gezählt und mir das Gesicht von Ernst Jünger dem Jüngeren vorzustellen versucht, und als ich endlich am andern Ende des Ortes angelangt war, beim Austragshof des Ex-Bürgermeisters, als ich klingelte und die Tür aufging und mir ein alter böser Mann mit einem roten Keltengesicht öffnete, da wußte ich, wir würden über den Krieg reden. Leute wie Wechsler hassen es nämlich, über den Krieg zu reden, und eben darum habe ich ihn dazu gezwungen. Er hat natürlich abzulenken versucht, er hat erzählt, wie er als Jugendlicher um die HJ herumgekommen ist und einmal einem Parteifunktionär eine freche Antwort gegeben hat, aber so frech kann er wiederum auch nicht gewesen sein, denn 1941 hat er dann mit all den andern deutschen Widerstandshelden die Sowjetunion angegriffen, und er fuhr in seinem Panzer bis Minsk und Smolensk.

Was das alles mit Ernst Jünger zu tun hatte? Der war, als frisch beförderter Hauptmann, beim Eroberungsfeldzug der Nazis ebenfalls mit von der Partie gewesen, an einer anderen Front zwar als Franz Wechsler, aber bestimmt nicht weniger gehorsam und engagiert: Jünger überfiel, wie schon im Weltkrieg davor, in deutscher Uniform Frankreich, und obwohl man von seinen Anhängern immer wieder erklärt bekommt, ihr Guru sei mindestens so systemkritisch gewesen wie die Geschwister Scholl und die Helden des Warschauer Gettos zusammen, hielt Jünger damals trotzdem nichts davon ab, seinen Wehrmachts-Untergebenen den einen oder anderen Schießbefehl zu erteilen. Genauer gesagt: Er legte Menschen nahe, andere Menschen umzubringen.

Die Sache mit dem Schießbefehl haben Franz Wechsler und ich natürlich auch durchgesprochen. Schließlich hatte er als Panzerkommandeur, genauso wie Jünger, durch explizite Kommandos dafür gesorgt, daß seine Untergebenen all jene mit tödlichem Feuer belegten, die es nicht gut fanden, daß die deutsche Armee ihre Heimat überfiel und zerstörte. So zieh ich den früheren Bürgermeister von Wilflingen, kaum daß ich Platz genommen hatte, stellvertretend für seinen berühmten Schriftstellernachbarn wütend einen Mörder, und er brüllte zurück, er würde gern wissen, was ich in seiner Lage wohl getan hätte, und das war natürlich eine besonders delikate Entgegnung, denn ausgerechnet in Smolensk, das Wechsler mit seiner Panzereinheit für den Führer erobert hatte, wurden einige meiner Verwandten von den nachrückenden Sonderkommandos umgebracht. Aber das habe ich Franz Wechsler nicht verraten, statt dessen schrie ich, es wäre doch auch eine Möglichkeit gewesen, gar nicht erst in den Krieg zu ziehen – worauf er trotzig erklärte, er sei absolut kein Nazi gewesen, er habe bloß seine Pflicht getan.

Ein Gespräch, wie ich es mit Ernst Jünger bestimmt hätte genauso führen können, dachte ich auf einmal ruhig und zufrieden, ich sah, wie Frau Wechsler in ihrem geblümten Kittel den letzten Lamettafaden vom Tannenbaum abnahm und die Schnur mit den elektrischen Kerzen zusammenwickelte, und im nächsten Moment legte Wechsler dann auch schon tatsächlich los, so als sei er programmiert, sich mir zu Gefallen im richtigen dramaturgischen Moment mit einer passenden Jüngeriade hervorzutun. »Heutzutage macht doch jeder, was er will«, sagte Wechsler zornig, und sein böses, rotes Keltengesicht verfärbte sich noch etwas mehr, es schimmerte violett, fast bläulich, und seine Augen glichen plötzlich den Augen eines Totschlägers. »Jeder denkt nur an sich – ans Geld, ans Auto, ans Fernsehen. Es gibt einfach zuviel Freiheit. Die Gemeinschaft ist für alle ein Fremdwort, die Pflicht am Vaterland sowieso. Wer spricht denn noch vom Vaterland? Ich habe es verteidigt – so wie Herr Jünger damals auch! Herr Jünger liebt sein Vaterland, und er ist ein Mann, der die alten Ideale schätzt. Er kämpft für Ordnung und Zusammenhalt!«

Das, schwöre ich, sagte Franz Wechsler wirklich, er sagte es, ohne daß ich ihn danach direkt gefragt hätte. Er sagte es entschlossen und nicht einfach nur so dahin, und genau darum fiel mir sofort ein ebenso abgedrehtes, anachronistisches Zitat von Ernst Jünger wieder ein: »Was die Leute nicht wissen«, notierte Deutschlands preußischster Dichter der Nachkriegszeit am Vorabend der 68er Studentenunruhen, »was sie nicht wissen und auch nicht wissen wollen: daß sie mit dem Zustand der Unfreiheit zufrieden sind.«

Ernst Jünger und Franz Wechsler – zwei Brüder in Waffen und im Geiste, dachte ich, plötzlich selbst überrascht, wie groß die Übereinstimmung zwischen diesen beiden so unterschiedlichen Männern war. Beide sehnten sie sich – das war die eindeutige Botschaft ihrer Worte – nach der düsteren, unterwürfigen deutschen Lemmingexistenz zurück, beide verlangten sie nach einer Autorität, die das Leben des einzelnen bestimmte und einem höheren Ziel unterordnete, wobei es absolut keine Rolle spielte, wie diese Autorität nun heißen mochte – Hauptsache, ja keine Freiheit, ja keine Demokratie. Das war natürlich ein mächtig altmodischer, fast ständischer Lebensentwurf, den man, wenn überhaupt, am Ende des 20. Jahrhunderts eher noch in einem abgelegenen schwäbischen Hinterwäldlerdorf vorfinden konnte als, sagen wir, im Frankfurter »Operncafé«. Da aber Franz Wechsler in einem solchen Dorf geboren, aufgewachsen und zum Mann geworden war, während Ernst Jünger absolut freiwillig hier wohnte, schien auch ganz klar, wer Wilflingen und seine Bewohner offenbar bewußt als Inspirationsquelle seiner literarischen Leibeigenen-Philosophie benutzte und für wen sie, wenn man so will, gottgegeben war.

Ob er sich denn mit dem Schriftsteller manchmal über den Verfall der Ordnung und der Sitten in Deutschland unterhalte und auch darüber, was dagegen getan werden kann, fragte ich Wechsler, nun ganz höflich und leise und wie aus dem Hinterhalt. »Da sind Herr Jünger und ich völlig einer Meinung«, sagte er stolz, mit einem verschwörerischen Unterton in der Stimme, und im selben Augenblick rutschten Frau Wechsler sämtliche Krippenfiguren aus den Fingern, Jesus und Josef und Maria und alle drei Heiligen Könige, sie sah ihren Mann streng an, und so fügte er kleinlaut hinzu: »Naja, wirklich geredet haben wir darüber nicht. Was soll ich ihm schon erzählen, da weiß ich einfach nicht genug. Wissen Sie, unser Herr Jünger ist ein großer Mann, und über seine Arbeit spricht er mit uns nie.«

Über seine Arbeit spricht er mit uns nie – das war ein Satz, den ich noch oft in Wilflingen hören sollte, ein verzagter, demütiger Satz aus dem Mund von einfachen Bauern, Handwerkern und Wirtsleuten, die Haus an Haus, Garten an Garten mit einem Mann lebten, der in seinem endlosen Dasein mehr Bücher geschrieben hatte, als sie je lesen würden, und den sie häufiger in der Tagesschau sahen als den Präsidenten Amerikas. Dort, zur besten Sendezeit also, trat ihr Herr Jünger in jenen seltsam rückwärtsgewandten 90er-Jahre-Tagen vornehmlich dann auf, wenn Helmut Kohl und François Mitterrand ihn mal wieder in Wilflingen besuchten, um ihm bei Kaffee und Champagner zu versichern, daß er nicht der einzige Nationalist alter europäischer Schule sei und sie es überhaupt viel besser fänden, wenn einer aufregend über Krieg und Chauvinismus schreibe statt langweilig über so häßliche

Sachen wie Frieden und Aufklärung. So ähnlich jedenfalls habe ich mir die Unterhaltungen zwischen dem Dichterfürsten und den Staatsmännern immer vorgestellt – und genau so mußte ich sie mir auch weiterhin vorstellen, denn von den Wilflingern war darüber nichts zu erfahren. Sie waren bei all diesen Gesprächen jedesmal vor der Tür geblieben, sie durften bestenfalls am provisorischen Hubschrauberlandeplatz neben dem Dorfweiher den großen Besuch mit ihrer Vereinskapelle hymnentechnisch begrüßen, und hinterher, wenn das Tête-à-tête im Wohnzimmer des Dichters beendet war, traten Jünger, Kohl und Mitterrand auf die Treppe vor Jüngers Haus und nahmen den warmen, respektvollen Applaus der Dorfmenge entgegen.

Nein, über sich selbst redete Ernst Jünger mit den Wilflingern nie, und schon gar nicht über Politik oder Philosophie. Er besprach mit ihnen immer nur die banalsten Alltagsdinge, er informierte sich über den Stand des Getreides, er wollte wissen, wie schlimm die letzten Sturmschäden waren und wann man wieder Schnaps zu brennen begann. Doch auch bei diesen Zufallsunterhaltungen blieb er zurückhaltend und distanziert, und jedes Wort, das er an sie richtete, klang den Wilflingern wie ein Wort aus einer fremden Sprache im Ohr. Aber das machte ihnen nichts, mehr erwarteten sie gar nicht von ihm, sie respektierten Jünger als einen furchterregend gebildeten Mann, und sie waren einfach nur dankbar, durch die Nachbarschaft mit ihm etwas mehr in der Welt vorhanden zu sein als die Bewohner anderer Hinterwäldlerdörfer. Die Wilflinger fühlten sich geehrt durch Jüngers berühmte Politikerfreunde, sie genossen es, daß er in seinen Tagebüchern den einen oder anderen Satz über ihren fast unsichtbar kleinen, vergessenen Ort fallen ließ, und sie hatten auch gar nichts dagegen, wenn ab und zu ein verwöhnter Städter wie ich angereist kam, für dreißig Mark im »Löwen« ein Zimmer mit orangefarbenem Teppichboden und Blumensiebdruck auf Blumentapetenwand mietete, sich zu ihnen in die dunkle, kahle Gaststube an den Stammtisch setzte, einen Tee nach dem anderen bestellte und sie schlechtgelaunt über den Schriftsteller ausfragte.

Ja, schlechtgelaunt, aber das hatten wir bereits, und bevor ich nun wieder darüber zu jammern beginne, als wie trübsinnig ich die biedermeierliche Weltabgeschiedenheit Wilflingens empfunden habe, sollte ich lieber sagen, was ich von den ruppigen und naiven Männern am »Löwen«-Stammtisch über Ernst Jünger alles erfuhr. Ohne zu zögern, ohne mir zu mißtrauen, begannen sie sofort zu sprechen, und da ich ihnen die etwas direkteren Fragen nicht gleich am Anfang stellte, hatten wir zunächst auch das eine oder andere nette Gespräch. Sie erzählten mir, daß Jünger, bei all seiner Zurückhaltung, vorbildlich am dörflichen Leben teilnahm, daß er die Konzerte des Musikvereins und die jährlichen Treffen der Soldatenkameradschaft besuchte, daß er für die neue Kanalisation Geld spendete und sogar ein Vorwort zur Wilflinger Dorfchronik geschrieben hatte, worin er die »gewachsene Gemeinschaft« des Ortes pries. Nachdem sie dann raunend, fast flüsternd erklärt hatten, Jünger wohne wegen seiner Verbindung zu den Hitler-Attentätern des 20. Juli kostenfrei im ehemaligen Stauffenbergschen Forsthaus, beschrieben sie mir stolz seinen großen, bunten Garten, den er offensichtlich genauso liebte wie Ludwig der Vierzehnte Versailles, und hinterher sprachen sie auch noch voller Respekt von den endlosen Spaziergängen, die er regelmäßig in den umliegenden Wäldern unternahm. Daß Jünger nicht nur Schriftsteller war, sondern ein passionierter Naturwissenschaftler, beeindruckte sie fast noch mehr – sie hatten irgendwann mal in seinem Haus die in Glaskästen lagernde Käfersammlung bestaunt, sie fanden es großartig, daß der baden-württembergische Entomologen-Preis nach ihm benannt war, und einer erzählte schließlich, ein bedeutungsschwangeres Zittern in der Stimme, daß Jünger oft gebückt durchs Dorf ging, aber nicht etwa, weil er wegen seines biblischen Alters Probleme mit dem Rücken hatte, sondern weil er den Weg vor sich nach Insekten absuchte. Wurde er fündig, ließ er sich einfach fallen, er hielt seine riesige Lupe über den Asphalt oder betrachtete aus nächster Nähe die Unterseite eines hochgehobenen Steins.

Jüngers selbstvergessene Naturverbundenheit fand – das überraschte mich nicht – in einem exhibitionistischen Todeskult ihren logischen Gegenpol. Davon abgesehen, daß er jeden seiner Waldgänge mit einer Visite am Dorffriedhof beendete, zeigte Jünger auch sonst vor den stillen und allgegenwärtigen Augen der Dorfbewohner ein großes Interesse am Tod. Er sammelte – mit der gleichen Leidenschaft wie seine Käfer – die letzten Worte dahingegangener Wilflinger, er erschien regelmäßig auf jeder Beerdigung, er hatte im Eßzimmer einen Altar mit den Fotografien seiner verstorbenen Freunde aufgebaut, bei Rundgängen durch fremde Orte und Städte ließ er keinen einzigen Friedhof aus, und als er einmal wissen wollte, wo in Wilflingen früher der Galgen gestanden hatte, und man ihm erklärte, direkt vor seinem Haus, habe er triumphierend gelacht. »Vor den Toten«, steht in Jüngers fatalistischem Greisentagebuch ›Siebzig verweht‹, »hält der Gedanke inne als vor einer nicht zu überwindenden Kluft. Sie kann sich nicht schließen, ehe wir selbst hinübergehen.«

Ist Ernst Jünger todessehnsüchtig? habe ich mich mehr als einmal gefragt, während ich mit den Wilflingern über ihn sprach. Hat er, nach 99 Jahren, endlich vom Leben genug? Ich habe es am »Löwen«-Stammtisch nicht wirklich herausfinden können, aber woher sollten diese einfachen, ungebildeten Männer das auch wissen, sie, die mit Jünger noch nie ein ernstes Wort gewechselt, geschweige denn eines seiner Bücher gelesen hatten – und die natürlich trotzdem, genauso wie der reaktionäre Angeber Franz Wechsler, zumindest von Jüngers politischen Ideen und Idealen eine vage und zugleich absolut klare Vorstellung hatten. Ich saß lange genug mit ihnen zusammen, um das beurteilen zu können, ja, ich blickte in ihre geröteten Bauerngesichter, ich ließ mich von ihrem schwäbischen Dialekt einlullen, dessen rhythmisches Echo mich im Schlaf genauso verfolgte wie das Schaukeln von Wellen einen an Land gegangenen Seemann, und als dann endlich in meinem Notizblock die etwas härteren Fragen kamen, Fragen über Ernst Jünger und die Politik, da war der Spaß sofort wieder zu Ende. Sie sagten nun voller Abscheu Worte wie »Politiker«, »Europa« und »Ausländer« und riefen dabei mechanisch, wie auf ein geheimes historisches Kommando, den Schriftsteller als ihren Kronzeugen auf, als einen teutonischen Deus ex machina, der gegen den von ihnen befürchteten, kurz bevorstehenden Untergang Deutschlands ein absolut wasserdichtes, autoritäres Rezept in der Schublade seines Schreibtisches liegen hatte – in seinem Arbeitszimmer, nur eine Straße weiter, im ockergelben Forsthaus von Wilflingen.

Vielleicht habe ich mir deshalb am Ende keinen einzigen meiner Stammtischbrüder beim Namen merken können, vielleicht verschwimmen darum ihre Gesichter in meiner Erinnerung zu einem einzigen Franz-Wechsler-Ungetüm, und weil ich dann irgendwann von ihnen genug hatte, verließ ich schließlich ihre nette kleine Landserrunde, ich spazierte aus dem »Löwen« hinaus, ich überquerte die Sigmaringer Landstraße, ging hundert Meter die Dorfgasse runter und bog, ohne zu Jüngers Haus hinüberzuschauen, rechts ein, in den Hof des Anwesens von Friedrich Baron Schenk von Stauffenberg. Von ihm erwartete ich mir zwar auch nicht gerade eine sozialistische Grundsatzerklärung, aber zumindest ein bißchen mehr Weltläufigkeit und Format.

Der Baron, wie sollte es anders sein, war neben Ernst Jünger der zweite wichtige Mann am Ort. Er saß als CDU-Mann im Gemeinderat, sein Wort hatte mehr Gewicht als das aller anderen Mitglieder zusammen, er gab Geld für öffentliche Zwecke aus, er hatte den neuen Pfarrer geholt, an seinen Geburtstagen erschien bei ihm – so wie bei Jünger – eine Gratulationsabordnung der Vereinsvorstände und Dorfhonoratioren, und wann immer Jagd war, liefen die Wilflinger Männer in guter alter Leibeigenenmanier als Treiber vor den Pferden des Barons und seiner Jagdgesellschaft her.

Ich mochte den Baron trotzdem. Ich mochte seine kleinen, traurigen Augen, sein dickes und dennoch genau ausgeformtes Gesicht sowie das dichte Aristokratenhaar, das er unentwegt mit der Hand zurückstrich. Wir hatten in seinem Arbeitszimmer Platz genommen, wo wir von alten Fotos, Landkarten und eichenbraunen Vorkriegsbüromöbeln umgeben waren, und bevor wir auch nur ein einziges Wort über Ernst Jünger wechseln konnten, kam die Sekretärin herein, um dem Baron mitzuteilen, seine Mutter habe Kopfschmerzen, weil sie sich über etwas aufgeregt habe, und zwei Stunden später klopfte sie wieder an, und sie sagte, die Frau Baronin sei jetzt aufgewacht und brauche eine Adumbran.

In der Zwischenzeit hatten Stauffenberg und ich aber bereits eine hübsche Menge Jüngeriana durchgesprochen – wobei ich vor allem erfuhr, wie sehr der Baron den Schriftsteller bewunderte, weil der mit seinem Ruhm und seinen Büchern Wilflingen für immer in der Erinnerung der Menschen konserviert habe. Außerdem fand er, daß Ernst Jünger – als einer der ganz wenigen – Antworten auf die dringenden Fragen seiner Zeit hatte, »dieser ungeordneten Epoche des Zerfalls und Neubeginns«, wie er sich etwas geschwollen ausdrückte, »in der die Menschen so selbstsüchtig und undiszipliniert auf die Herausforderungen der Wiedervereinigung reagieren, statt sich der alten preußischen Tugenden zu besinnen«. Da war sie also wieder gewesen, die Wilflinger Deutschland-geht-unter-Melodie, und weil ich sie nicht mehr hören konnte, machte ich eine kurze, verletzende Bemerkung über teutonischen Zucht-und-Ordnungs-Wahn, die der dicke Baron mit einem unsicheren Keuchen quittierte, und dann sprachen wir darüber, wieso Jünger nach dem Krieg aus dem niedersächsischen Kirchhorst ausgerechnet nach Wilflingen verschlagen worden war. Dabei stellte sich heraus, daß er erst 1950 durch die Vermittlung einer Riedlinger Ärztin die Wohnmöglichkeit im Stauffenbergschen Forsthaus bekam: Er war in Wahrheit also ein ganz gewöhnlicher zahlender Mieter, und obwohl er es jahrzehntelang prima verstanden hatte, seine falsche Hitler-Putschisten-Aura durch kein überflüssiges Dementi zu zerstören, besaß er zum 20. Juli genausowenig Verbindung wie die Wilflinger Stauffenbergs, die mit dem Hitler-Attentäter Claus Graf Schenk von Stauffenberg nur sehr weitläufig verwandt waren.

»Die dringenden Fragen der Zeit«, unterbrach ich den Baron in einer plötzlichen Eingebung, »besprechen Sie die denn manchmal mit ihm?« Stauffenberg strich sich die Haare aus der Stirn, er atmete schwer ein, und dann sagte er: »Über Politik reden wir nicht. Herr Jünger ist ein unnahbarer Mensch. Um genau zu sein, er ist kalt, und diese Kälte, nicht wahr, die ist so eine Art Selbstschutz, aber manchmal kann sie für uns auch ziemlich schmerzhaft sein.« »Schmerzhaft?« »Ja, natürlich. Mein verstorbener Vater war immer sehr traurig darüber, daß Herr Jünger in ihm bloß den Nachbarn, Hausherrn und ungebildeten Landadeligen sah, mit dem man über Pferde und Hunde redet. Und mit mir hat er, obwohl er mich von Kind an kannte, zum ersten Mal einen Satz gesprochen, als ich 1960 zur Bundeswehr kam. Da wollte er wissen, ob der Geist in unserer neuen Armee stimmt.«

Statt darauf etwas zu erwidern, sah ich dem Baron stumm dabei zu, wie er plötzlich auf seinem kleinen Ledersofa hin und her zu rutschen begann, er zappelte mit den Beinen, keuchte laut und legte schließlich seine großen Landadeligenhände wie zur Beruhigung flach auf die breiten Oberschenkel. »Natürlich«, fuhr er mit einer Offenheit und Bereitwilligkeit fort, die zeigte, wie froh er war, endlich mit jemandem über dieses Thema zu sprechen, »natürlich ist Herr Jünger uns allen haushoch überlegen. Wir sind zwar nicht so belesen wie er und auch nicht so klug, aber das ist trotzdem kein Grund, daß er uns wie seine Käfer behandelt. Distanziert, interessiert – aus der Ferne und doch ganz nah. Als habe er für jeden von uns ein Kästchen und eine kleine Nadel parat.« In diesem Moment mußte ich lächeln, ich fand es komisch, wie sehr die Jünger-Empfindungen des Barons denen Franz Wechslers und der anderen Wilflinger vom »Löwen«-Stammtisch glichen. Weil ich aber offensichtlich zu lange und zu siegesgewiß gelächelt hatte, besann sich der Baron wieder, und er fügte relativierend hinzu: »Herr Jünger fühlt seine Bedeutung, und deshalb nimmt er den einzelnen eben nicht so richtig wahr. Ihn beschäftigt der gesamte Kosmos, nicht so sehr das Individuum.«

Ja, ganz genau, dachte ich, Jünger interessierte in der Tat immer schon die abstrakte Idee eines großen und ewigen Universums mehr als der konkrete Mensch. Er war – wie sich aus fast jedem seiner Tagebücher, Essays und Romane herauslesen ließ – davon überzeugt, daß es keinen Unterschied gab zwischen den Schmerzen eines kranken Kindes, den Qualen eines verwundeten Ebers und dem Verglühen eines fernen Kometen, denn die unbarmherzigen Gesetze der Natur gehorchten, wie er fand, anderen Axiomen, als es jene sentimentalen Kinkerlitzchen namens Mitleid und Moral waren. Darum konnte er als junger Mann so leichtfertig und begeistert in die Mord- und Selbstmordschlachten des Ersten Weltkriegs ziehen, um später als Erwachsener darüber zu schreiben: »Die Menschenordnung gleicht darin dem Kosmos, daß sie von Zeit zu Zeit, um sich neu zu gebären, ins Feuer tauchen muß.« Darum konnte er immer wieder eisig erklären, daß ihn der Gedanke an die atomare Vernichtung der Menschheit ebensowenig bewege wie das Aussterben einer seltenen Tierart. Und genau darum, vor allem, mußte man als sein erklärter Gegner und Feind aus all dem schließen, daß Jüngers selbstkonstruierte darwinistische Leben-ist-Krieg-ist-Tod-Kosmologie in Wahrheit nichts anderes war als ein verkapptes, ins Metaphysische übertragenes preußisches Untertanenmodell, ein System, in dem das Ganze autoritär, kühl und rücksichtslos die Existenz des kleinen einzelnen beherrscht und bestimmt, eine Gewaltordnung, deren Allmacht Jünger genauso fatalistisch und gehorsam hinnahm wie Franz Wechsler seinen Schießbefehl.

Doch über diese Dinge wollte ich mit dem Baron, bei aller Sympathie, einfach nicht mehr sprechen, und deshalb verabschiedeten wir uns schnell, aber vorher zeigte er mir noch das alte Gästebuch der Familie, das die Gestapo nach dem Hitlerputsch in ihrem Stauffenberg-Verfolgungswahn sinnloserweise konfisziert hatte, um darin nach Hinweisen auf weitere Verschwörer zu forschen. Ganze zwei Tage vor Kriegsende, sagte er, habe ein Polizist es wieder zurückgebracht, und er kam direkt vom Reichssicherheitshauptamt aus Berlin. »Deutsche Ordnung, deutsches Pflichtgefühl«, erklärte der Baron ungewohnt scharf, fast schneidend, »ein Glück, daß es das gibt.«

Ja, deutsche Ordnung, deutsches Pflichtgefühl – davon bekam der metaphysische Preuße Ernst Jünger in Wilflingen offenbar wirklich mehr als genug. Hier waren diese Begriffe ewiges Gesetz, diese Euphemismen einer längst vergessenen wilhelminischen Herrschaftssprache, die einst dazu dienten, ein ganzes Volk zu disziplinieren, es zusammenzuhalten und am Ende auch immer wieder gegen andere Völker aufzubringen. Hier wurden sie mit einer fast mittelalterlichen Naivität benutzt und gebraucht, weil die Bewohner dieses von der Aufklärung übergangenen Ortes daran gewöhnt waren, das Leben als etwas Gottgegebenes und Fremdbestimmtes zu betrachten, als etwas, worauf man als Mensch – oder soll ich besser sagen: als Käfer? – keinen Einfluß hat. Und genau hier lebte einer wie Ernst Jünger darum auch nicht ohne Grund, ein halbes Jahrhundert lang und schließlich war er selbst es gewesen, der noch direkt vor dem Mauerfall im ›Spiegel‹ erklärt hatte, er sei kein begeisterter Bundesbürger, denn für ihn sei nach wie vor »das Deutsche Reich die Realität«. Hätte es also kein Wilflingen gegeben, er hätte es sich erfinden müssen: Er benötigte dieses Dorf am Rande der Welt und der

Zeit, diesen preußischen Ameisenbau, um sich hier von seinen preußischen Ameisenbewohnern in Arbeit und Denken wechselweise inspirieren und bestätigen zu lassen – und er brauchte Wilflingen auch, um sich als grimmig-sentimentaler Hundertjähriger, der in der neuen MTV-Zeit genauso deplaziert schien wie Rasputin in einem Science-fiction-Film, nicht vollkommen heimatlos und ideell entwurzelt zu fühlen.

Das alles hatte ich, nachdem ich Baron Stauffenberg auf Wiedersehen gesagt hatte, endgültig begriffen, und da die Ewiggestrigkeit Jüngers und Wilflingens auf Gegenseitigkeit beruhten, wurde mir nun ebenfalls klar, weshalb der Schriftsteller den Wilflingern als Säulenheiliger der guten alten Zeit erschien, warum sie also, egal ob Herr oder Knecht, bei jedem panischen Gedanken an die Unbilden und Unübersichtlichkeiten der schrecklichen neuen Zeit seinen Namen wie ein Vaterunser herunterrasselten. Das einzige, was ich dabei aber noch immer nicht ganz kapierte, war, wieso einer wie er mit einem Mal auch über die Grenzen seines wilhelminischen Geisterdorfes hinaus so beliebt werden konnte, woher das plötzliche, fast popartige nationale Revival seiner Arbeit, seines Denkens, seiner Person kam.

Die Antwort auf diese Frage, wegen der sich all der Wilflinger Trübsinn am Ende doch noch gelohnt hatte, fiel mir erst am Tag meiner Abreise ein – nach dem Gespräch mit Doktor Gromann, einem Gymnasiallehrer aus dem zehn Kilometer entfernten Sigmaringendorf, der von Zeit zu Zeit im »Löwen« saß, allein, an dem kleinen Tisch in der dunkelsten, kahlsten Ecke des Lokals, vergeblich darauf wartend, hier einmal mit dem von ihm geliebten und bewunderten Schriftsteller zusammenzutreffen. Gromann unterrichtete Wirtschaftsrechnen und Philosophie, und bei einer solchen Fächerkombination verstand sich von selbst, welche der beiden Disziplinen er liebte, sah er doch die Königin der Wissenschaften nicht bloß als ein unverbindliches Spiel mit Gedanken an, sondern als das Lesen von Gebrauchsanweisungen zum besseren Sein. In den 50er Jahren hatte er in Mannheim drei Semester lang Philosophie studiert, und gleich der erste Text, den sie damals durchnahmen, stammte von Ernst Jünger, was für ihn *das* unvergeßliche, prägende Erlebnis seines Lebens gewesen war, wie Gromann mir gleich zu Beginn mit Rührung und Stolz erzählte.

Gromann hatte das gleiche böse rote Keltengesicht wie Franz Wechsler, seine Augen waren klein und schwarz, die Brauen darüber fast unsichtbar, der Mund dünn, aber weil seine sture, kalte Provinzmiene manchmal von einem überraschend schönen und klaren Lachen erhellt wurde, dachte ich, etwas ist anders an ihm, und vielleicht dachte ich das nur, weil Gromann einen Klumpfuß hatte, der ihn beim Gehen behinderte und furchtbar verwundbar wirken ließ. Was immer es jedenfalls war, ich wollte ihm eine Chance geben, und so brachte ich, um etwas genauer in ihn hineinzusehen, die Rede zunächst kurz auf den Krieg. Und tatsächlich, ich hatte mich nicht getäuscht, dieser Doktor Gromann sagte Dinge, die man sonst nicht oft hörte, er regte sich über die Nazis auf und erzählte ganz unverklemmt, daß er in seiner Kindheit auf den Straßen von Karlsruhe öfter weinenden KZ-Häftlingen dabei zugesehen hatte, wie sie nach alliierten Bombenangriffen Blindgänger entschärfen mußten, und zweimal waren die Sprengsätze explodiert, und sie rissen die abgemagerten Körper in den schlotternden gestreiften Anzügen in Stücke.

Das klang nach sehr viel Mitleid und Selbstkritik, aber plötzlich wechselte er das Thema, das heißt, er wechselte es gar nicht, er erweiterte es bloß. Er fing bei den Kelten an – ja, bei den Kelten! –, die einst in der Schwäbischen Alb gesiedelt hatten und deren brutale heidnische Kultur er als Synonym der pantheistischen Unwissenheit des frühen Menschen ansah. Dann sprach er vom nahgelegenen Heiligkreuzkloster, das früher eine der Festungen des Christentums in dieser Gegend gewesen war, in einer Zeit, als der mittelalterliche Mensch, wie er sagte, noch von einem allmächtigen Gott beschützt und beaufsichtigt wurde. Und schließlich begann Gromann von Lessing und Descartes und davon, daß der moderne Mensch seit der Aufklärung, seitdem er sich von Gott befreit habe, so fürchterlich auf sich allein gestellt sei, in die Welt hinausgeworfen wie Sisyphus – und im nächsten Moment war er auf einmal wieder bei den weinenden Kazettniks von Karlsruhe und ihren Nazimördern, und zwei, drei Sätze später redete er völlig übergangslos von seinen verkommenen, disziplinlosen Schülern vom Sigmaringer Wirtschaftsgymnasium, die, statt zu lernen und fleißig zu sein, Haschisch rauchten, Alkohol tranken und vorehelichen Sex hatten.

»Der Nihilismus des modernen Menschen«, sagte Gromann laut und zornig, »hat sämtliche Gesetze aufgehoben. Alles, wirklich alles ist möglich, die Leute halten keine Ordnung mehr, und jeder ist auf seinen eigenen Vorteil bedacht. Der jugoslawische Bürgerkrieg – das ist doch wie Auschwitz gewesen! Sehen Sie nach Sarajevo und sehen Sie auf unseren Schulhof, wo neben Zigarettenkippen und kaputten Bierflaschen wie im Puff die benutzten Kondome herumliegen! Das ist der gleiche Verfall! Die Welt ist ein Chaos! Und wir sind mittendrin!« Die Worte flogen ihm scharf und entschlossen aus dem Mund, und als Gromann nun auch noch die klassische, bläuliche Franz-Wechsler-Totschlagmiene aufsetzte, wußte ich, was als nächstes kommen würde. »Darum«, rief er aus, »kann ich jedem, der einen Ausweg sucht, immer nur sagen, daß genau hier, auf der Alb, in Wilflingen, wo früher die Kelten hausten und die Zisterzienser Gott dienten, heute ein Mann lebt, der diesen Ausweg kennt!«

Und dann endlich kam Jüngers Name, es kam noch einmal eine längere Arie über den drohenden Untergang Deutschlands und der Welt, und schließlich erklärte Gromann, daß Jünger ihm deshalb ein Vorbild und Vordenker sei, weil er ein gesamtheitliches, selbstgewähltes Pflichtgefühl in den Mittelpunkt des menschlichen Daseins stelle, eine Art atheistischen Gottesersatz. Was immer er damit meinte, ich fand, es klang exakt nach Jüngers widerlicher preußischer Metaphysik, und nachdem ich aus diesem Grund beschlossen hatte, dem Philosophielehrer später, wenn wir uns verabschieden würden, auf keinen Fall die Hand zu geben, fiel mir wieder ein, wie sich der Dichter-Thor selbst kurz nach dem Krieg absolut gromannmäßig über das deutsche Erscheinen der ›Hundertzwanzig Tage von Sodom‹ beklagt hatte, weil er der Meinung war, daß es von den Obszönitäten des Marquis de Sade nur noch ein winziger Schritt zu den Nazi-KZs sei. »Wo der Liberalismus seine äußersten Grenzen erreicht«, beendete Jünger damals seine antinihilistische Heuchelei, »schließt er den Mördern die Türe auf.« Keine Kondome – in anderen Worten –, kein Holocaust.

Gromann und ich hatten während unserer Unterhaltung einen kleinen Spaziergang gemacht. Er wollte mir eigentlich in dem langen Waldstück oberhalb von Wilflingen ein Keltengrab zeigen, doch nachdem wir es nicht gefunden hatten und ich ohnehin keine Lust mehr hatte, mit ihm zu reden, gingen wir schweigend wieder zurück. Der Philosophielehrer humpelte auf seinem großen, verwachsenen Fuß neben mir her, er mußte sich anstrengen, um mit mir Schritt zu halten, aber ich verlangsamte trotzdem das Tempo nicht. Ich wollte bloß weg von hier, raus aus diesem Wald, raus aus diesem Dorf, raus aus dieser Provinz, und dann wurde der Weg vor uns etwas breiter, und die hohen Bäume, deren Namen ich bis heute nicht weiß, traten ein Stück zurück und gaben den Blick frei auf Wilflingen. Und als ich es so zum ersten Mal aus der Entfernung sah, wie es sich in die schmale Senke zwischen der Schwäbischen Alb und dem Donautal hineindrückte, mit seinen unscheinbaren weißen Häuschen, dem weißen Kirchturm und dem grauen Schloß – als ich plötzlich dieses kleine, vergessene Elend wie auf einer Handfläche vor mir liegen sah, in dem grau verwaschenen winterlichen Nachmittagslicht, da dachte ich endlich, was ich bis dahin nur gespürt hatte: Daß das ganze große Deutschland sich allmählich auch in eine Art

Wilflingen zu verwandeln begann, in ein riesiges vergessenes, zurückgebliebenes, tümelndes Hinterwäldlerdorf, dessen Bewohner genauso wie all die Wechslers, Stauffenbergs und Gromanns immer häufiger von den Veränderungen und Erschütterungen ihrer Zeit so existentiell verunsichert wurden, daß sie alles um sich herum untergehen sahen und sich an der Hoffnung wärmten, eines Tages werde ein kosmischer Übervater kommen, der weiß, wie man Worte wie Zucht und Ordnung, Sittlichkeit und Pflichtgefühl buchstabiert, ein moderner, chauvinistischer und politikverdrossener Nineties-Remix aus Bismarck, Hitler und Weizsäcker, der mit einem einzigen autoritären Federstrich das ganze eingebildete Wiedervereinigungs-Arbeitslosigkeits-Asylanten-Chaos wieder unter Kontrolle bringt.

Ja, so paranoid war mir wirklich zumute, während wir auf Wilflingen zumarschierten, so paranoid, wie ich es auch sonst in jenem viel zu warmen Winter '94 oft genug gewesen bin, aber im nächsten Moment wußte ich schon gar nicht mehr, ob ich recht hatte oder nicht, und als Gromann auf dem Parkplatz vor dem »Löwen« in seinen Wagen gestiegen war und ich ihm natürlich trotzdem die Hand gegeben hatte, dachte ich dann wieder, daß einer wie Ernst Jünger, für den die Bundesrepublik stets ein besetztes Land gewesen ist, mit seiner aufrechten deutschen Biographie und seiner preußischen Metaphysik immerhin der perfekte Prophet einer solchen neuen Untertanenzeit sein mußte – daß er also nicht zufällig zum Gegen-Böll des neuen rechten deutschen Mainstreams von ›Focus‹ über Heiner Müller, Rolf Hochhuth, Helmut Kohl bis zur ›Jungen Freiheit‹ geworden war, eines Mainstreams, der sich ganz offen an Jüngers morbiden Errettungsideen und seinem Heloten-Fatalismus labte, mit einem ständig wachsenden Publikumseffekt. Und nachdem ich dann aber kurz gedacht hatte, ich darf mich auf keinen Fall selbst, auf meine Art, von der Wilflinger Untergangsmelodie einlullen lassen, nachdem ich, wie zur Lockerung, für mich still die Namen von Helmut Dietl, Jakob Arjouni, Odo Marquard, Henryk M. Broder, Giovanni di Lorenzo und noch ein paar anderen besonders lässigen Deutschen aufgesagt hatte, dachte ich, jetzt habe ich, Verfolgungswahn hin oder her, wirklich alles über das Phänomen Ernst Jünger begriffen, jetzt kann ich endlich nach Hause gehen.

Warum ich vorher aber noch einen allerletzten Abstecher zum Wilflinger Friedhof gemacht habe? Jedenfalls wollte ich mir nicht zum Abschied ein zweites Mal den Gedenkstein von Ernst Jünger jr. anschauen, denn das Schicksal von Nazisoldaten, egal ob sie begeistert in den Krieg zogen oder gegen ihren Willen dabei waren, ist mir, ehrlich gesagt, schon immer ziemlich egal gewesen. Und es hat mich auch nicht wirklich das andere Grab dort interessiert, in dem Alexander Jünger lag, der zweite Sohn des Schriftstellers, der sich kurz zuvor, nachdem er gerade erst von einer schweren Krankheit genesen war, im Alter von achtundfünfzig Jahren mit einem Jagdgewehr erschossen hatte und den ich bis jetzt nicht erwähnt habe, weil ich eigentlich finde, daß privater Selbstmord Privatsache ist. Nein, ich bin zum Friedhof gegangen, weil ich am Ende noch einmal den Ort sehen wollte, den Ernst Jünger sein halbes Leben lang mit einer derart herzzerreißenden Begehrlichkeit und Regelmäßigkeit aufsuchte, die alles andere als verdächtig, sondern ganz offensichtlich war, diesen Ort, nach dessen ewiger Ruhe er sich so verzweifelt sehnte und der für ihn, als sei er ein Verfluchter, bis zu diesem Tag und noch ein paar endlose Jahre mehr genauso unerreichbar blieb wie für jeden andern das ewige Leben. »Ich könnte«, schrieb er, der Ewiggestrige und vom Tod fast Vergessene, im wunderbar heißen Sommer 1968 in sein Wilflinger Tagebuch, »ich könnte zufrieden sein, wenn die Lage im Lande nicht wäre: Odysseus im Saal, in dem die Fremden am Werk sind und ihre Lakaien sich wohlfühlen. Hätte eben schon 1914 fallen sollen mit den ersten Freiwilligen.«

Ja, er hätte damals wirklich besser fallen sollen, dachte ich, dann gäbe es vielleicht etwas weniger Larmoyanz, Liebedienerei und Selbstherrlichkeit in diesem Land. Ich lehnte mich gegen die blendendweiß getünchte Friedhofsmauer, die für Jünger von der Ferne bestimmt immer wie eine orientalische Wüstenstadt erstrahlte, wie die Oase eines barbarischen Friedens und Glücks, ich sog die weiche Landluft ein, diesen Geruch von verbranntem Holz, Farbe und Schweinestall, und dann drehte ich mich um, und da sah ich ihn plötzlich, zum ersten Mal, von Angesicht zu Angesicht.

Er kam von seinem Waldspaziergang, um hier seine tägliche Gräberkontrolle zu machen, und er kam direkt auf mich zu. Er hatte einen großen breiten Rücken, sein Gang war steif, betont schnell und gespenstisch stramm. Er trug einen Kamelhaarmantel und eine riesige Fellmütze über dem weißen Haar, und als er mich am Friedhofseingang passierte, grüßte er, wie man das auf dem Dorf so macht. Aber ich gab keine Antwort, ich sah nur stumm in sein verwittertes Cäsarengesicht, und ich dachte, der Tod ist ein Spießer aus Deutschland, und dann dachte ich auch noch, nein, man darf den Tod niemandem wünschen, nicht einmal einem, der ihn selbst so verzweifelt sucht.

Unschuld mit Grünspan

Als die Soldaten zu Schriftstellern wurden, waren ihre Opfer längst tot und verfault – oder unterwegs in ein neues, friedliches Leben, in dem Literatur nur Nebensache war. Als die Soldaten nach Worten zu ringen begannen, nach Worten für das, was ihnen in Schützengräben, Wachstuben und Bordellen widerfahren war, versuchten ihre Opfer – wenn sie überhaupt noch bei Bewußtsein waren und all ihre Sinne und Glieder beisammen hatten –, den Krieg, mit dem die Soldaten sie überzogen hatten, für immer zu vergessen. Als dann aber die Soldaten ihre ersten Bücher herausbrachten, waren plötzlich die Opfer der Soldaten wie vergessen, und die einzigen Opfer, die in diesen Büchern vorkamen, waren die Soldaten selbst.

Ich hasse die deutsche Weltkriegsprosa. Ich hasse den in ihr ewig wiederkehrenden Typus des jammernden, feinfühligen Landsers, der unter der Nazi-Maschine in Wahrheit mehr leidet als jeder andere Mensch, der von sadistischen Offizieren und fanatischen Parteileuten immer weiter vom geliebten Zuhause und von dem noch geliebteren Ich fortgetrieben wird, in fremde Gegenden und ausweglose Situationen, und der von seinem Elend so besessen ist, daß er das Elend, das er Polen und Russen, Holländern und Griechen bringt, kaum wahrnimmt, geschweige denn, daß er sich ihm einmal mit derselben Emphase widmen würde wie seinem eigenen.

Aber es ist mehr als nur ihre egozentrische Wehleidigkeit, was mir die Figuren Heinrich Bölls, Hans Werner Richters oder Wolfgang Borcherts so unsympathisch macht. Es ist ihr angebliches Unbeteiligt- und Unschuldigsein an dem Massaker, das deutsche Männer, egal ob freiwillig oder nicht, sechs Jahre lang unter den Soldaten und Partisanen und Frauen und Kindern Europas anrichteten, wobei sie natürlich auch, wenn sie nicht direkt Hand und Gewehr anlegten, das Projekt Holocaust realisieren halfen, weil SD- und SS-Männer schließlich nur dort Juden umbringen konnten, wo vorher die feinfühligen, leidenden Landser einmarschiert waren.

Ich kann mich wirklich an keine einzige Romanpassage erinnern, in der ein deutscher Soldat als unmittelbar Handelnder, als Täter, als Mörder beschrieben worden wäre. Ich habe bei keinem der Nachkriegs-Kriegs-Autoren das klare und unmißverständliche Eingeständnis gelesen: Ja, ich habe andere getötet, ja, ich habe geholfen, andere zu töten, ja, ich habe lachend einem Juden den Bart abgeschnitten, ja, ich habe Widerstandskämpfer exekutiert, in fremden Betten geschlafen! Sie stehen immer mittendrin und dennoch ganz weit daneben, diese Krieger wider Willen; so wie etwa Eugen Rapp, der autobiographisch-literarische Eins-zu-eins-Held von Hermann Lenz in dessen Roman ›Neue Zeit‹, auch er die Unschuld in Person, auch er ein hochsensibler, introvertierter Jüngling, der natürlich kein Nazi ist und trotzdem natürlich für Hitler in den Krieg zieht. Er symbolisiert wie keine andere Romanfigur die heuchlerische Selbststilisierung der Schriftstellersoldaten der jungen Bundesrepublik, denn er, der beste und geschickteste Schütze weit und breit, gibt in allen Schlachten und Kämpfen keinen einzigen Schuß ab, und als er dann von den Amerikanern gefangengenommen wird, sind die Patronen in seinem Gurt mit Grünspan überzogen, dem Grünspan seiner vermeintlichen Unberührtheit von Mord und Tat. Poetischer kann man sich kaum aus der Affäre ziehen – verlogener aber auch nicht.

Mit dem Krieg kam also die Lüge in unsere Literatur, und wer heute darüber streitet, ob die deutschen Autoren damals zuviel von ihren Fronterfahrungen berichteten und zuwenig von den Leiden der deutschen Zivilbevölkerung, der streitet am wirklichen Problem vorbei. Denn es spielt für einen echten, ehrlichen Schriftsteller keine Rolle, welchen Ausschnitt eines großen weltpolitischen Menschendramas er als Sujet für seinen Roman, für sein Stück wählt, um das große weltpolitische Menschendrama für immer in der Erinnerung und den Herzen seiner Leser zu verdichten. Wichtig ist nur, daß er beim Erzählen die Wahrheit und nichts als die Wahrheit sagt, die Wahrheit über die Guten und die Schlechten, über die Eigenen und die Fremden – und dadurch auch über seine persönliche Rolle in dem ganzen Scheißspiel.

So gesehen muß der ultimative, der alles erklärende und alles klärende Weltkrieg-II-Roman nicht unbedingt in den Schluchten der Ardennen, an den Öfen von Birkenau oder unter einer Horde endkampfbereiter, hitlerverliebter HJ-Jungen spielen. Er kann genauso die Geschichte der Verbrannten von Dresden, der Verjagten von Leitmeritz erzählen – wenn er nur stimmt, wenn die Gefühle und Handlungen seiner Figuren so rein, so widersprüchlich, so wertfrei geschildert werden, wie sie gewesen sind, wenn sein Verfasser nicht, ob nun aus echter Scham oder falscher Selbstentlastungsstrategie, um das, was wirklich war, einen riesigen Bogen macht.

Wie gesagt: Ich glaube nicht, daß es auch nur ein einziges solches ehrliches deutsches Kriegsbuch gibt, denn wenn es das gäbe, dann wäre es ganz automatisch Weltliteratur, und ich würde es kennen. Aber eigentlich könnte mir, der dies hier ein halbes Jahrhundert nach Hitlers Ende schreibt und der ohnehin die ganze schrecklich-schöne Wahrheit über den Zweiten Weltkrieg von Giorgio Bassani, Wassilij Grosmann und Josef Škvorecký erfahren hat – eigentlich könnte mir das Fehlen eines solchen Buchs völlig egal sein, wenn ich nicht glauben würde, daß die wahre Katastrophe für die deutsche Nachkriegsliteratur gar nicht so sehr in den Lügen und dem Schweigen der seinerzeit ewig danebenstehenden Väter besteht, sondern darin, daß die Söhne schon bald von den Vätern das Lügen, das Schweigen und Danebenstehen gelernt haben.

Wer immer nämlich die deutsche Gegenwartsliteratur dafür kritisiert, daß die Wirklichkeit in ihr lauter blasse, farblose Schatten wirft, wer immer sich darüber beschwert, daß die Schriftsteller von heute vor lauter feinsinnigem, intellektuellem Weltekel und unaufrichtigem Selbstmitleid das Leben so verschlüsselt und gefühllos und ungenau beschreiben, daß man ihnen in ihre künstlichen Welten nicht folgen mag, wer immer erklärt, daß bei dieser Methode die Wahrheit auf der Strecke bleiben muß und damit auch die Literatur, hat natürlich recht – und vergißt zu sagen, daß die Autoren der Gegenwart diese unehrliche, unpersönliche, unliterarische Art des Schreibens selbst gar nicht erfunden haben. Denn das Versteckspiel mit der unverstellten Realität, das Heinrich Böll und seine »Gruppe 47«-Kameraden einst spielten, ist, wie sich rückblickend herausstellt, nichts anderes gewesen als das ästhetische Vorspiel zu dem romantischen Hakenschlagen, das Peter Handke, Botho Strauß, Thomas Hettche, Elfriede Jelinek und all die anderen Großeuphemisten dieser Jahre und Tage betreiben, wenn es darum geht, mehr zu tun, als die Eisblumen ihrer gewalttätigen Tagträume und verheulten Alpnächte auf die Fenstergläser der modernen Prosa zu hauchen.

Man muß sie ja fast schon dafür bewundern, weil sie es immer wieder schaffen, sich mit bedeutungsleeren Wortneuschöpfungen, weltabgewandten Akademismen und schwammigen Pauschalgefühlen aus der Gegenwart und somit auch aus ihrer eigenen, unmittelbaren Teilhabe an ihr herauszustehlen. Und man muß gleichzeitig sehen, daß es neben ihnen eine viel größere Gruppe ganz anderer, wohl noch verdrucksterer, verlogenerer Dichter in diesem Land gibt: Es sind jene, die zwar so tun, als würden sie mit klaren Worten Klarheit in das Leben ihrer Figuren und Leser bringen wollen, die am Ende aber ebenfalls bloß danebenstehen und sich aus ihrer Wirklichkeit auf ihre Art genauso zu flüchten suchen wie ihre Soldatenväter.

Manche von ihnen tun es, indem sie, ohne jedes Risiko, für sie völlig fremde literarische Identitäten annehmen, wie Ingo

Schulze zum Beispiel, der in einem falschen, aufgesetzten Mütterchen-Rußland-Ton von Russen in Rußland erzählt, wie Thomas Brussig, der Philip Roth so hilflos nacheifert wie Stefan Raab New Yorker Stand-up-Komikern, wie W. G. Sebald, dessen Worte nur dann halbwegs zu sich finden, wenn sie von jüdischen Emigranten geliehen sind. Andere wiederum tun es, indem sie, so wie Helmut Krausser, Patrick Süskind oder Christoph Ransmayr, vor der Gegenwart in eine Vergangenheit davonlaufen, die mal besser, mal schlechter erfunden ist, ihnen aber auf jeden Fall Schutz vor den Konflikten und Anwürfen der Zeit bietet, in der sie hier und jetzt mit ihren Freunden und Feinden leben. Und dann gibt es noch solche wie Thomas Meinecke, Benjamin von Stuckrad-Barre oder Andreas Neumeister: Sie glauben, daß der, der in der Schönen Neuen Welt des angelsächsischen Pop um Asyl nachgesucht hat, mit dem Deutschland von heute – und gestern – nichts mehr zu tun haben muß und deshalb für deutsche Fehler, deutsche Steifheit, deutsche Geschichtslosigkeit nicht verfolgt und haftbar gemacht werden kann.

Lüge, alles nur Lüge, und wer lügen will, sollte Wunderpillen auf Jahrmärkten verkaufen, aber nicht Schriftsteller sein. Doch habe ich das nicht schon gesagt? Ja, und ich habe auch gesagt, wie sicher ich mir bin, daß die Handkes, die Ransmayrs und die Meineckes sich zu ihrem bewußt kalkulierten Rückzug aus der Wirklichkeit – die nur ein anderes Wort für Wahrheit ist – von ihren literarischen Vätern inspirieren ließen. Was ich allerdings noch nicht gesagt habe, ist, warum sie es taten, und so genau weiß ich das auch gar nicht. Ich weiß nur, daß gute Literatur die Menschen besser macht, gerade solche, die eines Tages selbst Romane schreiben werden, und wer als Schüler, als Student in den Lügenbüchern seiner Väter liest, wird später garantiert kein guter Mensch und erst recht kein guter Schriftsteller sein.

Und genau darum also wird er es dann nicht schaffen, das alles erklärende, alles klärende Buch über APO, über RAF, über Stasi, über alte Bonner Nazis und neue Berliner Chauvinisten hinzuzaubern, denn er wird es immer vermeiden, die Wahrheit über seine eigene Verstrickung in diese Dinge, über die er nur deshalb schreibt, weil er sie kennt und sie ihn beschäftigen, preiszugeben, so wie einst die Schriftstellersoldaten, als sie Abertausende Seiten um ihre eigenen Taten herumschrieben. Und er wird auch sonst in seinen Formulierungen, seinen Beschreibungen, seiner Erzählstrategie ganz vage und unbestimmt bleiben, denn wer vage und unbestimmt ist, den kann man weder moralisch noch literarisch zur Rechenschaft ziehen. Vielleicht sind ja darum alle 68er-Romane, die ich kenne, lauter banale, unverbindliche Liebesgeschichten, vielleicht ist deshalb die DDR-Bewältigungsprosa so wabrig und flüchtig wie die Wolke, die gerade vor meinem Fenster über den Himmel zieht.

Schlechte Menschen haben keine Bücher. Schlechte Menschen führen immer nur Krieg – gegen andere Menschen oder gegen die Literatur.

Aleksandar Tišma: Der Vater allen Schreibens

Nachts, glaube ich, denkt er am häufigsten daran. Nachts, wenn die Toten seiner Jugend um sein Bett tanzen, wenn er Schüsse hört und die hysterischen Befehle der ungarischen Soldaten, mit denen sie die Serben und Juden von Novi Sad zusammentreiben – nachts, wenn er sich verschwitzt in seinem kalten Greisenbett wälzt und kaum noch zwischen Heute und Gestern unterscheiden kann, da denkt er, wie sehr er den Krieg haßt, weil er seinen idiotischen Glauben an die zivilisierende Macht von Moral und Gesetz für immer vernichtet hat, aber er denkt auch, wie sehr er ihn liebt, hätte er doch ohne ihn keinen einzigen seiner großen, düsteren, weltberühmten Romane schreiben können.

Der Krieg, da bin ich mir sicher, hat den serbischen Juden Aleksandar Tišma zum Schriftsteller gemacht. Ohne Krieg fiele ihm bestimmt nichts ein, was wir unbedingt lesen müßten, er schriebe wie jeder andere heute über die Liebe, das Traurigsein und andere kleine Sorgen in Friedenszeiten, und seine Bücher wären so schnell vergessen, wie sie erscheinen würden. Was für ein Glück also für die Literatur, daß im Frühjahr 1941 Aleksandar Tišmas stille, ereignislose Provinzkindheit in der serbischen Vojvodina mit einem Schlag zu Ende ging, damals, als Ungarn und Deutsche seine verschlafene Heimatstadt Novi Sad besetzten und dort mehr oder weniger unsentimental unter ihren Erbfeinden von Untermenschen zu wüten begannen. Was für ein stoffspendender Segen, daß Tiřma im Januar 1942 das große Massaker an der Zivilbevölkerung zwar überlebte, sich aber drei Tage lang in der Wohnung seiner Eltern vor Todesangst übergab, während sich draußen der Schnee rot vor Blut färbte. Was für ein Geschenk des Himmels und der Musen, daß er später vor seinen Verfolgern nach

Budapest floh, dort von ihnen wieder eingeholt, versklavt und nach Transsylvanien deportiert wurde, wo er Schützengräben gegen die heranrollenden russischen Panzer ausheben mußte, um schließlich für den Rest des Kriegs in der Musikkompanie der jugoslawischen Befreiungsarmee unterzuschlüpfen und von diesem sicheren Platz aus kühl und zukunftstrunken zugleich dabei zuzuschauen, wie seine Kameraden an der vordersten Kampflinie mit seinen Erbfeinden von Herrenmenschen mehr oder weniger rücksichtslos aufräumten. Aleksandar Tišma selbst drückt es – etwas ungenauer – so aus: »Die Zeit des großen Mordens war ein richtiges Abenteuer. Es war die Zeit der Pläne, der Sorgen, der Hoffnungen.«

Genauso sieht es auch Sergije Rudić, der Held von Tišmas Roman ›Treue und Verrat‹. Das Leben, das er im befriedeten Jugoslawien der frühen 60er Jahre führt, ist für ihn gar kein richtiges Leben mehr, es ist ein stumpfes, mechanisches Dahinvegetieren, es ist ein bißchen Sex, ein bißchen Arbeit, ein bißchen Familie, es ist die Hölle der totalen und sinnentleerten Langeweile, die Verbürgerlichung heißt. Früher, als er die Faschisten hassen und die Freiheit lieben durfte, brannte er von morgens bis abends vor Unternehmungslust und Energie. Er eilte zu konspirativen Treffen, malte Parolen an Häuserwände und druckte Flugblätter, er war der schönste und klügste und eifrigste Partisan weit und breit, und dann brannte eines Nachts nicht nur sein Herz, sondern ein Getreideschober in der Nähe von Novi Sad, den er zusammen mit zwei anderen im Auftrag von Titos Leuten angezündet hatte. Es sollte die größte, die einzige Tat werden, die er je vollbringen würde – so erscheint es Sergije jedenfalls zwanzig Jahre später, und wann immer er sich an seine nächtliche Sabotageaktion erinnert, die ihn ein paar Jahre KZ kostete, wird ihm bewußt, »daß nur das in seinem Leben Wert hatte, diese Flamme, diese Geste, an sich kaum bedeutend für den Ausgang des Kriegs.« Wäre er doch damals gefallen, denkt er oft sehnsüchtig, »verewigt in jenem Augenblick der Feuersbrunst.«

Sergije Rudić ist also ein Untoter, der gegen seinen Willen weiterleben und in der öden Nachkriegsgegenwart umherirren muß. Er ist ein Zombie wie alle anderen Figuren in Aleksandar Tišmas Gestern-war-heute-wird-morgen-sein-Romanen von ›Der Gebrauch des Menschen‹ über ›Das Buch Blam‹ bis ›Kapo‹, die immer wieder um die Frage kreisen, ob es die schreckliche, aufregende Vergangenheit ist, die die Menschen nicht losläßt, oder ob es die Menschen sind, die sich an sie klammern, und das ist natürlich eine Frage, auf die es keine Antwort gibt. Da ist es dann auch völlig egal, daß Tišma in ›Treue und Verrat‹ dem frustrierten Sergije ein paar hundert Seiten lang eine Chance gibt, dieser Vergangenheit zu entkommen, denn es ist ohnehin keine echte Chance, es ist nur ein hinterhältiger Trick des allmächtigen Erzählers, der seiner hilflosen Figur beweisen muß, daß sie nichts ist und er alles; nein, es ist Tišmas ureigene, an Sturheit grenzende Unfähigkeit, dem Gestern als Mensch und darum auch als Schriftsteller abzuschwören.

Sergijes Chance heißt Inge. Sie ist eine Deutsche, und als junges Mädchen lebte sie nur ein paar Straßen von ihm entfernt in Novi Sad. Kurz vor Kriegsende floh sie mit ihrer Familie, die den Moment der großen Abrechnung nicht abwarten wollte, nach Österreich, er hat sie seitdem nicht mehr gesehen, und nun steht sie im Haus von Freunden neben ihm, eine große, blasse Blondine mit grauen Erwachsenenaugen. Sie sind für einen Moment allein im Zimmer, durch die halb heruntergelassenen Jalousien schimmert gerade soviel Licht, daß er ihre Schönheit erkennen und ihre Härte übersehen kann, und da umfaßt er, ohne zu fragen, ihre glatte, warme Taille, und Gegenwart und Zukunft bekommen endlich wieder ein Gesicht für ihn.

Inge ist natürlich auch ein Zombie. Die Zeitkapsel, in der sie für immer umschlossen ist, umfaßt ein paar wenige Tage – es sind die letzten Tage ihrer Flucht von Novi Sad in den Westen, als sie, ihre Mutter und ihre Tante auf einem Bauernhof in der Nähe von Wien abwechselnd von immer neuen, ständig vorrückenden russischen Soldaten vergewaltigt wurden, die es manchmal gar nicht so meinten, manchmal aber eben doch. Als das ganze vorbei war, tauchte neben der willenlosen Inge auch noch ihr verkrüppelter, arroganter Cousin Balthasar auf und legte sich auf sie, und so wurden sie Mann und Frau. Daß Inge seitdem nicht mehr sie selbst ist, wen würde es wundern, und klar ist auch, daß sie bei der Rückkehr in ihre alte Heimat wieder zu sich zu finden hofft. Hier war noch alles gut, bevor alles schlecht wurde – das denkt sie bei jedem Kuß, den sie ihrem Kindheitsfreund Sergije gibt, doch sie kann ihn so viel küssen, wie sie will, nichts passiert, sie bleibt für immer das harte, kalte Russenliebchen, das auch jenen Mann hassen muß, den es liebt, weshalb das Kind, das Inge nun von Sergije erwartet, sie erst recht gegen ihn aufbringen muß. Als Sergije das begreift, als er erkennt, daß er Inge – »seine letzte Eintrittskarte in die Zukunft« – zu verlieren droht, da löst er, der von Aleksandar Tišmar determinierte Sklave seiner Vergangenheit, wie aus Trotz das Ticket für eine einfache Fahrt zurück. Er verwandelt sich wieder in den Partisanen und Kämpfer von früher, er erwählt Inges herablassenden deutschen Wirtschaftswunder-Ehemann Baltasar zu seinem Feind, er stilisiert ihn, den ganz gewöhnlichen Spießerrassisten, zum faschistischen Teufel, der aus dem Weg geräumt werden muß, für Freiheit und Liebe und Gerechtigkeit, und natürlich gelingt Sergije, dem kraftlosen Schatten seiner eigenen Jugend, zum Schluß nicht einmal das.

Ist ›Treue und Verrat‹ überhaupt ein gutes Buch? Ja. Nein. Ja. Es ist, wie kein anderer von Tišmas Romanen, ein Buch, das nicht bloß von Mord und Totschlag und anderen kleinen Kriegssorgen handelt, sondern vor allem von Tišma selbst. Von Tišma, dem Schriftsteller, der, ebenso wie seine Figuren, als Autor nur in der Vergangenheit bei sich ist, ohne sie jedoch nur wie ein kraftloser Schatten seines literarischen Talents erscheint. Das ist der traurige, ergreifende Subtext dieses

Romans, der so viel wie kein anderer Tišma-Roman in der zivilen Gegenwart der Nachkriegszeit spielt, dieses Romans, der immer dann so groß, so dunkel, so eisig-schön und zwingend ist wie die unvergänglichsten aller Bibelbücher, wenn die Männer und Frauen, die ihn bevölkern, absolut manisch in den Blutbädern und Schuldgefühlen ihrer Jugend waten – und der jedesmal in die Belanglosigkeit zeitgenössischer Konversationsliteratur abrutscht, wenn seine Gestalten Dinge tun, die wirklich nur etwas mit ihrem banalen Heute zu tun haben, wenn sie essen, spazierengehen, in der Sonne liegen.

Kann man womöglich als Schriftsteller gar nicht vom Frieden erzählen, von ruhigen, goldenen Zeiten, vom Paradies? Natürlich kann man – man muß nur das Paradies als Hölle empfinden, als einen Ort, an dem, ohne daß Kugeln fliegen, Panzerketten rasseln oder Gaskammertüren ins Schloß fallen, die Menschen aus Dummheit und Schwäche und Amüsierwut sich selbst und den anderen Dinge antun, die sie lieber lassen sollten, Dinge, die sie bereuen, verdrängen und trotzdem nicht lassen können, weil ihnen sonst zu langweilig würde in ihrer ereignislosen Zeit. Aleksandar Tišma hat seine Hölle aber schon erlebt, das Paradies kann ihm deshalb immer nur als Paradies erscheinen, und vielleicht ist genau das die freundliche Botschaft, die er so geschickt hinter den düsteren Sätzen und schwarzen Stimmungen all seiner Bücher verborgen hat. Ganz bestimmt sogar.

»Hat Ihnen mein Roman gefallen?« sagt Tišma leise ins Telefon, als ich ihn endlich in Novi Sad erreiche, wo er, natürlich, immer noch lebt. »Ja, nein, ja«, antworte ich, und dann reden wir darüber, wie er den Krieg überstanden hat, wir reden über Vorsicht, die er selbst Feigheit nennt und ohne die es ihm niemals gelungen wäre, seine Feinde immer aufs neue zu überlisten, er spricht davon, daß er nie Rachegefühle hegte gegen die Mörder seiner Verwandten und Freunde, er sagt, wahrscheinlich fehle ihm da ein Gen oder irgend etwas anderes, das aus Männern echte Männer macht, und als ich mich am Ende für meine bohrenden Fragen nach seiner Biographie entschuldige, entgegnet er, der Großmeister der Holocaust-Literatur: »Das macht nichts, das macht wirklich gar nichts, im Gegenteil sogar, ich spreche sehr gern über die Vergangenheit, und es fragt mich sonst nie jemand danach.«

Geschichte schreiben

Jedesmal, wenn ein deutscher Schriftsteller von mir wissen will, wieso ich immer nur von Juden erzähle, frage ich ihn, statt ihm eine Antwort zu geben, warum sich in seinen Büchern ständig alles um Deutsche dreht. Was er darauf entgegnet? Nicht viel, oder eigentlich gar nichts, es gibt einen überraschten Blick, eine beleidigte Grimasse, und dann ist das Gespräch meistens genauso schnell zu Ende, wie es begonnen hat. Die Frage aber bleibt. Denn so blöd und hinterhältig sie gestellt ist, so berechtigt ist sie auch, es kommt nur darauf an, ob man sie aus Neugier an mich richtet oder aus Unduldsamkeit.

Ich selbst, um ehrlich zu sein, würde manchmal ebenfalls gerne wissen, warum es vor allem die Juden sind, denen mein ganzes poetisches Interesse gilt. Meistens verschwende ich an dieses Thema aber bloß ein paar flüchtige, abwesende Gedanken, zu stark sind die Geschichten, die ich zu Hause höre, von meinen Eltern, von nahen Freunden und fernen Verwandten, zu stark und zu geheimnisvoll, als daß ich mir allzulange überlegen müßte, warum ich ausgerechnet diese Geschichten auf meine Art neu erfinden und weitererzählen will – und viel zu mächtig und aufregend ist der ewige Widerstreit zwischen Juden und Deutschen, als daß ich nur eine Sekunde dabei zögern würde, ihn so zur Literatur machen zu wollen, damit zuerst die jüdischen Leser sagen können, er erzählt von uns.

Zögere ich dann aber einmal doch, um mich zu fragen, warum ich von den Juden nicht lassen kann, scheint mir die Erklärung dafür ganz einfach zu sein. Sie kenne ich am besten, sie sind wie ich und ich bin wie sie, und deshalb ist das, was es für mich über Liebe und Leben und Sterben zu sagen gibt, zunächst nur eine Sache unter uns. Doch dabei bleibt es natürlich nicht, ein Glück sogar, daß es dabei nicht bleibt, denn gleich mein erster nichtjüdischer Leser zerstört die für das Schreiben so notwendige Intimität, und auf ihn habe ich in Wahrheit von Anfang an gewartet. Schließlich weiß ich, wie jeder andere auch, daß man als Schriftsteller nur deshalb so unschuldig und absichtslos wie möglich von seiner eigenen Welt erzählen sollte, damit auf diese Weise jene Dichte und Authentizität entstehen kann, die es jedem, der nicht in ihr lebt, ermöglicht zu erkennen: In meiner Welt sieht es genauso aus.

Meine jüdischen Freunde würden mich für das, was ich da sage, hassen. Sie würden sich über mich lustig machen, und sie würden mich aufziehen damit, daß ich so dumm bin, den Gojim die selbstverständlichsten Dinge erklären zu wollen. Die Witze, die sie dann auf meine Kosten reißen würden, da bin ich mir sicher, hätten viel mit Stolz zu tun, aber noch sehr viel mehr mit dem alten jüdischen Widerwillen gegenüber der selbstgewählten gesellschaftlichen Abgeschlossenheit, die immer wieder vor sich selbst zu begründen eine Menge Kraft kostet, vor den Nichtjuden aber einfach nur gute Nerven. Warum versprichst du ihnen nicht gleich, daß du nie mehr einen Brunnen vergiften wirst? würden mir meine jüdischen Freunde zurufen. Wieso entschuldigst du dich nicht dafür, daß du Jesus umgebracht hast? Und weshalb sagst du ihnen nicht einfach, daß du als Jude über Juden schreibst, weil in diesem Geschäft die deutsche Konkurrenz besonders schwach ist?

Das mit der fehlenden Konkurrenz wäre übrigens gar nicht so falsch, man müßte es nur präzisieren: Heute von Juden zu erzählen, heißt für einen jüdischen Autor nämlich immer auch vom Holocaust zu erzählen, und das bestimmt nicht bloß deshalb, weil der mißglückte Versuch der Nazis, die europäische Judenheit zu vernichten, mindestens so viele Menschen das Leben gekostet hat wie er dramatische Begebenheiten und unglaubliche Abenteuer hervorbrachte – und somit also ungezählte literarische Vorlagen, deren dramaturgische Kraft darin liegt, daß in ihnen die Bösen immer als besonders böse auftreten, die Guten als besonders gut, und wenn aber nicht, die Konflikte, von denen es zu berichten gibt, erst recht spannend und bestürzend sind.

Doch es ist wirklich nicht allein eine Frage der Dramaturgie, warum einer wie ich beim Schreiben immer wieder fast intuitiv auf den Holocaust zusteuert, und eigentlich ist es nicht der Holocaust selbst, der mich interessiert und bewegt, sondern vielmehr das, was er mit den Menschen, egal ob Täter oder Opfer, gemacht hat und weiterhin macht, vor allem aber mit ihren Nachkommen. Ja, richtig, mit ihren Nachkommen. Es kann meine Generation nämlich noch so sehr nerven und anöden, es kann uns noch so lästig sein – und doch ist es so, daß alles, was wir heute schreiben und denken und tun, daß also alles, was uns politisch und intellektuell beschäftigt, ein Echo auf die schrecklichste aller schrecklichen Zeiten ist. Unsere Mütter und Väter sind aus ihr hervorgegangen, klar, und darum sind auch wir die Kinder jener Zeit.

Seit wir denken können, schlagen wir uns mit den Ängsten und Lügen, mit den Schmerzen und Ausflüchten unserer Eltern und Großeltern herum. Wir sind als Juden neurotisch, arrogant, moralisierend, wir sind als Deutsche betroffen, skrupulös, abwehrend, und alle zusammen sind wir ständig damit beschäftigt, uns auf die eine oder andere Art von diesem übermächtigen, alles prägenden Gründungsmythos der Nachkriegszeit zu befreien. Du denkst also an Auschwitz, wenn du auf der Straße einer schönen deutschen Frau hinterherschaust? würden mir meine jüdischen Freunde an dieser Stelle laut lachend zurufen, worauf ich laut lachend zurückgeben würde: Ihr etwa nicht? Und ich würde natürlich lügen dabei, denn was tut man nicht alles, wenn man einen guten Witz noch besser parieren will.

Aber im Ernst: Selbstverständlich meine ich nicht, daß die Nazis und ihre Taten und Ideen uns bis heute vierundzwanzig Stunden am Tag bedrängen und beschäftigen – das wäre nämlich nicht nur falsch, sondern auch ganz schön unangenehm. Aber ein paar Stunden können es manchmal schon werden. Da muß nur ein revisionistischer Professor in einer Talkshow sitzen und grimmig sein; da muß nur ein jüdischer Vater seinem Sohn zum erstenmal von den Lagern erzählen und zugeben, daß er deshalb so lange geschwiegen hat, weil er damals seinen eigenen Vater sterben sah und sich seitdem schuldig fühlte, überlebt zu haben; da muß nur ein junger Deutscher seinem jungen jüdischen Freund gestehen, daß er vor seiner ersten Israelreise mehr Angst hat als vor einer komplizierten Gehirnoperation, um ihm im nächsten Atemzug vorzuwerfen, daß er sein Judentum immer so heraushängen lasse; und da muß nur ein altlinker Adorno-Schüler nach zwanzig sisyphushaften Jahren vor der unsühnbaren Schuld seiner Vorväter die Waffen strecken und in aller Öffentlichkeit verzweifelt zur zweiten konservativen Revolution aufrufen – und schon durchdringen sich Vergangenheit und Gegenwart so wild, so manisch, so unwiderruflich, daß sofort und ganz automatisch eine neue, andere Gegenwart entsteht.

Und genau davon, wie unsere Gegenwart also in immer neuen Schüben, Wellen zu sich kommt, wie sie ist und wie sie besser nicht sein sollte, genau davon will ich erzählen. Als jüdischer Autor? Offenbar schon. Denn meine nichtjüdischen Kollegen scheinen, wenn man ihre Bücher liest, kein allzu großes Interesse an unserer gemeinsamen Geschichte zu haben und auch nicht an den Geschichten, die sie bis auf den Tag schreibt. Ob das eher daran liegt, daß sie als Angehörige des Tätervolkes von ihren Tätereltern kaum etwas Echtes, Authentisches über deren Taten und Schicksale erfahren haben, oder ob sie auf diese Weise einfach nur selbst, als besinnungslose Lemminge einer guten alten nationalen Gewohnheit folgend, den legendären Schlußstrich zu ziehen versuchen, weiß ich nicht. Ich weiß nur, daß genau dies der Grund dafür ist, wieso man in meiner Generation als Jude bei einer bestimmten Sorte von Literatur ziemlich allein zu sein scheint, in anderen Worten also, warum in diesem Geschäft die deutsche Konkurrenz besonders schwach ist.

Da ich schon mal dabei bin, mehr oder weniger niederträchtig Vergleiche zu ziehen, will ich nicht gleich wieder damit aufhören, wobei es eigentlich in diesem Zusammenhang nur noch eines zu sagen gibt: Daß nämlich die unsägliche Blässe und Reizlosigkeit der von Deutschen geschriebenen deutschen Gegenwartsliteratur einzig und allein damit zusammenhängt, daß in ihr die Vergangenheit – als Fundus von Fabeln ebenso wie als gehaßtgeliebter moralischer Zeigefinger – kaum vorkommt, höchstens mal bei dem einen oder andern als ein allgewaltiger Schlag auf den Kopf, als eine pseudo-metaphysische Benommenheit, als ein sehr rauschhaftes, sehr unverbindliches Herumphantasieren in romantisch-euphemistischen Großbegriffen. Die meisten meiner nichtjüdischen Kollegen aber ignorieren, im Gegensatz zu den jüdischen Schriftstellern deutscher Sprache, die kollektive Erinnerung ihres eigenen Volkes vollkommen. Sie erzählen – mal besser, mal schlechter – von öden Parties und schönen Büchern, von langweiligen Universitätsstädten und aufregenden Popdekaden und tun dabei immerzu so, als würde das, was die Menschen in diesem Land heute machen und denken, absolut nichts damit zu tun haben, was sie hier vor über fünfzig Jahren gemacht und gedacht haben. Das aber führt erstens dazu, daß sie eine Menge prächtiger Stories verschenken, und zweitens, daß ihre Figuren soviel Leidenschaft und Leben in sich tragen wie japanische Origami-Männchen.

Bei ihnen kann man nichts über die junge Schauspielerin lesen, die ihr Baby haßt und nicht begreift, warum, bis sie endlich herausfindet, daß ihre Mutter in einem Lebensborn-Heim gezeugt wurde und sie darum so kalt und wütend erzog. Bei ihnen erfährt man nichts von dem rechtsradikalen Historiker, der als junger Mann wegen seiner verkrüppelten Hand nicht zur Wehrmacht durfte und nun mit großdeutschen Tiraden sein schlechtes Gewissen zu kompensieren versucht über den Fronttod der meisten seiner damaligen Klassenkameraden. Und es steht bei ihnen auch kein Wort über den aufrechten 68er, der nach dem Tod seines Vaters in dessen Jägernotizbuch – worin dieser sein Leben lang erlegte Rehe und Wildgänse und Kaninchen auflistete – unter dem 12. November 1943 die Eintragung »Heute nichts, nur drei Russen« entdeckt und trotzdem nicht aufhören kann, um den Vater zu trauern. Wie ich auf diese Geschichten komme? Sie sind alle passiert, ich habe sie gehört, und wenn ich ein deutscher Schriftsteller wäre, würde ich sofort darangehen, sie zu Literatur zu machen.

Ende des niederträchtigen Vergleichs. Oder nein, nicht ganz. Daß Deutsche von Deutschen genauso erzählen wie Juden von Juden, habe ich am Anfang gesagt, aber ich habe es natürlich nicht so gemeint. Schließlich wußte ich da auch schon, daß die geschichts- und geschichtenlosen Bücher der meisten deutschen Autoren unserer Zeit nichts mit den Büchern ihrer jüdischen Kollegen gemeinsam haben. Jetzt aber weiß ich noch etwas ganz anderes: Ich habe begriffen, daß man als deutscher Schriftsteller Geschichte und Geschichtsbewußtsein ja ohnehin nicht unbedingt braucht, jedenfalls nicht, um sich selbst zu definieren und zu begreifen als ein ganz besonderes, zugleich in etwas ganz Allgemeinem aufgehobenes Individuum. Zu wissen, daß man eines Tages garantiert in der Erde begraben werden wird, auf der man ein Leben lang ging, sich also einer festen Heimat immer ganz sicher zu sein, ist nämlich für den intellektuellen Seelenfrieden schon mehr als genug – wenn es denn einem reicht.

Für einen Juden aber, der mit dem Bewußtsein lebt, an keinen Ort der Welt wirklich gebunden zu sein – und zwar aus Not genauso wie aus Spaß –, ist die Geschichte seiner Leute die einzige feste Heimat, die er hat. Und das heißt, daß man als jüdischer Autor nicht nur ununterbrochen auf der Suche nach sich selbst durch diese Geschichte flaniert und stolpert und hetzt, sondern daß man sich zugleich die Heimat durch das Schildern dieser Suche immer wieder von neuem zu erschreiben versucht. Und genau das ist dann, ich gebe es zu, in Wahrheit der einzige Grund dafür, warum es vor allem die Juden sind, denen mein ganzes poetisches Interesse gilt.

Ich weiß, was meine jüdischen Freunde jetzt sagen würden. Schon in Ordnung, wie du das machst, würden sie sagen, aber du gehst mit ihnen noch viel zu versöhnlerisch um. Versöhnlerisch, würde ich darauf entgegnen, ist das falsche Wort, Freunde, denn ich glaube und hoffe, es hat den Deutschen bis heute noch keiner so klar zu verstehen gegeben, daß die deutsche Literatur nie mehr zum Synonym für jüdische Literatur werden wird. Wir leben mit ihnen, wir arbeiten mit ihnen, wir lachen mit ihnen – aber wir werden auf immer geschiedene Leute sein. Und das gefällt dir? würden meine jüdischen Freunde mich dann fragen, und ich würde sagen: Euch vielleicht nicht?

Meine herbste Zeit

Einmal im Jahr vergesse ich all meinen Haß und werde trauriger als der Wind, der nachts durch die Schwabinger Gassen pfeift. Einmal im Jahr begreife ich, daß das Leben keinen Sinn mehr macht, zumindest solange nicht, bis der nächste Sommer beginnt. Denn einmal im Jahr kommt der Herbst – diese eklige, klebrige, graue und feuchte, pseudo-romantische Jahreszeit, die auch den optimistischsten Lebemann in ein neurotisches Psychowürstchen verwandelt.

Wußten Sie überhaupt, daß der Herbst böse ist? Wenn er kommt, geht nämlich das Leben. Wenn er kommt, werde ich das, was jeder anständige Billerfeind mir ohnehin wünscht: Der einzige Untote, den es wirklich gibt. Ein Sonnensüchtiger auf Entzug. Ein mit den Menschen kaum mehr verwandtes Wesen, das eines Morgens gutgelaunt und tropisch-leicht bekleidet aus dem Hauseingang tritt und auf der Stelle einen Kälte- und Gemütsschock bekommt. Ein apathischer Tropf, der sich notgedrungen daran erinnern muß, daß Deutschland, was Klima und Menschenschlag anbetrifft, eben doch nicht Valencia, Rimini und Haifa ist, sondern eher so eine eisenharte Mischung aus Sibirien und Spitzbergen. Ein verwirrter, elender Lethargiker, der sofort wieder zurück in sein Haus flieht, um bloß nicht auf einem der überall herumliegenden bräunlich-glibberigen Blätter auszurutschen, die nur Dichter, kurzsichtige Primaner und andere Dummköpfe für so herrlich poetisch halten. Dieser wehmütige Griesgram eben, der sich wie ein sentimentaler Trottel ab jetzt immer nur an damals erinnert, an früher, an all jene herrlichen Tage, als es noch Sommer war.

Als es noch Sommer war, waren wir – einfach so, ohne Umstände – die glücklichsten Menschen der Welt. Wir nahmen die Arbeit nicht ernst und überzogen die Mittagspause. Wir fuhren in den Urlaub, und wenn wir zurückkamen, noch schöner, noch jünger, machten wir an unseren Schreibtischen, Werkbänken und Ladentheken genauso faul und siestamäßig weiter, wie wir es an den Stränden der Bahamas und Kleinasiens von unseren Dritte-Welt-Sklaven gelernt hatten. Wir lachten sehr viel im Sommer und dachten über kaum etwas nach, außer über die Lösung der Freizeitfrage. Und natürlich waren wir fast durchgehend potent und sehr leicht erregbar, wir hatten keine Orgasmusschwierigkeiten mehr, wir liebten den Sex, wir liebten die Frauen und Männer unserer Freunde, und die liebten uns – Sie wissen schon, wie ich es meine – meistens dann auch.

Und jetzt also das: Herbst.

Busse und U-Bahnen füllen sich wieder, sie riechen nach Grippe und Menschen. Morgens, beim Aufstehen, ist Nacht. Die Zeitungen werden dicker und sinnloser, die Feuilletons noch verrätselter und verrückter. In den Kinos gibt es keine ausgelassenen Kinderfilme mehr, sondern nur noch dreistündige Erwachsenenepen mit tragischem Ausgang. Auf den Bühnen unserer Theater, die herrliche drei Monate lang zugesperrt waren, dürfen sich wieder irre, depressive Schauspieler in irren, depressiven Stücken wie besonders irre Depressive gebärden. Und es vergeht keine Woche, in der man nicht irgendwo ein beleidigt-düsteres Interview mit Oskar Lafontaine liest, denn auch er, der erste deutsche Apokalyptiker, auf den absolut keiner hören will, hatte offenbar Sommerpause.

Plötzlich sieht man sich wieder jeden Tag im Fernsehen die Nachrichten an, denn man möchte jetzt doch endlich wissen, ob Ostdeutschland noch zu uns gehört. Man kauft Bücher nicht nur, sondern liest sie auch. Man schreibt Tagebuch. Man haßt seine Freunde. Man ist ohne Grund deprimiert. Man denkt nach, man seufzt und man grübelt, und irgendwann, während man gerade mit seiner ersten Java-Hongkong-Taiwan-Grippe darniederliegt, begreift man dann auch, in einem hellsichtigen Albtagtraum, daß der Herbst ein verdammt deutscher Zustand ist. Ein Zustand, der mit all seinen Farben und Gerüchen, Introvertiertheiten und sentimentalen Rigiditäten tausendprozentig so wirkt, als hätten ihn solch dunkel-düstere Typen wie Hölderlin, Kleist und Dieter Zurwehme höchstpersönlich erfunden, als sei er ein Wagner-Libretto mit Stockhausen-Musik, als sei er ein ›Spiegel‹-Jahrgang, den Rudolf Augstein allein vollschreibt, als sei er Edith Clevers Unterwäsche, Angela Merkels dritte Sorgenfalte von oben, Katja Riemanns melancholische Zickigkeit, als sei er ›Big Brother‹ ohne Zlatko, Karim und Ebru, Rudolf Scharping ohne die Gräfin Pilati, das ›Literarische Quartett‹ ohne den polnischen Reich – als sei er eben eine ganz und gar deutsche, unerotische, kopflastige Jahreszeit, in der unser Körper hinter dem dicken Wollstoff unseres modischen Helmut-Lang-Capes verschwindet, damit ab jetzt nur noch wir ihn sehen, nackt, im Spiegel, allein …

Sex im Oktober? Glück? Optimismus? Ein lässiges, levantinisches Lebensgefühl? Ach was. Von nun an besteht der deutsche Mensch, solange der Kalender reicht und noch ein paar Lichtjahre weiter, allein aus Geist und Gemüt. Von nun an ist er kein machistischer Latin-Lover mehr, keine scharfe, intelligente Französin, kein lässiger Libanese, kein entspannter New Yorker. Von nun an ist der deutsche Mensch ein Kopf – ein sehr trauriger und arbeitsamer Kopf. Der deutsche Mensch ist ab jetzt wieder ein Deutscher.

Nur ich nicht, na klar. Denn ich fahre noch heute nacht weg. Nach Eilat und vielleicht auch nach Beirut. Schwimmen und essen, lieben und lachen. Sie wissen schon, halt das ganze herrliche, hinterhältige Orientalen-Nichtsnutz-Programm.

Wie niederträchtig von mir. Und – wie typisch!

Henryk M. Broder: Das lachende Menetekel

Sie kommen einfach nicht los von ihm, die Sado-Maso-Deutschen. Wenn Henryk M. Broder ihnen wieder einmal die Leviten liest, wenn er ihnen linken Judenhaß und rechte Blödheit nachweist, wenn er ihnen Saddam-Appeasement und verlogene DDR-Vergangenheitsbewältigung vorwirft, wenn er sich über ihr albernes Holocaust-Denkmal lustig macht, dann verschlingen sie, einerseits, genüßlich zitternd jede seiner Zeilen. Andererseits aber raunt so eine leise, und manchmal auch ganz laute, atavistische, herrische Stimme in ihrem ewig beleidigten Christenbewußtsein herum, sie grummelt und flüstert, er, der Jude, solle seine große jüdische Nase bloß nicht in deutsche Angelegenheiten stecken und lieber rübergehen, nach Kanaan, dahin, wo einer wie er eben hingehört. Was insofern Sinn macht, als daß Broder ja tatsächlich irgendwann einmal – lang, lang ist es her – nach Israel umgezogen ist, nicht ohne vorher in der ›Zeit‹ einen offenen Brief zu plazieren, worin er, der Altlinke, vor allem seinen früheren Freunden und Mitkämpfern vorwarf, sie seien genau solche Heuchler und Antisemiten wie ihre Eltern.

Daß Broder sich von den Deutschen nach seinem Abgang für immer gelöst hätte, kann man wirklich nicht sagen, ganz im Gegenteil. Er war seitdem in unseren Medien präsenter denn je, er publizierte so viel, wie andere Leute Kaffee trinken, er spielte mit unseren völlig verwirrten Talkshow-Redaktionen Hase und Igel, und als ich dann eines Tages hörte, daß er sich klammheimlich in Berlin eine Wohnung genommen hat, fand ich, man müsse ihn, den ewigen Wanderer, bei uns standesgemäß begrüßen.

»Willkommen in Deutschland, Herr Broder!« sage ich deshalb freundlich, als ich ihm in seinem Berliner Arbeitszimmer gegenübersitze. »Seit wann sind Sie wieder da?«

»Ich weiß nicht, warum die Frage nach meinem Wohnsitz für die Öffentlichkeit von Interesse ist«, erwidert er garstig.

»Weil Sie uns eines Tages ja auch sehr laut mitgeteilt haben, daß Sie jetzt gehen.«

»Was heißt hier uns, Herr Biller?«

»›Uns‹ heißt jedem, der lesen kann.«

»In meinem offenen Brief hatte ich mental und psychologisch Abschied von meinen damaligen Freunden genommen. Von räumlichen Separierungen war nicht die Rede.«

»Warum sind Sie überhaupt weggegangen?«

»Ich hatte von Deutschland die Nase voll, vor allem von dieser linken Kamarilla.«

»Und warum sind Sie jetzt wieder da?«

»Zeiten ändern sich – und mit ihnen Meinungen. Ich finde, Deutschland ist im Moment ein sehr spannender Ort.«

Ich versuche es noch einmal. »Sie haben«, sage ich, »seinerzeit die Unehrlichkeit der Linken, ihren verdrucksten Antisemitismus nicht mehr ausgehalten. Und nun, da sich dasselbe Ideenpotential viel unverhohlener auf der rechten Seite sammelt, haben Sie offenbar keine Probleme damit, Sie kehren zurück. Ziehen offener Antisemitismus, Rechtsradikalismus und Rassenhaß Sie sogar an?«

»Das ist Ihre Interpretation«, wehrt er auch diesen Angriff ab. »Was mich anzieht, ist nicht offener Antisemitismus, sondern Sex und Essen.«

»Warum ...«, stottere ich, »ja, was eigentlich ...«

»Sehen Sie«, sagt er triumphierend, »jetzt haben Sie Ihre Frage vergessen, und ich kann Ihnen genau sagen, warum. Weil es eigentlich gar keine Frage ist, sondern nur der verkleidete Vorwurf, daß ich ein Verräter bin«, sagt er leise. »Ich kriege das oft zu hören, von Leuten wie Walter Boehlich zum Beispiel oder von Freimut Duve, diesem Oberschwätzer, der irgendwann mal bei einem Mittagessen in Washington, als mein Name fiel, rot anlief und schrie: ›Was mischt sich der überhaupt ein!‹ Die Welt, Herr Biller, ist so groß wie der Arsch meiner kleinen Tochter, und ich kriege alles zugetragen. Gert von Paczensky etwa, mit dem ich nie was hatte, haßt mich seit Jahren, und als letztens bei einer Gesellschaft über mich gesprochen wurde, hat er nur gezischt: ›Dieser Verräter!‹ Das sind die Kriterien der linken Kamarilla, die ich in der Tat verraten habe, und das finde ich auch richtig so.«

Die Wut, die aus ihm spricht, ist die Wut eines enttäuschten Liebenden, aber auch die Wut von einem, der sein Zuhause verloren hat. Das ist eine Spur, denke ich, die ich weiterverfolgen muß. »Worin bestand Ihr Verrat?« sage ich deshalb, jetzt wieder gefaßt.

»Daß ich die Linke angepißt und ihr Antisemitismus vorgeworfen habe.« Er ist noch immer atemlos. »Die Linke ist ein Mikrokosmos der gesamten deutschen Gesellschaft«, fährt er fort. »Sie hat also auch dieselben Obsessionen von Treue und Loyalität. Wehe, man tritt aus dem Verein der Linken aus! Dann reagiert sie genauso panisch wie jede freiwillige Feuerwehr auf dem Land.«

»Der Jude Broder zieht nach Israel ...«

»... und stänkert von dort weiter. Genau. Und wenn der Jude Broder auch noch oft stänkert, wenn er dafür bezahlt und für Fernsehsendungen eingeflogen wird, wenn er sich gut dabei fühlt, ist der Affront perfekt.« Er macht eine Pause und sagt dann völlig unvermittelt: »Die Frage des Wohnortes ist absolut irrelevant.«

»Die müssen Sie sich gefallen lassen«, erwidere ich und denke plötzlich, daß es Broder bei seiner ständigen Wanderung zwischen Menschen, Orten und auch Ideen in Wahrheit tatsächlich nur um die gottverdammte Suche nach einem gottverdammten Zuhause geht.

»Haben Sie inzwischen die israelische Staatsbürgerschaft?« sage ich.

»Nein«, sagt er. Er lacht nun nicht mehr.

»Haben Sie in Israel in der Armee gedient?«

»Nein, ich war nie in einer Armee, und ich würde nie in eine gehen! Haben Sie gedient, Herr Biller?«

»Ich hätte die Hosen voll.«

»Na, sehen Sie. Was fragen Sie mich dann?«

»Sie hätten also auch Angst?«

»Nein. Ich finde das Ganze einfach niveaulos, aus ästhetischen Gründen.«

»Und wie hätte man Israel nach dem Zweiten Weltkrieg, nach der Verabschiedung der Uno-Resolution, überhaupt gründen können, wenn nicht jeder einzelne Jude in Palästina gegen die übermächtigen arabischen Armeen gekämpft hätte?«

»Sind Sie ein zionistischer Patriot, Herr Biller?«

»Ich bin alles mögliche – was gerade so ansteht.«

»Dann sind Sie selig«, sagt er wehmütig, »aber ich weiß nicht, warum Sie auf diesem Punkt immer so herumhacken, von wegen Israel und Armee und gedient ...«

»Moment ...«

»Hören Sie! Ich habe eine Wohnung in Israel, ich habe da ein registriertes Auto und einen registrierten Hund, und ich fühle mich dort wohl. Weder laufe ich herum und sage, das ist unsere ewige historische Heimat, noch sage ich, alle Juden sollen nach Israel. Zionist bin ich in dem Sinne, daß ich finde, die Juden haben ein Recht auf einen eigenen Staat. Es ist völlig sinnlos, daß Sie sich so viele Gedanken über meinen Wohnort machen, denn erstens ist Mobilität eine große Tugend der Neuzeit, und zweitens habe ich einen Laptop, und wo immer ich bin, haue ich den in die Wand und bin erreichbar!«

»Kann man mit einem Laptop einen arabischen Angriff abwehren?« sage ich vergnügt, weil es mir also doch noch gelungen ist, ihm ein schlechtes Gewissen zu machen.

»Ich weiß nicht, wer mich umbringen will, so weit war ich noch nie«, sagt er.

»Im Golfkrieg waren Sie doch klar für die militärische Option.«

»Ja. Und trotzdem sage ich, Armee ist niveaulos.«

»Ich glaube Ihnen das nicht. Ich denke, Sie haben, genauso wie ich, Angst davor zu sterben. Statt es offen zuzugeben, verschanzen Sie sich hinter einer ästhetischen Position.«

»Wir leben eben in einer arbeitsteiligen Gesellschaft. Die einen gehen zur Armee, die andern schreiben darüber. Das ist okay so.«

»Sie sind also ein klassischer Intellektueller«, sage ich, froh über den eleganten Themenwechsel, und als er nonchalant und auf englisch entgegnet: »It's a job«, denke ich: Ist Broders Kopf Broders Heimat? »Warum«, sage ich deshalb, »sind Sie überhaupt Publizist, Intellektueller geworden?«

»Das wird man nicht, das ist man.«

»Wann haben Sie Ihren ersten Text geschrieben?«

»Mit 14 oder 15, bei einer Schülerzeitung natürlich. Einen meiner ersten Krawalltexte habe ich noch während der Schulzeit geschrieben. Da habe ich mich über die Unart lustig gemacht, ›die sogenannte DDR‹ zu sagen. Man hat dann ernsthaft überlegt, ob ich noch auf der Schule bleiben kann, und allein die Tatsache, daß ich ein Judenkind war, hat mich vor der Relegation gerettet.«

»Hat es sich einmal also auch gelohnt.«

»Ich habe einen Bonus gehabt, ja.«

»Krawalltexte sind eine feste Kategorie für Sie?«

»Aber natürlich.«

»Und wie entsteht so ein Krawalltext?« sage ich schnell, denn es gefällt mir, daß wir ab nun, für eine Weile, nicht nur über ihn sprechen werden, sondern indirekt auch über mich. »Wie entsteht der?«

»Im Kopf. Alles andere finde ich langweilig.«

»Da steckt kein Plan, keine längerfristige Strategie dahinter?«

»Quatsch.«

»Plötzlich nervt Sie irgend etwas?«

»Ja, etwas stört mich, geht mir auf den Wecker. Aber Sie dürfen es sich nicht so vorstellen, daß ich jeden Morgen mit dem Gedanken aufwache: Wer könnte mich heute nerven?«

»Sind Sie sich beim Schreiben dessen bewußt, daß Sie mit Ihren Artikeln das Denken von Tausenden beeinflussen?«

»Ich hatte ja einmal«, sagt er stolz, »ich hatte einmal im ›Spiegel‹ diesen Artikel über die seltsame Friedensliebe der Deutschen während des Golfkriegs, auf den Sie vorhin angespielt haben. Er hieß ›Unser Kampf‹ und bescherte mir 500 Leserbriefe, wovon 498 gegen mich waren. Das hat mir gut gefallen. Aber ich war nicht darauf aus gewesen, ich hatte das beim Schreiben nicht geplant.«

»Warum gefällt es Ihnen, wenn 99 Prozent Ihrer Leser gegen Sie sind?«

»Weil ...« Er stockt. »Weil es mir zeigt, daß ich nicht falsch liege.«

»Das ist keine logische Antwort.«

»Aber vielleicht eine jüdische«, sagt er grinsend. »Nein, schauen Sie, Sie haben eine zentrale Frage angesprochen, auf die ich keine Antwort habe, ganz im Ernst. Warum es mir gefällt? Ich kann darüber selbst nur spekulieren. Ich finde – mit aller Bescheidenheit, zu der ein polnischer Jude imstande ist –, daß ich es relativ weit gebracht habe. Mein Vater war ein Jeschiwe-Bocher, er hat vier Jahre lang den Cheder, die Religionsschule, besucht, das war alles. Meine Mutter kommt aus einer kleinbürgerlichen Familie aus Krakau. Und ich sitze hier, schreibe im ›Spiegel‹ und rege Tausende von Leuten auf. Für ein jüdisch-polnisches Gettokind ist das verdammt viel. Dafür braucht man normalerweise, glaube ich, drei Generationen. Ich habe es in einer geschafft.«

»Sie verstehen, daß ich das verstehe«, sage ich. »Aber was können die Gojim mit einer solchen Erklärung anfangen?«

»Das ist mir egal. Eine bessere habe ich nicht.«

»Ist es möglich, daß Sie sich mit Ihren Artikeln, mit Ihren

Angriffen und Provokationen, dafür rächen wollen, daß die Deutschen Ihre Eltern umbringen wollten?«

»Möglich ist alles. Ich glaube aber eher, mein Motor ist, wie gesagt, der stille Stolz eines Gettokindes.«

Broders Kopf als Broders Heimat? Als Waffe auf jeden Fall. »Viele Deutsche«, sage ich, »halten Sie für einen penetranten Berufsjuden.«

»Deren Problem.«

»Wie gehen Sie damit um?«

»Ich registriere es, und irgendwann schreibe ich darüber«, sagt er fast ein bißchen zickig. »Aber was heißt überhaupt Berufsjude? Die Deutschen haben noch immer ein wahnsinniges Problem mit uns. Es fängt damit an, daß sie den Juden Auschwitz nie verzeihen werden, und hört damit auf, daß sie tote Juden gern haben, die sie mit Ehrungen behängen können. Kommt aber ein lebendiger Jude hierher und queruliert ein bißchen, haben sie sofort genug von ihm.«

Jetzt, denke ich, weiß ich: Broders wahres Zuhause ist der deutsch-jüdische Vergangenheitskampf. »Sie lassen«, sage ich, »die Deutschen aber auch wirklich nicht in Ruhe.«

»Ich bin eben fasziniert von alledem«, bestätigt er meinen Gedanken. »Ganz im Jenningerschen Sinne – verstehen Sie? Es fasziniert mich, wenn ein angesehener Politologie-Professor wie Eckehart Krippendorff schreibt, die Juden hätten an der Selektionsrampe einen Sitzstreik machen sollen, damit wäre das Dritte Reich von selbst in sich zusammengebrochen. Es fasziniert mich, wenn einer wie Hans-Christian Ströbele erklärt, Israel sei selbst schuld daran, daß es von den Arabern immer wieder angegriffen wird. Daß ich mir diese Sachen merke und zitiere, versuchen diese Leute dann damit zu entkräften, daß sie mich einen Berufsjuden nennen.«

»Sind Sie ein Jud Süß des deutschen Feuilletons?«

»Eine hübsche Formulierung. Aber das bin ich natürlich nicht.«

»Werden Sie ewig beim selben Thema bleiben?«

»Ich wollte immer wieder damit aufhören, und ich habe ja auch oft genug über andere, ganz banale Sachen geschrieben, die nichts mit Deutschen und Juden zu tun haben: Über Imbißbuden rund um Berlin zum Beispiel, über die Sexdarstellerin Annie Sprinkle oder ›Clärchens Ballhaus‹, das älteste Lokal der Stadt. Aber ich komme trotzdem nicht davon los, von diesem deutsch-jüdischen Melodram, das manchmal auch so herrlich kitschig sein kann.«

»Wie kommt es denn, daß Sie sich in letzter Zeit, statt über das deutsch-jüdische Melodram zu schreiben, viel mehr mit den Ostdeutschen und ihrer Art der Vergangenheitsbewältigung befassen?«

»Weil mich die Sache interessiert.«

»Und was ist daran so interessant, wenn die Deutschen insgesamt jetzt wieder anfangen, sich selbst zu belügen und eingebildet zu sein?«

»So einfach ist das nicht. Als die Wiedervereinigung anstand, war ich genauso geschockt wie alle andern. Aber nach ein paar Tagen fand ich es richtig gut. Ich dachte mir: Endlich werden sich die Deutschen mit sich selbst beschäftigen müssen. Endlich hören sie mit ihrem Verantwortungsimperialismus auf, der früher von Angola nach Simbabwe reichte, von Timbuktu bis Palästina. Und so kam es dann auch.«

»Glauben Sie nicht, daß die Folge dieser narzißtischen Selbstzerfleischung ein neuer, viel gefährlicherer deutscher Imperialismus sein wird?«

»Es kann nach beiden Seiten kippen. Vielleicht haben Sie recht. Es ist aber auch möglich, daß dieses Land sich zu einer demokratischen Musterrepublik entwickeln wird. Das hängt unter anderem davon ab, wie intensiv die so notwendige Debatte um Stasi, Schuld und Mitläufertum geführt wird, und zwar in beiden Teilen Deutschlands.«

Wie viele, denke ich mild, während er spricht, werden am Ende wohl wirklich bereit sein, ehrlich ihre linke und stalinistische Vergangenheit anzuschauen? Aber dann sage ich wütend: »Jetzt fangen Sie bloß nicht auch noch damit an, daß es ein Recht auf den politischen Irrtum gibt!«

»Sie sind offenbar rigider als ich«, erwidert Broder ruhig. Mein plötzlicher Fanatismus ist ihm unangenehm. »Es kommt«, sagt er, »niemand klug auf die Welt. In den 50er Jahren gab es in israelischen Kibbuzim noch Debatten darüber, ob der sowjetische Weg zum Sozialismus der richtige ist. Verdammt, die hätten es doch wissen müssen! Oder nehmen Sie mich: Ich wollte es zunächst einfach nicht wahrhaben, daß linke Zeitungen nach dem Jom-Kippur-Krieg plötzlich von einer Unmenge infamer Artikel über Israel überflutet wurden. Seitdem weiß ich, wie es ist, wenn man eine bestimmte Wahrheit zunächst nicht sehen will. Denn tut man es, zieht es persönliche Konsequenzen nach sich: Man kann plötzlich mit bestimmten Leuten nicht mehr ins Café, nicht ins Bett und nicht einmal im selben Zugabteil sitzen.«

»War es bei Ihnen so?«

»Zum Teil schon, natürlich.«

»Wer ist aus dieser Zeit noch übriggeblieben?«

»Von den Leuten, mit denen ich in den 70ern befreundet war, niemand mehr. Das war so die Clique um ›Konkret‹ und Alice Schwarzer herum.«

»Gab es Fälle von Läuterung?«

»Hermann Gremliza hat mich kurz nach dem Golfkrieg angerufen, um sich bei mir dafür zu entschuldigen, was in ›Konkret‹ lange über Israel geschrieben wurde. Das fand ich sehr ehrenwert.«

Der Ruf der Heimat.

»Sind sie ein Linker?« sage ich.

»Das ist nicht meine Kategorie. Aber wenn Linkssein bedeutet, daß man für soziale Gerechtigkeit und Gleichheit eintritt, für einen gewissen antistaatlichen Impetus und eine korrekte antistalinistische Position – dann bin ich es schon.« Beim letzten Satz springt er auf, läuft hinaus, ins Bad, und als er wiederkommt, sagt er ungefragt: »Sie stellen mir immer nur diese intentionalen Fragen, Herr Biller.«

»Was meinen Sie damit?« lüge ich.

»Sie hacken darauf herum, wo ich wohne, Sie forschen nach meiner Identität, nach meiner politischen Gesinnung und wollen herausfinden, ob ich mich an den Deutschen rächen will. Ich werde Ihnen sagen, worauf es bei mir ankommt: Meine prägenden Erlebnisse waren nicht das KZ, die seelischen Zerstörungen meiner Eltern, die Nachkriegsparanoia. Nein, wenn mich etwas determinierte, dann war es das Asthma, das ich als Kind hatte und das eine sehr schwere Behinderung gewesen war. Wenn es beim Sport darum ging, Mannschaften zu wählen, war ich immer unter den letzten zwei, drei lächerlichen Gestalten, den ›Krüppeln‹, die zum Schluß übrigblieben. Wer die ins Team kriegte, hatte gute Chancen zu verlieren. In dieser Zeit ist bei mir der Gedanke entstanden, daß ich es denen mal zeigen würde. Nicht für den Holocaust wollte ich mich rächen, sondern für die Erniedrigung, die ich als keuchendes Asthmakind erlebte. Hätte ich damals nicht dieses Handicap gehabt und wäre ich außerdem zwanzig Zentimeter größer und schlank und blond, dann würde ich heute einen Porsche fahren, Tennis spielen und surfen, und nicht Artikel über die Justiz, Manfred Stolpe und Antisemitismus schreiben. Ganz einfach. Es ist alles völlig unpathetisch. Heute, natürlich, ist Schreiben für mich ein so selbstverständlicher Job wie für andere Kühemelken oder Busfahren.«

War das meine Frage? Ich bin durcheinander, und so frage ich fast mechanisch: »Sind Juden klüger als Nichtjuden?«

»Absolut nicht. Aber als eine Minderheit, die sich immerzu wehren und beweisen muß, sind sie oft witziger. Oder, um es genauer zu sagen: anarchischer«, sagt er, und als er hinzufügt, »Was nichts daran ändert, daß es eine Menge unerträglich dummer, angepaßter, blöder Juden gibt«, weiß ich endlich, was ich Henryk Broder fragen muß, um die Antwort auf alle meine Fragen zu bekommen. »Was an Ihnen ist jüdisch?« sage ich.

»Keine Ahnung«, sagt er abwehrend. »Meine Vorliebe für gefilte Fisch.«

»Haben Sie SS-Träume?« sage ich.

»Nein.«

»Haben Sie Schuldgefühle bei dem Gedanken, von Deutschland nicht wegzukommen?«

»Nein.«

Wieder nichts. Ich muß also zum miesesten aller miesen Tricks greifen. »Wären Sie«, sage ich, »gern mit einer Jüdin verheiratet?«

»Ich wäre überhaupt nicht gern verheiratet«, pariert er auch diese Attacke. »Ich habe mit meiner langjährigen Lebensgefährtin, die keine Jüdin ist, eine Tochter, und das Kind ist gesund und fröhlich.«

Noch wehrst du dich, denke ich selbstsicher, und während ich überlege, wie ich Henryk M. Broder, den ewigen Wanderer, endlich dahin kriege, wo ich ihn haben will, beginnt er ganz von selbst zu sprechen. »Ich habe einmal einen Film über Jiddisch in Israel gemacht«, sagt er leise. »Und dabei lernte ich die Bundisten kennen. Der Bund«, erklärt er, »wurde 1897 in Wilna gegründet, er ist die Keimzelle des jüdischen Sozialismus. Einmal im Jahr, am 1. Mai, treffen sich zweihundert letzte Veteranen in Tel Aviv. Sie singen die Internationale auf Jiddisch, sie halten feurige, proletarische Reden über Völkerfreundschaft und darüber, daß man Frieden machen muß mit den Palästinensern. Und ich« – er wird immer leiser – »sitze dann da, bin der Jüngste, ich senke das Durchschnittsalter wahrscheinlich von 88 auf 86, ich sitze also da, höre ihnen zu und bin jedesmal kurz davor, loszuheulen.«

Endlich zu Hause, Herr Broder? Sind Sie angekommen? denke ich, und ich sage, um ihn noch einmal zu prüfen: »Aber Sie wären trotzdem lieber kein Jude?«

»Natürlich«, erwidert er.

Ich bin nicht überrascht. »Warum?« frage ich.

»Ein bißchen mehr Normalität, ein bißchen weniger Probleme«, sagt er forsch, aber dann fügt er wie selbstvergessen hinzu: »Obwohl das natürlich auch eine Fiktion ist. Die Gojim haben ja genauso Probleme.«

»Sind Sie depressiv?«

»Ja. Sonst würde ich doch nicht schreiben. Ich bin oft depressiv. Nein, ich glaube, ich bin immer depressiv – das macht mich so fröhlich.«

»Was wird in hundert Jahren von Ihrer Arbeit übrigbleiben?« sage ich.

»Oh, sehr viel.«

»Und was bleibt Ihnen selbst, bis jetzt, wenn Sie auf die letzten vier Jahrzehnte zurückblicken?«

»23 Manuskriptordner, die in Köln in der Wohnung meiner Mutter stehen, 14 Manuskriptordner, die sich in meiner Jerusalemer Wohnung befinden, und die vier oder fünf Manuskriptordner, die ich seit Jahren zwischen Jerusalem und Berlin mit mir herumschleppe. Ja, das bleibt«, sagt er fröhlich, und nun muß ich fast heulen. »Das sind also rund 40 Ordner«, fährt er fort. »Für eine gesammelte Ausgabe eigentlich ein ganz guter Steinbruch.«

»Hat Gott Humor?« sage ich.

»Wenn es ihn gibt, muß er Humor haben, sonst wären die Menschen doch nicht so komische Figuren«, erwidert er prompt, ohne nachzudenken, und es kommt mir so vor, als fiele ihm diese allerletzte Antwort wirklich schwer, als habe er sie vorher noch schnell auswendig gelernt.

Wolf Biermann: Das war nicht mein Leben

So wird das nichts, Deutschland! Deine Reichen werden immer reicher und bornierter, deine Armen immer neidischer und brutaler, alle zusammen verwandeln sie sich in stiernackige Nachmittagtalkshow-Plaudertaschen, und die Dichter, die deine Sprache sprechen, Deutschland, benutzen die Worte nur noch, um andere Dichter zu beschimpfen. Dichten sie aber einmal doch, dann kommt dabei bloß Mist heraus, so wie bei Genom-Grünbein oder bei Ich-habe-gedacht-Handke und erst recht bei Mit-Springer-mach-ich's-doch-immer-Biermann.

Biermann? Wolf Biermann? Das ist doch dieser arme Choleriker und Unsympath, den inzwischen die halbe Republik verachtet, während die andere Hälfte ihn längst wieder vergessen hat. Das ist dieser Zwerg mit der kieksenden Hysterikerstimme, dem Geiz eines neureichen Kleinbürgers und den kapitalistisch gewendeten Ansichten eines früheren Kommunisten-Strebers, der in den 60ern und 70ern allein deshalb soviel Wahnsinn und Mut hatte, gegen Honeckers linksreaktionäre Bande aufzubegehren, weil er sich selbst als der Kreuzritter der wahren kommunistischen Religion ansah – als der bessere, der gläubigere Kommunist, bei dem darum der im Frühjahr 1990 gesprochene Verrätersatz »Das Experiment Sozialismus ist gescheitert« genauso geheuchelt und dumm klang wie bei einem begeisterten Nazi, der Anfang Mai 1945 verkündete, Hitler habe sich leider ein bißchen getäuscht.

Das habe ich gut gesagt, Deutschland, nicht wahr? Ich füge allerdings hinzu: Jeder, der mir jetzt Beifall klatscht, kann mich trotzdem am Arsch lecken, denn Biermanns Feinde werden niemals meine Freunde sein. Sie alle finden ihn, ohne darüber nachzudenken, einfach nur unangenehm und undurchschaubar, laut und arrogant und irgendwie jüdisch, und es ist, natürlich, das Gregor-Gysi-Syndrom.

Ich aber weiß, was die anderen höchstens nur ahnen: Biermann, dessen Gedichte immer so kitschig und brechtisch und sozrealistisch klingen, ist ein glücklicher Feuilleton-Stalinist. In seiner senil-pubertären Politprosa, die längst der faule Kern seines überreifen Werks geworden ist, argumentiert er nie, er appelliert einzig an das Gefühl seines geneigten Publikums oder – schlimmer und kommunistischer noch! – er verläßt sich darauf, daß dieses Publikum einfachheitshalber dieselben Ansichten hat wie er. Wer sich seine vom neokonservativen Establishment preisgekrönten Essays über das neue Deutschland und alte Stasiknechte genau anschaut oder Biermanns legendäre Laudatios auf Biermann himself, begreift sofort, was ich meine. Und der haßt dann mit mir ganz zu Recht Biermanns eklige, pathetische, pseudo-polemische Sprache, der haßt es, wie Biermann berlinert, wenn er ironisch sein will, der haßt seine lyrisierenden Kalauer und sinngeilen Wortspiele – der haßt diesen selbstinszenierten Personenkult, hinter dem Biermann schon seit Jahren seine allmähliche Auflösung als Künstler verbirgt.

Denn wer würde es bezweifeln wollen, Deutschland: Wolf Biermann hat, wie fast jeder andere Ex-DDR-Autor, der in den Eisstürmen des Kalten Kriegs nach Westen abgeschoben wurde, im unfreiwilligen Exil nichts geleistet. Wie auch? In dem Moment, in dem Honeckers Widersacher in den 70ern die Zonengrenze passierten, überschritten sie auch ihren künstlerischen Zenit. Sie verschwanden, von den guten und bösen Geistern ihrer DDR-Heimat verlassen, in der düsteren, deprimierenden Versenkung der Emigration. Sie kamen, von einem Tag auf den andern, nicht mehr als strahlende Helden in TV-Sendungen vor, nicht mehr als Autoren großer, gewichtiger Werke in den Buchbeilagen unserer Feuilletons. Sie durften sich höchstens ab und zu in Springers ›Welt‹ auskotzen und in halbleeren Buchhandlungen vor einem Haufen saftloser alter Ostblockhasser ihre neuen saftlosen Texte lesen. Keiner von ihnen, egal ob Thomas Brasch, Rainer Kunze, Jürgen Fuchs, Erich Loest oder Günter Kunert, hatte im Westen für die Literatur noch etwas Epochales, Erinnerungswürdiges geleistet, keiner schrieb ein elektrisierendes Buch. Sie vegetierten im gesellschaftlichen und intellektuellen Abseits dahin, sie fühlten sich – spätestens, seitdem Anfang der 80er am Prenzlauer Berg eine neue, frische, rätselhafte Literaturszene zu entstehen begann – um ihr Schaffen, um ihr Leben betrogen, und sie fanden erst dann zu ihrer Kraft zurück, als sich 1989 die Stasi-Archive öffneten.

Gut aufgepaßt, Deutschland: Die ersten effektvollen Auftritte in der Öffentlichkeit hatten die Dissidenten-Helden von einst tatsächlich erst wieder, als sie sich in das widerlich schmierige Stasi-Material vertieften und daraus ihre Anklagebücher und Ich-war-nicht-dabei-Magazinserien zu montieren begannen – so wie Erich Loest es tat oder Jürgen Fuchs. Oder Biermann selbst, als er in aller Öffentlichkeit den DDR-Underground-Burroughs Sascha Anderson wegen seiner Spitzeldienste als Arschloch beschimpfte und dadurch fast noch mehr in die Schlagzeilen geriet als 1976 nach seiner Ausbürgerung. Nein, cleverer kann man es eigentlich echt nicht machen: Eine Stasi-Akte nach der andern aus dem Schwarzen Loch der Gauck-Behörde ziehen und dabei jedesmal befreit ausrufen, die halbe ostdeutsche Schriftsteller-Szene sei bei der Stasi angestellt gewesen, weshalb die Geschichte der DDR-Literatur neu geschrieben werden müsse. Als ob es eine Rolle spielt, ob ein geniales Buch von einem Mörder oder einem Heiligen stammt!

Ich weiß natürlich nicht, ob in Sascha Andersons Schublade ein geniales Buch auf uns wartet. Und ich weiß auch nicht, was die Verramschung der Bücher von Loest & Co. inzwischen so bringt, jetzt, wo sich schon wieder keiner mehr für die alten Stasigeschichten interessiert. Ich weiß nur, daß der einst im Müll seiner billigen Politästhetik fast untergegangene Wolf Biermann, dessen Comeback erst mit seinen Wende-Essays und der Attacke gegen Anderson begann, der Prototyp der zu neuem Leben erwachten Emigranten-Zombies ist, die seit dem Fall der Mauer bis auf den heutigen Tag immer nur von dem einen fixen Gedanken besessen sind: Daß die Literatur, die in ihrer alten Heimat während ihrer Abwesenheit entstand, für wertlos und nichtig erklärt wird, damit ihr eigenes wertloses und nichtiges Emigranten- und Entwurzelten-Leben so wieder einen Sinn bekommt.

Warum dich das etwas angehen sollte, Deutschland? Ach, bloß aus einem einzigen Grund: Weil schon wieder jemand deine Geschichte umzuschreiben versucht.

Joschka Fischer: Zwei Fäuste für eine Karriere

Ich hatte einmal eine Kolumne, da konnte ich schreiben, was ich wollte. Zehn Jahre ›Tempo‹, drei Jahre ›Zeit‹. Sie druckten jedes Wort von mir, und alles war gut. Dann schrieb ich etwas über Joschka Fischer, den Außenminister, und sie sagten, das drucken wir nicht. Das war sehr unjournalistisch von ihnen gewesen und sehr langweilig, und es wurde das Ende meiner Kolumne, denn mit Leuten wie ihnen wollte ich nichts mehr zu tun haben. Sie wissen schon, mit diesen Männern um die fünfzig, die in ihrer Jugend die Welt anders machen wollten, aber weil sie nicht wirklich anders wurde, selbst anders wurden, um in dieser Welt zu bestehen. Männer wie Joschka Fischer eben. Oder wie all die anderen großen und kleinen Player des Polit-und-Medien-Establishments der Schröder-Ära – die, so wie jene, die meine Fischer-Kolumne nicht drucken wollten, oft auch noch Fischers gute Bekannte sind.

Nein, ich heiße nicht Bettina Röhl. Ich habe keinen Verfolgungswahn. Ich glaube nicht wie die Tochter von Ulrike Meinhof – die es mit Hilfe von ein paar Fotos geschafft hat, die Berliner Republik zu ihrer ersten echten Selbstverortungs-Debatte zu zwingen –, daß diese Republik von einer Geheimloge alter Kommunisten unterwandert ist, deren Präsident Joschka Fischer heißt. Trotzdem haben diese Typen natürlich etwas gemeinsam: Sie haben nunmal alle dieselbe Karriere gemacht, von ganz links bis ganz nach Mitte, und die soll ihnen niemand und nichts mehr kaputt machen. Daß ihr größter Feind dabei nicht die brutal-liberale Merkelmerz-Reaktion ist, sondern ihre eigene Vergangenheit, wissen sie genau – und fürchten darum historische Radikalenthüllungen wie die in der Prügelsache Fischer mehr noch als die finanziellen Forderungen ihrer Ex-Ehefrauen. Also leugnen sie ihre

Vergangenheit, wo und wann sie können, faktisch, psychologisch – aber vor allem intellektuell.

Und das müssen sie auch. Schließlich waren sie, so wie Fischer, einst von der Gewalt gegen den Gewaltstaat besessen, sie waren dieselben Macho-Kretins gewesen wie fast alle anderen jungen Männer auf dieser Welt. Die Gewalt, dachten sie, sollte der Durchsetzung ihrer Ideale dienen, aber weil das nicht funktionierte, haben sie am Ende die Gewalt gemeinsam mit den Idealen an ihre Karrieren verkauft.

Wirklich schade: Denn mit der körperlichen Gewalt verschwand auch sehr schnell die intellektuelle Gewalt aus ihrem Handeln und Denken. Sie setzten, je älter und mächtiger sie wurden, auf die Lüge vom Konsens und nicht auf die Wahrheit der Konfrontation. Sie verabschiedeten sich also von jeder Art von radikaler Argumentation, weil sie wußten, in der Welt der Normalos, die sie infiltrieren wollten, zählt immer nur die verschwommene, verlogene Übereinkunft, nicht das direkte, ehrliche Wort. Das taten sie in Fernsehsendern, Regierungskabinetten, Zeitungen und überall dort, wo sonst noch in diesem Land Meinung gemacht wird. Und so wurde das von ihnen inzwischen beherrschte Land zu diesem langweiligen, intellektuell temperamentlosen RTL-2-Krähwinkel, das es seit Jahren schon ist.

In meiner Kolumne hatte ich damals übrigens geschrieben, daß Joschka Fischer ein Lügner ist. Daß er ein Mann ist, der absolut nicht zu seiner Geschichte steht, denn nur so könne er sich immer weiter eine neue Zukunft erfinden. Ich würde wirklich gern wissen, ob inzwischen mehr Leute meiner Meinung sind.

Willy Brandt: Herbert Frahm, ganz zahm

Sie jagten ihn jahrzehntelang wie Vieh durch die Gassen, und trotzdem bekam er von ihnen zum Schluß, statt eines Tritts, ein erstklassiges Staatsbegräbnis spendiert. Die halbe Zeit seines Lebens hatten sie ihn als Anführer einer Fünften Stalin-Kolonne verflucht, als großen deutschen Volksverräter, denn sie konnten ihm niemals verzeihen, daß er im Hitler-Krieg auf der Seite der Guten stand. Aber als es dann aus war mit ihm, fünfzig Jahre später, sangen sie in ihren Nachrufen wie im Chor: Er starb fürs Vaterland. Sie, die kleinen und großen, jungen und alten Mitmach-Deutschen, waren Willy Brandt am Ende also doch noch auf den Leim gegangen, und genau das hatte er immer gewollt.

Denn nicht auf all die aufgekratzten APO-Idealisten, die ihm einst in die SPD gefolgt waren, um ihm Macht zu geben und sie mit ihm zu teilen, nicht auf die 68er, deren Symbol er nur widerwillig und allein aus Berechnung und Wahlkalkül geworden war, kam es Willy Brandt in Wahrheit jemals an. Seine SPD war es schließlich gewesen, die 1966 die Faustus-Unterschrift unter die studentenfressenden Notstandsgesetze der Großen Koalition setzte, unter ihm erwog die Partei allen Ernstes – mit der CDU zusammen – ein SDS-Verbot. Und am 28. Januar 1972 war er, der rote Kanzler, es ganz allein gewesen, der mit den Regierungschefs der deutschen Länder dem Radikalen-Erlaß zum Leben verhalf.

So groß wird seine Liebe zu den Rebellen von damals also nicht gewesen sein, zu jenen Männern und Frauen, die – je länger er so tot wie stumm ist – in ihm in einer Mischung aus Lüge und Selbstbetrug immer mehr ihren wahren Dutschke sehen. Was sie nicht verstehen: Er hat sie, die pubertärergriffene Jugend der 60er Jahre, einfach nur gebraucht. Er hat sie benutzt, er hat sie mit fantastischen Friedens-und-Freiheits-Girlanden umwickelt und so lange aus seinen Erlöseraugen heraus angeschaut, bis sie ihm, lauter ergriffene Moralisten-Lemminge, wie von selbst zu Hunderttausenden ihre Stimmen schenkten. Aber die, um deren Herzen er sein Leben lang still und verzweifelt gebuhlt hat, waren ganz andere.

Es waren jene, für die er als Berliner Oberbürgermeister den kältesten aller Kalten Krieger markierte. Jene, denen er schon 1966 in einer Rede zurief: »Kein Volk kann auf die Dauer leben, wenn es nicht ›ja‹ sagen kann zum Vaterland!« Jene, wegen denen er während der '72er-Wahl riesengroß auf die SPD-Plakate pinseln ließ: »Deutsche, wir können stolz sein auf unser Land«. Jene also, die in einem bösen Zusammenspiel von schlechtem Gewissen und aufrichtiger Moral-Heuchelei immer schon ihre kleinbürgerlich-ängstliche Variante von Leben als die einzig richtige ansahen und ihre Selbstbestätigung allein in einem verlogenen Untertanen-Nationalismus zu finden hofften, aber nicht in einem aufregenden, erwachsenen Staatsbürgergefühl.

Um diese Deutschen, deren größte Spezialität es deshalb auch seit jeher war, alles Unbequeme, Andere, Bedrohliche auszusondern, statt es zu integrieren, was Ausländer ebenso betrifft wie Rote und Liberale, doch keineswegs Rechtsradikale, offenbar, weil man in ihnen ganz und gar nicht etwas Unbequemes, Anderes, Bedrohliches sieht – um diese Deutschen, die 1848 und 1968 zum Trotz weiterhin die dumpfe Zwei-Drittel-Mehrheit in diesem Land halten, hat der Sozialist Brandt immer gebuhlt und gekämpft. Er, mit Vater Wehner Protagonist des assimilationistischen Godesberger Programms, hat natürlich auch ihre Stimmen gewollt. Doch vor allem ging es ihm darum, von ihnen, von seinen Leuten, von seinem Volk als ebenbürtig und dazugehörig anerkannt zu werden – um endlich nicht mehr fremd zu sein im eigenen Land. »Ich verlange«, erklärte Brandt 1988, »nichts anderes als Respekt für denjenigen, der sagt, es war nicht weniger ehrenhaft gegen Hitler als für ihn ein Risiko einzugehen.« Ein verdammt amoralischer, sybillinischer, wehleidiger Satz, denke ich. Der Satz eines typisch deutschen, weil heimatlosen Linken eben, der plötzlich Lust auf Heimat hat.

Lust auf Heimat? Aber ja. Man muß, wenn man über Willy Brandts tragische Anbiederung an die alldeutsche Zwei-Drittel-Mehrheit nachdenkt, natürlich auch über seine abgedrehte '89er-Nummer sprechen. Man muß sich vergegenwärtigen, wie sich der stolze Antifaschist Brandt jäh in einen chauvinistischen Apologeten verwandelte. Man muß daran erinnern, wie er im Mauerfall-Jahr davon sprach, daß Schluß sein müsse mit der Bevormundung der Deutschen durch die Siegermächte. Wie er auf jene schimpfte, die »sich hinter Europa verstecken, um Deutschland zu verhindern«. Wie er gegen Elie Wiesel lospolterte, der vor den negativen Folgen der Wiedervereinigung warnte. Und wie er plötzlich sogar bewundernd von den Leistungen Bismarcks sprach.

Und man muß vor allem, wenn man über Willy Brandts Anbiederung an das Kleinbürger-Deutschland nachdenkt, stets daran erinnern, daß Anbiederung automatisch Assimilation an den Feind zur Folge hat. So mußte es wie von selbst geschehen, daß der Mann, der einst in Warschau kniete, zwanzig Jahre später in seinem – von linken Minderwertigkeitskomplexen befeuerten – Einheitsrausch erklärte, die Deutschen seien ein Volk, »das härter geschlagen worden ist als andere«, um diese stumpfe Kleinbürger-Ungeheuerlichkeit nur zum Schein durch den Zusatz »zum Teil durch eigene Schuld« zu entschärfen.

Wurde Willy Brandt auf seine alten Tage Revisionist? So eine Art jedenfalls. Ganz bestimmt aber war er nicht mehr der politische Machtmensch und Freigeist mit der korrekten Patriotismus-Idee, als der er sich bis zum Schluß betrachtet hat. Was Willy Brandt diesem Land mit seiner Entspannungspolitik einst gegeben hatte, das nahm er ihm wieder mit seiner greisenhaften Chauvinismus-Rhetorik in den Wochen und Monaten der Wir-sind-ein-Volk-Aufmärsche von Dresden, Leipzig und Berlin.

Die Lebenstragödie des großen Willy Brandt ist die Tragödie der deutschen Linken überhaupt. Fremd im eigenen Land, hat sie immer nur zwei Möglichkeiten gesehen: Anpassung eben oder Emigration. Gibt es denn, Brüder der Sonne, der Freiheit, wirklich keinen dritten Weg?

Gerhard Schröder: Der Herzkanzler

Würden Sie von Gerhard Schröder einen Gebrauchtwagen kaufen? Nein, Sie natürlich nicht. Sie finden ihn unseriös, verschlagen und oberflächlich. Sie glauben, er sei bloß ein machtversessener Aufsteiger, der keine Ideale hat und keine Ideen. Sie halten ihn für einen eitlen Kanzlerdarsteller, für einen ewigen Lächler, der es jedem recht machen will. Sie sehen immer nur sein Grinsen, seine Frau, seine Zigarre. Sie haben überhaupt nichts kapiert.

Ich, dagegen, bewundere Gerhard Schröder. Ich bewundere ihn genau dafür, daß er die übliche Politikermaske abgenommen hat und nicht mit diesem überernsten und putenhaften Ich-leide-für-mein-Land-Gesicht durchs Leben geht wie praktisch jeder andere seiner Kollegen. Ich bewundere die intelligente Selbstironie, mit der er einen Beruf ausübt, dessen übler Ruf inzwischen so sehr zum Klischee geworden ist, daß man es allein durch die totale und showmastermäßige Bejahung durchbrechen kann und muß. Vor allem aber bewundere ich Gerhard Schröder dafür, daß er seit Jahren ein Ziel, eine Vision hat, also das, was einen Politiker überhaupt erst zu einem Politiker macht. Er will nämlich, das wird Sie wahrscheinlich überraschen, Deutschland vor Deutschland retten.

»Uns Deutschen ist die Verarbeitung unserer Geschichte mißlungen.« Das hat Gerhard Schröder bereits Anfang der 90er erkannt, während der ersten Neonaziwelle, so hellsichtig wie kein anderer. Er erkannte es in einer Zeit, als die eine Hälfte dieses Volkes chauvinistisch längst wieder voll drauf war, während die andere Hälfte, blind und eitel vor zuviel eingebildeter Vergangenheitsbewältigung, noch immer so tat, als würde sich das Wort »Deutscher« allein auf die Jahre '33 bis

'45 beziehen. Und dann war da noch diese dritte Hälfte, die sich nach der etwas undurchschaubaren neudeutschen Mengenlehre aus Teilen der ersten beiden Hälften zusammensetzte und sich über brennende Afrikaner, Türken und Libanesen so klamm wie heimlich freute.

Damit heute keiner etwas anderes behauptet: Was die Skins als Speerspitzen einer drohenden nationalen Revolution anging, war Schröders Position schon immer absolut klar gewesen – sehr früh-bolschewistisch und ziemlich spätmarxistisch. Knast und Arbeit für die rechtsradikal umhervagabundierende Jugend, erklärte er von Anfang an bei jeder Gelegenheit, und ich bin mir sicher – naja, fast –, daß er als Stalin von Niedersachsen alles dafür tat, um seine eigenen Forderungen zu erfüllen. Und trotzdem muß er gleichzeitig begriffen haben, daß am Ende keine noch so harte Strafe und kein noch so gutbezahlter Job einen grimmigen Kampfgoten davon abbringen können, ein grimmiger Kampfgote zu sein, denn der Fehler ist bereits im System eingebaut: Ein bekennender Deutscher kann einfach gar nicht anders, als ein widerliches Nazischwein zu sein.

Und wenn doch? Und wenn doch. Das muß der große, weise Schröder plötzlich gedacht haben, und wer immer ihn für einen plumpen, ekligen deutschen Chauvinisten hält, fügt zum Stereotyp des zigarrenrauchenden Medienwindeis lediglich ein weiteres hinzu, der hat Schröders Plan zur positiven Umdeutung unseres Nationalbegriffs noch immer nicht durchschaut, der ist ein bornierter Scheiß-Alarmist. Natürlich, auf den ersten Blick wirkt es merkwürdig, daß Schröder Deutschland das »Selbstbewußtsein einer erwachsenen Nation« verordnen will. Aber wenn er erklärt, als Deutscher solle man einen Sinn für Europa entwickeln, weil Europa gut ist und nicht, weil die deutschen Großväter schlecht waren, dann versteht man plötzlich, daß das Selbstbewußtsein, das er meint, ein Synonym für Würde und Selbstsicherheit und Weltoffenheit ist, nicht für Haß und Hysterie und Provinzialität. Und spätestens, nachdem man sich klargemacht hat, daß er der Kopf einer Regierung ist, die dafür gesorgt hat, daß Deutsche nicht nur jene sein dürfen, deren Vorfahren Hitler halfen, die halbe Welt zu zerstören, begreift man, auf welcher Seite Gerhard Schröder in dem urdeutschen Bürgerkrieg zwischen Aufklärung und Reaktion steht.

Ich bin mir wirklich ganz sicher: Dieser Bundeskanzler hat eine Vision. Er will als Linker den Rechten die Definitionsmacht über unseren Nationalbegriff entreißen, er will den Sieg in einem Kampf, der seit 1989 wieder in vollem Gang ist; er will die Geschichte nicht verarbeiten, sondern so stehenlassen, wie sie war, und gleichzeitig etwas Neues beginnen. Er will, in anderen Worten, Deutschland vor Deutschland retten, er will hier endlich zu Hause sein. Vor allem aber will er, daß die Deutschen aufhören, einander zu hassen, die linken und die rechten, die klugen und die dummen, die ostdeutschen und die westdeutschen Deutschen. Er will, daß endlich Ruhe ist und Schluß mit der jahrhundertealten inneren deutschen Zerrissenheit, für die meistens andere bezahlen mußten.

Vielleicht lächelt Gerhard Schröder also deshalb immer so viel, weil er sich schon auf später freut, wenn er gesiegt hat. Vielleicht lächelt er aber auch, weil er eigentlich weinen müßte – weil er bereits zu ahnen beginnt, daß der Fehler im deutschen System auf immer und ewig eingebaut ist.

Dan Diner: Die Heimat des Mehrwerts

Die deutsche Frage ist eine blöde Frage. Wer immer sie stellt, wer immer herauszufinden versucht, was das überhaupt ist, ein Deutscher zu sein, wird keine Antworten erhalten, sondern Marschbefehle. Da geht es dann jedesmal gegen selbsterfundene Gegner, zuerst im Kopf und am Ende meistens auch auf der Generalstabskarte; man raunt »wir« und meint »bloß nicht ihr«, man definiert sich als Nation allein durch die Ablehnung nicht-deutscher Nationen; man negiert die Prinzipien und Eigenschaften der andern, damit man die eigenen überhaupt deduzieren kann. Man sagt, die Franzosen sind oberflächlich und überfeinert, darum sollen wir gemütvoll und ursprünglich sein. Man sagt, die Engländer sind pragmatisch, darum sollen wir idealistisch sein. Man sagt, die Juden sind analytisch und ruhelos, darum sollen wir bodenverbunden sein. Man sagt, der Westen ist für die Aufklärung – wir aber nicht.

Klingt ziemlich anachronistisch, ich weiß, wie eine Melange aus Thomas Manns ›Betrachtungen eines Unpolitischen‹, Richard Wagners urfaschistischen Kunsttheorien und den asozialen Phantasien sprachbehinderter Romantiker, und ist zugleich genau der Stoff, aus dem Botho Strauß' Ernst-Niekisch-Träume tatsächlich sind. Doch bevor hier auch nur eine einzige Träne darüber vergossen wird, daß die Sonderweg-Deutschen sich längst wieder auf dem Vormarsch befinden und mit der Wiedervereinigung die reaktionäre Was-ist-deutsch-Fragerei in einer solchen Wucht losgebrochen ist, als wären ihre antimodernen Propheten Julius Langbehn und Paul de Lagarde von den Toten wiederauferstanden; bevor man also einmal mehr der These durchs Antitheschen die allerbeste Affirmations-PR verschafft, sollte man lieber ganz autonom überlegen, warum eigentlich die Deutschen jedesmal so verwirrt und verloren waren, wenn es ihnen darum ging, ihren nationalen Charakter zu bestimmen, wieso sie – in anderen Worten – bis heute nicht wissen, wer und wie sie sind.

Dan Diner, der Historiker und Politologe, der immer schon zu den wenigen klugen Linken dieses Landes gehörte, weil er zum Denken den eigenen Kopf benutzte und niemals eine fremde Theorie, stellt in dem historischen Essay ›Verkehrte Welten‹ zwar nur indirekt diese Frage, bringt aber jeden aufmerksamen Leser sofort auf die richtige Spur. Seine kurze Geschichte des Antiamerikanismus in Deutschland ist ein gemeines, sachkundiges, gelassenes Buch, ein modisches Must und ein gutsortiertes Munitionsdepot für den aufrechten Aufklärungstwen, der Humanismus genauso aufregend findet wie ein anderer eine Wehrsportübung. Und vor allem aber ist es der geglückte Versuch, das jahrhundertealte Ressentiment meinungsbildender deutscher Intellektueller und Politiker gegen Amerika sowie gegen jede Form des Nicht-Deutschen in eine Linie zu stellen mit dem hiesigen Urhaß auf alles, was das bürgerliche Zeitalter den Menschen an Freiheit und Selbstbestimmung gebracht hat. Hollywood, so könnte man mit Diner sagen, macht den deutschen Gemütsmenschen wütend, Holocaust nicht.

Dunkle, unbequeme Seelenarchäologie: Es fing, wie so manches unserer Verderben, mit den Romantikern an. Es fing an mit ihrer schwärmerischen Zurückweisung eines neuen, emanzipierten Denkens, das den Namen Denken auch tatsächlich verdiente, denn es war fortschrittlich und einzig auf Vernunft gebaut, ein Instrument, das der moderne Mensch sich erschuf, um nicht mehr glauben zu müssen, Gott habe ihn – allein zum Gebrauch durch den Papst und die Fürsten – erschaffen. Und so wie die rückwärtsgewandte, gefühlige, bergpredigtmäßige Romantiker-Bewegung jede Art von 1776er und 1789er Rationalismus verachtete, so wie sie – via Wagner und Konsorten – terminologisch den Franzosenhaß und Antisemitismus kommender Generationen munitionierte, so wurde sie, nach Dan Diner, auch zwangsläufig zur »zentralen Werkstatt zukunftsmächtiger amerikafeindlicher Bilder und Metaphern« in Deutschland. Ihre prononcierte Ablehnung Amerikas, dieses, wie die Romantiker meinten, »Babels eines schier grenzenlosen Utilitarismus und abstoßender Kulturlosigkeit«, ging laut Diner einher »mit der Ablehnung liberaler Anschauung, mit dem Affekt gegen eine vermeintliche Vorherrschaft des Geldes und des Materialismus sowie mit der Ablehnung ›abstrakten‹ Verfassungsdenkens« und einer universellen Menschenrechtsidee. Purer Antimodernismus also, haltbar mindestens zweihundert Jahre, auf jeden Fall aber bis zur nächsten deutschen Anti-Nato-Großdemonstration.

Einerseits hat Dan Diner sowieso recht. Und andererseits zeigt er am Beispiel des Spätromantikers Nikolaus Lenau besonders überzeugend, wo das alles herkam und wohin es vor allem ging. Mit Sinn für Komik erzählt er die große Geschichte dieses kleinen Betrügers, der zu Beginn des 19. Jahrhunderts für ein paar Monate nach Amerika reiste, um seine Spekulationsgewinne in einer Farm in Ohio anzulegen. Lenau besaß von Anfang an eine Rückfahrkarte, doch machte er aller Welt vor, er habe auswandern wollen und sei dann über die Geldgier und Geistlosigkeit, über die kulturelle Oberflächlichkeit des modernistischen Leviathans Amerika derart entsetzt gewesen, daß er nach wenigen Wochen umgekehrt sei.

Legende kommt von Lüge – und Lenaus Amerika-Lüge war ganz besonders legendär, denn sie ruht längst im kollektiven deutschen Unterbewußtsein irgendwo zwischen Russenangst und Sauberkeitswahn, und weil Lenau die von ihm getürkte Bill-of-Rights-Enttäuschung am Ende auch noch zu seinem deutschnationalen Erweckungserlebnis erklärte, verschränkten sich unter seiner historischen Regie Deutschtümelei und Antiamerikanismus, Untertanentum und Anti-demokratismus wie von selbst auf ewige Zeit. »Mein Aufenthalt in der Neuen Welt«, so erklingt der von Lenau angestimmte Teutonen-Klassiker, »hat mich von der Chimäre von Freiheit geheilt. Ich habe mich dort überzeugt, daß die wahre Freiheit nur in unserer eigenen Brust, in unserem Wollen und Denken, Fühlen und Handeln ruht.« Nicht viel anders steht es später in ›Mein Kampf‹ gerülpst und geschrieben, wo der Führer der Deutschen von den angeblich falschen amerikanischen Ideen von Freiheit und Gleichheit schwadroniert, denen er stolz die seinen entgegensetzt. Die deutsche Freiheit ist eine komische Freiheit – in anderen Sprachen heißt sie Unterdrückung und Tod.

Es muß, natürlich, nicht immer nur Hitler sein. Ohne sich derbem German-Bashing hinzugeben, zeichnet Diner das Bild des deutschen Amerika-Hasses, er zeigt, wie seit Lenaus Tagen das Mißtrauen gegen die Moderne hierzulande in ökonomischen und ideologischen Krisenzeiten jedesmal aufs neue die Metapher vom amerikanischen Zivilisations- und Entfremdungsteufel gebar, aufgeladen durch zwei Weltkriege, die im Namen der deutschen Freiheit ausgerechnet gegen die Supermacht der vermeintlichen Anti-Freiheit verloren wurden. Sie haben alle mitgemacht und mitgedacht, Reaktionäre und Progressive, Unpolitische und Politische – Hoffmann von Fallersleben und Heinrich Heine, Karl May und Karl Marx, Joseph Goebbels und Clara Zetkin, Hermann Hesse und Bert Brecht. Sie haben, das belegt Diner mit ungezählten Zitaten, von amerikanischer Heuchelei und Finanzherrschaft und Kulturlosigkeit und Gleichmacherei und Vermassung und Welteroberungslust und Verjudung gefaselt, und der Unterschied war nur der, daß die Linken sich dabei zum einen ein bißchen mehr verrenkten – zum andern aber auf Tausenden von Umwegen zwei Jahrhunderte später genau dort ankamen, wo die Rechten seit jeher gewesen sind. Wer schrieb 1971, daß die Voraussetzungen »zur Verewigung der Spaltung Deutschlands von den Geschäftemachern jenseits des Atlantiks vorsätzlich geplant worden« sind? Rolf Hochhuth war es, und Adolf von Thadden nicht.

Hat man das alles wirklich schon immer gewußt? Es ist jedenfalls verdammt lehrreich zu verfolgen, wie Dan Diner den Bogen schließt, wie er den scheinlibertären Gestus der deutschen Nachkriegs-Protestbewegungen entlarvt und damit beweist, daß unsere progressiven Dichter und Denker, Studenten und Lenker am Ende nur die Marionetten eines von ihnen niemals durchschauten epochenübergreifenden Geistes gewesen sind. Für sie, die von den Amerikanern entfesselt und mit der Freiheit des Gedankens beschenkt worden waren, blieben die Vereinigten Staaten in Wahrheit der metaphysische Gegner, gegen den ihre Väter noch ganz physisch gekämpft hatten. Ob Vietnamkrieg, Nachrüstung oder Saddam Hussein – den deutschen Linken ist immer klar gewesen, daß der Erbfeind in Washington sitzt. Und daß sie My Lai mit Auschwitz verglichen, war mehr als die Entlastung eines falsch programmierten schlechten Gewissens: Es war Ausdruck des Hasses gegen jene, deren Sieg sie selbst auf immer zu Tätersöhnen machte. Denn hätte Hitler den Krieg gewonnen, gäbe es die Aktion Sühnezeichen nicht.

Daß es schon bald um mehr ging als um Holocaust-Erlösung, bewies keiner mehr als der ewige Kofferträger des Zeitgeistes, Hans Magnus Enzensberger: Er reicherte die 60er Jahre mit Gedanken an, die in den 40ern in der Regel im ›Völkischen Beobachter‹ zu finden waren. Davon abgesehen, daß er als zünftiger Ernst-Nolte-Vorläufer Nazi-Taten post festum entschuldete und relativierte, indem er erklärte, der »Faschismus ist nicht entsetzlich, weil ihn die Deutschen praktiziert haben, sondern weil er überall möglich ist«, gab Enzensberger Amerika, was Amerika aus urteutonischer Sicht verdient: Er nannte es die »Heimat des Mehrwerts«, geißelte die herrschende Klasse der USA als Weltfeind und rülpste: »Ihr Ziel ist politische, ökonomische und militärische Weltherrschaft.« Wer sagt eigentlich, daß Tätersöhne wirklich unschuldig sind?

Man könnte noch viele Namen nennen und genauso viele Zitate bringen. Man könnte darüber sprechen, wie der Nato-Doppelbeschluß seinerzeit die Friedensbewegung zu einem Bund von wehleidigen Nationalisten zusammenschweißte, die von der Kolonisierung Deutschlands durch die Amerikaner auf einmal genauso fest überzeugt waren wie von den Unrechtstaten der Somoza-Diktatur und des südafrikanischen Apartheid-Regimes. Man könnte von den Tagen des Golfkriegs reden, als der irrationale Haß vieler Deutscher auf die Vereinigten Staaten und die stille Freude mancher über die Beschießung Israels nicht nur wie ein besonders schaurig-dämliches Romantikerstück wirkte, sondern außerdem auch etwas mächtig Wiedergängerhaftes besaß. Und man könnte von Sarajevo, Srebrenica und dem Kosovo anfangen und fragen, warum in den Zeiten des Jugoslawien-Wahnsinns kein Ustascha und kein Tschetnik von unseren Pazifisten so gehaßt wurde wie Bill Clinton oder Madeleine Albright.

Vor allem aber könnte und sollte man laut ausrufen, daß der durchgängige Antiamerikanismus unserer Sozialisten, Kommunisten und Grünen das allersichtbarste Symptom ihrer ewigen, von keiner Revolution bewältigten Grundkrise ist. Denn den deutschen Progressiven, von den Hambacher-Fest-Studenten über Alice Schwarzer bis zu den abgedrehtesten No-Logo-Aktivisten, geht es in letzter Konsequenz immer nur um Deutschland, also allein um ihr eigenes, entrücktes, total-individualistisches Thomas-Mann-Wohlbefinden, aber niemals um die altruistische Idee namens Aufklärung – was sie nicht nur nicht von den Rechten unterscheidet, sondern mit diesen 1989 auf einen Schlag endlich wiedervereint.

Dan Diners These ist komplex und klar: Die ausgeprägte, pointierte Feindschaft so vieler deutscher Meinungs- und Machtmacher gegenüber dem Freiheits- und Gleichheitssymbol Amerika ist für ihn der eindeutige Beleg für eine bis heute ungebrochene romantische Zivilisationsskepsis. Und die bricht sich nicht zufällig in einer Zeit gegen den Rationalismus – der hierzulande zum Glück ab und zu auch regiert – Bahn, da sich die Deutschen wieder einmal von der Geschichte überfordert fühlen und deshalb erneut verzweifelt zu fragen beginnen: Was, zum Teufel, ist eigentlich deutsch? Daß sie sich in einem solchen Moment wie selbstverständlich gegen andere abgrenzen werden und dies zum Teil bereits auch schon tun, auf der ewigblöden Suche nach ihrem so unfaßbaren nationalen Ich, dabei hilflos und übermütig wie ein betrunkener Skin, berauscht von ihren antidemokratischen, antimodernistischen Solipsismus-Gurus Jünger, Walser und Strauß – das alles steht in Diners Buch zwar nicht mehr drin, doch kann und soll jeder Leser, der die von Diner ausgelegte Fährte aufgenommen hat, diesen nächsten, so naheliegenden Schritt allein weiterdenken. Bleibt er auf jener Spur, begreift er nämlich auch, warum die Deutschen nach wie vor nicht wissen, wer und wie sie sind: Jemand, der seine Geschichte einzig als die Geschichte der eigenen Verwundungen betrachtet, vom Dreißigjährigen Krieg über Verdun bis zur Bombardierung des Kölner Doms, wird nie und nimmer vom Objekt zum Subjekt werden, vom Untertan zum Bürger, vom fremdbestimmten Lakaien zum selbstbestimmten Citoyen. So jemand, der immer nur wehleidig die bösen Anderen anschaut, wird bestenfalls gebetsmühlenartig wiederholen können: Ich will, im Namen der Kirche, des Königs und der Soldaten, das Gegenteil meiner Verwunder sein.

Hat Amerika es wirklich besser? Aber klar. Denn kein McCarthy, Nixon und George W. Bush, kein Redneck und Wasp-Rassist, kein CIA-gestützter mittelamerikanischer Diktator und transatlantisch-christdemokratischer Ami-Höfling hat es bis heute geschafft, der Bill of Rights ihre Dynamik zu nehmen, ihre revolutionäre bürgerliche Kraft. Warum das so ist? Weil die USA nach wie vor ein – glücklicherweise sehr mächtiges – Land sind, in dem die staatliche Zugehörigkeit des einzelnen weder ethnisch noch kulturell noch territorial bestimmt wird, sondern allein auf einer politischen Übereinkunft basiert: Ein Amerikaner wird man freiwillig – als Einwanderer hat man sich für die Demokratie, für Pluralismus und Gleichheit, für Differenz und Solidarität entschieden. Daß gegen diese Übereinkunft immer wieder verstoßen wird, macht sie nicht tot, sondern erhält sie, im Gegenteil, weiter und weiter am Leben, und das nennt man dann den selbstreinigenden Effekt von Zivilisation.

Kein Amerikaner würde fragen, wer und wie er ist – sondern nur, was er will. Und genau damit sollten die Deutschen endlich auch anfangen. Sie sollten alle historische Larmoyanz über Bord werfen, sie sollten aufhören, sich als Spielball ihrer Feinde und Herren zu betrachten, sie sollten endlich Bürger im liberalsten Sinn des Wortes werden und vor allem kapieren, daß ihnen, angesichts der aufmarschierenden Truppen der Gegenaufklärung von St. Petersburg bis Padanien, von Hoyerswerda bis Kosovo, dazu nicht mehr viel Zeit übrigbleibt.

Von Amerika lernen heißt siegen lernen – in Amerika und auch anderswo.

David Vogel: Wo Menschen sind, kann es kein Paradies geben

Es passiert meistens an hellen, freundlichen Tagen. Ich trete mittags aus dem Haus, nachdem ich ein paar Stunden besonders gut gearbeitet habe, ich drehe neugierig den Kopf nach links und nach rechts, ich atme die frische Luft so tief ein, als hätte ich sie nie vorher gerochen, und dann laufe ich mit leichten Schritten los. Ich weiß nicht genau, wohin ich gehe, in das Restaurant bei mir um die Ecke, wie immer um diese Zeit, oder in eines von den vielen neuen Innenstadtcafés, aber vielleicht werde ich auch nur ein bißchen durch München spazieren, und der Rest des Nachmittags ergibt sich von selbst. Was für eine schöne, besondere Stimmung, denke ich, und mir ist so, als finge das Leben nach vielen langen, bedrückenden Jahren heute endlich wieder von vorne an. Doch kaum denke ich diesen Gedanken zu Ende, zieht sich etwas in meiner Brust zusammen, meine Schritte werden schwerer, und ich denke: So gut wird es nicht lange bleiben. Und ich frage mich: Was wird die nächste Katastrophe sein?

Ja, ich bin Jude. Und weil ich Jude bin, bin ich überzeugt davon, daß es sehr jüdisch ist, gerade in den schönsten Momenten mit dem Schlimmsten zu rechnen. Wer jetzt an den Holocaust denkt, ist selber schuld. Schließlich hat der Mann, von dem gleich die Rede sein soll, auch nicht an ihn gedacht, als er sich Anfang des 20. Jahrhunderts in einem vergessenen weißrussischen Schtetl auf den Weg machte, um in der Welt sein Glück zu suchen – und um so seine ewige jüdische Angst vor der nächsten Katastrophe zu vergessen.

Ich habe noch nie ein Foto von David Vogel gesehen. Menschen, die ihn kannten, sagen, er war ein kleiner, fast zwergenhafter Mann mit einer dicken Brille und einem ständig etwas abwesenden, lüsternen Blick. Er hatte den mageren, wenig entwickelten Körper eines Hypochonders, und ich glaube, daß er immer besonders gut rasiert war, daß die Haut in seinem Gesicht so weiß strahlte wie die Wange eines jungen Mädchens, denn als er das erste Mal galizischen Boden betrat, schrieb er – eher entsetzt als wütend – in sein Tagebuch: »Ich hasse Lemberg und seine Juden mit Schläfenlocken bis zu den Schultern.« In Galizien blieb er aber sowieso nicht lange, auf der Flucht vor den russischen Militärbehörden machte er hier nur für ein paar Wochen halt. Schon bald brach er nach Wien auf, in die helle, moderne, unüberschaubare Großstadt, wo er vor der Armee des Zaren genauso sicher zu sein hoffte wie vor der jüdischen Tradition, und es steckte sicher mehr als Trotz dahinter, wenn er am 29. September 1912 notierte: »Drei Tage nacheinander Feiertag; ich habe währenddessen viel, viel gelitten. Es waren leere Tage.« Oder ein halbes Jahr später: »Wahrlich hätte ich beinahe ganz vergessen, daß heute abend Pessach ist. Was sollte mich denn daran erinnern?!«

Das alles ist sehr sonderbar. Denn gerade war er noch in Wilna gewesen, in der Stadt der tausend Rabbiner und hundert Synagogen. Er hatte hier jahrelang wie ein Besessener studiert und Hebräisch gelernt, und daß er nun plötzlich von einem Tag auf den andern so gierig darauf ist, die Tür zur Moderne aufzustoßen, hängt bestimmt nicht allein damit zusammen, daß er kein kleiner hektischer Kaftanjude mehr sein will, der für jeden russischen oder litauischen Antisemiten automatisch Freiwild ist. Wie viele andere ahnt er natürlich, daß da vorne, wo das Licht der Zukunft ist, in dem heranbrechenden neuen Jahrhundert, in dem keine sinnlosen, überkommenen Regeln und archaischen Ängste mehr zählen werden, weil ab jetzt jeder alles machen kann und muß, was er will – er ahnt und fleht und hofft, daß dort das Leben besser und freier sein wird als in der Gegenwart, die für die meisten Juden des Ostens noch tiefste Vergangenheit ist.

Als David Vogel endlich in Wien ankommt, zwei Jahre vor

dem Ersten Weltkrieg, hat er mit seinen einundzwanzig Jahren mehr erlebt, als viele, die heute Bücher schreiben, in ihrem ganzen Leben durchmachen werden. Er hungert sich – wie schon in Wilna und Lemberg – durch die Tage. In den Nächten hat er oft keinen Platz zum Schlafen und irrt durch die Straßen der Stadt, und der einzige treue Begleiter, den er hat, ist seine panische Angst davor, an Tuberkulose zu erkranken, die ihn fast genauso schwächt, wie es die Krankheit selbst tun würde. Manchmal gibt er, unwillig und schlecht gelaunt, verwöhnten, stumpfsinnigen jüdischen Kleinbürgerkindern Religions- und Hebräischunterricht, und das bißchen Geld, das er dabei verdient, verschwendet er für Bücher. Er ist, da bin ich mir sicher, ein schrecklicher Mensch, einer von diesen Verrückten, die glauben, daß es genügt, alles zu wissen, damit man glücklich wird, weshalb sie immer nur lesen und lesen und lesen, bis sie eines Tages merken, daß es auf der Welt viel mehr Bücher gibt als Gedanken, aber dann ist es für die meisten von ihnen zu spät.

Für David Vogel kam diese Einsicht gerade noch rechtzeitig. Wenn die Wahrheit nicht in den Büchern der andern zu finden ist, wird er gedacht haben, muß ich eben selbst anfangen zu schreiben, und wie bei allen wirklich großen Schriftstellern kommt auch bei ihm zuerst die Absicht – und die Literatur erst viel später. Gut, er schreibt jetzt ab und zu ein Gedicht, doch das macht er fast nur wie nebenher, er schmiert es im Kaffeehaus auf eine Serviette, nachdem er alle Zeitungen ausgelesen, alle Gespräche geführt hat und vor Langeweile nichts anderes mehr zu tun weiß. Meistens spricht er aber nur vom Schreiben, er sitzt mit anderen jüdischen Bohemiens im Café »Arkade« und redet mit ihnen Löcher in die Luft. Zu Hause klappt er dann sein Tagebuch auf und kritzelt sehnsüchtig hinein: »Nichts zieht mich so an wie die Literatur; ich würde gern zu den Schriftstellern zählen.«

Was Vogel nicht weiß: Er ist in Wahrheit längst ein Schriftsteller, denn sein Wien-Tagebuch, das erst fünfzig Jahre nach seinem Tod unter dem Titel ›Das Ende der Tage‹ erscheint und die Jahre 1912 bis 1922 umfaßt, ist neben dem einzigen Roman, den er in seinem Leben schreiben wird, sein größtes, sein wichtigstes Werk. Der traurige, gehetzte, eingebildete junge Mann, der sich hier Seite für Seite immer tiefer in das Herz des Lesers hineinleidet, bleibt, wie es sich für jede anständige Gestalt der Weltliteratur gehört, auf immer darin versiegelt; man vergißt ihn nie mehr, man erinnert sich an ihn, wie zur Bestätigung, in den gräßlichen Momenten des eigenen Lebens, und wenn es einem gutgeht, fällt einem dieser ewig Schwermütige erst recht wieder ein, und man schüttelt sich mit einem wohligen Schauder.

Nein, das Glück fand David Vogel in Wien nicht – und die ganz normale jüdische Katastrophen-Paranoia wurde er dort auch nicht los. Sogar wenn alles in Ordnung ist, wenn es so aussieht, als würde sich seine Situation zum Besseren wenden, wenn er eine Weile nicht hungert, wenn er ein warmes Zimmer hat und mehr Bücher, als er lesen kann; sogar wenn er in Wien auf Menschen trifft, die er nicht mehr verachten muß, und die Tage genauso hell und freundlich enden wie sie anfangen – sogar dann lastet das Dasein so schwer auf ihm wie ein ewig drohendes Unheil.

So schlecht geht es ihm, so unerträglich bedrängt ihn das Leben, daß man ständig denkt: Wann passiert es endlich? Wann kommt sie, die nächste Katastrophe? Im August 1914 ist sie dann da, er wird kurz nach Ausbruch des Ersten Weltkriegs als russischer Staatsbürger verhaftet und von den Österreichern in ein Kriegsgefangenenlager gesteckt, wo er die nächsten zwei Jahre bleibt. Zwei Jahre, bloß weil er den falschen Paß hat, zwei Jahre seines Lebens, die ihm einfach weggenommen werden, zwei leere, stumpfe, sinnlose Jahre, in denen er keine Sekunde allein sein darf, in denen er keinen einzigen vernünftigen Gedanken fassen kann, in denen er kaum eine Zeile schreibt. Was nützt es ihm, daß er für diese Zeit von seinen materiellen Problemen befreit ist? »Ich sehne mich nach dem Hunger, nach dem Hin und Her, nach den Einkommenssorgen«, lautet eine der wenigen Tagebucheintragungen, zu denen er sich in der Gefangenschaft aufraffen kann. Und: »Ich brauche Leiden, eine ungesicherte Lage, ein ungeregeltes Leben.« Als hätte er davon nicht gerade schon genug.

Denken Sie auch, was ich denke? Daß dieser schreckliche, selbstverliebte Kerl sich in Wahrheit nach der Katastrophe sehnte, daß er für jedes Unglück, das ihm zustieß, dankbar war – aber nur so lange, bis ein größeres, stärkeres Unglück sich am Horizont seines so schaurig modernen, entwurzelten Lebens abzeichnete? Als er Ilka kennenlernt, die tuberkulosekranke, arrogante, gojische Kaffeehausdiva, denkt er nur ein Wort: Angst. Er, der ewige Hypochonder, fürchtet den Tod, den sie in sich trägt, er fürchtet ihre kalte, überhebliche Art, mit der sie von der Dummheit der andern und ihrer eigenen Genialität spricht, und besonders schön findet er sie ohnehin nicht. Trotzdem entkommt er ihr nicht, trotzdem wirft er sich in ihre dunklen Arme. »Sie liebt mich mit Todesliebe«, notiert er nach einem halben Jahr, »ich werde nach und nach in die Grube gelockt.« Wie schön für ihn! Kurz darauf will sie ihn heiraten – und er sagt sofort ja. Sie will, daß er sich von seinen Freunden fernhält – er sagt wieder ja. Sie will ein Kind – ja, ja, ja! Er haßt sie, weil sie ständig etwas von ihm will, weil sie ihn unentwegt eifersüchtig macht, weil sie ihn immer nur quält, weil sie in seinen Augen eben nie aufhört, eine Frau zu sein, und so träumt er davon, »ihr weh zu tun, sie zu schlagen, mit den Füßen zu treten.« Dann ist das Kind da, tot, eine kleine, wunderschöne Frühgeburt, die von den Ärzten geopfert werden mußte, damit die schwindsüchtige Ilka überlebt – und was steht kurz darauf in David Vogels düsterem Tagebuch? »Ilka liebe ich jetzt siebenmal mehr als vor der Hochzeit.«

Die jüdische Angst vor der nächsten Katastrophe damit auszutricksen, daß man sie Tag und Nacht willkommen heißt – das ist sicher eine Erklärung für Vogels fast schon masochistische Melancholie. Aber es steckt noch etwas anderes dahinter. Es ist wie bei vielen anderen Juden seiner Generation das überwältigende Gefühl, alles hinter sich gelassen zu haben und zu wissen, daß man für den Verrat an der Tradition nicht belohnt, sondern immer und immer wieder nur bestraft werden kann und muß. Es ist der Preis für die Freiheiten der Moderne, den ein Jude wie ich nun, da alle Kämpfe gekämpft sind, nicht mehr zahlen muß – David Vogel, Franz Kafka, Arthur Schnitzler und den andern sei Dank.

Gut. Und jetzt reden wir über David Vogels Roman ›Eine Ehe in Wien‹, der zu den sechs, sieben besten Büchern gehört, die mir je untergekommen sind. Jetzt reden wir über seine unendlich schöne, klare, zarte, genaue Sprache, über die Figuren, die ihn so selbstverständlich und frei bevölkern, als wäre er nicht ein bißchen Druckerschwärze und ein paar hundert Seiten glattes, weißes Papier, sondern das Leben und nichts als das Leben; jetzt reden wir über die helle, fast strahlende Traurigkeit, die bislang jeden, der ihn gelesen hat, befiel und für Wochen und Monate nicht mehr losließ. Ich selbst stand noch viel länger in seinem Bann, und so ist mein Roman ›Die Tochter‹, für den ich fünf lange Jahre brauchte, nicht nur eine Antwort auf meine eigenen Fragen, sondern auch auf die, die Vogel in seinem Buch stellt, und daß die Geschichte, die ich darin erzähle, mit einer richtig schönen Katastrophe endet, versteht sich von selbst. David Vogels Geschichte läßt sich mit einem einzigen Satz zusammenfassen und geht so: Ein junger jüdischer Schriftsteller aus dem Osten, der in den 20er Jahren in Wien lebt, verfällt einer kalten, bösen österreichischen Baronesse, ohne daß man auch nur eine Sekunde kapiert, warum, und das macht einen bald genauso verrückt wie ihn.

Rudolf Gordweil heißt Vogels Held, und er will nur eins: Ein Schriftsteller sein – das heißt, so frei und verträumt zu leben, wie er es möchte, er ganz allein. Darum liebt er Wien, diese Hauptstadt der neuen Zeit, die von Nichtjuden und Juden gemeinsam aufgebaut wurde und wo einer wie er, der in der beinah vorzeitlichen Abgeschiedenheit eines jüdischen Schtetls aufgewachsen ist, das Gefühl hat, daß er kein Fremder in der modernen Welt ist. Hier, in der Metropole, sind alle gleich, hier zählt nur die Leistung, nicht die Zukunft, hier macht tatsächlich jeder, was er will. So ist Wien neben all den Menschen die wichtigste Figur in Vogels Roman, es ist wahrscheinlich sogar die, die er am meisten liebt.

Und trotzdem hat keiner besser gewußt als David Vogel selbst, wie entwurzelt ein Jude in einer der neuen Metropolen immer bleiben würde, und so handelt eine der stärksten Passagen seines Romans genau davon, daß die Stadt, an der Rudolf Gordweil so hängt, seine Liebe nicht erwidern will: Es geschieht an einem wunderbaren, langsam ausglühenden Sommerabend, daß er mit seinen beiden jüdischen Freunden Lotte und Mark, nach einem Ausflug nach Grinzing, tobend und lachend hinter der letzten Tram herrennt, die sie in das geliebte Wien zurückbringen soll – und daß sie auf dieser vermeintlichen Fahrt nach Hause von einem großen, dicken Kerl mit Melone auf dem Kopf und Zigarre im Mund ohne jede Vorwarnung als lästige, frech glotzende Juden beschimpft werden. »Scheren S' sich nach Galizien zurück, wo S' herkommen sind!« faucht er sie an, und das macht sie nicht wütend, nur traurig.

Kann eine Stadt, in der sowas passiert, je Gordweils Stadt werden, so sehr er sich danach sehnt? Und können ihre nichtjüdischen Bewohner für ihn vielleicht doch etwas mehr sein als Fremde, die ihn nur deshalb meistens in Ruhe lassen, weil ihnen sein jüdisches Boheme- und Emanzipationsglück vollkommen gleichgültig ist? Thea von Tako, die häßliche, kalte Baronesse, sicherlich nicht. Am Anfang sind Theas sadistische Launen fast harmlos, sie kommandiert Gordweil herum, läßt ihn den Haushalt machen, und manchmal hebt sie ihn, der einen Kopf kleiner ist als sie, wie ein Kind hoch, sie trägt ihn zum Bett, und bevor sie mit ihm schläft, beißt sie seine Ellbogen, seine Brust, sein Gesicht blutig. Später schlägt sie ihn, wenn ihr etwas nicht paßt, oder jagt ihn nachts aus der Wohnung; sie betrügt ihn mit seinen Freunden und Kaffeehaus-Bekannten und treibt es einmal sogar mit einem von ihnen in seiner Gegenwart. Das alles sind Dinge, die Gordweil ebenso haßt wie genießt, er suhlt sich oft in den körperlichen und psychischen Schmerzen, die Thea ihm zufügt, und erst als die schreckliche Sache mit ihrem gemeinsamen Baby passiert, beginnt sich in ihm langsam etwas zu ändern.

Ich weiß gar nicht, warum David Vogel uns diese düstere, kranke, zermürbende Geschichte erzählt, die Thea am Ende ebensowenig überlebt wie das Kind. Ich weiß nicht, ob es ihm etwa darum ging, zu zeigen, wie absolut unmöglich es für einen Mann und eine Frau ist, zusammen Frieden zu finden, und wie grauenhaft und brutal darum alles wird, wenn sie es trotzdem versuchen. Ich weiß nicht, ob die gewalttätige Beziehung, die zwischen Rudolf Gordweil und Thea von Tako herrscht, das ewig kaputte, ewig gestörte Verhältnis zwischen Juden und Nichtjuden widerspiegeln soll, die sich seit zwei Jahrtausenden um so wütender ineinander verbeißen, je weniger sie voneinander loskommen und umgekehrt. Ich weiß nicht, ob die unbegreiflichen Qualen, die Gordweil mit seiner germanischen Domina durchleidet, als Sinnbild zu deuten sind für die absurden, endlosen jüdischen Diasporaleiden oder als David Vogels prophetische Vorwegnahme des KZ-Horrors. Ich weiß auch nicht, ob ›Eine Ehe in Wien‹ nicht allein von Sexualität und Sadomasochismus handelt; ich weiß nicht, ob David Vogel nicht Anfang der 20er Jahre bloß eine ziemlich beschissene Zeit hatte; ich weiß nicht, ob er nicht einfach nur komplett durchgeknallt war… Wahrscheinlich, denke ich, alles zusammen und noch ein bißchen mehr, was sich jeder, der das Buch liest, hinzudenken kann und auch wird.

David Vogel schrieb seinen Roman auf Hebräisch, so wie

seine Gedichte und die beiden Novellen ›Im Sanatorium‹ und ›Am See‹. Er schrieb ihn aber nicht in Wien, das er 1925 verließ – ausgerechnet in dem Jahr, als er endlich die österreichische Staatsbürgerschaft bekam –, er schrieb ihn in Paris und vollendete ihn in Tel Aviv. Ja, in Tel Aviv, aber wer nun glaubt, Vogel sei Zionist gewesen und hätte aus Überzeugung hebräisch geschrieben, der irrt.

David Vogel ging einzig und allein deshalb nach Palästina, weil er dort seine Tuberkulose auskurieren wollte und natürlich auch die seiner Frau. Es muß schrecklich gewesen sein: Ein heißes, lautes, kulturloses Land, voller nationalistischer Fanatiker, sozialistischer Heilsbringer und schlecht erzogener Optimisten, ein Irrenhaus, in dem sogar ein Verrückter wie er es nicht aushalten konnte. Vor allem aber war hier für einen dekadenten mitteleuropäischen Masochisten wie ihn der Boden zu heiß, die Gefahren, die hier lauerten, waren ganz echt und nicht selbst ausgedacht oder im künstlerhaften Armutsrausch herbeideliriert. Hier wurde richtig geschossen und wirklich gekämpft und absolut authentisch gestorben, nicht bloß mit großer Boheme-Geste unter Hunger und Liebesqualen gelitten, und das feuchte, drückende Klima war für seine kaputte, blutende Lunge auch nicht so gut, wie er geglaubt hatte. Da war es ihm dann egal, daß er von der provinziellen Kulturschickeria des Jischuw wie ein kleiner großer Schriftsteller begrüßt wurde, daß man Empfänge für ihn veranstaltete und Lesungen und daß man ihm sogar die begehrte und gutbezahlte Stelle des Literaturlehrers am renommierten Herzliah-Gymnasium anbot. Bloß weg hier, hat er ein Jahr lang gedacht, zurück nach Europa, wo die Katastrophen allein im Kopf stattfinden oder in der Literatur. Aber vielleicht ging es ihm auch genau darum. Vielleicht hat er gewußt, daß nur dort, wo das Grauen so allgegenwärtig und machtvoll in Köpfen, Romanen und Gedichten umherwabert, es irgendwann auch so richtig schön apokalyptisch wird. Vielleicht fuhr er, als er 1931 in Haifa oder Jaffa das Schiff nach Europa bestieg, ganz bewußt der totalen Katastrophe entgegen und nicht von ihr weg.

So also kehrte David Vogel nach Paris zurück. Eine gute Zeit hatte der melancholische Masochist dort natürlich nicht gehabt, aber so richtig schön apokalyptisch wurde es dann erst, als Hitler und seine Deutschen in Frankreich einfielen. Wieder geriet er – genau wie im letzten Krieg – als vermeintlich feindseliger Ausländer in Gefangenschaft, und wieder dauerte sie fast zwei Jahre. Zwei Jahre. Zwei stumpfe, sinnlose, elende Jahre, bloß weil er den falschen Paß hatte, diesmal den österreichischen, der ausgerechnet ihn, den kleinen, schwächlichen jüdischen Intellektuellen, in den Augen der Franzosen in den Verdacht brachte, mindestens so gefährlich zu sein wie ein halbes deutsches Luftwaffengeschwader. Als er von Marschall Pétains Gnaden im Juni 1941 endlich aus dem Lager entlassen wird, ist er noch kaputter, noch trauriger als davor, und das bißchen Kraft, das er übrig hat, nutzt er, um sich um seine Frau und Tochter zu kümmern und sein letztes Buch zu schreiben. Bevor er dann, im Februar 1944, zum letzten Mal in seinem Leben, verhaftet, entrechtet und gegen seinen Willen zur menschlichen Verfügungsmasse von Leuten wird, die er noch nie vorher gesehen hat, rollt er vorsichtig das Manuskript zusammen, küßt es, schiebt es in eine Blechdose und vergräbt es im Garten seiner französischen Vermieterin, wo es nach dem Krieg von einem Freund wiederentdeckt wird.

Vogels letztes Buch ›Alle zogen in den Kampf‹ ist das sehr literarische, sehr authentische, sehr deprimierende Protokoll seiner Zeit als französischer Kriegsgefangener. Es ist allerdings, im Vergleich zu seinen vorherigen Büchern, ein anderer, ein menschlicherer David Vogel, der hier spricht. Plötzlich sind die Zeiten vorbei, in denen er sich danach sehnt, zu leiden, zu hungern, zu frieren. Konnte er zwanzig Jahre vorher noch mit unterwürfigem Bitte-quäle-mich-Ton in sein Tagebuch hineinwinseln: »Manchmal sehne ich mich nach der Haft!«, so klingt es nun gar nicht mehr nach dekadenter Leidenssehnsucht und modernem jüdischen Schuldgefühl, wenn er wütend und kämpferisch ausruft: »Mein Leben ist mir allein gegeben, um es bis zum Ende zu leben, bis zur Neige auszukosten, und kein Mensch hat das Recht, es mir zu verbauen!« Oder wenn er mit vor Schmerz zusammengezogenem Herzen die existentielle Depression beschreibt, in die der Lageralltag ihn und seine Mitgefangenen stürzt: »Wir stritten uns um Nichtigkeiten, nur um Reste eines Eigenlebens zu bewahren, zu spüren, daß noch eine schmale Scheide zwischen Ich und Du bestand, wir nicht eine Masse waren, ein riesiger, amorpher, wimmelnder Misthaufen. Hier wurden wir gezwungen, ein fremdes Leben aus zweiter Hand zu führen, von vornherein für fünfhundert Mann gleich geschneidert. Nach und nach vermochte man nicht mal mehr in der Phantasie ein Eigenleben zu entwickeln. Man war vollkommen von der Außenwelt abgeschnitten, lebendig begraben in einem tiefen, dunklen, kalten Massengrab.«

Nein, David Vogel spricht nicht von Treblinka oder Majdanek. Er spricht von Bourg, Arandon und Loriol, von Orten, an denen man als Jude nicht von Hitler-Deutschen erschossen oder vergast, sondern von Vichy-Franzosen einfach scheiße behandelt wurde, aber das hat ihm offenbar gereicht, um in die Zukunft zu sehen.

Sie glauben mir natürlich nicht. Sie glauben nicht, daß David Vogel schon vor seiner Auslieferung aus Frankreich nach Deutschland am 7. Februar 1944 und seiner Deportation nach Auschwitz einen Monat später geahnt, gefühlt, gesehen, gewußt hat, wie sein Leben im Alter von lächerlichen dreiundfünfzig Jahren zu Ende gehen würde. Dann hören Sie ihm bitte jetzt noch einmal ganz genau zu. Dann hören Sie zu, wie er im Schlußkapitel seines französischen Lagerbuchs beschreibt, wie die Häftlinge ein letztes Mal in ein anderes, neues Lager im Süden Frankreichs transportiert werden, ein Lager, über das sie nichts wissen und über das man auch nichts mehr erfährt, weil das Buch genau an dieser Stelle, im Moment der größten Ungewißheit, endet: »Als meine Nummer an die Reihe kam und man mir hochhalf, um mich in den dunklen Waggon – für acht Pferde oder vierzig Personen – zu schieben, war er längst überfüllt. Ich blieb an der Tür. Weiter konnte ich nicht. Die Luft war zum Ersticken, erfüllt von menschlichen Gerüchen aller Art, trotz der kleinen offenen Luken nahe der Decke.« Und weiter: »Jetzt saust der Wagen schon mit ohrenbetäubendem Lärm dahin, rüttelt und schüttelt alle Augenblicke. Durch die Luken pfeift kalter Wind. Ich zittere. In meinem Bein prickelt es, als liefen Ameisen darin auf und ab. Der Kopf hängt mir schwer auf der Brust, wie durch Narkose betäubt. Ein Gewirr von Körperteilen wird offenbar: Arme, Beine, Köpfe, Nasen, Menschen mit Kleidung, Schuhen, Hüten, Gepäckstücken, miteinander verwoben und verkeilt – ein einziger Haufen über den ganzen Boden hingegossen, wie Krebse im Netz.« Wie Krebse im Netz. Wie Juden in Gaskammern. Wie Menschen in dem Käfig Leben.

Er hat es gewußt. Dieser verfluchte Irre hat es von Anfang an gewußt. Er wußte es bereits, als er dreißig Jahre vorher im weißrussischen Satanow aufbrach, um seine jüdische Angst vor der nächsten Katastrophe abzuschütteln, als er loszog, auf der Suche nach der totalen, vollkommenen Freiheit und Selbstbestimmtheit und Sorglosigkeit, die nur die wirklich Furchtlosen kennen. Er hat gewußt, daß Menschen nie glücklich werden können, egal ob sie Juden sind oder nicht, denn auf jeden von uns wartet immer schon die nächste Katastrophe. Ja, er hat gewußt, daß er eines Tages wieder in den Osten zurückkehren würde, um dort – zur Strafe für seine Anmaßung, ganz allein Herr über sein Leben sein zu wollen – in Flammen aufzugehen, er hat gewußt, daß er am Ende genau das bekommen würde, was er immer gewollt hat. Das alles also hat er gewußt und bloß eine Sache die ganze Zeit nicht verstanden: Was das wohl für eine Welt ist, in der ein Jude nur dann glücklich werden kann, wenn er aufhört, Jude zu sein, lebendig oder tot.

Sein letztes Buch schrieb David Vogel nicht mehr auf Hebräisch, sondern auf Jiddisch. Warum, habe ich lange überlegt, und ich glaube, endlich wird es mir klar: Hebräisch, das moderne Hebräisch – das war zu Beginn seiner Flucht vor sich selbst die nächstliegende Möglichkeit für ihn gewesen, der mittelalterlichen Dunkelheit des Schtetls zu entkommen. Er bediente sich seiner bloß, weil er es so wunderbar konnte – und weil es nicht anders ging, weil weder Deutsch noch Französisch sich seinem dichterischen Willen ähnlich gehorsam beugten. Jiddisch dagegen war für ihn das Symbol des Gestern, von dem er sich lösen wollte. Als er dann sah, wie aussichtslos das war, kehrte er im letzten Moment trotzig zu der verhaßten Sprache seiner Jugend zurück. Aber ob Hebräisch oder Jiddisch, eines war David Vogel natürlich immer in all seiner masochistischen Glückssehnsucht, in all seinem Mut und seiner Furchtsamkeit im Kampf mit dem Leben: ein jüdischer Schriftsteller.

Wissen Sie noch? Ich habe vorhin von dem Buch gesprochen, an dem ich jahrelang saß und das der Versuch einer Antwort ist auf die Fragen, die David Vogel in seinem großen Roman ›Eine Ehe in Wien‹ uns allen stellt. Ich weiß nicht, ob mir das wirklich gelungen ist, und ich weiß auch nicht, ob Sie das überhaupt interessiert. Nur eins weiß ich genau: Ein so trauriges Buch will ich nie wieder schreiben.

Drei Partien Scheschbesch

1.

Es war schon spät, wahrscheinlich sehr spät. Erst ein paar Stunden vorher waren wir angekommen, es muß Ende Juli, Anfang August gewesen sein, 1977, vielleicht auch ein Jahr danach. Ich weiß nicht mehr genau, ob wir mit dem Bus vom Flughafen in die Stadt gefahren waren oder ob mein Schwager uns mit seinem gelben Fiesta – ich glaube, er fuhr damals noch den Fiesta – abgeholt hatte. Ich kann mich auch nicht mehr daran erinnern, wie meine Schwester mich begrüßte – meistens traut sie sich nicht, mir einen Kuß zu geben, und ihr Mund rutscht dann immer an meiner Wange vorbei ins Leere –, ich weiß nicht, in welches Zimmer wir unsere Sachen abstellten, ich weiß nicht, ob wir zu Hause zu Abend gegessen haben oder ob wir noch alle zusammen rausgegangen sind.

Meine Schwester und ihr Mann wohnten damals in der Arlosoroffstraße, an einer dunklen, engen Kreuzung, mit einer von mehreren Buslinien angefahrenen Haltestelle direkt vor der Haustür und einem bis zwölf Uhr nachts geöffneten Supersol-Markt gegenüber. Es war die Wohnung, in die sie nach ihrer Hochzeit eingezogen waren, und die sah ich an jenem Abend im Juli oder August 1977 oder 1978 zum ersten Mal. Doch obwohl Rike und ich in dieser Wohnung, mit wenigen Unterbrechungen, die nächsten vier Wochen verbrachten, kann ich mich an sie kaum erinnern. Das einzige, was ich noch ganz deutlich sehe, ist das elektrische Licht, das dort abends immer an war, ein schwaches gelbliches 50er-Jahrelicht, das die Wohnung eher verdunkelte als sie zu erleuchten, und genau dieses Licht war es auch, dessen ovalen Schimmer ich über Rikes Schulter hinweg in der Balkontür betrachtete, während wir nun draußen auf der Terrasse standen. Es war, wie gesagt, schon sehr spät, ich war wohl ziemlich müde vom Flug und dem plötzlichen Klimawechsel, aber solange Rike weinte, mußte ich bei ihr bleiben.

Seit sie vor zehn Minuten, vor einer Viertelstunde oder vielleicht auch schon vor einer halben Stunde auf den Balkon getreten war, mich an der Hand hinter sich herziehend, weinte sie. Sie weinte nicht besonders laut oder leidenschaftlich, aber dafür in immer neuen, regelmäßigen Schüben, sie schluchzte sanft, und die Tränen traten eine nach der anderen so deutlich aus ihren Augenwinkeln, als preßte sie sie heraus. Ich konnte nicht verstehen, warum sie weinte, ich begriff nicht, was es für sie hieß, wenn sie sagte, sie fühle sich plötzlich so weit weg von zu Hause und so allein, und außerdem kenne sie hier niemanden. Aber als ich sie schließlich in die Arme nahm, passierte es genau hier, genau jetzt, mitten in der Nacht, auf diesem vergessenen, baufälligen Balkon von Nord-Tel Aviv, daß ich zum ersten Mal dachte, all die dunklen Häuser und schlafenden Menschen um mich herum gehören ebensowenig hierher wie ich selbst.

Daran kann ich mich deutlich erinnern, es ist das einzige, was mir von unserem vierwöchigen Aufenthalt wirklich in Erinnerung geblieben ist, und sonst sind da nur noch diese zwei endlosen fiebrigen Tage, an denen ich so starkes Zahnweh hatte, daß Rike und ich von morgens bis nachts Scheschbesch spielen mußten, damit ich mich ein wenig von den Schmerzen ablenkte.

2.

Ein Jahr später war ich mit Johanna da, und diesmal ist die Erinnerung viel klarer. Niemand mochte Johanna – meine Schwester hielt sie für arrogant, mein Schwager für eine linke Antisemitin, und meine Freunde aus Herzlia ignorierten sie von dem Moment an, als sie sie das erste Mal sahen. Ich selbst haßte sie vor allem dafür, daß es mit ihr im Bett nur Probleme gab, sie kam nie, aber sie wollte es jedesmal von neuem mit Gewalt erzwingen, und dadurch wurde ich auch nicht lockerer. Einmal machten wir es in der alten Jugendherberge in Tiberias, oben, auf einem von diesen wackeligen Hochbetten, mindestens eine Stunde lang; ein anderes Mal schliefen wir miteinander in Netanya, im Meer, zehn Minuten vom Strand entfernt; später probierten wir es eines Nachts sogar in einem Bunker, hoch im Norden, in einem Kibbuz bei Kiryat Schmonah, und dabei hörten wir die Geschützfeuer aus dem Südlibanon. Am Ende der Reise mußte ich sie nur berühren – und schon war es bei mir vorbei.

Johanna konnte nicht stillsitzen. Ich selbst wäre lieber, so wie jedes Jahr, die meiste Zeit über in Tel Aviv geblieben, ich hätte gern die Tage am Strand verbracht und die Abende auf der Dizengoff, aber das reichte ihr nicht, und so holten wir schon bald aus unseren großen orangefarbenen Rucksäcken die kleinen grünen Rucksäcke heraus, wir setzten unsere Armyshop-Sonnenhüte auf und nahmen ein Scherut-Taxi zum alten Busbahnhof. Am Bahnhof roch es nach Süßigkeiten, nach verbranntem Fleisch und faulem Gemüse, aus jeder Ecke kam eine andere Musik, und die kreuz und quer parkenden Busse, zwischen denen man sich durchkämpfen mußte, fuhren meist ohne Vorwarnung los. Natürlich wußte Johanna genau, wie unsere Tour aussehen würde, sie hatte vorher schon mit Hilfe ihres Reiseführers einen Plan gemacht, aber warum soll ich nicht einfach lügen und sagen, wir entschieden uns – gemeinsam – erst im allerletzten Moment? Dann sähe ich uns jetzt dabei, wie wir langsam die einzelnen Bahnsteige abgehen, wie wir, jeder für sich, die Namen der Zielorte von den gelbroten Egged-Schildern ablesen und uns zwischendrin stumm ansehen, solange, bis wir, noch immer ohne ein Wort, gleichzeitig und wie ferngelenkt von einer Plattform stehenbleiben – denn der Bus, der hier mit laufendem Motor wartet, das wissen wir, wird uns genau dort hinbringen, wo wir beide sein wollen …

Auf den Golanhöhen sah ich rote Erde und zerschossene Straßenschilder, am Kinneret schleppte sie mich nach Kapernaum, auf Massada wurde ich vor Hitze kurz ohnmächtig, in Jerusalem stand ich barfuß im Felsendom, und in Nueba am Roten Meer badete ich das erste Mal in meinem Leben nackt. Wir übernachteten in Sfad in einer Wohnung, in der ein alter Mann im Zimmer neben uns die ganze Nacht lang auf und ab ging, Möbel hin und her rückte und mit den Fingernägeln an unsere Tür kratzte. Wir machten eine Exkursion durch die Sinaiwüste, sechs Tage und sechs Nächte immer nur im Jeep oder im Schlafsack im Sand, und eigentlich lief alles ganz gut, bis auf den Zwischenfall mit den ägyptischen Grenzsoldaten, die uns nicht glauben wollten, wir hätten uns nur zufällig auf ihr Gebiet verirrt, vor allem, nachdem sie meinen sowjetischen Paß gesehen hatten – ja, alles lief gut, außer vielleicht noch, daß ich mitten in der Nacht den Berg Sinai hinaufsteigen mußte, wegen des Sonnenaufgangs, wie Johanna sagte, und so richtig angenehm war es auch nicht gerade, daß ein paar Tage nach unserer Rückkehr aus der Wüste überall auf unseren Körpern kleine Eiterwunden aufplatzten, von innen, ohne äußere Einwirkung, so als wäre unser Blut plötzlich verfault. Dann war ich noch in Gaza – ja, in Gaza –, wo sie unbedingt hinwollte und wo ich, während wir durch die Stadt liefen, immer nur blind vor Angst daran dachte, daß der letzte Bus zurück aus den Gebieten um vier Uhr nachmittags ging. Zum Schluß saßen wir in einem Café direkt neben der Haltestelle, ich kontrollierte mit einem Auge die Straße, mit dem anderen sah ich den Männern an den Nebentischen dabei zu, wie sie Scheschbesch spielten, und als sie mich schließlich einluden, mitzumachen, sagte ich, warum auch immer, ja. Wie froh war ich dann, als der Bus endlich kam, denn ich gewann von Anfang an jedes Spiel, und obwohl ich alles mögliche tat, um zu verlieren, gelang es mir kein einziges Mal.

Es gibt ein Foto von Johanna und mir, das ein Straßenfotograf in Gaza von uns gemacht hat. Er benutzte eine uralte

Plattenkamera und bräunliches Barytpapier, und vielleicht sehen wir deshalb darauf beide ein bißchen so aus wie zwei Forschungsreisende aus dem letzten Jahrhundert: Ich mit Nickelbrille, dichten langen Locken und Bart, sie, die dunklen Haare hochgesteckt, so streng und unbarmherzig, wie man es als Frau eben sein muß, wenn man in einer fremden, feindseligen Gegend überleben will. Fünfzehn Jahre später gab es dann wieder ein Foto, diesmal allein von Johanna. Ich entdeckte es im ›Hamburger Abendblatt‹, kurz vor einer Bürgerschaftswahl. Johanna – sie unterrichtete inzwischen an der Universität Philosophie – war Spitzenkandidatin der Grünen geworden, und sie sah noch genauso aus wie auf dem letzten Bild, das ich von ihr in der Hand gehabt hatte.

3.

Meine Schwester lebt schon lange nicht mehr in Israel. Warum, weiß ich nicht genau, ich dachte, sie hätte sich dort wohlgefühlt, jedenfalls besser als an vielen anderen Orten der Welt, wo sie später gewesen ist. Sie und ihr Mann hatten Arbeit, sie mochten ihre Freunde und wohnten immer in den angenehmsten, ruhigsten Gegenden des Landes, jedesmal ganz nah am Wasser, dort, wo der Meereswind eine Wohnung im Sommer Tag und Nacht wie ein riesiger Ventilator kühlt. Wahrscheinlich ist sie wegen ihrer beiden Söhne weggegangen, wahrscheinlich wollte sie auf keinen Fall, daß sie in die Armee kommen, aber sicher bin ich mir nicht, denn wir haben noch nie darüber gesprochen.

Die Wohnung in der Schalagstraße, die Charlotte und ich ein paar Sommer hintereinander gemietet hatten, ist nicht mehr so, wie sie war. Früher gab es dort ein Schlafzimmer mit einem einfachen Doppelbett, zwei abgegriffenen Holzstühlen und einem großen unauffälligen Einbauschrank aus altmodischem, dunkelbraun gebeiztem Naturholz. Es gab eine kleine Küche, in der ich manchmal Spaghetti machte oder, wenn es nicht ganz so heiß war, Borschtsch, und dann war da noch das Wohnzimmer, ein großer, leerer Raum, in dem nur ein kleines schmales Sofa stand und ein – wahrscheinlich vom Eigentümer selbst – weißlackiertes Sideboard für den Fernseher und den Plattenspieler, dessen Nadel natürlich abgebrochen war. Immer wenn ich nachts auf dem Sofa lag und über Satellit deutsche Programme sah, während Charlotte schon längst ins Bett gegangen war, spiegelte sich das orangeblaue Licht des Fernsehbildschirms in der riesigen Fläche des glänzenden Fußbodens, es kroch von Fliese zu Fliese bis zur Veranda vor, wo es sich mit dem nächtlichen Grün des kleinen Parks vor unseren Fenstern vereinte. Dahinter, dachte ich wie früher schon so oft, in der Dunkelheit, schlafen sie, all diese Menschen, die nicht wissen, daß ihre Zeit in dieser Gegend bereits wieder abzulaufen beginnt.

Die Bücher, die Charlotte und ich immer dabeihatten, ließen wir am Ende der Ferien meistens da. Wir waren, nachdem wir sie ausgelesen hatten, zu faul, sie wieder mit uns zurück nach Deutschland zu schleppen, also verstauten wir sie im Sideboard, genau unter dem Fernseher, und wenn wir ein Jahr später wiederkamen, standen sie noch auf ihrem alten Platz. Seit die Wohnung renoviert wurde, sind sie weg. Alles ist weg, das Sideboard, der kaputte Plattenspieler, die schöne alte Küche, und vor allem ist diese windumwehte und sonnendurchflutete Großzügigkeit verschwunden, die wir an der Schalagstraße so geliebt hatten. Die Wohnung ist jetzt vollgestellt mit häßlichen, bauchigen, modernen Möbeln, alles ist rosa, türkisblau und grün, aber das kann uns egal sein, denn wir werden zusammen ohnehin nie mehr hinfahren.

Von der Schalagstraße waren es nur ein paar Schritte zum Meer. Meistens gingen wir die ersten zehn, zwanzig Meter auf unserer Seite der Straße, die so tief zum Strand hin abfiel, daß sie uns wie eine Rutsche vorkam, auf der man direkt ins Wasser gleiten konnte. Kurz vor der Kreuzung wechselten wir herüber, bei der großen, Tag und Nacht befahrenen Hayarkonstraße, und dann standen wir oft drei, vier Minuten bei Rot an der nervtötendsten Ampel der Welt. Sprang sie endlich auf Grün um, liefen wir so schnell wie möglich hinüber, aber manchmal vergaßen wir, uns zu beeilen, und gerieten zwischen die bereits wieder anfahrenden Autos. Endlich drüben, verschwanden wir sofort im Ramada-Hotel, wo Benny meistens zur selben Zeit wie wir mit seiner Familie Ferien machte. Seine Frau war mit den Kindern immer schon unten am Wasser, aber er saß noch verschlafen in der Lobby, mit einem großen Glas Milch vor sich und einem Teller mit Blintzes und Quark. Oft bestellte er noch mal dasselbe für uns, und so dauerte es eine ganze Weile, bis wir endlich am Strand ankamen. Dort blieben wir solange, bis die Sonne sich langsam braun zu verfärben begann, bis sie immer größer und schwerer wurde, so daß sie sich nicht mehr oben halten konnte. Es wurde plötzlich ganz ruhig am Strand, man hörte nur das Klacken der Matkotbälle und ab und zu den Motor einer vorbeirauschenden Marinepatrouille, und dann setzte sich Charlotte zu mir auf meine Liege, sie zog das Scheschbesch-Brett aus ihrer Strandtasche, umarmte mich und sagte: »Ein Spiel – eins machen wir noch ...«

Charlotte könnte inzwischen, wenn sie wollte, jederzeit den israelischen Paß kriegen. Sie könnte in Israel leben, sie könnte dort arbeiten, sie könnte dort jemanden kennenlernen, sie könnte dort unser Kind großziehen. Vielleicht macht sie das eines Tages sogar auch. Ich, das weiß ich genau, werde immer in Deutschland bleiben, denn es gibt Orte, die sind für die Gegenwart da, und es gibt Orte, die sind für die Erinnerung. Ich habe mich, was das angeht, schon lange entschieden. Charlotte weiß noch nicht, was sie tun wird, aber eine Entscheidung hat sie trotzdem auch schon getroffen, vor kurzem, in New York, bei einem Beth Din, an einem Tisch mit drei jungen lachenden Rabbinern. Es war, hat sie erzählt, damals ein kalter greller windiger Frühlingstag gewesen, ein richtiger Tag zum Verrücktwerden.

Das Biller-Prinzip

Gäbe es Krieg zwischen Deutschland und Israel, hätten ein paar Leute ein echtes Problem. Nein, ich meine nicht die allzeit breiten Milchbärte von der Wehrspottgruppe Scharping und auch nicht die ungezählten guten Deutschen, die lieber eine Million mal »Ich will nie wieder analfixiert sein« schreiben würden, als einem noch so kampftrunkenen Hebräer etwas anzutun. Ich meine eher die vielen in Deutschland lebenden Juden, die normalerweise, kaum daß die Rede auf Israel kommt, sofort anfangen, sich zu winden und zu verstellen, die immer so tun, als sei für sie Israel nur ein Land unter vielen, dessen Soldaten, Politiker und Zivilisten sie genausowenig angehen wie die von Barbados, Thailand oder Sri Lanka, wo sie inzwischen doch genauso oft im Urlaub gewesen sind. Wie kann man sich nur selbst so belügen?! Gäbe es einen Krieg zwischen Deutschland und Israel, würden sie sich sofort entscheiden, und natürlich wissen sie schon heute, für wen.

Ich lasse mit mir gern über Israel reden. Ich fange dann nicht gleich zu jammern an, so wie die unbelehrbaren, naiven Assimilanten Paul Spiegel oder Michel Friedman, die jedesmal, wenn ein Deutscher sie nach ihrer Rückkehr aus Israel mit den Worten »Wie war's zu Hause?« begrüßt, öffentlich in Weinkrämpfe darüber ausbrechen, man grenze sie aus. Zugegeben, auf die klassische Arschlochfrage, was wir Juden da unten mit den Palästinensern machen, antworte ich immer: »Lauter Dinge, von denen die Häftlinge in deutschen KZs garantiert nur geträumt haben« und beende das Gespräch sofort. Will aber jemand mit mir wirklich über Israel sprechen-streiten-diskutieren und nicht bloß auf die Art seinen Naziopa aus der Weltgeschichte exorzieren, bin ich sein Mann. Verrückte Siedler in der West Bank? Sadistische Geheimdienst-Folterknechte? Religiöse Schabbat-Terroristen? Sie haben mit mir und meinem Leben ebensoviel zu tun wie die Opfer sämtlicher Hamas-Anschläge, wie die klugen, mutigen Offiziere von der »Frieden Jetzt«-Bewegung oder die lässige Jeunesse dorée von der Tel Aviver Schenkin Street. Warum? Weil ich Jude bin und sie auch, und weil ihr Land mein Land ist, obwohl ich dort nicht geboren bin, obwohl mein Hebräisch genausowenig Drive hat wie mein Arabisch und ich den größten Teil meines Lebens ganz woanders verbracht habe. Und trotzdem muß ich einfach nur ins Flugzeug steigen, und ein paar Stunden später bin ich israelischer Staatsbürger – wenn ich will.

Im Moment will ich aber nicht. Ich will in Deutschland leben, wo die Frauen schön, die Philosophen klug und die Sommer verregnet sind, und ich will, daß mir hier keiner mehr erzählt, als Jude unterscheide man sich von den anderen nur durch seine Religion. Damit das ein für allemal klar ist, Meister Spiegel und Fritze Friedman: Die Juden sind ein Volk, ein absurd altes Volk, mit eigenen Büchern, eigenen Neurosen, eigenen Witzen, eigenen Atheisten – und eventuell auch mit eigenem Gott. Nur mit dem eigenen Land hat es nicht immer geklappt, aber zur Zeit sieht es damit gar nicht so schlecht aus, und jeder Jude, der heute so tut, als würde ihm Israel überhaupt nichts bedeuten, lügt.

Aber vielleicht muß er ja lügen. Vielleicht ist es in Wahrheit so, daß all die deutschen Juden, die nicht offen und ehrlich zu Israel stehen und auch sonst ihre jüdische Identität wie moderne Marranen nach dem Spiegel-Friedman-Prinzip hinter der Maske des deutschen Staatsbürgers jüdischen Glaubens verstecken, dazu gezwungen sind. Okay, gezwungen ist vielleicht zuviel gesagt. Aber es gibt da natürlich einen bestimmten Druck, dem sie, feige und kleinbürgerlich, wie sie sind, nachgeben und der nie von rechts kommt und auch nicht von rechtsrechts. Es ist vielmehr der stille, kalte Druck der bigotten deutschen Aufgeklärten, Linken und Liberalen, deren

Toleranz gegenüber fremden Völkern im Ausland besonders stark ausgeprägt ist, im Inland aber nicht mehr so ganz, vor allem, wenn die Fremden darauf bestehen, unter Deutschen weiter als Nichtdeutsche zu leben, auf ihre eigene zivile und zivilisierte Art. »Wann wirst du endlich Deutscher werden?«, werde ich selbst von diesen Leuten seit Jahren immer wütender und ungeduldiger gefragt. »Wenn ihr Juden werdet«, antworte ich zuerst frech-talmudistisch, aber hinterher füge ich ganz langweilig und pädagogisch hinzu: »Vielleicht dann, wenn man in Deutschland nie wieder eine so dämliche Frage zu hören kriegt.«

Ach, übrigens: Sollte es bei der nächsten Fußball-WM ein Spiel zwischen Deutschland und Israel geben, hätte ich absolut kein Problem. Im Sport vergesse ich nämlich sofort meinen ganzen Zionismus. Im Sport bin ich einfach nur für den Stärkeren.

Wie Teddy Terror von Hillel Haß eine Belehrung bekam

Das letzte Mal, als ich Teddy Terror traf, sah er viel schlechter aus als sonst. Seine Kleidung war tadellos wie immer – gelbe Stiefel, schwarzer Anzug mit Nadelstreifen, kariertes Hemd, karierte Krawatte –, der Händedruck fühlte sich gewohnt fest und feucht an, und auch die Stimme dröhnte immer noch, durchsetzt von diesen hohen, aufgeregten jüdischen Kieksern. Aber etwas war trotzdem anders: Sein rechtes Auge zuckte, und von Zeit zu Zeit flackerte ein unmotiviertes Grinsen in seinem blassen Gesicht auf.

»Und, Teddy, was liest du?« sagte ich, nachdem wir uns auf die Parkbank gesetzt hatten, neben der wir eine Minute zuvor mit den Köpfen zusammengestoßen waren, jeder im Gehen in die Lektüre eines Buchs vertieft.

»Die Tagebücher von Herzl«, sagte er kopfschüttelnd.

»Das glaube ich nicht!« Ich fing an zu lachen. »Wer liest denn heute noch Herzl?«

»Jeder, der glaubt, er wüßte genug über die Deutschen.«

»Du bist ein bißchen spät dran, alter Junge.«

»Na gut, ich hab' gelogen.«

»Was ist es denn?«

Er sprang von der Bank auf, holte tief Luft und begann, vor mir auf und ab zu laufen. Dabei rempelte er immer wieder einen der vielen Sonntagsspaziergänger an, die an uns vorüberschlenderten. Wagte es einer von ihnen, sich nach ihm umzusehen, gab er den Blick wütend zurück, stemmte die Arme in die Hüften und schrie: »Können Sie nicht zumindest Entschuldigung sagen, Sie deutsches Tier?!« Worauf sich jeder, egal wie alt, wie groß und wie kräftig, sofort wegdrehte und davonmachte.

»Jetzt sag schon, Teddy, was liest du?«

»Sag du zuerst.«

»Ach, weißt du, mein dänischer Verlag braucht etwas für eine Anthologie von mir, und darum muß ich noch einmal meine alten Sachen durchsehen.«

Teddy blieb stehen. Er beugte sich tief zu mir vor, und ich hatte das Gefühl, daß sein Auge nicht mehr ganz so stark zuckte. Sein Lachen, das in kurzen, heißen Stößen gegen mein Gesicht schlug, klang genauso, wie ich mir immer das Lachen eines SS-Mannes vorgestellt hatte, der gerade seinen Lieblingshäftling fragt, warum er in der letzten Zeit so dünn geworden ist.

»Hör auf damit, Teddy, du hast Mundgeruch.«

»Mundgeruch? Was ist schon Mundgeruch in einem solchen Augenblick?«

»Nervensäge, es reicht.«

Eine neue Wolke, in der ich neben normaler gastritischer Übersäuerung Spuren von Knoblauchwurst und gehacktem Ei entdeckte, stieß gegen meine Nase, dann drehte Teddy sich weg von mir. Während die Zuckungen, die seinen Körper schüttelten, langsam schwächer wurden, überlegte ich, ob ich nicht aufstehen und weitergehen sollte. Teddy war berühmt für seine manischen Stimmungen, und man wußte auch, daß er andere damit in Sekunden anstecken konnte.

Auf einmal wurden die Zuckungen wieder stärker, Teddy ließ sich neben mich auf die Bank fallen und sah mich an. Er weinte, und nun zuckte außer dem rechten Auge auch noch das linke. »Ich habe mir«, stieß er unter Tränen hervor, »meinen ersten Roman gekauft.«

»Hast du keine Belegexemplare mehr?«

»Doch«, sagte er, »aber ich wollte so tun, als ob.«

»Als ob was?«

»Als ob ich ein völlig fremder, unvoreingenommener Leser bin.«

»Teddy, du Spinner, was ist los mit dir?«

Er schluchzte. »Was mit mir los ist? Willst du es wirklich wissen?«

»Hätte ich sonst gefragt?«

»Nein, lassen wir's besser.«

»Also los.«

»Ich weiß nicht mehr, wie es geht.«

»Und da wolltest du sehen, wie du es früher gemacht hast. Ja?«

Er nickte stumm.

»Ach, Teddy, armer Teddy, was ist aus dir geworden, du alter Terrorist ...« Das sagte ich mehr zu mir selbst als zu ihm, und dann fiel mir zum ersten Mal seit Jahren sein eigentlicher Name wieder ein: Mosche Himmelzweig. Das Pseudonym hatte er angenommen, als er noch nicht so bekannt war wie jetzt, aus Rücksicht auf seine Familie und auch, wie er in seiner Rede zum Kranichsteinpreis gesagt hatte, um den Terror auch Terror werden zu lassen, oder so ähnlich. Er hatte dann noch, glaube ich, gesagt, er wolle die Schlechten schlagen und die Guten sowieso, denn die hätten es am meisten verdient, vor allem, wenn sie gute Deutsche wären. »Meine Literatur«, diesen Satz von ihm hatte ich mir gemerkt, »soll nicht gefallen, meine Literatur ist zum Fürchten.« Natürlich hatten die Leute den Witz nicht verstanden, sondern nur eingeschüchtert geklatscht, und als er von der Bühne herunterkam, hatten sie ihm die Hände so fix und eilfertig entgegengestreckt wie die Deutschen vor ihnen ganz anderen Typen. »Ach, Teddy«, sagte ich laut, »mach dir keine Gedanken. Es liegt gar nicht an dir.«

Er hatte inzwischen seinen Kopf auf meine Schulter gelegt, und während sein Schluchzen langsam verstummte, strich ich ihm über das Haar.

»Weißt du«, sagte ich, »sie sind anders geworden. Sie sind nicht mehr so, wie sie fünfzig Jahre lang gewesen sind.«

»Nein, das glaube ich nicht«, erwiderte er. »Du täuschst dich. Es liegt an mir: Ich kann es einfach nicht mehr.«

»Doch, bestimmt.«

»Was ›doch, bestimmt‹?«

»Na beides.«

»Also bitte! Und was soll das überhaupt? Warum sollen sie sich geändert haben?«

»Darum. Und weil sie wieder mehr Angst haben als früher.«

»Ich auch ...«

»Aber du bist ein strammer, neurotischer Judenlümmel. Du hast Angst vor Krankheiten, vor Arabern, vor deiner Frau.«

»Und sie?«

»Hör zu«, flüsterte ich, »ich verrate es dir nur, wenn du es für dich behältst. Okay?«

Statt wie ein zivilisierter Mensch ja oder nein zu sagen, sprang Teddy hoch und packte mich mit seinen schweißnassen Händen an der Gurgel. Er schüttelte mich und schrie: »Hör auf mit dem Schwachsinn, ich bin kein kleines Kind, das man trösten muß!« Dann ließ er mich wieder los, und während ich mir seinen Speichel aus dem Gesicht wischte, fuhr er mich kalt und kraftlos an: »Sag mir jetzt endlich, was du weißt.« Er ließ sich erneut fallen und rutschte mit dem Oberkörper auf die Seite.

»Sie haben Angst vor sich selbst, mein Freund, wenn dir das noch nicht aufgefallen ist ...«

»Und was hat das mit mir zu tun?«

»Blödmann.«

»Los, sag es mir, ich kapier' es nicht.«

»Sie sind sie.«

»Raun nicht, du Idiot.«

»Du bist doch selber der Idiot, du Ex-Terrorist.«

Er lag immer noch halb verdreht da und sah kopfschüttelnd zu mir hoch. »Na gut«, sagte er, »dann eben nicht.« Es zuckte jetzt nur noch sein rechtes Auge, aber dafür schien gleich seine Halsschlagader zu platzen, und sein Adamsapfel drohte jede Sekunde aus seinem Hals rauszuspringen und über den Parkweg zu rollen.

Ich legte die Hände wie einen Trichter an den Mund und stieß laut aus: »Achtung, Achtung!«

Teddy lächelte, und seine Augen strahlten. »Sollen wir es mal wieder tun?« flüsterte er.

Ich nickte.

Er richtete sich auf und formte seine Hände ebenfalls zu einem Behelfsmegaphon. »Achtung, Achtung!« begann er zu rufen, doch dann mußte er vor Lachen wieder aufhören. Er schlug mir auf die Schulter und sagte: »Wie früher...«

»Eben nicht«, sagte ich und legte wieder los: »Achtung, Achtung! Alle Deutschen haben sich bis zehn Uhr am Bahnhof einzufinden. Mitzubringen sind ein Koffer, Seife und hundert Reichsmark für die Fahrkarte! Achtung, Achtung! Sie fahren nach Polen! Alle Deutschen! Achtung! Obacht! Aufgepaßt! Hochachtungsvoll! Mit vielen Grüßen an die Gemahlin!«

Teddys Lachen hallte durch den ganzen Park. Er schlug abwechselnd sich und mir auf die Schenkel, und seine glucksende Hysterikerstimme erklang immer lauter und selbstbewußter. Nach einer Weile ließ das Lachen aber nach, dann hörte es ganz auf. Schließlich sagte er: »Wieso passiert nichts? Du warst zu leise. Mach noch mal!«

Während der Strom der Spaziergänger weiter an uns vorüberzog, während all die Studenten in ihren bunten Windjacken, die steifen Alten und die schweigsamen Pärchen so taten, als sei nichts, legte ich wieder die Hände an. »Achtung, Achtung! Alle Deutschen zum Bahnhof! Sie werden heute noch deportiert! Und kommen Sie nackt, dann muß man Sie nicht mehr ausziehen!«

Teddy sah gespannt in die Menge. »Nichts«, sagte er, »gar nichts.«

»Verstehst du jetzt?« sagte ich.

»Warte!« unterbrach er mich. »Ich glaube, es geht gleich

los.« Er zeigte auf einen großen, schwarzhaarigen Mann, der eine blaue Daunenjacke anhatte. Seine Freundin – Pferdeschwanz, schwarze Daunenjacke, Boots – hielt ihn am Arm fest, während er sich von ihr loszureißen versuchte. Teddy sah ihn erwartungsvoll an, aber nach einer Weile senkte er enttäuscht den Blick. Der Mann hatte sich wieder besänftigen lassen, und die beiden gingen Arm in Arm davon.

Teddy lehnte sich stumm zurück. »Und was machen wir jetzt?« sagte er.

»Wir holen die Koffer aus dem Schrank und schieben sie unters Bett. Dann haben wir sie griffbereit.«

»Pfui Teufel!« schrie Teddy mich an. »Du bist ja noch schlimmer als ich!«

Ich schüttelte überrascht den Kopf.

»Was ist nur aus dir geworden, Hillel, du alter Haß«, sagte er leise. Er erhob sich, stellte sich in die Mitte des Spazierwegs und hob die Hand zum deutschen Gruß. Es kamen nur ein paar Leute vorbei, die sofort alle zur Seite sahen, aber dann, als der Strom der Spaziergänger wieder dichter wurde, teilte sich die Menge, und Teddy stand da, mit hochgerecktem Arm, wie Moses bei Akaba.

Die Schwierigkeiten beim Sagen der Wahrheit

Als ich zur Schule ging, gab es noch echte Feinde. Es waren nicht meine Feinde, das hatte ich schnell begriffen, es waren die Feinde meiner Freunde, aber was für Freunde konnten das schon sein, deren Haß- und Wutgefühle ich nie teilen konnte. Doch das ist ein anderes Thema, und vielleicht auch nicht, und darum sollte ich jetzt von dem Morgen im Oktober 1977 reden, als in Mogadischu ein – zugegeben leicht todesschwadronmäßig auftretendes – GSG-9-Kommando 87 verzweifelte Lufthansa-Passagiere von einem tage- und nächtelangen Horrortrip wieder herunterbrachte. Ich hatte mich für diese unseligen Mallorca-Urlauber gefreut, so wie ich mich ein Jahr vorher über die Befreiung der Entebbe-Geiseln gefreut hatte, aber meine Freunde und Mitschüler freuten sich überhaupt nicht. Als ich um acht in die Schule kam, waren, bis auf ein paar versteckt vor sich hin grinsende JU-Spießer, alle, aber wirklich alle um mich herum kaputt und zornig, und ihr Haß gegen den Bullenstaat, oder wie sie das nannten, steigerte sich proportional zu den immer neuen, sonderbaren Nachrichten von dem kollektiven RAF-Die-In in Stammheim, die am selben Vormittag allmählich in die Klassenräume des Hamburger Helene-Lange-Gymnasiums sickerten. Es war ein grauer, melancholischer, vibrierender Tag, dieser 18. Oktober 1977, und selten war in Deutschland einer ganzen Jugend so klar, wo der Feind steht.

Mir war gar nichts klar. Ich kam aus dem Osten, aus Prag, mein Vater hatte in Moskau studiert und war von der Universität geflogen, weil er, selbst ein Kommunist, seinem besten Freund anvertraut hatte, Stalins Kampagne gegen die sogenannten Kosmopoliten sei purer Antisemitismus, worauf der Freund ihn bei der Partei denunziert hat – und so weiter.

Diese Geschichte, die zu Hause oft erzählt wurde, hat mich geprägt, sie hat mich mehr geprägt als jede Geschichte von irgendwelchen verrückt gewordenen Nazimassenmördern. Denn sie hat mich gelehrt, daß das Totalitäre an einem totalitären System vor allem ist, daß es sich um den einzelnen im Namen der Systemlüge oder – schlimmer noch – Systemwahrheit nichts scheißt und erst recht nicht um dessen im Zweifel immer wahrere, weil menschliche Wahrheit. Wie sollte ich also verstehen, daß das Leben der Mogadischu-Geiseln und das von Hanns-Martin Schleyer nichts wert war, aber jenes von Meinhof und Baader alles? Wie sollte ich Helmut Schmidt und die Polizei-SA-SS hassen, wie sollte ich allen Ernstes in einem demokratischen Staat, der gerade etwas nervös war und tatsächlich überreagierte, einen Feind sehen, den meine Freunde als so monströs und allgegenwärtig beschrieben, wie ich es vom Faschismus gehört und vom Bolschewismus sogar ein wenig selbst kannte? Und wie, vor allem, konnte ich *nicht* erkennen, daß meine Freunde fehlprogrammierte, unmenschliche, gedankenlose Dogmatiker waren, Leute also, vor denen meine Familie nach dem so lächerlich dramatischen Ende des Prager Frühlings doch eben erst angeekelt weggelaufen war?

Meine Freunde von damals hatten natürlich nicht nur Feinde. Sie hatten auch ihre Helden, und einer von ihnen hieß Bertolt Brecht. Den wiederum habe ich gehaßt. Ich habe ihn gehaßt, weil sie ihn wie eine Fahne vor sich hertrugen, und wo Fahnen sind, da sind auch Parolen, und wo Parolen sind, braucht man selbst nicht zu denken. Nicht, daß ich viel mehr gedacht hätte als sie, aber nur ein bißchen an intellektuellem Eigenaufwand hat schon gereicht, um zu erkennen, daß dieser Brecht der König der Dummköpfe sein mußte. Einer der Dummköpfe war unser Deutschlehrer, die Sorte hysterischer, hinterhältiger Anti-Nazi-Nazi, von der es zu jener Zeit so viele gab, daß ich mich bis heute frage, wo sie alle geblieben sind. An seinen Unterricht kann ich mich nicht mehr erinnern, ich kann mich an kein einziges seiner Worte erinnern, an keinen seiner Gedanken – ich weiß nur, daß bei ihm von Brecht so oft die Rede war wie in einer Kirche von Gott, weshalb ich ihm nie zugehört habe und in meinem Kopf bis heute eine ziemliche Brechtleere herrscht; und ich weiß auch noch, daß in seinem Kurs die ganze bekiffte linke Oberstufen-Elite herumhing und automatisch ihre Punkte kassierte, und einmal prügelte er mich aus dem Klassenzimmer heraus, keine Ahnung, warum.

Zu Brecht selbst fällt mir doch noch etwas ein: Wie sehr mich sein falscher, schnurrender Brechtton angewidert hat, dieses taktische Fordern und Zaudern eines Volkspädagogen, diese Überheblichkeit von jemandem, der glaubt, bloß weil er ein paar Theaterstücke geschrieben hat und ich nicht, wäre ich zu blöd zu durchschauen, daß sein ewiges schmeichlerisches Moralgerede in Wahrheit reine Kommunistenpropaganda ist. Außerdem, was konnte das schon für eine Moral sein, wenn er sie nur deshalb ins Feld führte, um einer – so sah ich es damals, so sehe ich es heute – diktatorischen Gesellschaftsform wie dem Kommunismus zum Sieg zu verhelfen. Das war das eine. Das andere war, daß die Feinde von Brecht und seinen 70er-Jahre-Lemmingen ja nicht meine Feinde waren, und weil jede Moral sich entsprechend ihrer Definition von Gut und Böse konstituiert, konnte Brechts dumpf-antibürgerliche, militant-kollektivistische Moral nicht meine Moral sein. Im Gegenteil, sie war mein Feind, und ich baute mir – sprunghaft, pubertär, unbewußt, selbstgerecht – gegen sie meine eigene universelle Menschen-Moral auf, von der ich viel später erfahren sollte, ganz ähnlich, aber viel klüger hätten sich das zweihundert Jahre vorher die Stars der Aufklärung auch schon gedacht. So wurde Bertolt Brecht in meinen Augen, stellvertretend für alle anderen linken Pseudo-Moralisten, zum Chefaushöhler des kostbarsten politischen Begriffs, den wir haben – der Moral. Und so, wie ich dafür den Guten Menschen von Ostberlin haßte, haßte ich plötzlich alle Linken, alle meine Freunde, alle meine Feinde.

Das war natürlich gut. Das war sogar sehr gut. Denn während sich in Deutschland ab Ende der 70er Jahre mit dem Salonkommunismus leider auch der Haß auf das Falsche und die kompromißlose Ablehnung gegnerischer Positionen aus dem politischen Großdiskurs zu verflüchtigen begannen; während die politische Kategorie der Feindschaft – als der Motor und das Fundament jeder moralischen Selbstvergewisserung – fast unbemerkt durch die neue, völlig unpolitische Kategorie der Angst ersetzt wurde, kam ich haß- und moralmäßig gerade erst überhaupt in Fahrt, ein echtes Kind der 70er also und gleichzeitig ein totaler Anachronismus. Bestimmt war ich nicht der einzige, der stur an diesem berauschenden Gut-oder-Böse-Denken festhielt, aber sehr viele waren wir nie, und mehr noch als unsere eigene etwas humorlose Einzelkämpfer-Tour killt uns heute logischerweise die vollkommene Morallosigkeit der Zeit, in der wir inzwischen leben, die nicht nur wachsweiche Politiker, feige Arbeitskollegen und nuttiges Boulevardfernsehen produziert, sondern vor allem gleichgültige Intellektuelle und schlechte Bücher. Dazu dann später.

Angst machte eines Tages plötzlich also in diesem Land politisch Karriere: Angst vor Kernkraft zum Beispiel, vor DDT, vor Tschernobyl ließ die Grünen entstehen und wachsen und später grünes Denken und Fühlen parteiübergreifend Mainstream werden. Angst vor einem Pershing-SS-20-Atomkriegsdrama brachte für einen kurzen Herbst des Aufruhrs die Friedensbewegung auf die Straßen. Angst vor Saddams Giftgas-Drohungen führte dazu, daß die Deutschen ein weiteres Mal mit einer Heftigkeit auf ihr Recht auf Frieden pochten, mit der sonst betrogene Pauschalreisende den im Reiseprospekt versprochenen Meeresblick beim Hotelmanager einklagen. Es war, man muß es so sehen, jedesmal nur die Sorge um die eigene körperliche und seelische Unversehrtheit, die die Deutschen in kurzen, hysterischen Schüben politisch werden ließ, aber was heißt schon politisch, wenn der Gegner, den man niederringen will, irgendein abstrakter, nicht nachweisbarer radioaktiver oder chemischer Wert ist oder wenn dieser Gegner weit weg in Moskau, Washington, Bagdad sitzt und einen überhaupt nicht zur Kenntnis nimmt. Sogar die banal und fast alltäglich dahergekommene Wiedervereinigung – historisch nur deshalb, weil nie zuvor ein politisches Ereignis noch vor seinem Abschluß so oft und so verzweifelt als historisch bezeichnet wurde –, sogar die Wiedervereinigung war das Produkt von Angst: Der Angst der längst durchs Westfernsehen westdeutsch sozialisierten Ostdeutschen, nie etwas vom Geld ihrer westdeutschen Brüder abzubekommen. Und als es dann irgendwann darum ging, daß deutsche Kampfpiloten aus der sicheren Höhe von Tausenden von Metern ihre Bomben auf ein paar Schuschen abschießen sollten, bei denen ohnehin nie klar war, ob es nun unsere Nato-Schuschen sind oder dem Milošević seine, auch egal – als also im Kosovo der Krieg in all seiner irrationalen Logik nach Europa zurückkehrte, zitterte halb Deutschland um seine videospielenden Kampfpiloten, die andere Hälfte vor dem Dominoeffekt, und die Bundesregierung insgesamt zitterte vor Madeleine Albright und machte genau, was die wollte. Kaum war die Sache vorbei, waren alle froh, daß sie nicht mehr zittern mußten, und löschten den so unangenehmen Kosovokrieg aus der kollektiven Erinnerung.

Habe ich Helmut Kohl vergessen? Habe ich nicht. Er hat wie kein anderer davon profitiert, daß die Deutschen – egal ob rechts oder links – sich in ein Volk von selbstsüchtigen, neurotischen Feiglingen verwandelt hatten, die nun einzig von ihrer Angst um ihr Wohlfühlgefühl angetrieben wurden. Der alte romantische Soldatenstamm hatte keine Kraft mehr zu kämpfen, er hatte keine schlechten Ideale mehr und keine guten, er kannte keine Feindschaften und keine Moral, es ging ihm nur noch darum, sich gut zu fühlen und auf keinen Fall schlecht. Gut essen, gut reisen, gut raven, gut Sex haben, gut Fitneß machen, gut gesund leben, gut Geld verdienen, gut

Filme gucken, gut Zeitschriften blättern, gut Mode tragen, gut druff sein – niemand wollte etwas anderes, und Helmut Kohl sorgte dafür, daß es so blieb. Er, dessen einzige originelle politische Idee darin bestand, in Krisensituationen in feige Scheinlähmung zu verfallen, war der richtige Mann in der richtigen Stunde. Seine wie in Stein gemeißelte mimische und politische Reglosigkeit war ein Symbol dafür, daß sich nie etwas ändern und das goldene kapitalistische Zeitalter ewig währen würde, und daß Gerhard Schröder die Wahl gegen ihn mit dem Versprechen gewann, er wolle alles genauso machen wie Helmut Kohl, beweist, daß ich erstens absolut recht habe, und zweitens, daß Kohl immer noch an der Macht ist.

Natürlich war Helmut Kohl mehr als eine harmlose Sphinx, er war ein richtiger Machtteufel. Selbst nie wirklich so stark, wie seine Sklaven von gestern es uns nun weismachen wollen, nutzte er das prinzipienlose Memmentum seiner Umgebung ohne jede Sentimentalität aus. Die Sache mit der geistig-moralischen Wende war darum auch ernster gemeint, als alle dachten: Es ging ihm dabei um die – in Wahrheit allgemein willkommene – Diskreditierung jeder Form von Idealismus und Moral und um die Inthronisierung eines kleinbürgerlichen Pragmatismus-Begriffs, der darauf hinauslief, nicht das Gute, Wahre, Schöne, Unerreichbare sollten das Ziel allen menschlichen und politischen Handelns sein, sondern einzig der Fakt, daß wir alle kleine, berechnende, feige Menschmenschen sind. Darum machte sich Kohl dann meist kleiner als er war, darum tat er immer so, als sei er einer von denen da unten, darum erklärte er in wohlkalkulierter Mitläuferart, er wisse nicht, was aus ihm selbst geworden wäre, hätte er eine DDR-Biographie gehabt, weshalb er über niemanden richten wolle.

Das war der ideologische Dreh, den er gefunden hatte. Die Praxis ging in eine ähnliche Richtung. Kohl wußte, daß er im Kabinett, in der Partei, im Parlament von Leuten umgeben war, die alle nichts anderes wollten, außer dort zu sein, wo sie sind, und das zu haben, was sie haben. Und so konnte er mit ihnen allen – und auf gewisse Weise auch mit der unterwürfigen Opposition – sein machiavellistisches Pfründespiel spielen. Das Spiel ging ganz einfach: Wenn du den Mund hältst, wenn du tust, was ich will, kriegst du alles, was sich dein kleines Materialistenhirn erträumt. Wenn aber nicht, bist du schon morgen beruflich ein Niemand, gesellschaftlich ein Nichts, hedonistisch auf der Verliererseite. Das war das wahre System Kohl, und nach diesem System funktionierte nicht nur Bonn – die ganze Unmoralische Republik Deutschland funktionierte so, und sie funktioniert bis heute nicht anders. In jeder Autofabrik, in jeder Universität, in jedem Krankenhaus; in jedem Verlag, in jeder Zeitung, in jeder Plattenfirma; in jeder Partei, in jeder TV-Produktion, in jeder Bank hockt irgendsoein kleiner Kohl-Machtteufel herum und treibt einen Haufen ängstlicher, karrieristischer Ja-Sager vor sich her, die nie für eine neue Idee oder einen alten Traum kämpfen würden und schon gar nicht für eine bessere Welt. In der, denken sie nämlich, sind sie doch ohnehin längst angekommen, und wenn das für einen Ford-Arbeiter oder Postangestellten vielleicht wirklich gilt – für jemanden, der für die ARD Kommentare spricht, am Hamburger Schauspielhaus Stücke inszeniert oder in der Frankfurter Schirn Ausstellungen einrichtet, kann das eigentlich nie und nimmer gelten.

Leider offenbar doch. Denn die deprimierende Temperamentlosigkeit und Gleichförmigkeit unseres geistigen und künstlerischen Lebens, die nun schon fast ein Vierteljahrhundert andauert und die zu leugnen nichts anderes wäre als sie zu bestätigen und zu zementieren, diese fast schmerzhafte provinzielle Bedeutungslosigkeit eines ehemaligen Kulturvolks, das kaum mehr zustandebringt als eine Endlosserie routinierter Theaterpremieren, gesichtsloser Literaturagenten-Literatur, apologetischer Grass-Walser-Handke-Romane und flau argumentierender ›Spiegel‹-Artikel sowie eine kleinstädterhafte Hauptstadt-Massenpsychose – das alles ist, zunächst rein soziologisch betrachtet, die Folge von totalem Einverstandensein: dem Einverstandensein mit den Gedanken, die die anderen gerade denken, mit den Bildern, die die anderen gerade machen, mit den Melodien, die die anderen gerade pfeifen. Eine solche öde, kompromißlerische, inzestuöse Homogenität erwächst aber keinesfalls aus einer tieferen intellektuellen Einsicht oder künstlerischen Empfindung, sie hat nur damit zu tun, daß Geistesarbeiter, heute zumindest, offenbar auch nicht anders drauf sind als Fabrikarbeiter.

Ich weiß, Sie glauben mir nicht. Aber welches deutsche Buch der letzten Zeit hat Sie so durcheinandergebracht, daß Sie danach die Realität mit anderen Augen sahen? In welcher deutschen Zeitung dieser Tage und Jahre erfahren Sie, wie die Welt sein sollte und nicht bloß, wie sie ist? Wann sind Sie in einem wissenschaftlichen Aufsatz einem Gedanken begegnet, der Sie genauso überrascht und bewegt hätte wie eine neue Freundschaft oder gar Feindschaft? Wer hat Ihnen zuletzt, ohne Rücksicht auf persönliche Verluste, gesagt, was er für richtig, was er für falsch hält?

Viele Fragen, kaum eine Antwort. Eine Antwort hätte ich selbst: Nur wenn die toten Juden aus ihren Gräbern gezerrt werden oder sich von allein aus ihnen erheben, nur wenn es um die Reinigung von der bösen historischen deutschen Erbschuld geht und sich die unangenehme Frage stellt, ob Deutsche und Juden durch den Holocaust, dessen Ziel es war, sie für immer voneinander zu trennen, im Gegenteil für immer vereint wurden – nur wenn also Hitler und Anti-Hitler aufeinander stoßen, kommt Leben in die Bude, wird ehrlich gestritten, gehaßt, geschrieben. Plötzlich gibt es keine Feiglinge mehr, Botho Strauß bekennt sich zur Konservativen Revolution, Martin Walser zu seiner Nazi-Mutter, Rudolf Augstein zu seiner Wut aufs Weltjudentum, Peter Sloterdijk zu einer Art zukunftsversessener Mengele-Lehre, Ernst Nolte zu seinen Jugendfreunden, denen er wegen Wehruntauglichkeit nicht in die Stahlgewitter des Zweiten Weltkriegs folgen durfte. Diesen aufrechten deutschen Männern tritt dann eine mindestens genauso aufrechte deutsche Öffentlichkeit entgegen, die sich mutig deren mutige Argumente vornimmt. Das Ganze heißt hinterher Historikerstreit oder Walser-Bubis-Debatte, und obwohl es im Prinzip jedesmal ein Einer-gegen-alle-Krieg ist, endet er seltsamerweise regelmäßig mit dem Sieg des einen – insofern es diesem einen, der eigentlich immer ein ehemaliger linker Scheißmoralist ist, im Laufe der Auseinandersetzung gelingt, die anderen logischerweise zu überzeugen, daß Moral scheiße, weil altmodisch und lästig und asketisch und voll '68 ist, und wenn sie das akzeptieren, sagt er auch nie wieder etwas Schlechtes über die Juden.

So dient das einzige Thema, das noch offene Moralfragen beinhaltet und darum mit Gegnerschaft und Leidenschaft aufgeladen ist, in Wahrheit auch nur dazu, die Gutfühl-Deutschen von den Anstrengungen und Risiken moralischer Haltungen zu befreien. Dazu paßt, daß all diese Kämpfe um tote Juden und noch totere Nazis natürlich reine Schattenkämpfe sind, wenn man bedenkt, daß lebende Ausländer sich in der früheren DDR heute genauso sicher fühlen können wie ein deutscher Tourist in der Southbronx. Längst haben noch lebendigere und ganz und gar unhistorische Nazis – im Schatten der hohlen Holocaust-Debatten – in weiten Teilen der ostdeutschen Provinz gramscimäßig die Kontrolle über den Alltag und die Köpfe der Menschen übernommen. Sie diktieren die Bedingungen des Kampfes, sie suchen sich ihre Gegner, nicht die Gegner sie, sie definieren hingebungsvoll ihre eigene Ethik und ihre politischen Ziele, und so hat der rechtsradikale Marsch durch die Institutionen, der eines Tages aus unserem neurotischen, demoralisierten Weichei-Deutschland ein ganz anderes Deutschland machen wird, bereits begonnen. Aber das wird in den Debattismus-Kreisen mit zusammengekniffenen Hintern und klappernden Zähnen ignoriert – denn es würde einfach zu viel Kraft kosten und vor allem wieder totalen Haß-Einsatz und den möglichen Verlust der eigenen Illusionsidylle bedeuten, müßte man in die Schlacht gegen die prinzipienversessenen Nazis von Neusaxonia ziehen. Dann schon lieber Walser oder Sloterdijk im ›Zeit‹-Feuilleton zart in die reaktionäre Wade beißen und gleich in der nächsten Nummer wachsweich deren redundante Entgegnung drucken.

Und noch etwas: Wieso haben all die Holocaust-Debatten bloß immer nur neue Holocaust-Debatten geboren? Warum führt die Beschäftigung der zeitgenössischen deutschen Autoren mit den zentralen Fragen der deutschen Geschichte nie zur Entstehung eines großen, heißblütigen Romans, eines blutgefrierenden Theaterstücks? Ob Bernhard Schlink von der verbotenen Liebe eines jungen Deutschen zu einer ehemaligen KZ-Aufseherin erzählt oder Marcel Beyer von den letzten Tagen der Goebbels-Töchter, ob Christoph Schlingensief auf Eva Brauns Spuren wandelt oder Romuald Karmakar Himmlers Wannsee-Rede einen Film schenkt – immer bleibt der Eindruck zurück, das Wahre, das Echte, das Eigentliche, also das Menschliche an solchen Geschichten, kommt in den Texten und Bildern, die von diesen Geschichten handeln sollen, gar nicht vor. Sie sind mal grell, mal tiefsinnig, mal spekulativ, aber nie berühren sie die letzten Dinge – und schon gar nicht die Seelen des Publikums. Daß das etwas mit der oben beschriebenen Verlogenheit aller Holocaustreden zu tun haben muß, davon bin ich fest überzeugt. Im weiteren Sinn hängt es aber mit der moralischen Gleichgültigkeit einer ganzen Gesellschaft zusammen, ihrer intellektuellen Elite allen voran.

Zweiter Auftritt Bert Brecht. Als ich anfing, darüber nachzudenken, in welcher Verfassung sich die Kunst und das Denken dieses Landes befinden und in welcher die Menschen – und wie wohl das eine das andere bedingt –, wußte ich sofort, wie ein Essay zu diesem Thema heißen müßte: ›Die Schwierigkeiten beim Sagen der Wahrheit‹. Kurz darauf stand ich mal wieder bei 2001 vor einem Stapel verbilligter Bücher, ich schaute hier rein und dort rein, und irgendwo lag da auch dieses eine orangefarbene Suhrkamp-Bändchen mit meinem alten Feind auf dem Umschlag. Er hatte seinen immer etwas am Leben vorbeizielenden Brechtblick aufgesetzt, er hatte einen Brechtzigarillo im Mund und saß in einem schwarz glänzenden Brechtcabrio. Ich klappte das Buch auf, und gleich der erste Aufsatz, den ich noch im Laden zu lesen begann, hieß: ›Fünf Schwierigkeiten beim Schreiben der Wahrheit‹.

Na und? Nichts na und. Sogar ein Haß-und-Moral-Amokmann wie ich freut sich manchmal, wenn er auf die Ideen und Haltungen eines anderen stößt, die ihm fast wie seine eigenen vorkommen und ihm zeigen, daß er vielleicht doch nicht eine überspannte, nie erwachsen gewordene Nervensäge ist. »Es erscheint selbstverständlich« – notiert mein alter Feind Bertolt Brecht 1934 –, »daß der Schreibende die Wahrheit schreiben soll.« Und weiter: »Er soll sich nicht den Mächtigen beugen, er soll die Schwachen nicht betrügen.« Und weiter: »Den Besitzenden mißfallen, heißt dem Besitz entsagen. Dazu ist Mut nötig.« Und weiter: »Ebenso ist Mut nötig, um die Wahrheit über sich selber zu sagen, über sich, den Besiegten.« Und weiter: »Die Wahrheit ist etwas Kriegerisches, sie bekämpft nicht nur die Unwahrheit, sondern bestimmte Menschen, die sie verbreiten.« Und so weiter, und so weiter.

So also kam ich ausgerechnet auf Brecht. Er hatte mir plötzlich einiges zu sagen, die Sätze, die er in einer anderen, härteren Zeit geschrieben hatte, klangen seltsamerweise für unsere Wohlfühl-Zeit und ihre verkohlte, amoralische Intelligenzia wie bestimmt. Vieles fand ich auch noch genauso bescheuert und ideologisch-hölzern wie früher, allerdings verstand ich nun etwas besser, warum die meisten von Brechts Texten und Stücken und politischen Bemühungen auf den Kommunismus hinausliefen. Die Gegner, die er sich ausgesucht hatte, spielten keine Spiele. Sie ließen die Leute in brutalen Zehnstundenschichten und dunklen, feuchten Hinterhoflöchern zugrunde gehen, sie logen von den Kanzeln ihrer Kirchen das menschliche Leben in die völlige Bedeutungslosigkeit herab, und wenn sie keine kalten Kapitalisten oder eisigen Pfaffen waren, waren sie eben feurige Nazis und machten Bücher, Bilder, Demokraten und Juden kaputt. Brecht hatte – praktisch gesprochen – einen riesigen Vorteil gegenüber der heutigen Schlaff-Generation von Künstlern und Intellektuellen: Er hatte echte, reale Feinde, und darum hatte er ein klares Bild von der echten und realen Realität ebenso wie von der echten und realen Utopie. Genau das machte ihn zum Moralisten, zu einem Moralisten, dessen Vorstellungen von einer anderen Welt nicht bloß die Gedankenspiele eines gelangweilten Salonintellektuellen waren. Außerdem zitterte er nicht täglich um seine Altbau-Parkett-Wohnung, seinen Saab, seine nächste Thailandreise.

Daß Bertolt Brecht auch ein Mensch war, daran gibt es keinen Zweifel, und daß gerade er sich oft wie ein großes Schwein und kleiner Feigling benommen hat, ist ebenfalls bekannt. Wichtig ist etwas anderes: Brechts äußere politische Haltung und innere moralische Vorstellungskraft waren – das wurde wahrscheinlich sogar ihm selbst nur allmählich bewußt – der Kern seiner Poetik. Ob ›Galileo‹, ›Johanna‹ oder ›Schweyk‹: Das Feuer, das zweifellos in den meisten seiner Stücke brennt, ist immer das Feuer einer großen sittlichen Anstrengung, es ist der leidenschaftliche Wunsch, das Leben möge endlich aufhören, so sinnlos ungerecht zu sein, es ist der Kampf für eine bessere Welt und gegen das übermächtige Unglück, das dem menschlichen Dasein in Gestalt von so unterschiedlichen Heimsuchungen wie Kapitalismus, Verrat oder Gefühlskälte innewohnt. Einen solchen zur Wirklichkeit verdichteten Kampf fiktiver Figuren vom Theatersessel aus zu verfolgen ist natürlich sehr, sehr spannend, es ist so aufregend wie ein Pokalspiel zwischen einem Erst- und Zweitligaklub, wie Gary Coopers Vorbereitungen für die finale Schießerei in ›High Noon‹, wie Odysseus' Auseinandersetzung mit Penelopes Freiern – es ist eben voll Aristoteles.

Aristoteles, genau. Der hatte übrigens seine ›Poetik‹ erst dann verfaßt und darin den schaurig-schönen Wallungen eines gebannten Publikums seelische Heilkraft unterstellt, als die besten, die spannendsten, die erfolgreichsten Tragödien seiner Zeit schon geschrieben waren. Er hat sie wie ein moderner Kommunikationswissenschaftler untersucht, und was er dabei zutage förderte, konnte darum nur Analyse sein, nicht Rezept. Der Kern seiner Analyse lautet: Das Gute und das Böse werden sich niemals miteinander versöhnen. Deshalb werden sie auf immer und ewig gegeneinander antreten müssen, und wenn wir Menschen ihnen auf der Bühne – oder im Film, in der Literatur – dabei zusehen, wie sie sich bekriegen, werden wir in große Aufregung versetzt und super Einschaltquoten bringen. Wir werden mal mit der einen Seite sein, mal mit der andern, weil wir selbst mal gut und mal böse sind, aber am Ende wird dann doch unsere Verzweiflung über das Schlechte, das Dumme, das Ausweglose des Lebens und das Mitleid mit seinen Opfern, die wir ja selbst sind, in die Sehnsucht nach moralischer Besserung münden oder zumindest nach einem Hollywood-Happy-End.

Ich weiß nicht, ob gute Kunst die Menschen besser macht oder ob die Menschen gute Kunst nur dafür brauchen, damit sie ihnen die Illusion vermittelt, die Besserung dieser Welt und ihr eigenes persönliches Glück hätten doch eine Chance. Ich weiß nur, daß Aristoteles das alles auch nicht genau wußte, sonst hätte er – was die meisten seiner Kunst-ist-Erziehung-Exegeten übersehen – nicht klammheimlich für ein funktionierendes Drama die sittliche Festigkeit seines Helden bereits vorausgesetzt, von dem er aus dramaturgischen Gründen erwartet, daß er »nicht wegen seiner Schlechtigkeit einen Umschlag ins Unglück erlebt, sondern wegen eines Fehlers«. So gesehen ist es wirklich nicht viel, was Aristoteles und ich wissen, außer daß jede gute Kunst in jenem nicht genau definierbaren Spannungsfeld von Moral und Unmoral, von gräßlicher Wirklichkeit und schönem Traum entsteht – also da, wo der Schriftsteller, der Regisseur, der Drehbuchautor bei seiner Arbeit unbewußt und nahezu unparteiisch-intuitiv, aber dabei um so aggressiver die Frage untersucht, wer die Feinde der Moral sind und wer ihre Freunde. Oder auch, präziser gesagt, von ihnen erzählt.

Moral in der Kunst, in der Literatur heißt darum nicht moralisieren – es heißt, fähig zu sein zu einer Art metaphysischer Wut, zu Gegnerschaft, zur Position, zum Bericht. Das läßt mich natürlich sofort wieder an Bert Brecht denken, den Pädagogen, den Agitator, der nicht wegen, sondern trotz seines didaktischen Anspruchs ein großer Künstler war – weil er nämlich wie jeder große Künstler einfach nur von der Moral erzählte. Besonders gut sieht man das bei seinem ewig umstrittenen Propagandastück ›Die Maßnahme‹, in dem sich drei unangenehm kalte, fanatische Kommunisten vor einem Parteigericht mit Erfolg dafür rechtfertigen, daß sie einen Genossen töten mußten, an dessen unideologischem Gerechtigkeitssinn ihr revolutionärer Auftrag zu scheitern gedroht hatte. Was der moralfixierte Brecht bei vollem Bewußtsein als echtes, fieses Kampfstück gemeint hatte, ist interessanterweise aus der Sicht unserer Zeit das genaue Gegenteil davon: eine knisternde, herzergreifende, tragische Fabel von der totalen Unmoral eines Systems und dem Unglück, das es über die Menschen bringt, denen es eigentlich Glück bringen will. Ganz schön Aristoteles, klar, und ganz anders moralisch, als der alte Kommunist und Kapitalisten- und Faschistenfresser Brecht es 1930 gewollt hatte.

Und was kann man heute moralisch wollen? Nicht viel. Denn wo es keine Feindschaften, keine Kämpfe, keinen Mut zum Risiko gibt, gibt es keine Moral. Und wo die Moral fehlt, fehlt die Kunst, wie wir eben gesehen haben. Natürlich, es könnte sein, daß wir bereits im Paradies leben, daß alles gut und perfekt ist und es darum absolut lächerlich wäre, gegen etwas anzurennen, zu sprechen, zu kämpfen – und sei es nur die eigene Feigheit und Angst, das Paradies zu verlieren. Es könnte aber auch sein, daß es ausgerechnet diese Angst ist, die unser Paradies langsam und fast unsichtbar in eine Hölle verwandelt.

Ich selbst jedenfalls empfinde es so. Nein, ich weiß genau, daß es so ist. Anders kann ich mir gar nicht erklären, wieso wir – außer den Wutausbrüchen von ein paar vergreisten HJlern und den Prinzipienreitereien der jungen Ostnazis – seit Jahren kein lautes, radikales, grundsätzliches Wort in diesem Land hören. Dabei meine ich wirklich nicht irgendwelche starrsinnigen Dönhoff-Appelle an das Preußentum in uns oder die Zack-Zack-Marsch-Marsch-Reden eines Roman Herzog. Ich weiß gar nicht so genau, was ich meine, ich weiß nur, daß mir immer so schrecklich langweilig ist, wenn ich eine deutsche Zeitschrift oder ein deutsches Buch aufschlage, wenn ich in einem deutschen Film sitze oder eine deutsche Kritik lese. Ähnlich langweilig, denke ich dann, muß es jedem halbwegs intelligenten, integren Menschen früher in der DDR oder in der Sowjetunion gegangen sein, als in jeder Zeitung, in jedem Buch endlos von denselben uninteressanten Dingen auf dieselbe uninteressante Art die Rede gewesen war. Und wenn aber einer etwas anderes zu reden oder schreiben hatte – zum Beispiel, daß die Sklaven des Bolschewismus vor allem nur die Sklaven ihrer eigenen Mutlosigkeit und Amoralität waren –, wurde er zwar nicht mehr erschossen oder eingesperrt, wie noch ein paar Jahrzehnte zuvor, aber publiziert und diskutiert wurde er dann auch nicht gerade. Ein Wort von ihm, ein Wort gegen ihn, und schon wäre das rote Lügenkartenhaus zusammengebrochen. Naja, am Ende kam es dann auch genau so.

Ich bin absolut davon überzeugt, daß wir längst in einer ähnlichen Art von Meinungsdiktatur leben. Es ist eine freiwillige Diktatur, niemand zwingt uns, uns von ihr beherrschen zu lassen, außer vielleicht unsere Angst, durch ein falsches, radikales Wort könnte dieses schwarze Kartenhaus aus Besitzstandswahrungslügen und Konsumistenfeigheit, das wir uns mit Hilfe des Großen Vorsitzenden Kohl aufgebaut haben, einstürzen. Unser Reden ist also mehr so eine Art Schweigen. Wir schweigen, damit sich bloß nichts ändert, und dabei merkt keiner, daß unser Schweigen inzwischen reiner Selbstzweck und die höchste aller deutschen Tugenden geworden ist. Es schweigen die Kritiker, wo sie klar und eindeutig sagen müßten, wie überflüssig 95 Prozent unserer Literatur sind, es schweigen die Arbeiter, wo sie für einen Kollegen einstehen sollten, es schweigen die Deutschen, wo es Nazis zu jagen gilt. Wir schweigen, damit alles bleibt, wie es ist, und wer nicht schweigt, wird so lange verschwiegen, bis sein Reden wie Schweigen ist. Schweigen – um zu schweigen. Ein System erschafft sich selbst.

Die schlimmsten, verschwiegensten aller Systemopportunisten sind die Anhänger des sogenannten Pop. Keiner kann wirklich sagen, warum sie gerade dieses alberne Ilja-Richter-Wort zu ihrer Fahne, zu ihrer Parole gemacht haben, nicht einmal sie selbst. Klar ist nur, daß sie zu den Klügsten und Besten gehören, die wir haben – eigentlich. Sie wissen genau, daß mit einer Generation etwas nicht in Ordnung sein kann, die zu Modedesignern, DJs und Grafikern so selbstvergessen betet wie andere zu Jesus Christus und der Heiligen Jungfrau Maria, allein, weil mit Beten ganz allgemein ja etwas nicht stimmt. Trotzdem – oder gerade deshalb – fahren sie den Kurs der totalen Affirmation, was natürlich eine besonders raffinierte Art des Schweigens ist. Sie versuchen im ›Talk‹-Layout dieselbe Poesie und Weisheit zu entdecken wie in einem Bild von Kandinsky, und den Wechsel von weitgeschnittenen zu enggeschnittenen Anzügen und wieder zurück begründen sie mit Hegelianischer Dialektik. Sie machen es sich, von Tausenden spitzfindiger Argumente unterfüttert, in der kapitalistischen Warenwelt intellektuell bequem, um sie bloß nicht verlieren zu müssen, und einer von ihnen, nur mal so zum Beispiel, ist der Pop-Professor Beat Wyss.

Professor Wyss glaubt, es seien einzig die Macht des Geldes und der Schönheit der durchs Geld erwerbbaren Produkte gewesen, die den Sieg des Kapitalismus über den Kommunismus bewirkt haben – darum ist der freie Markt für ihn ein Synonym für Freiheit an sich. Davon abgesehen, daß Beat Wyss, bevor er weiter solche Idiotien verbreitet, sich anschauen sollte, was der freie Markt mit den Menschen von Minsk, Abidjan oder Kuala Lumpur macht; davon abgesehen also, daß ich als anständiger Anti-Kommunist natürlich auch ein erbitterter Anti-Kapitalist bin, weil ich jede Form von systembedingter Mißachtung einzelner hasse; davon abgesehen finde ich die Ästhetik, die so einer aus einem popistischen Kapitalismus-Anpassertum heraus entwickelt, ziemlich defätistisch und lächerlich. »Kunst«, jubelt Wyss, »hat die Wertform einer gut lesbaren Banknote angenommen. Das Atelier eines Künstlers wirkt als Notenbank, das Anteilscheine für eine bestimmte ästhetische Idee ausgibt. Jeder künstlerische Akt« – und gleich gerät der Pop-Professor völlig in Rausch – »strebt nicht mehr nach dem originalen Solitär, sondern nach der Serie, nach der größtmöglichen Wiederholung. Erfolgreich sind Ideen, die sich inflationär verbreiten lassen. Adressat ist ein Massenpublikum.«

Man muß, um das Nuttige, das Amoralische einer solchen Position zu verstehen, hören, was ihm ein paar Zeilen vorher unfreiwillig über die Kunst der guten alten Zeit herausrutscht: »Der Wert eines Kunst-Werks steckte zutiefst in ihm selber und war voller Geheimnisse, Schönheiten und Belehrungen. Es war ein Original, ein unerschöpflicher Schatz an raunender Weisheit …« Ich glaube, Beat Wyss merkt gar nicht, was er wirklich sagt. Ihm ist nicht bewußt, daß er sich selbst einzureden versucht, die gähnende, kalte, kunstgewerbliche Leere des Pop und seiner Produkte sei deshalb cool, weil sie ohne jede moralische Herausforderung daherkommt – und daß es für einen klugen, empfindsamen Menschen wie ihn ziemlich aufwühlend und somit verdammt unbequem wäre, müßte er auf diesen ganzen Madonna-Prada-Jeff-Koons-Dreck irgendwann wieder verzichten. Darum tut er so, als sei Kunstmachen eine ebenso selbstreferentielle, wertlose Tätigkeit wie Börsenspekulation, darum stellt er ästhetisch die »größtmögliche Wiederholung« über den »originalen Solitär«, den Erfolg über die Schönheit, den durchsichtig-egoistischen Geschmack eines Massenpublikums über das Geheimnis der poetischen Belehrung, das Geld über die Moral. Und das System schweigt – und triumphiert.

Zumindest, könnte man sagen, haben Beat Wyss und die klugen Freunde des Pop eine Position. Aber was für eine Position ist das schon? Es ist die Position von Leuten, die große Schwierigkeiten beim Sagen der Wahrheit haben – einer Wahrheit, die sie obendrein sehr genau kennen. »Die Suche nach dem Ziel hat sich erledigt. Veränderungen wird die Zukunft kaum bringen«, stellt einer von ihnen, der ›FAZ‹-Redakteur Florian Illies, in seinem melancholischen Bestseller ›Generation Golf‹ fest, und das klingt alles andere als unwissend, dafür jedoch besonders mutlos. Leute wie er werden wahrscheinlich also nie die großen Kämpfe schlagen – nicht in der Politik, nicht in der Literatur. Um Literatur geht es mir hier aber ganz besonders. Mir geht es darum, daß die Abwesenheit von Mut und Haltung sowie die Unfähigkeit, von Moral zu träumen, zu sprechen, zu erzählen, bei den meisten deutschen Schriftstellern, egal ob pop oder nicht pop, egal ob jung oder nicht mehr ganz so jung, nicht nur ein moralisches, sondern auch ein ästhetisches Problem darstellt.

Was sind das nur für lauwarme, wohltemperierte Geschichten, die wir – seit der Wiederkehr des Realismus in unsere Literatur Anfang der 90er – immer wieder zu lesen bekommen! Was sind das für lahme und zahme Helden, die sich vor allem über die Seiten der unzähligen Debüts der letzten Jahre schleppen! Was sind das für konfliktlose Konflikte, die da geschlagen werden! Es ist ja fast immer irgendwie derselbe Pseudo-Plot, der uns erzählt wird: Ein junger Mann, eine junge Frau, die in der Regel aus der Provinz stammen, suchen sich selbst. Sie suchen sich selbst in ihren Erinnerungen an ihre ein bißchen familiär-disfunktionale, ein bißchen konsumistisch-idyllische Kindheit, sie suchen sich in ihren Beziehungen zu anderen jungen Männern und Frauen, die mindestens so stumm und temperamentlos sind wie sie. Und manchmal ist auch ein bißchen Inzest dabei oder eine kleine Gewaltphantasie – aber natürlich nur eine Phantasie! –, und am Ende gehen sie dann nach Berlin, weil dort das rohe Leben in den Sushibars von Mitte für echten literarischen Rohstoff sorgt.

Ich nenne sowas Schlappschwanz-Literatur. Es ist eine Literatur, an der man merkt, daß ihre Verfasser sich längst selbst aufgegeben haben, so wie sie überhaupt den Kampf gegen das Schlechte und für das Gute in unserer verschwiegenen Wohlstandsmeinungsdiktatur aufgegeben haben, und darum haben sie, noch bevor sie den ersten Satz hingeschrieben haben, auch schon ihre eigenen Romanfiguren aufgegeben. So geistern durch unsere Gegenwartsliteratur Dutzende von Papierleichen, die nichts wollen, nichts hassen, nichts lieben; die nicht fallen können, nicht schreien können, nicht töten können. Ihre Handlungen können – im Sinne der Aristotelischen Katharsis – niemanden schocken, mitreißen, aufwühlen, da gibt es kein Unglück zu bestaunen, in das sie geraten und aus dem sie wieder herauskommen wollen, da fehlt eine bis zum Schluß aufrechterhaltene metaphysische Hoffnung, das Leben möge vielleicht doch nicht ein einziger tiefer Fall in diesen beschissenen dunklen Abgrund unter uns sein.

Moralische Vorstellungskraft, das wird mir keiner ausreden können, ist die handwerkliche Grundvoraussetzung eines jeden großen Schriftstellers, sie ist seine Begabung, seine Fähigkeit zur Poesie. Moral in der Literatur ist darum zum einen ganz klar Wut und Mitgefühl mit den Armen, Unglücklichen, Verfolgten plus, wie bei Kafka, London, Solschenyzin, die Abbildung ihrer aussichtslosen Kämpfe. Sie ist zum anderen aber, wie bei Henry Miller, Edward Limonow oder Brett

Easton Ellis, vor allem Härte: Also die absolute Entschlossenheit, so brutal, daß das Blut spritzt, die letzten Fragen zu stellen – ohne die ideologische Naivität, zu glauben, man könne sie beantworten. Und wenn der Leser kapiert, daß die Realität, in der er lebt, kein gottgegebener, unveränderbarer Zustand ist, um so besser.

Es gibt natürlich auch bei uns seltene Beispiele einer solchen künstlerischen Konsequenz. Da wäre an erster Stelle Christian Krachts wahnwitziger Roman ›Faserland‹ zu nennen, dessen kleiner, mieser Held mit seinem fast archaisch anmutenden Haß auf unser verstocktes Luxusdeutschland sich in einen inneren Konflikt mit diesem übermächtigen Gegner hineinsteigert, der deshalb von der ersten bis zur letzten Zeile so packend ist, weil wir immer nur eins wissen wollen: Wer gewinnt denn nun dieses brutale, tragische Duell zweier potentieller Amokläufer – der kleine Barbourjackennazi oder das große Barbourjackennaziland?

Ganz anders – und wesentlich brechtischer – funktioniert das handwerkliche Prinzip »Moral« in Feridun Zaimoglus genialem Buch ›Abschaum‹. Auch hier gibt es einen Helden, der alles, bloß kein Engel ist – aber die Leute, mit denen er es zu tun hat, sind erst recht Teufel. Es ist die Story eines türkischen Kleingangsters, eines hochintelligenten, melancholischen Straßenköters, der auf all die kalte deutsche Scheiße um sich herum mit einer Menge heißer türkischer Scheiße reagiert. Er prügelt die Deutschen, wo er kann, und betrügt sie, wo er muß; er frißt Drogen bis zum Umfallen, er belügt seine Eltern, denen er nie weh tun wollte; er fickt eine türkische Nutte, die er dafür haßt, daß er sie mag. Es ist ein einziges gräßliches Leben, von dem Zaimoglu erzählt, aber es ist auch ein unglaublich lebendiges Leben, und wenn wir fertig sind mit seinem Buch, denken wir, so absurd und wahnsinnig das ist, genau so ein kaputtes, zugefixtes, brutales Leben wollen wir ab sofort auch führen. Kurzum, Zaimoglu hat, gerade indem er uns in aller Brutalität das Schlechte gezeigt hat, in uns die Sehnsucht nach dem Guten, Wahren, Schönen, Gerechten geweckt, und diesen gewundenen Weg zum Glück, den sein unglückseliger Held Ertan Ongun einfach nicht findet, wollen wir an seiner Stelle gehen.

Das – keine Frage – ist nun wirklich alles andere als Schlappschwanz-Literatur, und wer jetzt sagt, die Perspektive eines Türken, eines Ausländers in Deutschland sei automatisch mit Wut, Mut und moralischer Entrüstung aufgeladen, dem sage ich, daß es genug Türken in diesem Land gibt, die genauso selbstzufrieden und feige vor sich hin leben und schreiben wie die meisten Deutschen. Es kommt eben immer auf den einzelnen an, auf seine Fähigkeit, als Künstler von Moral zu sprechen, von ihr zu träumen und für sie literarisch alles geben zu wollen – und ich habe lange überlegt, ob ich hier ein ganz konkretes Beispiel von echter Schlappschwanz-Literatur bringen soll. Denn leider ist der Mann, um den es hier gehen soll, auf eine komplizierte, aber schöne Art ein Freund von mir, und ich hoffe sehr, daß er den Mut hat, hinterher weiter mit mir zu reden.

Ich meine den Schriftsteller Rainald Goetz, der in den Augen fast aller seiner Kollegen als großer, unangreifbarer Autonomer gilt, als radikaler, kompromißloser Systemverweigerer und Rebell. Wieso eigentlich? Seine wohl bekannteste Erzählung ›Dekonspiratione‹ etwa ist ein einziges Dokument der totalen Selbstaufgabe und Mutlosigkeit, symptomatisch über alle intellektuellen Generations- und Fraktionsgrenzen hinweg. Diese Erzählung soll, wie der Autor es formuliert, von »der Welt des geistigen Lebens, in echt, in der Realität« handeln. Das Problem an ›Dekonspiratione‹ ist aber, daß Goetz zu Beginn zwar ankündigt, wovon er darin erzählen will, es jedoch einfach nicht schafft. So wirr, so nebulös, so unzusammenhängend wie immer stochert er in seinem Material herum, daß wir am Ende von »der Welt des geistigen Lebens, in echt, in der Realität« noch weniger wissen als zuvor, ganz zu schweigen von ihren Tücken, ihren Lügen.

Versagt Goetz absichtlich? Vielleicht ja, vielleicht nein. Es ist aber schon sehr verräterisch, wenn er an einer zentralen Stelle seiner Dies-ist-keine-Geschichte-Geschichte notiert, als deutscher Schriftsteller sei man doch ohnehin komplett unfrei und könne nicht machen, was man will, weil »in einem fast schon grotesk überzogenen politisch-historischen Sinn JEDE Handlung eines Deutschen in diesem Jahrhundert ein Mord ist«. Zum Kosovokrieg, den er so erschütternd findet, daß er darüber die Arbeit am Buch unterbrechen muß, fällt ihm darum auch ein, daß man das »richtigerweise« nicht macht – »in den Verhau der Gegenwart« zu brüllen, man sei dagegen. Warum man es nicht macht, erklärt er nicht, dafür erklärt er an anderer Stelle: »Ich kenne nur eine Gegenwehr gegen diese Mächte der Macht, der Finsternis. Und die ist: Sich fragen: gut, wenn es so ist, wie es ist, warum verstehe ich es nicht?«

Das aber ist nichts anderes als der Versuch eines Unterdrückten, in der Unterdrückung einen tieferen Sinn entdecken zu wollen, das ist Masochismus, Katholizismus, was weiß ich. Und daß Goetz dann auch noch in der seltsamsten Passage von ›Dekonspiratione‹ in euphemistischem Soziologendeutsch Verständnis für die IM-Tätigkeit Heiner Müllers herbeireflektieren will, daß er dessen Mitläufertum und seinen politischen Systemopportunismus mit dem hieroglyphenartigen Argument von der »feinstpulverisiert gegebenen Sozialrealität« entschuldigt, bringt mich wieder, ob ich es will oder nicht, knallhart auf Helmut Kohl zurück und seine feige, amoralische, ideallose Kleinbürger-Ideologie. Ja, auch du, Rainald! Auch du scheinst inzwischen ein Leben ohne Risiko vorzuziehen, ohne Gegnerschaft, ohne Haß.

Ohne Moral keine Kunst, keine Literatur. Darum glaube ich auch, daß eine Erzählung wie ›Dekonspiratione‹ trotz des gewaltigen Talents ihres Autors daran scheitert, daß er den wirklich bösen Fragen und Geschichten ganz prosaisch aus dem Weg geht – genauso, wie er im Alltag, im Leben, in der Politik wahrscheinlich ebenfalls um seine Gegner eher einen gleichgültigen oder höflichen Bogen macht. Damit ist er, wie gesagt, nicht der einzige unter den deutschen Schriftstellern, und wie er leben auch fast alle anderen stummen, freiwilligen Untertanen der Kohl-Diktatur, ob sie nun Intellektuelle und Künstler sind oder nicht.

An einen von ihnen muß ich gerade besonders denken. Es ist ein Bekannter von mir, den ich sehr mag, obwohl wir uns selten sehen. Er ist ein schöner, romantischer Mensch, er ist Hypochonder wie ich und verliebt sich immer nur in die richtigen, die komplizierten Frauen. Eigentlich ist er Architekt, aber als Architekt mag er nicht arbeiten, außer sie schicken ihn nach Malaysia, wo er Moscheen baut und dabei, trotz einer schrecklichen Höhenangst, auf diesen berghohen Moscheedächern herumklettert und erstaunt auf die Welt unter sich herunterschaut. Ich glaube, er liebt das Leben, und manchmal versucht er, auf seine Art davon zu erzählen, indem er zum Beispiel einen Kondomautomaten konstruiert, der beim Einwerfen der Münze zuerst zwei kleine, gespenstisch naturgetreue Menschenpuppen beim Sex zeigt, bevor er die Ware ausspuckt. Manchmal nimmt mein Bekannter auch mit einem alten Kassettenrecorder eigene Gedichte auf, die ich nicht verstehe, aber die so schön und aufregend klingen wie Walfischmusik, und dann sitzen wir in seinem alten VW-Polo, in dem es komischerweise immer nach frischem Heu riecht, er spielt mir seine seltsamen Gedichte vor und wir lächeln uns an.

Einmal, und darum muß ich jetzt an ihn denken, waren wir zusammen im Kino. Wir haben ›Reservoir Dogs‹ gesehen, den ersten Film von Quentin Tarantino – und das letzte aristotelische Drama ... Da sind also diese Gangster, die bei einem Überfall ein halbes Massaker veranstaltet haben, einer von ihnen wird schrecklich verletzt, und ein anderer soll ein Undercover-Mann sein, der sie alle verraten hat. Solange sie nicht wissen, wer der Verräter ist, kümmert sich einer besonders rührend um den Verletzten, und als ihm die anderen sagen, ausgerechnet der sei das Schwein, weshalb sie ihn töten müßten, tötet er seinetwegen sie. Dann gibt der Verwundete aus Dankbarkeit zu, er sei wirklich der Spitzel, und sein Freund jagt ihm eine Kugel zwischen die Augen, und als nächstes geht er im Kugelhagel der Cops selber drauf... Ganz schön Aristoteles, nicht wahr, ganz schön tragisch und blutig und shocking, und wer die Brutalität dieses Films aushält, wird die Brutalität des Lebens aushalten, der wird sich seiner Wahrheit und seinen Lügen stellen und jedem Feind. Mein weicher Architektur-Freund hat es nicht ausgehalten. Er ist rausgegangen, mitten im Film, in dieser großen Szene, als der brutalste der Gangster zu einem wunderschön swingenden 70er-Jahre-Hit einen Polizisten foltert. Er tänzelt um ihn herum, er schlitzt ihm mit einem Rasiermesser zuerst das Gesicht auf und dann – das hat mein Freund nicht mehr gesehen – schneidet er ihm das Ohr ab. Was für ein Unglück, denkt man, wenn man es sieht. Und irgendwo viel tiefer denkt es in einem: Wird das Unglück immer zum Leben der Menschen gehören? Wollen wir uns davon nicht endlich befreien?

Kunst ist Politik und Politik ist Kunst – von Anfang an, seit die Menschen sich ihrer Unzähmbarkeit bewußt wurden. Politik, das ist der ewige Roman von dem Kampf der Menschen gegen das Unglück, das sie selbst verschulden und das manchmal auch einfach so über sie kommt. Und Kunst ist der Roman von der Politik. Man muß ihn nur schreiben wollen. Man darf nicht vor ihm weglaufen. Man darf kein Schlappschwanz sein.

Kleine Autobiographie

In Deutschland erst wurde ich Jude, ich kam als Kind hierher, noch ohne den Sinn und das Gefühl fürs Anderssein. Zuhause in Prag hatte ich mich so normal gefühlt wie jeder andere neben mir in der Schule und auf dem Fußballplatz auch; mein Haar war zwar dunkel, meine Augen schwarz wie Ruß, doch als mich eines Tages die blassen tschechischen Nachbarskinder als kleinen, dreckigen Zigeuner beschimpften, als sie mir einzureden versuchten, ich sei gar nicht der Sohn meiner Eltern, denn die hätten mich bloß auf der Straße gefunden, ließ mich das kalt. Ich rannte nicht weinend nach Hause, ich spielte mit ihnen weiter, und erst am Abend, beim Essen, erzählte ich beiläufig meiner Familie davon. Meine Eltern und meine Schwester lachten über die Geschichte, und sie brachten sie später immer wieder mal auf, um mich zu ärgern und ab und zu auch, um mir Angst zu machen. Aber das war mir egal, denn damals konnte mich noch nichts erschrecken. Nein, ich dachte früher nie, ich könnte anders sein, das, ich weiß es jetzt erst, dachten aber die andern.

In Deutschland kam dann das Verstehen, und so wurde ich eben Jude. Hier war ich doppelt fremd, und die *eine*, ganz äußerliche Sorte von Fremdheit begriff ich sofort. Denn es entging mir ja nicht, daß ich von anderswo kam, daß ich kein Deutsch konnte, daß die Geschichten, Mythen und Spiele meiner Kindheit anders waren als die derer, die nun neben mir in der Schule saßen. Doch während ich mich allmählich an die Sprache und das Lebensgefühl Deutschlands zu gewöhnen begann wie an einen Mantel, der kratzt und den man trotzdem braucht, während ich also nach außen hin zusehends verdeutschte, brach, von innen, die *andere*, die zweite Fremdheit heraus. Plötzlich merkte ich, daß zu Hause nicht mehr allein über den Prager Frühling gesprochen wurde, über Vaters berufliche Erfolge in der Tschechoslowakei, über Dubček, Forman und Kundera. Plötzlich, so schien es mir, gab es für uns ein neues, erhabeneres Thema: Israel und das Judentum.

Israel, das war so weit weg wie Atlantis oder der Mars, und als mein Vater dann 1971 das erste Mal mit seinem Bruder hinfuhr, kam es mir so vor, als ginge er auf eine Science-fiction-Expedition, die ihn Lichtjahre weit weg von uns, von unserem realen Emigrantenleben führen würde. Israel – ja, das war sehr, sehr weit. Aber noch weiter war das Jüdische und die Jüdischkeit. Niemand in unserer Familie ging in die Synagoge, keiner sprach Jiddisch, keiner kannte die Tradition. Wir waren die Klone jener Zeit, in der die Juden glaubten, die Oktoberrevolution gäbe ihnen die Freiheit, die kein Zar und kein Kaiser ihnen hatte gönnen wollen, eine billige Freiheit, für die man lediglich auf sich selbst zu verzichten hatte und auf die Treue zu denen, die in den Tagen der stalinistischen Pogrome fielen und verschwanden.

Der Schtetl-Blues, den wir nun zu singen begannen, drehte sich um das Land Zion und um jüdische Nobelpreisträger, ums Gefühl also und um die Kraft zur Leistung, die das Judentum so oft einem gibt. Doch unsere Jüdischkeit hatte keine eigene Substanz, unsere Jüdischkeit war bloß eine bestimmte Art zu lachen, zu denken, zu widersprechen, sie war Geschichten-Erzählen und Tee-durch-ein-Stück-Würfelzucker-Schlürfen, sie war Atavismus und staunendes Marranentum. Sie war sogar noch weiter weg als der Mars oder Atlantis, und die ernste Suche nach ihr verlief, was meine Eltern betraf, in ihrer Erinnerung, meine jedoch in den Büchern.

Diese ersten Bücher, die ich las, handelten von den alten biblischen Tagen, es waren populärwissenschaftliche Geschichten von Abraham und Salomo und dem babylonischen Exil, und in der Zeit, in der ich sie verschlang, wollte ich Archäologe werden. Später arbeitete ich mich zu der Epoche des

Niedergangs vor, zum Aufstand der Makkabäer und Bar-Kochbas letztem Aufbäumen, worauf ich beschloß, nach Israel zu gehen, um Soldat zu werden. Das, was danach kam, interessierte mich nicht, die Lehre und die Lehren der Diaspora holte ich an der Universität nach; als Teenager aber nahm ich mir gleich die letzten der Judenbücher vor, die allerweltlichsten Apokryphen, ich versenkte mich in die Geschichten des Holocaust, und da – obwohl ich es damals selbst noch gar nicht wußte – entdeckte ich für mich die Literatur.

Die Literatur? Ja, denn der Holocaust steht für jeden Juden, ob er will oder nicht, am Anfang und Ende seiner Erinnerung: Jene, die ihn erlebten, gehen auf ihre Weise damit um, auf eine Weise, von der ich nichts sagen kann. Wir, die wir den Holocaust nur vom Hörensagen kennen, haben aber ebenfalls unsere Eigenheiten im Umgang mit ihm: Die einen brüsten sich damit, dem Volk anzugehören, das all dies überstanden hat. Die andern beziehen ihr Jüdischsein aus dem Verfolgtentrauma, und die Schoa ist ihr Statussymbol. Manche ziehen die Deutschen mit dem Holocaust einfach nur auf. Weitere würden lieber in den Erdboden versinken, als so zu handeln. Und ich tue all dies zusammen und noch ein wenig mehr: Die Geschichten, die ich zu erzählen versuche, sind ohne die Schoa nicht denkbar. Denn der Ernst und die Weisheit, welche jeder Figur eigen sind, die so etwas selbst oder in der Erinnerung eines ihr nahestehenden andern durchgestanden hat, dieser absurde Ernst und diese lebensverneinende Weisheit geben einer Literatur, wie ich sie beherrschen möchte, erst die Tiefe, die ich von ihr bei anderen verlange.

Aber vielleicht ist alles ganz anders, und ich bin genauso ein Heuchler und Wichtigtuer wie jeder andere auch. Vielleicht hatten sie damals eben doch recht, die blassen tschechischen Kinder, und ich bin nichts weiter als ein kleines, dreckiges Zigeunerlein.

Dank

Ich danke allen, die an meiner Direktheit nicht verzweifeln, die an mich glauben, die seit Jahren zu mir halten. Ohne euch wäre ich längst ein anderer.

Maxim Biller im dtv

»... begrüßen wir einen möglichen
Geistesenkel Tucholskys!«
Süddeutsche Zeitung

Die Tempojahre
dtv 11427
Leichtfüßig, mit entwaffnender Selbstironie und einer gehörigen Portion Arroganz nimmt Maxim Biller sich in den ›Tempojahren‹ all der Unwahrheiten und Bluffs, der Schein-Phänomene und falschen Idole unseres Medien-Zeitalters an. – »Biller liebt nicht den leichten Degen, er bevorzugt den Säbel.« (Der Standard)

Wenn ich einmal reich und tot bin
dtv 11624
»Ich habe seit den Nachkriegsromanen von Wolfgang Koeppen, seit Bölls früher Prosa, seit einigen Essays von Hannah Arendt, Adorno, Mitscherlich und Hans Magnus Enzensberger kaum etwas gelesen, das dem Blendzahn der Zeit so wahr und diesmal so witzig an den Nerv gegangen wäre ... Was für ein Buch!« (Peter von Becker in der ›Süddeutschen Zeitung‹)

Land der Väter und Verräter
dtv 12356
Poetisch und mitreißend, komisch und ernst erzählt Maxim Biller von der Zeit, in der wir leben. Sein Buch ist ein faszinierendes Kaleidoskop unserer Epoche: Sechzehn Erzählungen über traurige Überlebende, komische Lebenskünstler, verwirrte Wissenschaftler, abgefallene Stalinisten, freche Mädchen, gemeine Schriftsteller, melancholische Mütter und lügende Väter.

Deutschbuch
dtv 12886
Deutschland, peinlich Vaterland ... Man muß Maxim Biller dankbar dafür sein, daß er diesem Land so beharrlich den Spiegel vorhält. Frech und respektlos, angriffsbetont und voller Leidenschaft erzählt er mit seinen Reportagen und Kolumnen von den kleinen und großen Dummheiten der vergangenen Dekade.